Hirschgulas

Lisa Graf-Riemann, geboren 1958 in Passau, studierte Romanistik und Völkerkunde und ist Krimi- und Sachbuchautorin. Sie schrieb Lehrwerke für die Erwachsenenbildung und einen »Fettnäpfchenführer Spanien«. Im Emons Verlag erschienen ihre beiden Kriminalromane »Eine schöne Leich« und »Donaugrab«.

Ottmar Neuburger, geboren 1959 in Simbach am Inn, studierte Physik und Germanistik. Er war Programmierer, Systemberater und Unternehmer und ist heute Vorstand einer Softwarefirma.

Die Autoren leben im Berchtesgadener Land, in Salzburg-Nähe. Im Emons Verlag erschien ihr gemeinsames Buch »111 Orte im Berchtesgadener Land, die man gesehen haben muss«.

LISA GRAF-RIEMANN / OTTMAR NEUBURGER

Hirschgulasch

KRIMINALROMAN

Für Doris

Herzlich
Elisabeth Graf-Riemann

emons:

Bibliografische Information der Deutschen Nationalbibliothek
Die Deutsche Nationalbibliothek verzeichnet diese Publikation in der Deutschen Nationalbibliografie; detaillierte bibliografische Daten sind im Internet über http://dnb.d-nb.de abrufbar.

Umschlagmotiv: istockphoto.com/RyanJLane
Umschlaggestaltung: Tobias Doetsch
Druck und Bindung: CPI – Clausen & Bosse, Leck
Printed in Germany 2012
ISBN 978-3-89705-960-3
Kriminalroman
Originalausgabe

Alles in Dir

In Dir, o Mensch, ist alles:
In Dir ist der Schlaf und das Wache:
In Dir ist die Zeit
Und die Fülle der Zeit:
Der qualmende Dampfer,
Die rollende Bahn,
Der eiserne Lärm
Und das Schweigen des Domes.
Der Stein und der Mörtel:
Das Haus und die Stadt.
...
In Dir, o Mensch, ist alles:
Die mordende Hand
Und das Künstler-Gehirn, –
Das ruchlose, stinkende Wort
Und das schwellende, schwebende Lied.
Ist beides in Dir:
Der schäumende Anfang,
Das reifende Ende,
Das Ende,
Das wieder nur Anfang,
Ist Alles, o Alles in Dir!

Gerrit Engelke,
geb. 1890 in Hannover,
gefallen am 13.10.1918
in Cambrai (Frankreich)

Berchtesgaden, 29. Mai 2010

Der Trichter zwischen Göll und Hohem Brett, zweihundertfünfzig Meter im Durchmesser, ist das ganze Jahr mit Schnee und Eis gefüllt. Kein Mensch weiß, wie mächtig das Eis darin ist, ob es zehn oder hundert Meter misst. Jetzt im Frühjahr hat sich eine Kluft aufgetan zwischen dem schmelzenden Eis und dem Fels, der nach Osten hin fast hundert Meter aufragt. Ein schmaler Pfad zwischen Kluft und Felswand führt vom Göll hinüber zum Nachbargipfel.

Der Mann ist mit Pickel, Seil, Stirnlampe, Haken und Karabinern nachts vom Purtschellerhaus zum Hohen Göll aufgestiegen. Der Vollmond steht weiß am wolkenlosen Himmel und taucht die Landschaft in ein kaltes Licht. Es erinnert ihn an einen Anatomiesaal und die Schatten, die die Felsen werfen, an dunkle Gestalten, die sich über einen Seziertisch beugen.

Er ist allein aufgebrochen, und niemand ist ihm unterwegs begegnet. An einer leichten Kletterpassage zur Göllflanke hinauf, die mit einem Stahlseil versichert ist, hört er ein Geräusch hinter sich. Er sieht sich um, kann nichts erkennen, nur viele schwarze Schatten. Ein Stein, den er selbst losgetreten hat.

Er kennt den Weg, steigt sicher auf. Wenn er sich umdreht und hinuntersieht, starrt ihn nur der leere Felspfad an. Da ist niemand. Außer ein paar Gämsen, die ihn von ihren Nachtplätzen aus gewittert haben. Die Stille trägt jeden Laut. Vielleicht war es nur das Echo seines eigenen Tritts. Nach weiteren zwei Stunden Aufstiegs ist er an seinem Ziel angekommen und findet schließlich im Licht seiner Stirnlampe den orangefarbenen Punkt direkt neben dem Eistrichter, den die drei am Tag davor auf den Fels gesprüht haben. Als er ihnen gefolgt war.

Er sucht einen Spalt im Fels, in den er einen Keil schlägt; daran hängt er einen Karabiner und das erste Statikseil. Er schlägt einen weiteren Keil ein, um ein zweites Seil zu befestigen. Mit zwei Steigklemmen seilt er sich in die Randkluft ab. Eisbrocken, die sich zwischen Wand und Eis verkeilt haben, versperren ihm den Weg. An seinen Seilen hängend, drischt er mit dem Pickel so lange auf die Hindernisse ein, bis sie sich lösen und nach unten fallen. Er zählt im Geist mit: Eins, zwei, drei, vier, fünf, sechs, dann schlagen die großen Eisbrocken auf dem Boden auf. Er steigt weiter hinunter. Das Licht der Stirnlampe reicht nicht aus. Er kann nicht erkennen, was unter ihm ist. Zwischen Fels und Eis schwebend, greift er nach hinten und zieht eine Magnesiumfackel aus der Seitentasche seines Rucksacks. Er schlägt sie mit dem Schlagzünder gegen die Felswand, und ein gleißender Blitz leuchtet den dunklen Raum aus.

Er sieht, dass der Fels nach hinten weicht und sich direkt unter ihm eine fast eisfreie Schachthöhle öffnet, die so tief ist, dass er ihren Boden trotz der Fackel nicht erkennen kann. Er schätzt, dass das Trichtereis eine Dicke von ungefähr dreißig Metern hat. Aber es gibt kein Hindernis, der Eingang zur Höhle ist begehbar. Er wirft die Fackel in die Höhle hinunter. Sie fällt mindestens hundertfünfzig Meter senkrecht nach unten. Dann weitet sich der Raum, und die Fackel schlägt auf den Boden. Das Licht erlischt augenblicklich, und seine Augen starren in eine Dunkelheit, von der seine schwache Stirnlampe nur einen winzigen Ausschnitt beleuchtet.

Er muss umkehren. Er hat nicht erwartet, dass es so tief nach unten geht. Er hat gehofft, dass am Ende der Randkluft, nach einigen Metern, ein Felsvorsprung, irgendein begehbarer Weg in einen Höhlengang führen würde. Die Seile, die er dabeihat, sind viel zu kurz. Er muss abbrechen und am nächsten Tag, wenn ihm das Wetter keinen Strich durch die Rechnung macht, mit längeren Seilen wiederkommen.

Er schiebt die erste Seilklemme nach oben. Wieder ist ihm, als höre er ein Geräusch, das nicht von ihm selbst stammt. Er starrt hinauf in das kleine Stück Nachthimmel über ihm. Im nächsten Moment spürt er eine Bewegung des Seils, eine leichte, unheilvolle Vibration. Er greift ins Seil, will sich hochziehen, und da beginnt er langsam zu begreifen.

Während ihm die Angst, die auf die glasklare Erkenntnis dessen folgt, was sich dort über ihm abspielt, fast den Brustkasten sprengt, verliert er auch schon den Halt. Ein loses Seilende fällt von oben herab. Er hält sich mit beiden Händen am zweiten Seil fest, spürt auch dort den Widerstand der Seilfasern gegen die unbarmherzig scharfe Klinge eines Messers.

Mit einem Schrei, der vom Eis und Schnee des Trichters gedämpft, von den Felswänden jedoch vielfach zurückgeworfen wird, stürzt er zusammen mit dem nutzlos gewordenen Seil in die Tiefe. Er schlägt um sich wie ein Tier, gibt noch nicht auf. Versucht, nach irgendetwas zu greifen, einen Felsvorsprung zu erreichen, an dem er sich festhalten könnte, windet sich, lehnt sich gegen das Gesetz der Schwerkraft auf.

Da bekommt er etwas zu fassen, eine Felsnase. Der Schwung des Sturzes droht ihn fortzureißen, aber er krallt seine Finger um das Stück Stein und wird es nicht mehr loslassen, obwohl es die Hand mit den beiden gebrochenen Fingern ist. Der Schmerz raubt ihm fast die Sinne. Er hängt mit der linken Hand, sucht mit der rechten, aber der Fels zieht sich zurück an der Stelle, und der kleine Vorsprung, den er zu fassen bekommen hat, bietet nicht genügend Fläche für seine andere Hand.

Er schwingt sich mit den Beinen Richtung Fels, vielleicht kann er einen Fuß einklemmen, aber er erreicht ihn nicht, sucht wieder mit der rechten Hand, greift hinein, und ein paar Brocken lösen sich, er spürt sie über den Handrücken streichen. Er merkt, wie die Kraft aus seinem Arm weicht. Er hängt ruhig, ohne Bewegung, untersucht den Fels im Schein der Stirnlampe. Entdeckt eine Stelle, nach der er vielleicht greifen könnte. Da merkt er, wie sich der Brocken in seiner Hand bewegt. Der Fels gibt nach, bricht, er findet keinen Halt, fällt wieder hinaus in den dunklen Schacht, den Felsbrocken in der Hand. Er fällt mit den Füßen voran. Das LED-Licht seiner Stirnlampe saust mit steigender Geschwindigkeit nach unten. Es gibt keinen Widerstand mehr.

Sein Körper durchschneidet die Luft wie ein Schwert. Ein Schrei gellt aus seiner Brust. Wie lange wird er noch fliegen, im Sturzflug wie ein Falke, der auf seine Beute herabstößt? Er ist kein Falke, er hat keine Flügel, er wird sich nicht mehr hinaufschrauben mit der Beute in den Fängen. Oder sind ihm Flügel gewachsen? Wann ist das Ende erreicht? Ist es ein Traum? Wohin? Fallen. Es dauert so lang. Er hat das Gefühl, als beginne sein Körper sich aus der Senkrechten zu drehen. Ein Schwindel, Übelkeit, ich liege, ich muss auf die Füße. Ich muss.

Milz und Leber sind die ersten Organe, die reißen, der Bauch platzt auf. Der Schädel zerbirst. Das Herz explodiert. Es dauert nur Bruchteile von Sekunden.

***

Sepp Aschenbrenner ist schon vor Sonnenaufgang vom Carl-von-Stahl-Haus über das Hohe Brett zum Göll aufgebrochen. Er liebt diese frühen Aufstiege, wenn er sich die Berge nur mit den Tieren teilen muss, die Jungtiere in den vorbeiziehenden Gamsherden zählen, eine Geiß beim Säugen ihres Kitzes beobachten kann. Später am Tag, wenn die Wanderer kommen, ziehen sich die Tiere in entlegenere Gebiete zurück, und man braucht schon ein Fernglas, wenn man sie so beobachten will, wie Aschenbrenner das am frühen Morgen mit bloßem Auge tun kann.

Als er am Eistrichter ankommt, ist es bereits taghell. Er erreicht das schmale Felsband, auf dem er an der Randkluft vorbei zum Göll hinaufsteigen will, da sieht er etwas am Boden liegen. Er geht näher heran.

Es ist ein Klemmkeil. Daran hängt ein kurzes Stück Seil. Aus sicherer Entfernung schaut er über die Randkluft hinunter in den Trichter, kann jedoch nichts erkennen. Er ruft hinunter, bekommt keine Antwort. Es kommt ihm merkwürdig vor, und er verständigt die Bergwacht.

Sepp Aschenbrenner wartet. Trotz der Anspannung spürt er, dass er Hunger hat. Während er seinen Brotzeitbeutel aus dem Rucksack holt, meint er, ein Luftzug streife ihn oder ein Schatten fliege an ihm vorbei. Er sieht sich um, entdeckt einen Kolkraben, der auf einem benachbarten Felsen landet und ihn stumm beobachtet. Aschenbrenner wirft ihm ein Stück Salami hinüber, und der Vogel fängt es im Flug. Als das Knattern des Hubschraubers näher kommt, ist er verschwunden.

Die Zone, 1. Mai 2010

Die atlantische Strömung staut sich bewegungslos über dem Hoch, das vom Schwarzen Meer herüberkommt. Der Luftdruck steigt, keine Wolke ist am Himmel zu sehen; ein leichter Wind bewegt sich von Süd-Ost nach Nord-West, wo er sich mit der atlantischen Strömung vereinigt.

Ideales Flugwetter. Dreißig Mi-6-Militärhubschrauber sind die ganze Nacht bei Scheinwerferlicht geflogen, um den havarierten Reaktorteil zu sichern. Jetzt stehen sie am Boden. Die größten Hubschrauber der Welt, so groß und stark, dass sie mit Lastwagen beladen abheben können. Kaum ist die Sonne über der Ebene aufgegangen, wechseln die Besatzungen. Sie starten. Die Rotoren beginnen sich zu drehen. Wuum, wuum, wuum, die Rotorspitzen erreichen Schallgeschwindigkeit, biegen sich unter der enormen Last nach oben. Gleich werden sich die Stahlriesen wieder in die Luft erheben.

Wiktor steigt in den Helikopter 17, der nur eine Minute nach Helikopter 15 startet. Mit einem Zehn-Tonnen-Trog am Seil bewegt sich der Hubschrauber zur Abwurfstelle. Links der Kamin, rechts der siebzig Meter hohe Kran und dazwischen die Ruine, in deren Tiefe immer noch die Glut des geschmolzenen Reaktorkerns zu erkennen ist.

Helikopter 15 wirft seine Last – Blei, Sand, Tonerde – in den Schlund, bevor er nach rechts abdreht, dicht vorbei am Kran. Der große Rotor hat den gelben Ausleger passiert, als der Heckrotor den horizontalen Gittermast des Krans berührt. Der Hubschrauber steigt steil nach oben. Stahlteile fliegen durch die Luft, dann legt er sich zur Seite und stürzt in die Tiefe. Nur noch neunundzwanzig Helikopter. Ein Unglück, kaum beachtet und erwähnt. Tschernobyl: die Schlacht gegen die Hölle, um Europa zu retten.

Wiktor war dabei, er wurde nicht gefragt. Oder doch, pro forma, aber es gab nur eine Antwort. Er erhielt eine Urkunde und hundert Rubel für seine Heldentat und einen Tritt in den Arsch, von dem er sich bis heute nicht erholt hat. Seit Jahren ausgemustert, zieht er durchs Sperrgebiet, immer auf der Suche nach etwas Wertvollem, einem Schatz, der sein Leben verändern könnte. Er, der Liquidator, von den Folgen seiner Strahlenkrankheit geplagt. Hier einen Schatz zu entdecken, das wäre gerecht, findet Wiktor.

Sein alter Armeelastwagen stottert, dann bleibt er liegen. Mitten in der Zone. Einen Tagesmarsch vom nächsten Posten entfernt. Einen Tagesmarsch vom Schrottplatz bei Prypjat. Auf dem Schrottplatz gibt es höchstens die kleinen Schätze. Tausende verseuchter Lastwagen, Dutzende verseuchter Hubschrauber, Ersatzteilspender. Schnell ausgebaut, schnell verladen, hundert Hryvnia, schnell vorbei am Posten, schnell mit Wasser und einem Hochdruckreiniger dekontaminiert, schnell verkauft. So schlägt er sich durch.

Jetzt hat er eine Panne, steckt in der Zone fest und hofft auf einen Geisterfahrer, der wie er irgendetwas sucht, das außerhalb der Zone nicht zu finden ist.

Am Horizont erkennt Wiktor eine Veränderung. Ein Punkt bewegt sich über den gewellten Asphalt. Wird zum kleinen Strich in der Landschaft. Der Punkt kommt näher. Es ist ein Motorrad.

***

Luba ist diesen Sommer das dritte Jahr mit ihrer Ninja in der Zone unterwegs. Sie kommt immer wieder, mit dem Geigerzähler im Gepäck, mit vollem Tank und mit einem Reparaturset für eine Reifenpanne. Denn hier gibt es niemanden, der ihr helfen kann.

Sie liebt diese Strecke wegen der langen unbefahrenen Straßen. Kein Fahrzeug kommt ihr hier entgegen. Auf einer ihrer Fahrten ist ihr eine alte Frau auf einem Pferdegespann begegnet, einer der übrig gebliebenen oder wieder in die Zone zurückgekehrten Menschen. Es waren einmal dreitausend, die hier lebten, jetzt sind es nur noch vierhundert oder weniger. Ab und zu kreuzt ein Wolf oder Fuchs die Fahrbahn, ein Wildschwein oder Rotwild. Das Wild lebt und ernährt sich vom verstrahlten Boden und seinen Erträgen, so wie die Menschen. Der Boden hat die Strahlung aufgenommen, nicht jedoch der Asphalt. Man kann sich auf der Straße bewegen, am besten ohne ein vorausfahrendes Fahrzeug, das Staub aufwirbeln kann. Aber hier ist sonst niemand unterwegs.

Dabei gibt es Fahrzeuge in der Zone. Ganze Parkplätze voller roter Armeelaster, wie Spielzeugautos, achtlos zusammengeschoben von einem Jungen, der nicht aufräumen wollte vor dem Schlafengehen. Auch die weißen Hubschrauber sehen aus wie vergessenes Spielzeug, und doch ist alles echt. Und irgendwann vor vierundzwanzig Jahren sind sie noch geflogen und haben die Sandbehälter zum Löschen des Großen Brandes transportiert. Der Unfall war eine ökologische und wirtschaftliche Katastrophe für die gesamte Region. Er hätte es für ganz Europa werden können. Es hat nicht viel gefehlt.

Luba erkennt einen Armeelaster am Straßenrand und eine schwarze Gestalt auf dem Asphalt. Ein Mensch, er bewegt sich. Beim Näherkommen sieht sie, dass er mit den Armen fuchtelt. Was macht er da?

Es gibt so etwas wie ein ungeschriebenes Gesetz. Wie im Wilden Westen. Dass man keinen Menschen in der Wüste im Stich lässt. Nicht in Badwater, wo einen die Sonne und der über der Salzpfanne getrocknete Wind innerhalb von zwei Stunden austrocknen können, und nicht in den Wüsten Colorados oder in einer der Geisterstädte, in denen es nur vergiftetes Wasser und nichts zu essen gibt.

Dieser Kodex gilt auch in der Zone, und wie im Wilden Westen halten sich die Guten daran und die Bösen pfeifen darauf, wenn es sie um einen Vorteil bringt, und die ganz Üblen täuschen Hilfsbedürftigkeit vor, um sich einen Vorteil zu ergaunern.

Ihre Ninja wäre ein enormer Vorteil. Luba kämpft mit der Versuchung, Vollgas zu geben und darauf zu vertrauen, dass der Idiot, der ein paar hundert Meter vor ihr mitten auf der Straße steht und mit den Armen wedelt, zur Seite springt. Sie gibt kurz Gas. Er macht keine Anstalten, sich wegzubewegen. In letzter Sekunde bremst sie, stemmt sich mit aller Kraft gegen den Lenker und bringt die Maschine zum Stehen. Luba nimmt den Helm ab.

»Was gibt's? Warum versperrst du mir den Weg?«

»Ich hab eine Panne, und du brauchst mich nicht so blöd anzumachen, Mädchen. Mir wäre auch lieber, ich wäre nicht auf deine Hilfe angewiesen. Ich möchte nur von hier bis zum Posten, dann komme ich selbst weiter.«

»Scheiße! Weißt du, warum ich hier bin? Sicher nicht, um für irgendeinen Dummkopf, der mit einem Schrottlaster in der Zone herumkurvt, Taxi zu spielen. Bist du schon mal Motorrad gefahren? Ich meine, so richtig, mit dreihundert Sachen?«

»Wenn du glaubst, du könntest mir Angst machen, vergiss es. Fahr einfach so, wie du denkst, lass mich beim Posten absteigen, und ich werde Danke sagen, dir Benzingeld geben, und du kannst dein kindisches Motorradrennen weiterspielen.«

»Steig auf. Wir fahren nicht zum nächsten Posten, ich hab vorher noch was zu erledigen.«

Die Frau fährt in der Mitte der Straße. Als Wiktor versucht, über ihre Schulter auf den Tacho zu schielen, reißt ihm der Wind fast den Kopf weg, sodass er sich schnell wieder hinter ihren Rücken zurückzieht. Wahrscheinlich hat sie die angekündigten dreihundert erreicht. Aber ihm macht sie damit keine Angst.

Wiktor nimmt nichts wahr, nur den Lärm des hochtourigen Motors und den Krach des Windes, der an seinen Haaren zerrt. Dann geht die Motorradfahrerin vom Gas, und Wiktor sieht um sich herum die kleinen Waldhäuser, aus denen Bäume und Sträucher wachsen.

Was will diese Frau hier? Hier ist nichts mehr, nur noch kaputtes, wertloses Zeug. Die Dorfleute haben doch noch nie etwas gehabt. Zu Zeiten der Sowjetunion nicht, und dann war mit einem Schlag sowieso alles aus. Am 25. April 1986 haben sie die helle Strahlenwolke am Himmel gesehen. Wahrscheinlich sind sie noch auf die Dächer ihrer Katen gestiegen, um sie besser sehen zu können. Was haben sie gedacht? Dass eine Mondrakete startet? Dass das Chemiekombinat in die Luft fliegt? Dass ein Krieg ausgebrochen ist? Egal, was sie sich auch vorgestellt haben – dass sie in wenigen Tagen ihre Häuser würden verlassen müssen und nichts mitnehmen dürften, weil alles verstrahlt war, das haben sie bestimmt nicht gedacht in diesen Stunden. Die Stadt. Die schöne neue Stadt, in der alle Wohnungen fließendes Wasser und Heizungen hatten, in der es Spielplätze gab für die Kinder und ein Schwimmbad, aus ihr mussten alle Menschen weg. Sogar einen Park mit Riesenrad hatten sie in Prypjat.

Was hat diese Verrückte in ihrer schwarzen Lederkluft jetzt hier zu erledigen? Als sie den Motor abstellt, schlägt ihnen die Stille entgegen, dieses Fehlen von Geräuschen, das Wiktor kennt, aber nicht ertragen kann. Ein Schatten bewegt sich drüben am offenen Scheunentor. Ein Fuchs vielleicht oder eine Katze. Wiktor beginnt, ein Lied zu pfeifen, eines von denen, die seine Mutter ihm als Kind vorsang.

»Halt den Mund«, herrscht die Frau ihn an.

»Wen stört es, wenn ich hier pfeife?«

»Mich«, sagt sie und öffnet eine der Seitenboxen ihrer Kawasaki, kramt darin herum, ohne etwas herauszunehmen. Sie will offenbar nicht, dass er ihr dabei zusieht. Er tut ihr den Gefallen und geht auf das Gestrüpp am anderen Straßenrand zu.

»Wo willst du hin?«, fragt sie barsch.

»Pissen, wenn's recht ist.«

Er wendet sich ab, aber nur so weit, dass er sie weiterhin aus den Augenwinkeln beobachten kann. Sie nimmt ein Plastiksäckchen aus der Box und schließt sie wieder ab. Dann schaltet sie ihren Geigerzähler an, der knattert, aber nicht übermäßig laut. Sie geht auf das Häuschen mit den kaputten Fensterläden und dem bemoosten Dach zu. Bewegt sich da etwas am Fenster?

Wiktor zündet sich eine Zigarette an. Als die Frau den Eingang erreicht, öffnet sich die Tür. Es stimmt also, was man sagt. Es leben immer noch Menschen hier in der Zone. Von der Welt verlassen, von den Behörden aufgegeben. Ein altes Mütterchen streckt den Kopf heraus. Sie ist ganz grau, ein schwarzes Kopftuch mit verblassten roten Blumen fasst ein faltiges bäuerliches Gesicht mit breiter Nase ein. Ihren wattierten Mantel mit den aufgenähten Flicken trägt sie wie einen Schutzanzug. Sie dreht den Kopf zu ihm. Er hebt die Hand, aber sie reagiert nicht. Die Strahlenwerte auf dem Display ihres Messgeräts prüfend, folgt die Motorradfahrerin der Alten ins Haus.

Schwarzes Feld oder weißes. Die Zone ist wie ein Schachbrett. Es gibt Felder, die so stark verstrahlt sind, dass Menschen dort nicht lange überleben können. Auf den weißen Feldern hält man's länger aus. Nicht jeder. Sie leben von dem, was der Boden gibt, was sie in den Wäldern finden, die hier in ein paar Jahren alles überwuchert haben werden. Die Bäume wachsen durch Fußböden und sprengen irgendwann die Dächer, wenn sie nicht von selbst einstürzen. Auch im Asphalt tun sich Trichter auf, aus denen kleine Bäume wachsen. Für Autos sind manche Strecken schon unpassierbar geworden. Die Verrückte auf ihrem Motorrad kann noch ausweichen und Hindernisse umfahren. Irgendwann wird sie absteigen müssen. Wenn sie dann überhaupt noch fährt.

Was hat sie der Alten mitgebracht? Essen kann es nicht sein, und wenn, dann nur eine mickrige Portion. Das Säckchen war klein, sah aus wie eine Tüte aus der Apotheke. Bestimmt ist die Alte krank oder ihr Mann, der vielleicht auch noch hier lebt.

Wiktor geht zu der Scheune, in der er den Schatten gesehen hat. Er horcht. Ist da ein leises Schaben, oder bildet er sich das nur ein? Ein Bewegen von Stroh oder Heu. Als er einen Schritt ins Halbdunkel macht, springt ihn etwas an und streift ihn an der Hand. Das Tier ist so schnell im Gebüsch verschwunden, dass er nicht erkennen kann, was es gewesen ist: Katze, Marder, Frettchen oder eine riesige Ratte. Er saugt an dem blutenden Kratzer an seiner Hand und spuckt das Blut aus. Dann geht er zum Haus und schaut durchs Fenster, das noch intakt ist.

Das Mütterchen und die Motorradfahrerin sitzen am Tisch, auf dem einige Tablettenpäckchen liegen, daneben ein brauner DIN-A5-Umschlag. Die Alte schiebt ihn mit ihren Pergamenthänden zu der Motorradfahrerin hinüber. Bevor die den Umschlag öffnet, sieht sie zum Fenster und gibt ihm mit einer Handbewegung zu verstehen, dass er sich verziehen soll. Na, die ukrainische Gastfreundschaft hat jedenfalls auch Schaden genommen mit der Katastrophe.

Wiktor geht ein paar Schritte und legt sich dann neben das Motorrad auf die Straße. Die Strahlung ist durch den Asphalt in die Erde gedrungen. Es ist besser, auf dem Asphalt zu liegen als auf dem Waldboden. Der Himmel ist unbarmherzig leer.

»Los, wir fahren«, sagt die Motorradfahrerin und kickt ihn mit ihrem Stiefel in die Seite. Wiktor rappelt sich auf und sieht die Alte in ihrem kleinen Vorgarten stehen, eine Hand auf die einzige verbliebene Zaunlatte gestützt. Die Motorradfahrerin bemüht sich, lässig zu wirken, aber Wiktor sieht, dass sie die Augen zusammenkneift.

»Sie wird sterben«, sagt er.

Sie antwortet: »Alle werden wir sterben, irgendwann.«

»Ja, aber sie stirbt bald.«

Sie setzt den Helm auf, dann dreht sie sich zum Haus und winkt der Alten, die regungslos dort steht und sie beobachtet. Schließlich startet das Motorrad, die junge Frau fährt los, und Wiktor spürt, wie sie schluchzt.

Sie fahren einige Kilometer durch den Wald. Efeuranken kriechen wie Zündschnüre über den Asphalt. Sie fährt nun langsamer. Ihre Lust auf Geschwindigkeit scheint ein wenig abgekühlt.

Als sie aus dem Wald kommen, zeigt der Geigerzähler kaum Radioaktivität an, und die Frau bleibt stehen. Sie nimmt den Helm ab, und Wiktor sieht, dass ihre Augen rot sind vom Weinen. Und trotzdem lacht sie.

»Die Alte, ich trau ihr alles zu. Vielleicht lebt sie noch ein Jahr, die ist verdammt zäh, du hast ja keine Ahnung.«

Wiktor nickt »Ja, vielleicht.«

»Ich fahre nach Kiew. Wenn du willst, kannst du mitfahren. Ob ich dich nun beim Posten abgebe oder dich noch bis Kiew am Hals habe, ist jetzt auch schon egal.«

»Gut, ich fahre mit nach Kiew. Dort lade ich dich ins Café Puschkin ein. Einverstanden?«

Sie setzt ihren Helm wieder auf.

»Ich heiße Wiktor.« Er weiß nicht, ob sie ihn gehört hat. »Wie heißt du?«, fragt er.

»Was?«

»Wie du heißt, will ich wissen!«, schreit er.

»Luba.«

Sie startet und beschleunigt. Auf einer schnurgeraden Straße rasen sie durch den Nachmittag. Wiktor wird Kopfschmerzen haben am Abend. Der Fahrtwind reißt an seinem bloßen Kopf. Der Motorlärm erinnert ihn an seinen Einsatz am Kraftwerk. Die Arbeiter auf dem Dach, die sogenannten »Liquidatoren«, wurden nach wenigen Minuten schon ausgetauscht. Sie merkten nicht einmal, dass ihnen schlecht war, wenn sie vom Dach gingen, und konnten doch nicht mehr aufhören zu kotzen.

Er möchte wissen, was sie mit der Alten zu reden hatte, was in dem Umschlag war, den sie ihr zugesteckt hat. Das war es wohl, was er nicht mitbekommen sollte. Nicht die Medikamente. Sie waren doch alle krank. Wenn es nicht die Schilddrüse war, dann war es Leukämie. Früher oder später waren sie alle dran, die dabei gewesen waren, die sich in der Dreißig-Kilometer-Zone aufgehalten hatten oder immer noch aufhielten, wie das Mütterchen.

Sie hat nicht gesagt, dass sie nicht mit ihm ins Café Puschkin geht, und nichts davon, dass sie ihn loswerden will. Das ist doch schon mal ein Anfang.

Der Posten kommt nicht einmal aus dem Häuschen, die Schranke ist geöffnet, und Luba fährt durch, hebt die linke Hand zum Gruß, wie damals, bei der Parade am 1. Mai 1986, als die Bevölkerung immer noch keine Ahnung davon hatte, was wirklich passiert war.

Luba, denkt Wiktor. Sie kennen sie hier alle. Er wundert sich, dass sie sich erst heute begegnet sind.

Kiew, 1. Mai 2010

Die Zarenzeit, den Ersten Weltkrieg, die Oktoberrevolution, die zum ersten Mal für die leibeigenen Bauern Freiheit und Bildung brachte, den Stalin-Terror, in dem sie zu Millionen geopfert wurden, den Großen Vaterländischen Krieg, Chruschtschow, Breschnew, Andropow, Tschernenko, Gorbatschow, ja sogar das Ende der Sowjetunion und die orangene Revolution hat das Café Puschkin unversehrt und fast unverändert überstanden. Die Kristalllüster, die holzvertäfelten Wände mit den Laub-Intarsien, alles ist intakt, genau wie vor hundert Jahren. Eine Attraktion Kiews, ebenso wie der fünf Meter lange Hausen, der manchmal im Dnjepr schwimmen soll.

Wiktor hat noch nie einen von diesen großen Fischen gesehen, aber das Café Puschkin, das kennt er gut, aus Nächten, in denen er gegen seinen Freund Miro Schach spielte. Miro, Miro, alles machten sie zusammen: die Offiziersausbildung, die ersten Frauengeschichten, die Pilotenausbildung und die Liquidation, und immer spielten sie Schach, wenn Zeit dafür war, am liebsten im Café Puschkin. Miro ist tot. An der Strahlenkrankheit gestorben, aber offiziell ist er einfach gestorben, wie immer schon Menschen gestorben sind.

Luba parkt ihre Maschine direkt vor dem Café. Drinnen zieht sie ihren Motorradanzug aus, und Wiktor sieht, wie attraktiv diese junge Frau ist. Doch er will nicht sentimental werden, nur ihr Geheimnis ergründen.

»Spielst du Schach?«, fragt er, als sie sich an eines der Tischchen setzen.

»Ja, aber nicht jetzt. Außerdem hättest du keine Chance gegen mich.«

Lubas Erinnerungen an das Café sind drei Jahre alt, genauer gesagt werden ihre ganz persönlichen Erinnerungen an das Café Puschkin diesen Herbst drei Jahre alt.

Sie lernte ihn in der Metrostation an der Dnjepr-Brücke kennen. Ilya sprang aus der noch nicht ganz zum Stehen gekommenen fahrenden Metro auf Lubas Füße.

Sie schrie: »Idiot!«, weil ihre Brille zerbrach, als sie auf den Bahnsteig fiel.

Ilya war erschrocken, aber er benahm sich anders als jeder Mann, den sie davor getroffen hatte. Er kniete sich nieder und betastete ihre Zehen. Er sagte nichts, berührte sie mit sanften Händen, bei denen sie spürte, dass sie erfühlen, was andere nur mit einem Röntgengerät erkennen können.

»Gott sei Dank, nichts Schlimmes«, sagte er. »Es tut mir leid, normalerweise bin ich kein solcher Tollpatsch.« Als er wieder aufstand, hatte er die zerbrochene Brille in der Hand und sagte nicht: »Die hätte sowieso nicht mehr lange gehalten«, was zweifellos nicht aus der Luft gegriffen gewesen wäre. Er sagte: »Komm, oben ist ein Optiker.« Er fragte Luba nicht, wohin sie gerade wollte, ob sie einen Termin hatte, er nahm ihre Hand, und sie trabte hinter ihm her. So bekam sie eine schöne neue Brille, einige blaue Flecken an den Zehen, und das Wichtigste: So lernte sie Ilya kennen.

Natürlich war Ilya verheiratet, aber er war so zärtlich, so liebevoll zu ihr. Sie war nicht eifersüchtig, wenn er von seiner Frau erzählte. Manchmal hatte sie sogar das Gefühl, als würde sie seine Frau selbst kennen. Nicht so wie er, natürlich nicht. So wie eine Freundin oder eine Schwester. Irgendwie kam es Luba so vor, als gehörten sie beide zu einer Familie, zu der eben auch Ilya und seine Tochter gehörten. Mit einem anderen Mann hätte Luba sich nie auf eine solche Ménage à trois eingelassen. Und bevor sie Ilya kennenlernte, hatte sie auch nie von einem Mann geträumt, der zwanzig Jahre älter war als sie selbst. Fast so alt wie ihr Vater. Was hätte er sie ausgelacht, wenn sie ihm davon erzählt hätte.

»Lubotschka, nimm dir doch einen jungen, saftigen Kerl«, hätte er zu ihr gesagt. »Was willst du mit so einem alten Knacker? Mit deinem Vater möchtest du doch auch nicht ins Bett gehen, stimmt's?« Sie hat es ihm nie erzählt. Und auch sonst niemandem. Es war ihr Geheimnis. Er war ihr Geheimnis. Und sie war so glücklich mit ihm wie mit keinem Mann davor und danach.

Ilya kam einmal die Woche nach Kiew. Er war Arzt im Kraftwerk, auch damals, als das Unglück geschah, und einmal in der Woche hatte er Dienst im Kiewer Krankenhaus.

Sie trafen sich meist am Nachmittag, schlenderten am Dnjepr

entlang, liebten sich auf einer der Wiesen am Fluss, von Mücken geplagt, in seinem Wolga, den er aus Sentimentalität immer noch fuhr, obwohl er sich längst einen deutschen, französischen oder japanischen Wagen hätte leisten können, oder in der Tiefgarage. Sie liebten sich, wann immer es ging und sooft es ging. Und wenn er nicht mehr konnte, fuhren sie ins Café Puschkin. Wenn er frei war, saßen sie immer am runden Tisch im ersten Stock, gleich neben dem Treppenaufgang. Luba nahm als Erste die Treppe, und immer wenn sie dachte, sie seien unbeobachtet, hob sie für eine Sekunde ihren Rock, damit er ihren nackten Po und vielleicht etwas mehr sehen konnte.

Er bestellte immer Kaffee, schwarz, sie immer heiße Schokolade. Und dann erzählte sie, und er hörte ihr zu, fragte nach, interessierte sich, wie sich noch nie ein Mann oder überhaupt ein Mensch für sie interessiert hatte.

Manchmal, mitten im Gespräch, nahm sie unterm Tisch seine Hand und führte sie zwischen ihre Schenkel, um ihm zu zeigen, in welcher Erregung sie sich befand, während sie mit ihm am Tisch saß und redete. Sie erzählte dann einfach weiter, führte seine Hand wieder über den Tisch, zu ihrem Mund und glitt mit der Zunge über seine Finger, bevor sie ihn küsste.

Meist musste er um acht schon fahren, manchmal um neun, und einmal, nur ein einziges Mal, hatten sie eine ganze Nacht für sich gehabt, in der nicht die Hälfte von dem passiert war, was beide sich erwartet hatten, weil sie nicht aufhören konnten, sich aus ihrem Leben zu erzählen.

Dann aber geschah es: Sie waren verabredet, doch er kam nicht. Sie hatte keinen Grund, an ihm zu zweifeln, und tat es auch nicht. Sie fuhr in das Krankenhaus, in dem er arbeitete. Der Portier sagte: »Station 13, Zimmer 11.« Dort lag Ilya. Er erkannte sie, war aber zu schwach, um etwas zu sagen.

»Was hat er?«, fragte sie die Ärztin, die gerade eine Infusion anschloss, als sie zur Tür hereinkam.

»Ein schwaches Herz. Den Krebs hat er besiegt, aber sein Herz ist dabei kaputtgegangen. Wer sind Sie?«

»Ich bin seine Nichte«, log Luba. »Wir waren für heute verabredet.«

»Ach so.« Die Ärztin musterte sie. »Ist schon gut«, sagte sie. »Ich kenne Ilya schon sehr lange. Ich kann seine Frau gerade nicht erreichen. Bleiben Sie bei ihm und nehmen Sie Abschied. Sehen Sie seine Augen, er freut sich, dass Sie hier sind.«

Als die Ärztin gegangen war, setzte sie sich an Ilyas Bett, nahm seine Hand und begann zu erzählen. Von der Zone und dass sie nun bald alle Teile für das Motorrad hätte und angefangen habe, es zusammenzubauen. Die Straßen in der Zone waren verlassen. Kein Verkehr, nichts. Sie würde hindurchrauschen wie ein Donner, wie ein Wirbelsturm, und sie würde dort anhalten, wo es ihr passte. Sie würde fotografieren und darüber schreiben. In der Werkstatt ihres Vaters hatte sie sich das Geld für ein Notebook verdient. Und heute hatte sie eines bei einem Händler bestellt, mit Anzahlung. Sobald es da war, würde sie es immer bei sich haben, um alles zu notieren und zu bloggen, was ihr wichtig war.

Er müsse unbedingt gesund werden und mit ihr durch die Zone fahren, sagte sie zu ihm. Mit dreihundert Sachen würden sie unterwegs sein. Ilyas Hand zuckte in ihrer. »Du musst dir keine Sorgen machen«, sagte Luba und kämpfte gegen die Tränen. »Ich kenne mich aus mit Strahlung. Ich werde einen Geigerzähler mitnehmen und genügend Benzin und Werkzeug, ich habe alles ganz genau geplant. Es kann nichts schiefgehen. Die Welt muss erfahren, was aus den Menschen in Tschernobyl und in Prypjat geworden ist. Das findest du doch auch?«

Sie wischte sich mit dem Ärmel über die Augen. Seine Hand lag nun ruhig in ihrer. Er hatte die Augen geschlossen und atmete flach. Sie verfiel in seinen Atemrhythmus, ein, aus, ein, aus, ein, und drückte seine Hand, damit er weitermachte. Ein, aus. Er wurde in der nächsten halben Stunde nicht mehr wach.

Die Ärztin kam noch einmal ins Zimmer, fühlte seinen Puls, kontrollierte den Durchlauf der Infusion.

»Gehen Sie nach Hause«, sagte sie. »Seine Frau wird gleich da sein.«

Als die Ärztin hinausgegangen war, küsste sie Ilya noch einmal auf den Mund und verließ das Zimmer. Auf dem Gang roch es wie beim Zahnarzt. Alles war grau: Wände, Decken, Böden, Sitzbänke, die Kittel der Ärzte und Schwestern, die Krankenbetten mit ihren Gummirollen. Das Linoleum war dünn und schimmerte leicht, wie ein abgetragener Anzug. Die Neonbeleuchtung wischte auch die

Farbe aus den Gesichtern der Menschen. Es war nicht Tag und nicht Nacht. Lubas Schritte hallten durch die Gänge. Ihr Geheimnis. Nun sollte sie es also begraben, einen Sarkophag darüber erbauen wie über das Kraftwerk. Leb wohl, Ilya!

Sie trat aus dem Krankenhaus hinaus in die frische Vorabendluft. Endlich konnte sie weinen.

»Nein«, sagt sie noch einmal, »ein andermal vielleicht. Heute will ich nicht Schach spielen. Ich hab dich nicht aus der Zone herausgebracht, um dir beim Schach die Hosen auszuziehen. Bestell mir eine große Tasse Schokolade«, sagt sie und steht auf. Ihren Rucksack, in dem sich der Umschlag der Alten befindet, nimmt sie mit.

»Schokolade? Du bist lustig! Bestell, was du willst: Wodka, Sekt, Hühnersuppe, egal. Du hast mir aus einer ziemlichen Patsche geholfen, da bin ich nicht knausrig.«

»Ich würde sagen, ich hab dir den Arsch gerettet. So sieht's aus. Mit einem Hühnersüppchen wirst du mir nicht davonkommen. Und Champagner gibt's hier nicht. Du stehst jetzt einfach in meiner Schuld, und die Schokolade zahlst du sowieso, weil du heute das sagenhafte Glück hast, mit mir ins Puschkin gehen zu dürfen. Unter anderen Umständen, unter, sagen wir, normalen Umständen, wäre dir das nämlich nie gelungen.«

»Na, danke. Ich hätte genauso gut zu Fuß gehen können. Was wäre das schon gewesen, ein paar Stunden marschieren, auch nicht viel mehr Zeit als die, die ich mit dir bei der Alten verplempert habe. Wer weiß, vielleicht war da noch viel mehr Strahlung als auf dem Weg zum Posten. Du hast mich ja nicht auf deinen Geigerzähler sehen lassen.«

»Ich setz mich doch nicht mit dir ins Café, um mir deine dummen Sprüche anzuhören. Zu Fuß hättest du einen Tag bis zum Posten gebraucht. Du hättest im heißesten Teil der Zone übernachten müssen, und die nächste Woche hättest du gekotzt und gekotzt und gekotzt. So sieht es aus. Und jetzt gib es zu, jetzt gib es endlich zu, du verdammter Macho.«

»Na gut. Kann sein, dass du mir den Arsch gerettet hast, und ich sage Danke, wenn dir das reicht. Und jetzt setz dich mal wieder. Die Leute schauen schon.«

Luba dreht sich einfach um und geht durch das Lokal zu den Toiletten. An den benachbarten Tischen sieht man ihr hinterher. Und sie weiß, dass auch Wiktor ihr hinterhersieht.

»Was hast du eigentlich in der Zone verloren?«, fragt er, als sie zum Tisch zurückkommt. Sie hat sich lange die Hände gewaschen und sich verboten, in den Spiegel zu sehen, vor dem sie sich immer die Lippen nachgezogen hat, mit dem Brombeerlippenstift, den Ilya so an ihr mochte.

»Nur die leeren Straßen können es doch nicht sein. Ich glaub nicht, dass ein Mensch so blöd ist, sich nur wegen dem Spaß am Motorradfahren der Strahlung auszusetzen. Wer ist überhaupt diese Babuschka, die wir dort besucht haben?«

»Wieso ›wir‹? Und was geht dich das eigentlich an? Welchen Grund gäbe es für mich, dir das zu erzählen?«

»Vielleicht weil wir gerade dabei sind, uns besser kennenzulernen, und dazu gehört eben, dass man sich etwas voneinander erzählt, oder nicht? Ist das in deiner Generation nicht mehr so?«

»Jetzt lenk mal nicht ab. Du willst mich also besser kennenlernen. Warum?«

»Ich finde dich, na ja, ziemlich attraktiv eben, sexy. Außerdem hast du mir das Leben gerettet. Aber das hatten wir ja schon.«

»Genau. Darauf brauchst du jetzt nicht ewig herumzureiten.«

Der Kellner bringt Lubas Schokolade und Wiktors Kaffee.

»Du trinkst keinen Wodka?«, fragt Luba.

»Ich vertrage keinen Alkohol, höchstens mal ein Bier.«

»Was bist du denn für ein Mann?«

»Müssen alle Männer saufen?«

»Von mir aus nicht, nein.«

Wiktor zündet sich eine Zigarette an.

»Aha, wenigstens rauchst du, wäre ja sonst schon unheimlich.«

»Was machst du in der Zone?«, fragt Wiktor wieder.

»Ich fahre mit dreihundert Sachen durch. Freie Straßen, kein Radar, keine Kontrollen. Es kann nichts Schöneres geben für einen Biker.«

»Wie alt warst du, als das damals passierte?«

»Ich war zehn. Als die Strahlung in Kiew anstieg, setzten meine Eltern mich und meinen Bruder in den Zug nach Odessa. Dort lebten meine Großeltern. Wir kamen erst im Herbst wieder zurück, als das neue Schuljahr anfing.«

»Und wie oft warst du jetzt drin?«

»Es hat ein bisschen gedauert, bis ich mir die Maschine leisten konnte. Aber seit ich sie habe, jedes Jahr.«

»Und die Alte? Babuschka?«

»Nenn sie nicht Babuschka. Sie heißt Mila. Ich habe sie vor ein paar Jahren kennengelernt. Damals lebte ihr Mann noch. Vor einem Jahr ist er gestorben, wahrscheinlich an einer Lungenentzündung. Mila ist sehr krank.«

»Hast du ihr Medikamente gebracht?«

»Ja. Schmerzmittel vor allem.«

»Krebs?«

»Die Schilddrüse. Sie hat dicke Knoten überall am Hals. Ich wollte sie in ein Krankenhaus bringen, aber sie weigert sich. Also werde ich dieses Jahr noch einmal hineinfahren, um nach ihr zu sehen.«

»Und was hat sie dir mitgegeben?«

»Sag mal, warst du beim KGB?«

»Wie kommst du darauf?«

»Weil du mich ausfragst. Oder würdest du das anders nennen? Ich erzähle und erzähle hier, und du schlürfst deinen Kaffee, paffst dein stinkendes Kraut und schweigst wie ein Grab. Woher kommst du? Was machst du in der Zone, und weshalb hast du keine Arbeit, wie ein normaler Mensch?«

»Was ich in der Zone mache, kannst du dir denken. Ein Wunder, dass wir uns noch nie dort begegnet sind.«

»Ein Plünderer bist du also, ein Leichenfledderer.«

»Nenn es, wie du willst. Leichen hab ich jedenfalls noch keine gefunden bei meinen Besuchen. Ich gehe nicht in die Häuser der Leute. Die sind alle schon leer geräumt. Ich zerlege die Lastwagen, die da zur Hälfte ausgeschlachtet herumstehen, und das, was von den Helikoptern noch übrig ist. Dafür bin ich sozusagen Spezialist. Sind nicht mehr so viele verwertbare Teile da, aber noch finde ich immer wieder etwas, das ich zu Geld machen kann. Das ist jetzt mein Beruf.«

»Du kennst dich mit den Helis aus?«

»Die Tschetschenen können alles brauchen. Die bauen sich ihre

Hubschrauber aus lauter Schrottteilen selbst zusammen. Wie hoch die Teile verstrahlt sind, ist denen total egal. Dort ist immer Krieg.«

»Kannst du die Dinger auch fliegen?«

»Ich glaube schon, dass ich es noch könnte. Ich hab's jedenfalls mal gekonnt …«

»Warte mal«, unterbricht ihn Luba. »Da vorne sitzen zwei Jungs, die ich aus dem Motorrad-Club kenne. Ich sag mal Hallo, bin gleich wieder da.«

Wiktor sieht ihr nach. Sie hat beide Hände in die hinteren Hosentaschen geschoben. Ihre Hüften sind sehr schmal. Wiktor kann der Versuchung nicht widerstehen und greift in ihren Rucksack, den sie vergessen hat mitzunehmen. Er fingert ein speckiges vergilbtes Blatt Papier aus dem Umschlag und wirft einen raschen Blick darauf.

Als Luba nach einigen Minuten zurückkommt, geht Wiktor Hände waschen. Er muss nachdenken. Sein Instinkt sagt ihm, dass diese Zeichnung, die die Alte Luba mitgegeben hat, eine Bedeutung hat, dass sie wichtig ist. Er kann nicht sagen, warum. Er spürt es einfach. Aber wie soll er an diese Kratzbürste Luba herankommen? Er entscheidet sich dafür, einfach ehrlich zu sein.

»Luba, Mädchen«, setzt er an, als er wieder am Tisch sitzt.

»Was denn?«

»Ich glaube, ich kann dir helfen.«

»Wobei denn?« Luba sieht ihn belustigt an.

»Mit dieser Karte von der Alten.«

»Du hast in meinen Sachen gewühlt?«, schreit Luba. »Was fällt dir ein?« Sie reißt den Rucksack an sich, prüft, ob das Blatt noch im Umschlag steckt.

»Es ist alles da, mach dir keine Sorgen«, versucht Wiktor zu beschwichtigen.

»Das kommt also dabei raus, wenn man jemandem den Arsch rettet?«, zischt sie ihn an. »Hast du deine Moral da drinnen gelassen, in der Zone? Abschaum bist du geworden, du Ex-Heli-Flieger. Muss ich jetzt auch noch mein Geld nachzählen?«

»Hey, hey, hey, beruhige dich, Lubotschka.«

»Nenn mich nicht so! Du bist nicht mein Freund!«

»Ich bin dein Freund, Mädchen. Und ich kann dir helfen. Mit

dem Papier der Alten. Vielleicht weißt du ja gar nicht genau, was sie dir da gegeben hat. Ich hab da so eine Idee. Und vielleicht war ich tatsächlich beim KGB oder habe Freunde, die dabei waren. Die kriegen alles raus. Die haben Kohle und sind immer noch richtig mächtig. Glaub's mir. Du wirst vielleicht noch Freunde brauchen.«

»Was weißt du schon, Klugscheißer. Ich bin bisher ganz gut ohne dich zurechtgekommen. Ich brauche niemanden. Und wenn, dann bestimmt nicht so einen Betrüger wie dich.«

»Mädchen, wenn ich noch meine Agentenkamera hätte, dann hätte ich das Ding schon abfotografiert, und bis du dahinterkämst, was es mit der Zeichnung auf sich hat, wäre ich schon über alle Berge und hätte den Schatz gehoben.«

»Was für einen Schatz, du Idiot? Bist du jetzt übergeschnappt?«

»Na ja, ich nehme an, es ist eine Art Landkarte, die du da bekommen hast. Und irgendwas wird an dem Ort sein, der darauf eingezeichnet ist. Wozu sonst so eine handgezeichnete Karte? Vielleicht ist nur das Silberbesteck der Herrschaft, bei der Mila gearbeitet hat, dort versteckt, vielleicht eine Kiste mit den Briefen ihres Liebhabers … Aber irgendetwas Wertvolles wird es sein, wenn die Alte, pardon, Mila, dir das mitgibt und du so ein Geheimnis draus machst.«

»Du hast sie doch nicht mehr alle.« Luba ist aufgesprungen und hängt sich ihren Rucksack um.

»Ich stehe in deiner Schuld, Mädchen, und ich kann dir wirklich helfen. Überleg's dir. Wenn du mich brauchst, findest du mich im Café Maxim, am Andreassteig. Wenn ich in der Stadt bin.«

Kiew, 2. Mai 2010

Kaum ist sie wieder in der Stadt, schon ist das Leben kompliziert. Luba fährt langsam durch die Steigungen und Täler der Altstadt. Von oben geht der Blick über den Dnjepr mit seinen Brücken und Inseln hinüber auf die Plattenbauten der Neustadt, in der sie wohnt. Wohnungen für drei Millionen Menschen sind hier aufeinandergesetzt worden wie Legosteine. Wenn man sie von der rechten Flussseite aus sieht, kann man sich nicht recht entscheiden, ob die Neustadt mit ihrem davorliegenden Grüngürtel am Fluss nun Idylle oder Alptraum ist. Am besten sieht man das ohne Emotionen. Es ist einfach ein Ort, an dem sehr viele Menschen in fast identischen Behausungen leben.

Sie hat Mila auf ihrer zweiten Reise durch die Zone kennengelernt. Mila besaß damals noch das Pferd und hatte einen Wagen mit Gummireifen angespannt. Ein Fahrzeug auf einer der Niemandsstraßen! Das Pferd hatte gescheut, als Luba mit ihrer Ninja im größtmöglichen Abstand überholte; sie stieg ab und half Mila, das Pferd zu beruhigen. Mila nahm sie mit in ihr Häuschen zu ihrem Mann. Alexej war viel älter als Mila, aber er schien gesund. Die beiden wollten nicht weg aus ihrem Haus. Auch wenn Alexejs Wodka-Vorräte zu Ende gegangen waren und er sich früher kein Leben ohne Alkohol hätte vorstellen können. Eine Literflasche brachte Luba ihm von da an immer mit, aber sie reichte nicht lange. »Man wird bescheiden«, sagte Alexej, wenn sie ihm den Wodka in die Hand drückte. Beim ersten Schluck rannen ihm immer die Tränen übers Gesicht. »Vor Freude«, wie er sagte.

»Als es mit Alexej zu Ende ging, war kein Wodka mehr da«, sagte Mila, »aber er war auch so tapfer.« Mehr gab es dazu nicht zu sagen. Nur eines sei ihm noch wichtig gewesen: der braune Umschlag, der jetzt in Lubas Rucksack steckt. Als Mila ihn Luba in die Hand drückte, sagte sie: »Alexej hatte diesen Umschlag unter einem Dielenbrett im Schlafzimmer versteckt gehabt all die Jahre. Ich weiß zwar nicht, vor wem, aber so war er eben. Ich musste ihm versprechen, dass ich so lange leben werde, bis du wiederkommst und ich ihn dir geben kann. Und dann hab ich es ganz vergessen bei deinem letzten Besuch, ich altes Mütterchen. Jetzt musste ich wieder Monate auf dich warten und hoffen, dass ich durchhalte, bis du wiederkommst. So hätte vielleicht doch noch alles einen Sinn, hat Alexej gesagt«. Luba wollte noch fragen, was es mit dem Umschlag auf sich habe, doch als sie die Tränen in Milas Augen sah, die eigentlich schon in eine andere Welt blickten, schien es ihr nicht mehr wichtig, und sie griff nach Milas Hand, um sie zu trösten.

Einmal, als sie Mila und Alexej besuchte, hatte Alexej vom Großen Krieg erzählt. Wie im Mai 1943 plötzlich an jeder Ecke Kiews Plakate hingen mit einer Botschaft, die mit Lautsprecherwagen noch bis in die kleinsten Gassen getragen wurde: »Alle jungen Männer der Jahrgänge 1922 bis 1925 haben sich am 3. Juni 1943 um Punkt neun Uhr am Hauptbahnhof für den Abtransport nach Deutschland einzufinden.« Sie schrien es so laut, dass keiner es überhören konnte, und am lautesten schrien sie, dass jeder, der versuche, sich der Anwerbung zu entziehen, sofort erschossen würde.

Auch Alexej gehörte zu den aufgerufenen Jahrgängen, auch er wurde als Zwangsarbeiter nach Deutschland verschickt. Er kam nach Süddeutschland und arbeitete in der Landwirtschaft, und damit hatte er noch Glück, denn er bekam wenigstens ab und zu genug zu essen. Kurz vor Kriegsende verschlug es ihn in die Alpen, dorthin, wo der sogenannte Führer und andere Nazis ihre Häuser auf einem Berg hatten. Im Sommer 1945 wurde er nach Hause geschickt – und aus diesem Jahr stammt auch die Karte, die Mila ihr gab.

Luba gibt Gas und rauscht über die Dnjepr-Brücke.

***

Alles, was Luba auf der Karte entziffern kann, hat sie gegoogelt, aber es hat nichts gebracht. Entweder hat Alexej die Namen der Orte falsch geschrieben, oder Google kommt mit den kyrillischen Zeichen nicht zurecht. Zweimal hat sie sich schon auf den Weg ins Café Maxim gemacht und ist wieder umgekehrt, nur um Wiktor nicht um Hilfe bitten zu müssen.

Ihr Großvater hätte ihr bestimmt helfen können, aber der ist seit Jahren kaum noch ansprechbar. Die Demenz hat ihn so im Griff, dass er an den meisten Tagen seine Frau nicht wiedererkennt und sich nicht daran erinnert, wie er heißt und wo er wohnt. Wahrscheinlich weiß er gar nicht mehr, dass er in Deutschland war und dort Zwangsarbeit leisten musste wie Alexej.

Luba erinnert sich, dass sie ihren Großvater vor ein paar Jahren zur Stiftung für Verständigung und Versöhnung in der Funzestraße begleitet hat, wo er ein paar tausend Euro als Entschädigung bekam. Vielleicht erfährt sie dort, wo Alexej in Deutschland gewesen war.

Ein Bürogebäude aus den Achtzigern an der Ecke Funze- und Tsumluanstraße. Es hat sich nichts geändert, seit sie das letzte Mal hier gewesen war. Sogar die Pförtnerin ist genauso unfreundlich wie damals.

»Erstens gibt es keine Entschädigungen mehr, ist alles abgelaufen, zweitens suchen wir keine Ortschaften in Deutschland, in denen irgendwer gearbeitet hat, und drittens, wenn Sie nicht beweisen können, dass Sie mit der Person, für die Sie recherchieren, verwandt sind, dann können wir sowieso nichts für Sie tun. Datenschutz, verstehen Sie? Wir sind jetzt ein Rechtsstaat.«

»Ich möchte ja nur wissen, wo diese Person in Deutschland gearbeitet hat. Dazu müssen Sie doch Unterlagen haben.«

»Das ist alles abgewickelt. Erwarten Sie von uns keine Hilfe bei Ihrer privaten Angelegenheit. Wir werden Ihnen nicht helfen können. – Mahlzeit, Frau Doktor.« Die Pförtnerin nickt einer Frau zu, die hinter Luba das Gebäude verlässt. Luba dreht sich um. »Frau Doktor« ist um die fünfzig, elegant gekleidet, tadellose Figur, das Haar sehr kurz geschnitten, grau mit breiten schwarzen Strähnen dazwischen. Kaum hat sie das Gebäude verlassen, zündet sie sich eine Zigarette an.

»Guten Tag.« Die Frau an der Pforte klappt ihr Fensterchen zu.

Luba geht hinaus in den kleinen Park hinter dem Gebäude der Stiftung. Auf einer Bank sitzend, sieht sie die Frau mit dem zweifarbigen Haar wieder. Luba nickt ihr zu.

»Was wollten Sie denn von unserer Stiftung?« Eine Stimme wie Janis Joplin. »Unsere Pförtnerinnen sind spitze, wenn es ums Abwimmeln geht. Und seitdem klar ist, dass die Stiftung demnächst dichtmacht, hat überhaupt niemand mehr Lust, irgendwem zu helfen. Viele von uns wissen nicht, wie es danach weitergehen wird. Das heißt Marktwirtschaft, und wir werden schon noch lernen, wie sie funktioniert. Ich verspreche mir ehrlich gesagt nicht sehr viel davon.«

»Die Frau an der Pforte nannte Sie ›Frau Doktor‹.«

»Ach so, ja. Ich bin promoviert, Historikerin.«

»Was ist Ihr Fachgebiet, also das, womit Sie sich am besten auskennen?«

»Vor 2001 hieß mein Fachgebiet ›Großer Vaterländischer Krieg‹. Wieso wollen Sie das wissen?«

»Können Sie auch Deutsch, waren Sie selbst schon in Deutschland?«

»Kindchen, was Sie alles wissen wollen. Wozu, wenn ich Sie noch einmal fragen darf. Die Entschädigungszahlungen sind tatsächlich eingestellt worden, da hat Natalija vollkommen recht. Wenn Sie Geld von uns haben wollen, dann kommen Sie zu spät. Wir haben keines mehr.«

»Nein, kein Geld. Ich bräuchte nur ein paar Auskünfte. Ich bin übrigens Luba, Luba Munin.«

»Freut mich. Dr. Marjana Luschenko.«

»Ich habe etwas geerbt von einem alten Mann, der als Zwangsarbeiter in Deutschland war. Es ist eine Karte, auf der irgendwelche Orte eingezeichnet sind, und ich wüsste gern, wo das ist.«

»Zeigen Sie mal her, vielleicht kann ich etwas erkennen.«

Luba holt den Umschlag aus dem Rucksack und öffnet ihn.

»Oh, was haben wir denn hier? Sieht ja aus wie eine Schatzkarte.« Dr. Luschenko lacht scheppernd. Nach dem Lachen hustet sie, und als der Husten vorbei ist, zündet sie sich die nächste Zigarette an. »Glauben Sie an verborgene Schätze, Kindchen?«

Luba schüttelt den Kopf.

»Das ist gut. Was meinen Sie, wie viele Schatzgeschichten aus Deutschland ich schon gehört habe? Das Bernsteinzimmer, Goldbarren, Brillanten und was weiß ich noch alles sollen dort vergraben sein. Also, hier handelt es sich wohl um den südlichen Teil Deutschlands, weil es hier hohe Berge gibt. Das da könnte ein See sein. Um die Beschriftungen entziffern zu können, bräuchte ich eine Lupe oder ein Mikroskop. Langsam komme ich in das Alter, in dem das mit dem Lesen nicht mehr ohne Hilfsmittel klappt. Verdammt, und jetzt ziehen sie mir auch noch meinen Arbeitsplatz unterm Arsch weg …« Dr. Luschenko zieht an ihrer Zigarette. »Kindchen, ich müsste mir das genauer ansehen, denn noch habe ich einen Arbeitsplatz, und an den muss ich jetzt zurück. Lassen Sie doch die Karte bei mir, und ich rufe Sie an, wenn ich etwas herausgefunden habe.«

»Nein, die Karte kann ich nicht aus der Hand geben, das werden Sie verstehen. Es ist ein Erbstück.«

»Dann kommen Sie nach Feierabend bei mir vorbei, und wir sehen sie uns gemeinsam an. Ich habe sowieso noch nichts vor für heute Abend.«

»Ich komme ja an Ihrem Drachen nicht vorbei.«

»Sagen Sie einfach, dass Sie einen Termin bei Frau Dr. Luschenko haben. Sagen wir, um halb sieben?«

»Gut.«

Im Weggehen dreht sich Dr. Luschenko noch einmal um. »Wie, sagten Sie, hieß der Mann, der gestorben ist?«

»Alexej«, sagt Luba. Sie hat den Namen noch gar nicht genannt. »Alexej Schalimow.«

Berchtesgaden, 29. Mai 2010

»Habe die Ehre, Sepp«, begrüßt Klaus Grundner von der Bergwacht Sepp Aschenbrenner, als der Hubschrauber wieder abgeflogen ist. »Kennst du den Brandner Martin von der Berchtesgadener Polizei?«

Die beiden nicken sich zu. Freilich kennen sie sich, seit vielen Jahren schon, vom Alpenverein und aus der Kletterhalle.

Aschenbrenner zeigt ihnen den Klemmkeil mit dem abgeschnittenen Stück Seil. Brandner kratzt sich nachdenklich am Kopf.

»Was meinst du?«, fragt Grundner.

»Schaut nicht gut aus.«

Sie umwandern den Rand des Schneetrichters und kommen zu der Stelle mit der Markierung. Ein oranger Punkt ist auf den Fels gesprüht.

Grundner von der Bergwacht legt sich auf den Boden und reckt den Hals, um in die Randkluft hineinzusehen. Aschenbrenner hält ihn an den Beinen fest, und er schiebt sich noch ein bisschen weiter vor. Auf ein Zeichen hin hilft Aschenbrenner ihm kurz darauf wieder, sich nach hinten zu schieben und aufzustehen.

»Da hat jemand mit dem Pickel etwas vom Eis weggeschlagen, als hätte er sich einen Einstieg freischlagen wollen«, sagt Grundner.

»Ich hab gar nicht gewusst, dass man da einsteigen kann. Ist das der Zugang zu einer Höhle?«, fragt Aschenbrenner.

»Davon ist mir nichts bekannt«, erwidert Brandner.

»Mir auch nicht.« Grundner hat sich wieder auf den Boden gekauert, legt die Hände an den Mund und ruft in die Öffnung hinein. Dann hält er das Ohr an die Randkluft. Nichts.

»Auf welche Ideen die Leute kommen … Irgendwann müssen wir die Alpen ganz zusperren.«

»Meinst du, dass da wirklich einer einsteigen wollte?«, fragt Aschenbrenner.

»Ich meine bald gar nichts mehr. Die Leute werden immer verrückter, selbst die, die es eigentlich besser wissen müssten. Erfahrene Bergsteiger! Heuer sind welche ohne Seil über den Blaueisgletscher drüben am Hochkalter marschiert. Haben wir dieses Frühjahr schon mal gehabt, alle zwei tot. Oder die Wanderer, die am Königssee, auf St. Bartholomä, hinten in die Eiskapelle einsteigen. Ganz egal, wie viele Warnschilder wir da noch aufstellen. Irgendwann bricht das Eis von oben herunter und erschlägt einen von diesen Wahnsinnigen. Das ist absolut lebensgefährlich, was die Leute da treiben, aber das brauch ich euch ja nicht erzählen.«

»Und du meinst, jetzt kraxelt hier im Hochgebirge einer in einen Schneetrichter rein?«, fragt Aschenbrenner.

»Manchmal möchst schon verzweifeln an der Menschheit«, antwortet Grundner. »So dumm kann etwas gar nicht sein, dass es nicht einer versucht. Und dann hängen s' drin, und wenn s' Glück haben, haben sie ein Handy dabei, und wir ziehen sie wieder raus. Dass wir dabei selbst unsere Haut riskieren, daran denken die wenigsten.«

»Vielleicht ist ihm ja gar nichts passiert, vielleicht kraxelt der immer noch da drinnen herum«, meint Aschenbrenner.

»Und das abgeschnittene Seil?«, fragt Brandner von der alpinen Einsatzgruppe der Polizei. »Der hat sich doch nicht selbst das Seil durchgeschnitten.«

»Du meinst, ein anderer hat das Seil durchtrennt? Mein Lieber, das wär ja, das wär ja direkt …«, stottert Aschenbrenner.

»Jetzt mal ganz langsam. So weit sind wir noch nicht. Wenn jedenfalls einer da unten ist, dann bleibt uns nichts anderes übrig, als ihm hinterherzuklettern.«

Grundner kümmert sich um die Kletterseile, die im Hubschrauber hergebracht wurden, legt den Gurt und die Stirnlampe an. Er schlägt einen Keil in den Felsen und lässt sich von den anderen beiden beim Abseilen in die Randkluft helfen.

»Ja mi leckst am Arsch«, sagt Aschenbrenner bewundernd und heilfroh, dass er nicht selbst da hinunterklettern muss.

Per Funkgerät hält Grundner Kontakt mit den Männern oben.

»Der Trichter ist tatsächlich der Eingang zu einer Höhle«, meldet er. »Da geht's richtig weit runter. Unten ist eine riesige Halle, von der zweigt ein breiter Schacht ab. Moment, da unten leuchtet etwas, ganz schwach. Könnte eine LED-Lampe sein.«

Oben hören sie ihn »Hallo! Hallo?« schreien, dann: »Da unten bewegt sich nichts. Wir müssen da runter, Martin. Gib dem Hubschrauber Bescheid, dass wir die Seilwinde brauchen.«

»Christoph 17«, der Einsatz-Hubschrauber aus Traunstein, braucht keine fünfzehn Minuten, bis er über dem Trichter in der Luft steht. Die drei Männer sehen zu, wie langsam eine Motorwinde herabgelassen wird.

»Also dann, pack ma's an! Sepp, bleibst du noch da, falls irgendwas passiert und wir dich brauchen?«

Aschenbrenner nickt. Brandner hat schon seinen Gurt angelegt. Er wird sich nach Grundner abseilen.

»Hundertzwanzig, hundertdreißig, hundertvierzig, hundertfünfzig Meter«, meldet der Bergwachtler. Aschenbrenner starrt auf das Funkgerät in seiner Hand, als würde es ihm gleich Livebilder der Abseilaktion übertragen. Von oben sieht er nichts als die Öffnung und den Schnee, der den Trichter füllt.

»Stopp«, ruft Grundner, und Aschenbrenner bringt die Seilwinde zum Stehen. Dann hört er nur noch ein Knacken.

Aschenbrenner wartet. Er dreht sich um zum Göllgipfel, über den gerade die Sonne steigt. Von einer Felskante schräg über ihm sieht ein Augenpaar neugierig auf ihn herunter. Aufgestellte Ohren, spitze Hörner, eine weiße Blässe zwischen Nase und Stirn, die Nüstern nach ihm ausgerichtet. Eine Gämse beobachtet ihn. Aschenbrenner bewegt sich nicht. Dann dreht sich das Tier um, und über der Kante erscheint ihr Kitz, mehr Neugier als Angst in den Beinen. Dann springt es hinter dem Fels davon, und die Geiß muss hinterher.

»Was ist los bei euch?«, fragt Aschenbrenner ins Funkgerät. »Habt ihr irgendwas?« Er wartet.

»Ja«, antwortet Grundner. »Er war nicht zum Übersehen.«

»Und?«, fragt Aschenbrenner.

»Der is hin. Und wir haben Glück, dass er so gut verpackt ist. Zu was so eine Wanderausrüstung alles gut ist.«

Martin Brandner steht bei dem toten Bergsteiger, der am Boden der bestimmt hundertfünfzig Meter tiefen Höhle liegt. Nach hinten öffnet sich ein breiter Schacht in nordwestlicher Richtung. Brandner stellt das Funkgerät aus, bevor er seiner Anspannung Luft macht und leise vor sich hinflucht. Das muss der Aschenbrenner Sepp nicht mithören, so viel Respekt vor dem Toten muss sein. Aber raus muss es doch, denn das war jetzt keine lustige Kletterpartie hier hinunter. Wenn du da nicht absolut schwindelfrei und ein sicherer Kletterer bist, kannst du einpacken.

Der Tote liegt auf dem Rücken, die hellen Augen sind geöffnet, in der Bewegung erstarrt wie eine stehen gebliebene Uhr. Ein kräftiger, durchtrainierter Mann. Sein Schädel ist geborsten, er liegt in einer Lache aus Blut und einer klaren Flüssigkeit, die aus dem Gehirn stammt. Dieselbe Mischung ist aus Nase, Mund und Ohren ausgetreten. Die Augenhöhlen zeigen Einblutungen, Hämatome rahmen die Augäpfel ein wie eine dunkle Sonnenbrille. Im Bereich des Bauches ist die Goretex-Jacke durchnässt. Brandner denkt, er möchte nicht der Rechtsmediziner sein, der der Leiche diese Jacke ausziehen muss. Durch den Aufprall wird der Druck im Körper so stark, dass die Bauchdecke platzt. Es ist nicht das erste Mal, dass Brandner so etwas sieht.

»Beide Seile durchgeschnitten«, sagt er. »Kennst du den?«

Grundner schüttelt den Kopf. »Er hat nur dreißig Meter Seil dabeigehabt. Das heißt, er hat nicht gewusst, wie weit es hier hinuntergeht.«

»Dann also jetzt das volle Programm.« Brandner sagt es ohne Elan. »Kripo Traunstein, Spurensicherung. Die müssen jetzt alle hier runter.«

Grundner nickt und verständigt den Hubschrauberpiloten.

»Wie schaut's denn aus bei euch da unten?«, fragt der.

»Stockdunkel und kalt. Fünf bis sieben Grad.«

»Alles klar!«

»Und, Andi?«

»Ja?«

»Einen wunderschönen Flugtag noch, gell? Wirst schon ein paarmal hin- und herfliegen müssen, bis alle da sind, die wir jetzt brauchen.«

»Du mich auch, Klausi. Ende.«

***

Von der Einsatzleitung der Bergwacht geht eine Meldung an die Polizeidienststelle, an die Leitung der alpinen Einsatzgruppe Berchtesgaden und an die Kripo Traunstein.

»Baut doch endlich mal ein Geländer um eure Berge, sonst fallen euch noch alle Touristen runter.« Meik Lebow von der Kripo Traunstein denkt gar nicht daran, seinen Thüringer Slang abzulegen. Er trägt ihn mit ebenso viel Stolz wie seine knackigen Hilfiger-Jeans.

»Freut mich, dass ihr mit Humor an die Sache rangeht«, pariert Franz Gruber von der PI Berchtesgaden. »Also, du weißt Bescheid. Wie es aussieht, wird es kein Spaziergang bis zum Fundort der Leiche. Verstehst?«

»Verstehe.«

»Und schickt uns doch bitte jemanden, der schon mal einen Berg von oben und eine Höhle von innen gesehen hat. Wir sind hier nicht im Kletterkindergarten, gell?«

»Alles klar. Keine Bergtouristen aus Thüringen, meinst du wohl. Hab ich verstanden, Franz. Müsst ihr Berchtesgadener eigentlich immer so grob sein? Die Spurensicherung ist schon so gut wie bereit, das sind kernige Burschen, sag ich dir. Ist der Hubschrauber schon unterwegs?«

»Na, wir ham dacht, eine Muli-Karawane reicht auch für euch Traunsteiner. Also, dann sehen wir uns ja hoffentlich noch bei Tageslicht. Wen bringst denn als Ermittler mit?«

»Die Leni Morgenroth, wenn sie nicht grade wieder spinnt.«

»Die Leni, das ist gut, mit der kann man wenigstens was anfangen hier im Gebirge.«

Kiew, 3. Mai 2010

Als Luba um halb sieben wieder zum Stiftungsgebäude kommt, steht sie vor verschlossenen Türen. »Geöffnet Montag bis Freitag, acht bis achtzehn Uhr«. Die Luschenko hatte halb sieben gesagt, sie hat sich doch nicht verhört. Das Gebäude ist dunkel, anscheinend ist kein Mensch mehr drin. Luba sieht sich um. Auch die Straße sieht verlassen aus. Zwei, drei Autos stehen da, wo mittags noch alles vollgeparkt gewesen war. Was soll sie jetzt tun, warten?

Ist da jemand im Foyer? Eine Gestalt tritt hinter einer Säule in der unbeleuchteten Eingangshalle hervor. Es ist Dr. Luschenko, die Frau mit dem zweifarbigen Haar. Sie steckt einen Schlüssel ins Schloss und öffnet die Eingangstür.

»Kommen Sie«, flüstert sie und geht voran durch die Halle in ein Treppenhaus neben dem bereits ausgeschalteten Lift.

»Wieso flüstern Sie?«, fragt Luba. »Tun wir etwas Verbotenes?«

»Ach wo«, sagt Dr. Luschenko, »muss nur nicht jeder mitbekommen. Seit die Auszahlungen beendet sind, haben wir ja praktisch keinen Publikumsverkehr mehr. Wir wickeln uns jetzt sozusagen selbst ab.«

Luba folgt ihr in den zweiten Stock. Ihre Schritte hallen durch einen langen, leeren Gang. Alle Türen stehen offen. Verkratzte Tische mit vereinzelten alten elektrischen Schreibmaschinen, Rechenmaschinen mit weißen Papierrollen, Holzlineale und stapelweise Akten in verblichenen roten Pappumschlägen. Die Computer sind fette Stahlkästen, denen man ansieht, dass sie noch mit dem Millenniumsproblem zu kämpfen hatten, auf den Bildschirmen, die auf den Kisten stehen, haben sich Buchstabenkolonnen in die Bildröhre eingebrannt.

»Ich glaube, das ist die Büroausstattung der Stasi-Behörden, die wir nach der Wiedervereinigung der Deutschen geerbt haben«, versucht Dr. Luschenko zu scherzen. »Mein Kollege Ivan meint, das Zeug kommt vom KGB. Egal, es ist jedenfalls ziemlich alter Mist.«

Sie betreten ein graues Zimmer, das nach dem überquellenden Aschenbecher auf dem Fensterbrett riecht, der zwischen staubigen Kakteen und braun gewordenen Blattpflanzen steht.

Dr. Luschenko öffnet eine Schreibtischschublade. »Voilà«, sagt sie und hebt ein Notebook aus seinem Versteck. »Privatbesitz.«

Sie fährt den Laptop hoch.

»Sie sind wegen des alten Mannes gekommen«, sagt sie. »Ich habe schon mal ein wenig recherchiert. Warten Sie. Da ist es.«

Sie zündet sich eine Zigarette an und liest vor: »Alexej Schalimow, geboren am 21. November 1925 in Kiew. Am 3. Juni 1943 zwangsweise rekrutiert und vom Hauptbahnhof Kiew aus mit dem Zug ins Deutsche Reich verschleppt. Zuerst nach Berlin und von dort aus in den Süden, Brannenburg heißt der Ort. Er hat dort in zwei landwirtschaftlichen Betrieben gearbeitet, zusammen mit fünf weiteren Ukrainern, drei Polen und zwei Weißrussen. Aljoscha, Dimitri, Grigorij ... ach, was interessieren uns jetzt alle diese Namen.«

Luba starrt sie fassungslos an.

»Wundern Sie sich nicht, Kindchen. Wir sind zwar offiziell eine Stiftung, keine Behörde, aber auch nicht schlecht informiert. Bei uns laufen allerhand Informationen zusammen. Zigarette?«

Luba schüttelt den Kopf. »Ich verstehe nicht, wieso Sie über all diese Informationen verfügen. Alexej hat in der Zone gelebt und sie zwanzig Jahre nicht verlassen.«

»In der Zone? Da haben Sie die Karte her? So lebensmüde sehen Sie gar nicht aus, Kindchen.«

»Ich bin nicht deswegen in die Zone gefahren. Ich fahre jedes Jahr rein. Mit dem Motorrad. Es ist nicht gefährlich, wenn man die Straßen nicht verlässt.«

»Dann haben Sie die Karte auf der Straße gefunden?«

Luba schweigt.

»Na, ist ja auch egal, womit Sie Ihre Freizeit verbringen. Ist das Ding auch verstrahlt?«

»Wollen Sie die Karte essen? Woher wissen Sie so gut über Alexej Bescheid, wenn er doch nie hier bei Ihnen war?«

»Er nicht, aber seine Tochter. Sie hat die Unterlagen gebracht und dann das Geld abgeholt.«

»Sie wissen sicher auch, wie viel es war.«

»Ja, natürlich. Wir sind nun mal Bürokraten, Schätzchen. Es waren genau 2.523 Euro. Ausbezahlt an Tatjana Schalimowa, am 5. März 2005.«

»Alexej und Mila haben überhaupt keine Tochter, nur einen Sohn.«

»Vielleicht war's die Schwiegertochter.«

Dr. Luschenko spielt mit dem breiten Goldring an ihrem linken Mittelfinger. Ihre schlanken Beine hat sie elegant übereinandergeschlagen. Die Schuhe sind vielleicht italienisch. Gepflegte Hände mit lackierten Fingernägeln.

»Hören Sie, Kindchen, es ist doch gut, wenn jemand das Geld abholt. Sonst verfällt es nur. Alles, was nicht abgeholt wird, weil der Betreffende verstorben ist, nicht zu uns kommen kann, keine Papiere mehr hat et cetera, geht zurück nach Deutschland. Die Leute bekommen ja auch nicht üppig viel. Oder finden Sie zweitausendfünfhundert Kröten ausreichend für vier Jahre Zwangsarbeit und die Angst, von den Kommunisten dafür in den Gulag geschickt zu werden? Oder dass man das Geld an die deutschen Kriegsverbrecher zurückgeben sollte, wenn einer es nicht mehr abholen kann?« Dr. Luschenko zündet sich die nächste Zigarette an.

»Ich finde es nicht in Ordnung, wenn jemand anderer als Alexej oder seine Frau das Geld abgeholt hat. Die beiden hätten es weiß Gott gebrauchen können. Für Lebensmittel, für Medikamente.«

»Jetzt beruhigen Sie sich. Wie war noch mal Ihr Name?«

»Luba.«

»Luba, hören Sie. Der Alte ist tot.«

»Er hieß Alexej.«

»Gut. Alexej ist tot. Er hat Ihnen etwas vererbt. Deshalb sind Sie hier. Also, raus mit der Schatzkarte, damit wir endlich anfangen können.«

Luba geht zum Fenster.

»Vorsicht, die Biester sind gefährlich.« Dr. Luschenko deutet auf die Staubkakteen.

Luba hört, wie sie sich eine neue Zigarette anzündet. Allmählich bekommt sie in der stickigen Luft Kopfweh.

»Wieso tun Sie das eigentlich? Wieso wollen Sie mir helfen? Was versprechen Sie sich davon?«

»Ich geb's zu, ich hab's vermasselt. Sie trauen mir nicht mehr. Sie denken, ich sei korrupt.«

»Sind Sie's?«

»Ich würde das nicht so nennen, Luba. Wo arbeiten Sie?«

»In einer Fabrik.«

»Was tun Sie da?«

»Fische zu Konserven verarbeiten.«

»Aha, interessant. Und? Sind Sie dort glücklich? Verdienen Sie gut?«

»Was soll die Frage?«

»Darf man das nicht mehr fragen? Mit fünfzig noch viel weniger als mit fünfunddreißig? Denken Sie so? Dann haben Sie aber schon früh resigniert. Man darf, sage ich Ihnen! Man darf mehr verdienen wollen, man darf glücklich sein wollen, man darf eine interessante Arbeit haben wollen, man darf Annerkennung bekommen wollen, man darf wie ein Mensch behandelt werden wollen. Man darf! Hören Sie? Und ich will das alles. Ich bin promovierte Historikerin. Im Westen würde ich an einer Universität unterrichten oder in einer einflussreichen Zeitungsredaktion sitzen. Und hier lässt man mich vergammeln.«

Luba sieht aus dem Fenster. Dr. Luschenkos Suade oder was für eine Art von Predigt es auch immer ist, hört sie kaum noch. Stattdessen träumt sie von einem Frühlingsspaziergang am Dnjepr, bis ihr ein Duft in die Nase steigt, kurz nachdem sie ein leises »Pffft, pfft« gehört hat. Sie geht einen Schritt rückwärts, noch mal »Pffft, pffft«, und sieht im Fenster gespiegelt, wie sich Dr. Luschenko aus einem mattglasigen kegelförmigen Flakon Eau de Toilette an den Hals sprüht, ohne ihren Wortschwall auch nur für den Bruchteil einer Sekunde zu unterbrechen.

Luba riecht die Maiglöckchennote. Erinnert sich, als sie mit Ilya im Kaufhaus GUM in der Chrescatykstraße einkaufen war. Durch alle Abteilungen waren sie geschlendert. Immer, wenn sie etwas anfasste, wollte Ilya es ihr schenken. »Du spinnst ja«, sagte sie dann, »das ist viel zu teuer.« In der Parfümerieabteilung nahm Ilya dieses Parfüm, sprühte es auf seine Hand und ließ Luba daran riechen: »Und, gefällt es dir?«

Dr. Luschenko redet immer noch, und jetzt dringt es auch wieder an Lubas Ohr.

»Ich will leben. Ich will noch etwas sehen von der Welt. Sie nicht? Warum hat der Alte, Alexej, Ihnen wohl die Karte gegeben? Er will, dass Sie dorthin gehen, an die Orte, die er als junger Mann gesehen hat, wo er arbeiten musste und von den Menschen angespuckt wurde. Nach den Ukrainern kamen nur noch die Juden und die Zigeuner. Ihr Freund Alexej durfte damals kein Geld besitzen, kein Fahrrad, nicht einmal ein Feuerzeug. Er bekam schlechteres Essen und weniger Lohn als die Deutschen. Er durfte nicht einmal mit Deutschen zusammen in die Kirche gehen. Und hätte er Sex mit einer Deutschen gehabt, wäre er mit dem Tod bestraft worden. Wussten Sie das, Luba? Und jetzt Schluss mit den Sentimentalitäten und her mit der Karte. Oder Sie gehen einfach wieder und stehlen mir nicht die Zeit.« Dr. Luschenko saugt den letzten Rest aus ihrer Kippe und drückt sie wütend aus.

Luba knallt ihren Rucksack auf den Tisch und zieht die Karte heraus.

»Sie können Marjana zu mir sagen«, sagt Dr. Luschenko.

Berchtesgaden, 29. Mai 2010

Im Talkessel sind die Wiesen fett geworden, grün und dicht wie pralle Nadelkissen. Die Berge bilden ein Halbrund um die Ebene mit ihren Bilderbuchdörfern, den Mischgehölzen und den vereinzelt stehenden Laubbäumen. Wie auf einer Schnur sind sie aufgefädelt, massive Felsbrocken, aus denen spitze Gipfel ragen, runde Buckel, Hörner oder aufgerissene Fischmäuler wie das des Watzmann-Massivs. Als Fremdem bleibt einem die Luft weg, wenn man hier im Talkessel ankommt. Man denkt, die Einheimischen müssen vielleicht schon blind geworden sein für diese großartige Kulisse, die sie jeden Tag vor der Nase haben. Aber so ist es nicht. Die Berge sehen jeden Tag, mitunter jede Stunde anders aus. Das Licht erschafft sie immer wieder neu.

Magdalena Morgenroth fährt eine Schubkarre mit dampfendem Mist aus dem Stall über den ungepflasterten Hof ihres kleinen bäuerlichen Anwesens und kippt ihn auf einen Haufen am Ende des Gartens.

»Servus, Leni.«

Leni fährt herum. »Ja, Manfred, was machst du denn hier bei uns im Tal? Hast du Urlaub?«

»Nein, ich bin wegen dir da.«

»Wegen mir? Du weißt, dass ich außer Dienst bin. Ab Sonntag bin ich weg. Auf der Alm.«

»Das weiß ich, Leni, ich hab doch deinen Antrag auf dieses, dieses …«

»Sabbatjahr.«

»… ja, genau, das hab ich doch letztlich befürwortet nach oben hin, nachdem du mir das Messer auf die Brust gesetzt und gesagt hast, entweder das Sabbatjahr wird genehmigt, oder ich geh ganz.«

»Ja, eben. Was willst dann jetzt hier, wenn du das weißt?«

»Leni, kannst denn das nicht verschieben, die Spinnerei mit der Alm?«

»Das ist keine Spinnerei, Manfred. Jedenfalls auch nicht spinnerter, als zwanzig Jahre Verbrechern hinterherzujagen. Ich brauch eine Auszeit, und ihr habt sie mir genehmigt.«

»Ja, nachdem du uns quasi erpresst hast.«

»Darüber gibt's nichts mehr zu reden. Was willst du also hier?«

»Dass du deine Pläne noch um ein paar Tage verschiebst«, antwortet Manfred Hofer.

Leni dreht sich um und schiebt den leeren Schubkarren zurück zum Stall. Ein brauner Kopf erscheint in der Stalltür, mit einem feinen Strich von der Stirn bis zur Schnauze. Dann ein zweiter hellbrauner Kopf.

»Kommt's raus, na, Ludwig, komm. Romy, auf geht's. Der Manfred tut euch nichts.«

Zwei Esel traben hinter ihr her, hinüber zur eingezäunten Weide. Leni öffnet das Tor und schließt es hinter den beiden wieder.

»Was machst du mit den Eseln, wenn du weggehst, auf deine Alm?«

»Der Rudi kümmert sich um sie, mein Nachbar.«

»Wo ist denn deine Alm überhaupt?«

»Drüben im Österreichischen. Aber genauer sag ich dir das nicht. Es gibt nur einen Menschen, der weiß, wie er mich erreichen kann.«

»Der Rudi.«

»Genau, der Rudi. Und der Rudi wird schweigen wie ein Grab, sonst ist er mein bester Freund gewesen.«

»Und wenn was mit deinen Eseln ist?«

»Das kann der Rudi alles genauso gut wie ich.«

»Und wenn dein Haus abbrennt?«

»Dann brennt's halt ab.«

»Und wenn der Simon heimkommt?«

Leni Morgenroth putzt sich die Stiefel im Gras ab und schaut nicht auf.

»Wo is er denn grad?«, fragt Hofer.

»In Tasmanien, soweit ich weiß.«

»Australien?«

Sie nickt.

»Ist er da wieder mit dem Seil unterwegs in den Bergen? Wie heißt dieser Sport noch mal?«

»Slacklinen. Oder Highlinen. Er hat das auch bei uns hier in den Bergen schon gemacht. Schaut ziemlich spektakulär aus, wenn die ihr Seil zwischen zwei Felsnasen spannen, dreihundert Meter über dem Abgrund.«

Manfred Hofer wartet. Er weiß, was mit seiner Hauptkommissarin Morgenroth los ist. Aber er will es von ihr selbst hören. Und sie tut ihm sogar den Gefallen.

»Erst hast du so ein Kind achtzehn Jahre um dich herum, ziehst es auf, musst schaun, wie du es durchbringst allein«, sagt sie und bohrt mit dem Gummistiefel in der Erde herum, »machst alle Wehwehchen mit, stehst die Pubertät mit ihm zusammen durch, und dann ist er auf einmal weg. Von heute auf morgen. Und kommt bloß noch zu Besuch. Nur du bist immer noch da, am selben Ort, im selben Nest, aber das Nest ist leer.«

Hofer betrachtet das mit dem Gummistiefel gebohrte Loch.

»Ich muss jetzt auch mal weg von hier, Manfred. Verstehst du das?«

»Ja, Leni, ich versteh's eh. Und ich würd dich auch wirklich in Ruhe gehen lassen, so wie ich's versprochen hab.«

»Aber?«

»Aber jetzt ist was dazwischengekommen. Ein Fall.«

»Aha, ein Fall. Und wieso könnt ihr den nicht allein lösen? Wieso braucht ihr da gerade mich dazu?«

»Weil der Fall da oben spielt.« Hofer dreht sich um und zeigt hinauf Richtung Osten, zum Göll hinüber. »Da, in deinen Bergen. Wo du dich auskennst wie in deiner Westentasche.«

»Da, wo heute der Hubschrauber raufgeflogen ist?«

»Du hast ihn gesehen?«

»Und gehört. Ich hab gedacht, ein Bergunfall.«

»Kein Unfall.«

»Wo ist es denn passiert?«

»In einer Höhle.«

»In welcher?«

»Ich glaube, die hat noch gar keinen Namen. Da oben, an so einem großen Schneeloch, südwestlich vom Göllgipfel.«

»Dort soll eine Höhle sein? Dann wird's doch ein Unfall gewesen sein.«

»Nein, es war kein Unfall. Wär ich sonst hier? Da liegt einer drin, den hat ein anderer von seinem Seil abgeschnitten.«

»Ein Einheimischer?«

»Die von der Bergwacht haben ihn jedenfalls nicht gekannt. Magst dir den Toten nicht wenigstens einmal anschauen, solange du noch da bist? Obwohl er natürlich nicht besonders gut aussieht, das muss ich dir schon sagen.«

»Wie tief ist er runtergefallen?«

»Hundertfünfzig Meter.«

Leni schüttelt sich. »Anfang April ist hier auf der Reiteralm ein Tourenskifahrer in eine Doline gestürzt. Der ist fünfzig Meter runtergefallen, auf Schnee gelandet und dann auch noch vom nachrutschenden Schnee verschüttet worden.«

»Und, hat er überlebt?«

»Es war ein Wunder«, sagt Leni. »Seine Freundin hat die Bergwacht verständigt. Sie waren nach fünfzehn Minuten da, haben sich abgeseilt und ihn ausgebuddelt. Er hatte ein Luftloch unter der Lawine und konnte atmen. Er war verletzt, aber nicht lebensgefährlich.«

»Der da oben am Göll hat nicht so viel Glück gehabt.«

»Und wozu soll ich mir den jetzt anschaun? Manfred, wenn du mir den Fall gibst, dann hab ich ihn an der Backe und werd ihn nicht wieder los, bevor er nicht gelöst ist. Für wie blöd hältst du mich?«

»Nein, Leni, den Fall bekommt der Angermayer. Nur am Anfang zieh ich dich mit dazu, weil du dich hier gut auskennst, weil du eine alte Bergsteigerin bist.«

»Danke für die Alte«, sagt Leni, »aber es stimmt ja auch.«

»Jetzt hab dich nicht so und bring mich nicht durcheinander. Also, es ist einfach so, dass wir dich brauchen. Und dann, wenn von oben her alles klar ist, dann gehst du auf deine Alm und der Angermayer übernimmt, versprochen. Einverstanden?«

»Und dafür bist jetzt extra hier rausg'fahrn?«

»Natürlich auch, weil's so schön ist bei euch hier unten. Ein Panorama habt ihr hier, mein lieber Scholli! Ihr lebt schon in einer ganz eigenen Welt. Man denkt, auf diesem Flecken Erde kann gar nichts Böses passieren.«

»Schön wär's. Aber dann müssten wir hier irgendwie bessere Menschen sein. Wir Berchtesgadener sind vielleicht wirklich ein bisschen eigenwillig und sehr verwurzelt mit unserer kleinen Heimatwelt. Aber bessere Menschen sind wir deshalb auch nicht.«

»Nicht? Schad!«

»Jetzt wirst du schon wieder frech, Manfred, und nimmst mich hier ganz schön auf den Arm mit deiner Berchtesgaden-Lobhudelei. Wegen der Schönheit bist bestimmt nicht gekommen.«

Leni Morgenroth sieht hinauf zum Göll. Und Manfred Hofer quetscht seine Daumen hinter dem Rücken in seine Fäuste, damit sie endlich anbeißt.

»Andererseits«, sagt sie, »wenn der da droben liegt, anschaun kann ich ihn mir ja mal, und die Höhle … Dass sich da in den Trichter überhaupt jemand reintraut. Der Angermayer ist doch Niederbayer. Wahrscheinlich kriegt der schon die Höhenangst, wenn er bloß da raufschaut.«

»Eben«, sagt Hofer und reibt sich seine gequetschten Daumen.

Kiew, 3. Mai 2010

»Brannenburg, sehen Sie, da gibt es einen Berg, der heißt Wendelstein. Das ist aber nicht der Berg, der auf der Karte eingezeichnet ist.«

»Wieso nicht?«

»Weil er nicht so hoch ist. Tausendachthundert Meter. Der Berg auf der Karte ist mit zweitausendfünfhundert angegeben. Da steht ein Name, aber ich kann ihn nicht lesen. Sie vielleicht?«

»Hm, das könnte Gell heißen. Gibt es einen Berg dort in den Alpen, der so heißt?«

»Moment, ich gebe das mal ein. Nein, Fehlanzeige. Da ist etwas wie ein Schacht eingezeichnet, in den Berg hinein. Ein Tunnel oder eine Höhle.«

»Und was soll das hier sein? Sieht aus wie ein Haus, das auf einem Berg oben steht.«

»Ja, nur beschriftet ist es nicht. Oder es ist so verblichen, dass man nichts mehr erkennen kann. Das kann Deutschland oder Österreich sein, hier ist die Grenze. Aber während des Kriegs war das ja alles eines, ein ›Deutsches Reich‹. Hat Alexej Ihnen eigentlich nichts gesagt oder erklärt zu dieser Karte?«

»Er war schon tot, als ich sie bekam. Ich habe die Karte von seiner Frau Mila.«

»Dann müsste sie doch etwas wissen. Hat er ihr nichts erzählt, bevor er starb?«

»Sie hat jedenfalls nichts zu mir gesagt.«

Luba denkt an den Besuch bei Mila, wie sie ihr die Hand gehalten hat und dass sie nicht viel Zeit hatten, weil Wiktor draußen vor dem Haus auf sie wartete.

»Dann müssen Sie sie eben danach fragen. Können Sie noch einmal hinfahren und sie besuchen? Bekommen Sie dafür eine Genehmigung?«

»Ich kann es versuchen.«

»Sagen Sie, Sie bringen Medikamente, auf die jemand dringend wartet. Notfalls müssen wir da ein bisschen nachhelfen. Oder wir lassen es gleich hier über die Stiftung laufen. Dass wir da noch einige Dinge klären müssen wegen einer Entschädigungszahlung, ob die nun rechtmäßig erfolgt ist oder nicht.«

»Haben Sie ›wir‹ gesagt? Habe ich das richtig gehört?«

»Na, das wäre doch besser, wenn ich als Historikerin die alte Frau befragen könnte. Ich weiß mit ihren Informationen vielleicht eher etwas anzufangen als Sie.«

»Und wie soll ich mir das praktisch vorstellen?«

»Praktisch? Sie vorne auf Ihrem Motorrad, ich hintendrauf.«

Bevor Luba abends nach Hause fährt, hinaus in die Vorstadt, macht sie einen Abstecher ins Café Maxim. Es liegt etwas versteckt in einer Seitengasse am Andreassteig, unterhalb der Sophien-Kathedrale.

Das Lokal ist ziemlich voll. Touristen sind hier, wahrscheinlich haben sie den Namen des Cafés in ihren Reiseführern gelesen, in denen es fast immer als das Café mit den leckersten Kuchen Kiews, wenn nicht der Ukraine beschrieben wird. Tatsache ist, dass es sich beim Maxim um eine skurrile Mischung aus Wiener Kaffeehaus und Pariser Café handelt. Dunkles Holz und rote Polster auf den Stühlen, die Sitzbänke vor der Spiegelwand mit feuerrotem Kunstleder bezogen. Über den Spiegeln Hutablagen wie im Orientexpress.

Die rot-weiß karierten Tischdecken stammen vom Montmartre zu Zeiten Toulouse-Lautrecs. Die Kuchentheke aus dunklem Holz, mit dicken Glasscheiben oben und nach vorne, wurde irgendwo abgebaut, wo man ihre Schönheit nicht zu schätzen wusste. Der Zug einer Modelleisenbahn aus den fünfziger Jahren ist in einer Glasvitrine aufgebaut und zwei Modellbahnhöfe: Paris und Kiew. Ein Sammelsurium an Einrichtungsgegenständen verschiedenster Herkunft, Epochen und Stile, zusammengefügt zu einem Gesamtkunstwerk, das nicht jedem gefällt, die meisten aber doch zum Staunen bringt.

Luba setzt sich an einen Tisch neben zwei junge Deutsche. Sie sprechen leise, aber Luba erkennt ihre Sprache.

Von Wiktor keine Spur. Sie bestellt eine Tasse Schokolade, und als der junge Kellner sie bringt, fragt sie ihn nach ihm.

»Er ist nicht in der Stadt«, sagt der Junge. »Du kennst Wiktor?«

»Ja, ich habe ihn vor Kurzem kennengelernt.«

»In Kiew?«

»Nein, draußen.«

»Ah, du bist Luba?«

Luba sieht ihn verdutzt an.

»Er hat mir von dir erzählt. Ich bin Wiktors Sohn, Dimitrij.«

»Aha«, sagt Luba. »Hat er dir noch mehr erzählt?«

»Dass du vielleicht kommst und dass ich dich nach deiner Handynummer fragen soll.«

»Die bekommt nicht jeder.«

»Das hat sich mein Vater schon gedacht, dass du sie mir wahrscheinlich nicht geben wirst. Für den Fall soll ich dir seine geben.«

»Will ich auch nicht haben. Ich weiß ja, wo ich ihn finden kann, wenn ich noch mal das Bedürfnis danach habe.«

Dimitrij ist ratlos, sie sieht es ihm an.

»Sag mal, wo hat dein Vater denn früher gearbeitet? Stimmt es, dass er Hubschrauberpilot war?«

»Ja, er war beim Militär. Sein letzter Einsatz war das Löschen des Reaktors. Danach war er krank. Und dann haben sie ihn ausgemustert und ihm einen Bürojob in einer Transportfirma beschafft. Es war eine russische Firma. Sie ist nach dem Ende der Sowjetunion aufgelöst worden, und er hat keine Arbeit mehr gefunden.«

»Wie alt bist du?«, fragt Luba ihn.

»Ich bin zweiundzwanzig. So alt wie mein Vater war, als er mit seinem Heli Sand in den Reaktor gekippt hat.«

»Bei den Russen hat dein Vater also gearbeitet. War er mal im Gefängnis?«

»Im Gefängnis? Wieso denn?«

»Und deine Mutter?«

»Meine Mutter ist gestorben, als ich klein war. Sie hatte Leukämie.«

»Hat dein Vater gesagt, warum er denkt, ich würde mich bei ihm melden?«

Der Junge schüttelt den Kopf.

Luba will bezahlen, aber er nimmt ihr Geld nicht an. Sein Vater habe gesagt, sie habe ihm aus der Patsche geholfen und deshalb noch etwas gut bei ihm.

Luba hat die Münzen, die sie sich zum Bezahlen der Schokolade zurechtgelegt hat, noch in der Hand, als sie das Café verlässt. Der neben der Eingangstür sitzende Bettler profitiert von diesem Umstand und davon, dass Luba keine Lust hat, den Geldbeutel aus der

Lederjacke zu ziehen. Sie hat gern alles unter Kontrolle, vor allem sich selbst, und fährt vorschriftsmäßig auf den Straßen zwischen den großen Häusern hindurch, erst in der Mitte der Dnjepr-Brücke gibt sie ihrem Gefühl der Frustration nach und lässt ihre Ninja für ungefähr vier Sekunden aufheulen, um gleich darauf die Bremsen anzuziehen und das Motorrad von hundertsechzig auf die vorgeschriebenen fünfzig Stundenkilometer abzubremsen. Der Rückspiegel reflektiert kurz ein blaues Blinklicht.

Die Zone, 5. Mai 2010

Unmittelbar nach dem Schlagbaum ist alles anders. Es gibt keine Wiesen mehr, nur noch Sträucher und Gestrüpp und manchmal einen Streifen hartes verfilztes Gras dazwischen. Die Vegetarier unter den verbliebenen Tieren haben es nicht geschafft, mehr freie Flächen zu erhalten.

Das Gebüsch nähert sich der schmalen Straße wie eine grüne Mauer. Luba gibt ihrer Ninja die Sporen. Die Blätterwand absorbiert den Lärm der schreienden vier Zylinder. Marjana klammert sich an Lubas Taille. Der Wind der Maschine drückt das Laub in einer rasenden Welle zur Seite. Marjana denkt daran, was Luba geantwortet hat, als sie sie vor dem Aufsitzen fragte, wie schnell die Maschine fahre: »Weiß ich nicht, ich fahre nie schneller als dreihundert.« Marjana dachte, es wäre ein Scherz.

Die Zone, in der sie noch nie gewesen ist, macht ihr Angst. Wegen der Strahlung und auch wegen der Typen, die hier herumstreunen. Aber im Moment konzentriert sie sich nur darauf, nicht von der Maschine zu rutschen. Plötzlich ein schrecklicher Lärm, Luba hat die Hupe durchgedrückt. Marjanas Gesicht presst sich gegen Lubas Rückenprotektor, einen Augenblick denkt sie, ihr Jochbein müsse zersplittern. Der Hinterreifen quietscht trotz ABS und rattert auf dem Asphalt. Die Ninja kommt fast quer zur Fahrbahn zum Stehen.

Luba nimmt den Helm ab. »Das war knapp. Die Viecher sind nicht mehr an den Verkehr gewöhnt, sie wissen überhaupt nicht, was passiert, wenn sie ein Fahrzeug sehen.«

»Was war das denn?«, krächzt Marjana heiser.

»Ein Wolfspaar, sicher sind die anderen aus dem Rudel auch ganz in der Nähe.«

Marjana sieht sie entsetzt an.

»Keine Panik, die Wölfe tun uns Menschen nichts, denen geht's hier gut. Komm, wir fahren weiter.«

Sie kommen an dem Schrottplatz mit den verstrahlten Armeelastwagen, Raupen und Hubschraubern vorbei. Mit einem davon ist Wiktor geflogen. Luba wollte nicht an ihn denken, aber nun ist er doch da, in der Erinnerung, als wäre es gestern gewesen. Sie versucht, ihn abzuschütteln, aber vielleicht wird man die Dinge und Menschen, denen man in der Zone begegnet, nicht mehr so schnell los. Hier gelten eigene Gesetze.

Noch einmal gibt Luba Gas und spürt, wie sich die fremden Arme fester um ihre Taille legen. Schon sieht sie den Rand des Dorfes, die zerfallenen Zäune, das Haus mit dem Baum, der durchs Dach wächst. Alles hat sie mehrfach fotografiert und den Verfall von Jahr zu Jahr dokumentiert. Bald werden die letzten Zurückgebliebenen gestorben sein, so wie bald die letzten Täter und Opfer des Großen Krieges gestorben sein werden.

Mila kniet in ihrem Gemüsebeet, als sie ankommen. Sie wendet sich nach der lauten Maschine um, lacht, als sie Luba erkennt, und versucht aufzustehen. Bis sie endlich mit ihren zwei Stöcken in Bewegung kommt, sind Luba und Marjana längst bei ihr im Vorgarten.

»Mila, schau, wen ich heute mitgebracht habe. Das ist meine Freundin Marjana.«

»Traust du dich nicht mehr alleine her? Das letzte Mal hattest du diesen dünnen Mann aufgelesen, heute hast du eine Frau dabei. Denkst wohl, ich könnte irgendwo liegen und tot sein, wenn du kommst. Aber selbst dann tu ich dir nichts, brauchst keine Angst zu haben. Dann kann ich vielleicht besser auf dich aufpassen, als ich es heute kann.« Mila kichert, dann muss sie husten.

»Ich brauch niemanden, der auf mich aufpasst«, sagt Luba.

»Ja, natürlich, ich weiß. Du hast mir nie von Marjana erzählt.«

»Konnte ich auch nicht, ich habe sie erst kennengelernt, nachdem ich das letzte Mal bei dir war.«

»Setz dich«, sagt Mila zu Marjana, als sie in der Küche stehen.

Der Lack an den Fensterrahmen blättert schuppig ab. Die mit verblichenen Rosen verzierte Plastiktischdecke wird nicht mehr sauber. Nichts wird je mehr sauber werden in dieser Kate.

Eine getigerte Katze streicht um Lubas Beine.

Mila hat sich auf einem der Stühle niedergelassen und erteilt von dort aus Befehle. »Luba, mach uns Tee, du weißt doch, wo der Tee ist, ja, hinter der linken Tür, oben im Küchenschrank.«

Luba öffnet die Tür, nimmt ein mit Kräutern gefülltes Glas in die Hand.

»Nein, nein, das ist doch Brennnesseltee, nein, den wollt ihr doch bestimmt nicht trinken, ihr seid doch noch jung.«

Luba erzählt, dass sie vielleicht mit Marjana nach Deutschland fahren wird, wegen Alexejs Karte. Sie wollen herausfinden, wo Alexej im Krieg arbeiten musste und was es mit der Höhle und dem Berg auf sich hat, den er darauf eingezeichnet hat.

»Los, steh auf, Luba, schau mal da, wo der Tee war, greif hinter die Gläser, spürst du was? Ja, ja, das beißt nicht, ist nur ein Büchlein, los, bring es her, los, los, gib es mir.«

Mila dreht es zwei-, dreimal in der Hand. »Dass ich daran nicht gedacht habe, alt werde ich. In dem Buch hat Alexej alles aufgeschrieben, was er in Deutschland erlebt hat. Seitdem er zurück ist, hat er darin geschrieben. Er hat es immer wieder ergänzt und in neue Bücher übertragen. Das da ist das letzte Buch, da steht alles drin, ganz genau. Kannst es ruhig mitnehmen, Luba. Ich kenne jedes Wort darin, ich brauch es nicht mehr. Es ist da, wo auch Alexej ist.« Mila klopft sich auf die Brust, dorthin, wo das Herz ist. »Er hat's wirklich nicht leicht gehabt. Erst die Deutschen, dann die Russen, dann auch noch das Unglück mit dem Kraftwerk. War das vielleicht ein schönes Leben, das wir gehabt haben?«

»Ihr werdet auch schöne Tage gehabt haben«, sagt Marjana. »Wenn die Liebe so lange gehalten hat.«

»Oh ja, mein Alexej und ich. Wir werden sowieso bald wieder zusammen sein. Ach Alexej, komm mich bitte bald holen, du siehst doch, dass das nichts mehr wird mit mir altem Weib.«

Die Augen werden Mila nass, aber schon zwinkert sie Marjana zu. »Denk dir nichts«, sagt sie, »in meinem Dorf sind wir alle so sentimental, da kann man nichts machen.«

Dann setzt sie ihre klapprige Brille auf, öffnet das Buch, das Luba ihr gereicht hat, und liest vor: »Seit Tagen schleppen wir Gold in den Stollen. Wenn einer mit einem Silberleuchter hier hereinkommt, dann spürt er gleich den Knüppel im Nacken. Der Wachmann spielt mit dem Knüppel herum, hebt ihn hoch, lässt ihn in seine Hand sausen, die in einem Lederhandschuh steckt. Das ist sehr gefährlich, denn schneller, als du ihn siehst, spürst du ihn, auch wenn du gar nichts falsch gemacht hast. Ich gehe immer wieder ganz nach hinten in den Stollen. Dort habe ich bemerkt, dass es einen Luftzug gibt. Ich möchte wissen, woher die Luft kommt. Ich habe eine Ahnung. Und wenn diese Ahnung zutrifft, kann ich vielleicht mein Leben retten.«

Mila legt das Buch zur Seite. »Es hat ihm das Leben gerettet. Alexej war klug. Luba, hast du gewusst, dass Alexej Deutsch sprechen konnte? Sogar die Schrift konnte er lesen. Manchmal, wenn wir eine deutsche Zeitung aus Kiew bekommen haben, dann hat mir Alexej daraus vorgelesen, und dann haben wir Zugfahren gespielt. Wir haben die Stühle in der Küche hintereinander aufgestellt und sind Zug gefahren. Gut, dass uns keiner dabei gesehen hat, denn manchmal waren wir ziemlich kindisch.«

Beim Abschied flüstert Mila Luba ins Ohr: »Machst du Bilder, wenn ihr in Deutschland seid? Ich möchte so gern einmal die hohen Berge sehen, von denen Alexej erzählt hat. Vielleicht kommst du ja noch einmal zu mir, bevor ich tot bin.«

»Natürlich komme ich. Die Medikamente, die ich dir mitgebracht habe, sind das Beste vom Besten. Wirst sehen, im Sommer bist du so munter wie in alten Zeiten.«

Im Rückspiegel sieht Luba, wie Mila ihnen, auf nur einen Stock gestützt, mit der freien Hand nachwinkt.

***

»Was ist das denn hier?«, fragt Luba.

Sie sind in das erstbeste Lokal an der Straße gegangen, weil Marjana unbedingt einen Wodka brauchte »nach den Strapazen der Zone«, wie sie sich ausdrückte. Und zum Nachdenken. Nun sitzen sie an einem Bartresen, der mit einer Acrylglasscheibe vom Lokal abgetrennt ist, hinter der man die Beine der Barmädchen betrachten kann, die allesamt in sehr kurzen Miniröcken und sehr hochhackigen Schuhen stecken.

»Bar mit Beinen«, sagt Marjana. *»Na Sdarowje.«* Sie kippt den Wodka wie Wasser und hält das Glas in Richtung Bardame. »Noch einen.«

»Und, was sagst du?«, fragt Luba.

»Ich sage: Wahnsinn! Ich glaube, ich weiß, um welchen Ort es geht. Hitler hatte dort ein Haus, oben auf einem Berg. Und fast alle Nazibonzen hatten auch Häuser dort. Es gab Bunkeranlagen, unterirdische Gänge im Fels, alles. Es ist auch bekannt, dass Göring …«

»Wer war das?«

»Das war der ›Reichsmarschall‹, ein sehr hoher Nazi. Sah aus wie ein Zirkusdirektor mit einer weißen Uniform und vielen Orden, Goldquasten und so Zeug. Er hat kurz vor Kriegsende noch Güterwaggons mit Gold und anderen Schätzen dorthin bringen lassen, um es in den Bunkern oben zu verstecken. Man sagt, dass einiges von Plünderern gestohlen und der Großteil entdeckt wurde. Aber ob das stimmt? Ja, es wurde einiges gefunden und von den Russen und den Amerikanern kassiert, je nach Fundort. Aber wie viel vielleicht noch irgendwo versteckt liegt, weiß niemand.«

»Hat denn bisher keiner danach gesucht?«

»Doch, natürlich. Es heißt immer wieder, dass Kisten mit Nazischätzen in einem See in Österreich versenkt worden sind. Mittlerweile ist dort Tauchverbot, weil zu viele dort herumgesucht haben. Gefunden hat man bis heute nichts, beziehungsweise es ist nichts davon bekannt geworden. Ach, Kindchen, Luba, wäre das nicht großartig, wenn wir dort einfach mit der Karte in der Hand den großen Schatz heben könnten wie Long John Silver?«

»Und wer ist das schon wieder, auch ein Nazi?«

»Quatsch, das ist der einbeinige Schiffskoch aus der ›Schatzinsel‹.«

»Du bist doch Wissenschaftlerin. Hältst du es wirklich für möglich, dass da in den Bergen noch etwas liegt, ein echter Schatz?«

»Natürlich halte ich das für möglich.«

Luba sah sie nachdenklich an. »Und jetzt?«

»Was, und jetzt?«

»Wie kommen wir da hin?«

»Wer, wir? Wir zwei Frauen?«

»Warum nicht?«

»Jedenfalls nicht auf deiner Ninja, mit dreihundert Sachen von Kiew nach Berlin, wenn du das meinst.«

»Hältst du mich für blöd? Ich weiß auch, wie weit das weg ist. Wir müssen fliegen, das ist doch klar.«

»Und, hast du genügend Geld für einen Flug? Hast du ein Visum? Kennst du dich aus mit Höhlen und unterirdischen Bunkern? Sprichst du Deutsch?«

»Nein, aber Englisch. Das wird schon gehen.«

»Geld?«

»Hast du denn nichts?«

»Nicht genug, befürchte ich.«

»Ihr lebt doch nicht schlecht da in eurer Stiftung. Mit eurem Entschädigungs-Schmuh.«

»Na, na, na, keine Unterstellungen, ja? Und jetzt pass auf, Luba. Wenn wir dort allein hingehen, mit unseren paar Kröten, werden wir gar nichts ausrichten. Wir brauchen Geld, Ausrüstung und jemanden, der uns hilft. Ich muss nachdenken, ob von den früheren Genossen nicht einer in Frage käme. Aber den Burschen ist nicht zu trauen, das ist das Problem. Am Ende ziehen sie uns den Spaten über den Schädel und hauen mit der Beute ab. Keine Moral, verstehst du?«

Luba nickt. »Ich wüsste da vielleicht jemanden«, sagt sie.

Kiew, 14. Mai 2010

»Fünfhunderttausend.« Jurij klopft mit der Hand auf den Koffer. »Wie echt.« Er lacht. »Und hier die Tickets für dich und deine zwei Begleiterinnen. Wenn ihr übrigens im Hotel einen privaten Film macht, kann ich dir den abkaufen.« Er lacht wieder, schlägt Wiktor auf die Schulter. »Mann, das war ein Scherz. Verstehst du keinen Spaß? Was weiß denn ich, warum sonst du die zwei Damen dabeihast.«

»Dreimal darfst du raten, Jurij. Du magst dich ja mit Blüten auskennen, aber der Allerhellste warst du noch nie.«

»Wieso?«

»Irgendwer muss das Zeug doch in seinem Gepäck über die EU-Grenze bringen, oder? Wär ich schön blöd, wenn ich das selbst machen würde.«

»Du bist wirklich ein Fuchs, Wiktor. Hätt ich dir gar nicht zugetraut. Wahrscheinlich hast du was mit der Jüngeren. Aber was macht die andere dabei? Wozu braucht ihr die?«

Er bricht wieder in Lachen aus und bekommt im Anschluss einen Hustenanfall, den er mit einem Schluck Whisky kuriert. Glen Grant, ein vierzig Jahre alter Single Malt.

»Na?«, fragt er.

»Geht dich nichts an«, sagt Wiktor.

»Na ja, man wird ja mal fragen dürfen. Hier hast du die Reservierung. Drei Nächte im Hotel Maritim, ein Einzelzimmer, ein Doppelzimmer, wie du es wolltest. Nicht schlecht, wie wir für dich und die deinen sorgen, gib's zu.«

Jurij nimmt ein Kuvert vom Tisch und zieht ein Bündel Euro-Scheine heraus, schiebt es wie einen Fächer auseinander und wedelt damit vor Wiktors Gesicht herum. »Zehntausend Euro. Garantiert echt! Teil eins deiner Provision plus Spesen. Ein Haufen Geld. Ein Professor in Kiew muss für dieses Geld ein Jahr lang arbeiten, wenn er überhaupt einen Job hat. Du verdienst es in einer Woche und kannst es noch oft verdienen. Ich hoffe, du weißt, in was für einer privilegierten Lage du dich befindest.«

»Ja, weiß ich. Und ich rätsle immer noch, womit ich mir diese Lage verdient habe.«

»Wir haben eben ein Herz für alte Kraftwerkshelden. Wir müssen den Liquidatoren doch dankbar sein. Wenn es das Vaterland schon nicht ist, dann übernehmen wir das eben. Von uns bekommst du mehr als einen Orden und eine Urkunde.«

»Für euch riskiere ich meinen Ruf als unbescholtener Bürger, dabei war ich einmal so was wie ein Volksheld. Wenn sie mich bei der Nummer erwischen, sitze ich, bis mir ein langer Bart wächst.«

»Und das ist nicht die größte Gefahr, in die du dich begibst«, sagt Jurij grinsend. »Denn wenn dir einfallen sollte, mit dem Geld und deinen Weibern abzuhauen, wenn du uns bescheißt, Wiktor, oder wenn wir irgendeinen Anlass haben zu denken, dass du uns bescheißen könntest, dann, lieber Wiktor …« Jurijs ausgestreckter Zeigefinger fährt waagerecht vor Wiktors Hals durch die Luft.

Wiktor weicht zurück. »Ich bescheiß euch nicht. Ich bescheiße überhaupt niemanden. Ich habe euch allen den Arsch gerettet mit meinem Hubschrauber. Und weißt du auch, wofür? Nicht für Geld, nein, Geld gab's dafür nicht. Bloß für die verdammte Ehre. Und davon habe ich vielleicht mehr im Leib als euer ganzer Verein zusammen. Ehre, verstehst du?« Wiktor stößt Jurij von sich weg. »Und wenn du glaubst, ich bin nicht der Richtige für deine Geschäfte, dann such dir einen anderen, kapiert? Die Zone ernährt mich gut genug, ich muss nicht für euch mit dem Köfferchen nach Deutschland fliegen, wenn ihr mir nicht über den Weg traut.«

»Jetzt sei doch nicht so empfindlich. Weiß ich doch, dass du ein Mann von Ehre und ein anständiger Kerl bist, sonst würden wir uns hier gar nicht unterhalten. Und ich weiß, dass du nach Frankfurt willst, sonst hättest du dich nicht mit mir getroffen. Alles ist gut, so wie es ist. Ich glaube, wir können noch viele gute Geschäfte miteinander machen.«

Jurij ist eine Mischung aus Humphrey Bogart und Wladimir Putin. Klein, smart, durchtrainiert, aalglatt. Blond, das Haar schon etwas schütter, weit auseinanderstehende Augen, durchscheinend blau, ein kleiner Mund mit einer ausgeprägten, sinnlich geschwungenen Unterlippe.

Das Knurren, das unter dem Schreibtisch hervordringt, gehört zu einem großen weißen Hund, der bisher regungslos dalag und zu schlafen schien.

»Keine Angst«, sagt Jurij und grinst. »Der tut eigentlich nichts.«

»Ich weiß«, antwortet Wiktor, den Blick fest auf das hässliche Tier gerichtet. »Ich habe aber auch noch nie gehört, dass ein Hundebesitzer gesagt hätte: ›Keine Angst, der hat es nur auf deinen Oberschenkelknochen abgesehen.‹ Was ist das denn für ein Prachtstück?«

»Argentinische Dogge, sehr selten bei uns. Aber es gibt anderes, über das du dir Gedanken machen solltest. Wenn sie dich erwischen, dann sagst du gar nichts und rufst nur diese Nummer hier an.« Jurij gibt ihm eine Visitenkarte. »Sie werden dich höchstens ein Jahr einsperren. Du bekommst den besten Anwalt, wir sorgen für deine Freundin und passen gut auf sie auf. Und wenn du dann aus dem Knast kommst, brauchst du dir keine Sorgen zu machen, denn wir sind großzügig zu denen, die sich an die Spielregeln halten. Du wirst dich über die Höhe des Schmerzensgelds nicht beklagen, versprochen. Dir wird es richtig gut gehen – solange du niemanden verrätst.«

Jurij zieht einen Keks aus der Tasche und lockt damit den Hund. Der richtet sich zu mindestens fünfundsiebzig Zentimetern Schulterhöhe auf, schüttelt seine Stummelohren und fixiert Wiktor mit von rosigen haarlosen Lidern eingerahmten rabenschwarzen Triefaugen.

»Denn wenn du jemanden verrätst«, knurrt Jurij, »ich glaube, ich muss es dir nicht extra sagen, dann bist du tot. Und glaub ja dem Staatsanwalt kein Wort, er kann dich nicht vor uns beschützen. Denk daran. Ab jetzt sind wir eine Familie.«

»Klar«, sagt Wiktor und nimmt den Koffer.

»Ach, apropos. Deine Frau ist doch vor einigen Jahren gestorben.«

»Ja, und?«

»Was ist eigentlich aus dem Kind geworden? Ihr hattet doch einen Sohn. Hieß er nicht Dimitrij?«

Wiktor horcht auf. Was weiß Jurij über seinen Sohn? »Er hat bei seinen Großeltern gelebt. Hat's dort schön gehabt.«

»Und wo ist der kleine Mitja jetzt?«

»Wenn's gut läuft, im Himmel. Er ist mit elf gestorben. An einer Lungenentzündung.«

Wiktor verlässt das Büro, das in einer alten Fabrikbrache liegt. Es regnet. Ölspuren schimmern auf dem Kopfsteinpflaster, in das Schienen eingelassen sind. Hunderte von Metern lange Hallen aus rotem Ziegel. Rampen, an denen früher Güterwagen entladen wurden. Heute hängen über den Toren zu den Lagerhallen farbige Schilder: »Kiew-Trading Import-Export«, »Worldwide Goods«, »The Best United Fruit Company Ukrain«. Vor einigen Toren stehen Männer in Pullovern herum, rauchend, wartend. Über dem Büro, in dem Wiktor Jurij getroffen hat, steht »Best Print Offset and Digital Printings – Best Quality«.

Das Taxi wartet immer noch an der Ecke vor der Fabrikhalle. Wiktor läuft darauf zu, er hat die Schultern hochgezogen, der Regen ist stärker geworden. Der Taxifahrer steigt aus, als er ihn kommen sieht, und öffnet ihm die Tür.

»Zum Flughafen, schnell, ich habe länger gebraucht als gedacht.« Wiktor zieht einen Fünfzig-Euro-Schein aus dem Umschlag. »Beeilung, sonst verpasse ich meinen Flug.«

»Wohin?«

»Frankfurt, vierzehn Uhr dreißig.«

Der Taxifahrer telefoniert, dann sagt er: »Kein Problem, Terminal zwei, das schaffen wir.«

***

Luba und Marjana sind schon da, als das Taxi an Terminal zwei ankommt.

»Hat alles geklappt?«, fragt Luba.

»Ja, natürlich hat alles geklappt, was denkst du denn? Los, gehen wir in die Halle. Luba, wo hast du den Koffer, den ich dir gegeben habe?«

»Ich hab ihn in ein Schließfach eingeschlossen.«

»Was? Hol ihn sofort wieder raus!«

»Den Ton kannst du dir sparen. Ich hab die Karte und bin hier die Chefin, und ich lasse mich von niemandem, und schon ganz sicher nicht von dir, herumkommandieren.«

»Los, jetzt hol den Koffer.«

Luba wirft Wiktor einen bösen Blick zu, macht sich aber schweigend auf in Richtung Schließfächer.

»Bis Luba wiederkommt, kann ich noch eine rauchen«, sagt Marjana und geht wieder Richtung Ausgang. Wiktor läuft ihr nach. Vor der Tür zündet sie sich ihre Zigarette an.

»Seid ihr denn beide total blöd geworden?«, zischt Wiktor. »Ich reiß mir hier den Arsch auf, und ihr tut alles, um unseren Plan in den Sand zu setzen.«

»Jetzt reg dich mal ab. Was dich stört, ist doch nur, dass wir deinen Machoallüren nicht nachgeben und nur noch ›Ja, mein Herr und Meister‹ sagen. Es hat nichts mit dir zu tun, aber das kannst du vergessen. Wir sind keine Frauchen, die nur darauf gewartet haben, dass der Prinz kommt und sie aus ihrem Dornröschenschlaf weckt. Und wir waren auch nicht beim Militär, wo wir das Gehorchen lernen hätten können. Ich bin Professorin, und Luba ist mit ihrer grünen Ninja, ihren Fahrten in die Zone und den Berichten darüber in ihrem Blog auch keine Unbekannte.«

»Was? Ist Luba Journalistin oder so was?«

»Nein, Bloggerin, Internet, verstehst du?«

»Internet? Heißt das, dass wir mit einer Frau, die bekannt ist wie ein bunter Hund, fünfhunderttausend Euro nach Deutschland schmuggeln und anschließend noch ganz heimlich einen Schatz zusammen heben wollen?«, fragt Wiktor.

»Ungefähr hast du das zwar richtig zusammengefasst, aber für unsere Mission ist das irrelevant. Luba ist nicht Lady Gaga, nach der sich jeder den Kopf verdreht und die immerzu mindestens fünfzig Fotografen im Schlepptau hat. Und so bekannt ist sie nun auch wieder nicht. Also kein Grund zur Panik.«

»Aber du hast das gewusst, das mit Internet und so?«

»Ich hab sie gegoogelt. Und jetzt mach dir keinen Kopf, Wiktor, es ist alles in Ordnung. Wir kommen problemlos durch die Kontrollen. Ich habe sogar eine Einladung und werde als Gastrednerin bei einem Symposion über Gedenkstätten auftreten.«

»Das ist prima, Frau Doktor, aber ich, ich besorge das Geld, das wir brauchen, um unser Unternehmen zu finanzieren. Das ist ja wohl auch etwas wert, oder?«

»Ja, sag ich doch. Wir sind Partner. Jeder von uns bringt etwas in unser Unternehmen ein. Jeder hat etwas, das wichtig und nötig ist, darum sind wir ja zusammen. Aber das heißt auch, dass du nicht der Boss bist und uns nicht wie Hühner herumscheuchen kannst.«

Marjana wirft ihre Kippe weg, und sie gehen zurück in die Empfangshalle.

»Ah, die Raucher lassen sich auch mal wieder sehen. Ich dachte schon, ihr hättet es euch anders überlegt.«

»Hier.« Wiktor nimmt Luba den blauen Samsonite-Rollkoffer ab und gibt ihn Marjana. »Da drin findest du ein bisschen Wäsche und jede Menge Fachbücher. Die Bücher haben eine Aussparung, da kommen die Blüten rein. Am besten machst du das auf dem Klo, da gibt es keine Kameras.«

»Hallo, Wiktor. Bist du taub oder was? Was haben wir gerade besprochen? Sehe ich aus wie ein Huhn, bin ich ein Huhn, gackgack?«, fragt Marjana.

»Was hab ich denn jetzt schon wieder falsch gemacht?«

»Das ist das Allerschlimmste, dass du so tust, als würdest du es nicht einmal begreifen«, zischt Luba Wiktor an. »Du hast den großen Max gespielt, der das mit dem Geld regelt. Nur deshalb bist du überhaupt dabei. Und als ich gesagt habe, dass das mit den Blüten Wahnsinn ist und ich keine Lust habe, in den Knast zu wandern, da hast du gesagt, das wäre überhaupt kein Risiko, denn wenn überhaupt, dann hättest nur du das Risiko. Und jetzt? Jetzt willst du Marjana den Koffer unterjubeln.«

»So ein Blödsinn«, sagt Wiktor. »Wer war denn bei Jurij? Wer ist denn ihm gegenüber in der Pflicht, hm? Ich. Ich ganz allein. Die Blüten über die Grenze zu bringen, das ist für Marjana doch ein Klacks. Hey, überleg doch mal. Sie ist Professorin. Sie ist Mitarbeiterin der Stiftung, die das Geld des schlechten Gewissens der Deutschen verwaltet. Sie ist praktisch immun, fast schon wie eine Diplomatin.«

Wiktor redet sich in Rage. »Was, denkst du, ist los, wenn die Deutschen Marjana festnehmen? Das gibt Schlagzeilen, das überlegen die sich gut. Sie braucht doch nur zu sagen, dass ihr jemand den Koffer untergeschoben hat. So schnell kannst du gar nicht schauen, wie sie wieder frei ist, samt Entschuldigung. Kapierst du das denn nicht? In der Beziehung ist Marjana wie ein Lottogewinn. Auch wenn sie sonst eine ziemliche Plage ist. Und wenn sie wirklich in den Knast müsste, was sie ziemlich sicher nicht muss, dann bekäme sie einen erstklassigen Anwalt von Jurij.«

»Trotzdem, du führst dich hier auf wie ein Pascha«, sagt Luba wütend. »So geht das nicht. Also, entweder du bringst den Koffer durch den Zoll, oder wir blasen alles ab.«

»Nein, gib her.« Marjana nimmt Wiktor den Koffer aus der Hand. »Wiktor führt sich zwar auf wie ein Arschloch, aber ausnahmsweise hat er mal recht.« Sie dreht sich um und geht Richtung Toilette.

Luba sieht ihr mit offenem Mund nach.

Wiktor zeigt auf eine Cafétheke. »Heiße Schokolade oder ein Gläschen Wodka?«, fragt er.

»Kaffee«, sagt Luba und läuft hinter ihm her.

Wiktor schaut auf die Uhr, dann wieder zu den Toiletten. Als er Marjana sieht, winkt er ihr.

»Alles verstaut«, sagt Marjana, als sie bei ihnen ist, »von mir aus kann es losgehen.«

»Einen Kaffee?«, fragt Wiktor. »So viel Zeit haben wir. Dann können wir uns ein bisschen sammeln, innerlich, meine ich.«

»Und wir wollen das jetzt wirklich machen, ja?«, fragt Luba in Richtung Marjana. »Noch können wir alles abblasen und Wiktor sein Geschäft allein abwickeln lassen. Ihr wisst, dass wir hier einiges riskieren.«

»Nein, Kindchen, das ziehen wir jetzt durch.« Marjana will Luba in den Arm nehmen, doch die schiebt sie weg. »Du bist nervös, das ist alles. Wir gehen immerhin auf Schatzsuche. Und der Einstieg, also die Geldversorgungsfrage, die ist jetzt leider ein bisschen ungesetzlich. Aber wenn wir finden, wonach wir suchen, dann können wir alle unsere Schulden begleichen, und zwar mit sauberem Geld. So, und jetzt gehen wir los, bevor wir uns noch gegenseitig den Schädel einschlagen.«

Marjana trinkt aus, nimmt den blauen Koffer und steht auf.

»Was ist jetzt in dem kleinen Koffer hier?«, fragt Wiktor.

»Meine Unterwäsche«, sagt Marjana. »Ich habe gedacht, den nimmst du als Handgepäck. Wenn sie ihn aufmachen und dich fragen, was du mit der Damenwäsche machst, dann sagst du einfach: ›Wir sind ein freies Land, da darf ich in meinem Koffer transportieren, was ich will‹.«

Luba lacht laut los. »Der coole Wiktor mit Spitzenhöschen und BHs. Das will ich aber auf keinen Fall verpassen.«

»Wenn's weiter nichts ist«, sagt Wiktor. »Vielleicht können wir ja im Maritim doch noch einen Film drehen.«

»Was?«, fragt Luba.

»Ach, nichts. War nur so eine blöde Idee. Vergiss es. Und jetzt ganz freundlich lächeln. Marjana hat ja gesagt, du bist so was wie ein Promi mit deinem PS-Maschinchen unter dem Arsch. Vielleicht will noch jemand ein Autogramm von dir haben.«

»Idiot«, zischt Luba und geht voran. »Und kein Wodka im Flugzeug! Nicht dass du dich noch verplapperst.«

»Du musst mich mit jemandem verwechseln. Hab ich dir nicht gesagt, dass ich keinen Alkohol vertrage?«

»Ja, eben«, sagt Luba. »Bin gespannt, ob wir alle drei nach Frankfurt kommen und dort auch ganz normal unsere Hotelzimmer beziehen können.«

»Wieso mehrere?«, fragt Wiktor. »Ich dachte, eines reicht.«

Luba dreht sich wütend nach ihm um. »Das ist jetzt nicht dein Ernst, du Schwein.«

»Nein, mein letzter Scherz in Kiew. Ich verspreche es. Und, Luba, nenn mich nicht Schwein, ja?«

»Von wegen Lufthansa«, raunzt Wiktor, als sie aus dem Bus steigen, der sie über das Rollfeld zu ihrer Maschine bringt, einer Boing 737 der Ukraine International Airlines.

»Warum ist das hier keine Lufthansa-Maschine?«, beschwert er sich bei der Stewardess, die ihn beim Betreten der Maschine anstrahlt.

»Wir sind Partner von Lufthansa und werden Sie durch unseren Service überzeugen«, sagt die Stewardess, als würde sie diesen Satz nicht nur auswendig gelernt haben, sondern seit einem Jahr täglich mindestens fünfmal aufsagen.

»Na, dann überzeugen Sie mich mal«, sagt Wiktor und nimmt ihr die Zeitung aus der Hand, die sie eigentlich schon dem nächsten Fluggast entgegenstreckt.

Luba und Marjana sitzen drei Reihen vor Wiktor auf der anderen Seite. Er hat einen Sitzplatz auf der Gangseite und sitzt allein in seiner Reihe. Nach dem Start schnallt er sich ab und macht es sich bequem, streckt die Beine aus und döst.

Als er eine Hand auf seiner Schulter spürt, schreckt er hoch.

»Würden Sie bitte Ihre Beine vom Gang nehmen, ich komme sonst nicht mit dem Wagen durch.«

Er stellt fest, dass sie sich das Mittagessen sparen. Stattdessen gibt es Tee oder Kaffee, dazu ein krapfenartiges Schmalzgebäck, verpackte Salami und eine Scheibe geschmacklosen Käse in einem teigigen Brötchen. Auf nichts davon hat er Appetit.

Luba und Marjana unterhalten sich mit einem Deutschen, der in ihrer Reihe sitzt.

»Und was haben Sie in Kiew gemacht?«, fragt Luba in ihrem etwas umständlichen Englisch.

»Wir sind gerade dabei, eine Druckerei und eine Zeitung aufzukaufen. Wissen Sie, wir sind zwar nur ein Provinzverlag, aber auch in der Provinz kann man Geld verdienen. Vielleicht sogar mehr als in der Hauptstadt.«

»Ist ja sehr interessant.« Ohne sichtbaren Anlass rückt sie mit dem Kopf näher an den Deutschen. Wiktor fragt sich, ob sie vielleicht plötzlich schlecht hört.

An der Grenze zur First Class stehen zwei Stewardessen, die immer wieder zu ihm hinsehen und miteinander tuscheln. Nur nicht nervös werden, denkt Wiktor. Wieso sollten sie ihn beobachten?

Als sie auf Reiseflughöhe fliegen, meldet sich der Kapitän und begrüßt die Passagiere. Kurz darauf erscheint er selbst im Fahrgastraum. Er bleibt bei den beiden Stewardessen stehen, die ihm etwas zuflüstern und nun ganz offen zu Wiktor hinsehen, dann kommt er auf ihn zu.

Luba hört auf, sich mit dem Deutschen zu unterhalten. Marjana hört auf zu kichern. Als der Pilot an ihnen vorbei ist, drehen sie sich zu Wiktor um. Geht's noch auffälliger?

Wiktor hat ein Blatt Papier auf dem Schoß liegen, das er mit gerunzelter Stirn und zusammengekniffenen Augen studiert. Er macht sich Notizen am Rand, hält den Blick starr auf das Blatt gerichtet. Aus den Augenwinkeln sieht er, wie sich neben ihm, auf dem Gang, zwei blaue Hosenbeine aufbauen. Wiktor hält den Kopf weiterhin gesenkt. Die Beine entfernen sich, und als Wiktor endlich den Kopf hebt, blickt er auf den breiten Rücken des Piloten. Er steht jetzt wieder bei den beiden Flugbegleiterinnen und lässt sich die Passagierliste zeigen.

Als der Pilot erneut auf ihn zukommt, packt Wiktor das Papier weg und denkt: Scheißflugzeug, Scheiß-Ukraine-Airlines! Scheißblöde Falle.

»Los, rück einen Sitz weiter«, herrscht ihn der Pilot an. »Ich möchte mich zu dir setzen. Na los, rück schon rüber.«

Andere Passagiere haben schon die Hälse nach ihm gereckt. Wiktor sieht Lubas blasses Gesicht, aber er reagiert nicht. Schockstarre.

»Los, schau mir ins Gesicht«, sagt der Pilot.

»Warum denn?« Wiktor räuspert sich umständlich. »Ist das der hervorragende Service der Ukraine International Airlines, den die Stewardess beim Einsteigen gepredigt hat?«

»Ja, genau, das ist dieser ganz besondere Service. Ich kümmere mich in meiner Maschine höchstpersönlich um verdächtige Subjekte. Und jetzt schau mich an. Ich weiß sowieso, was du ausgefressen hast, du brauchst dich gar nicht zu verstecken.«

Da endlich dreht Wiktor den Kopf und sieht in das Gesicht des Piloten, rund wie ein Pfannkuchen, kleine Schweinsaugen, breites Grinsen. Die Visage kennt er.

»Boris, du Idiot, du Arschloch, du Schwein, du Bazille, du hässliches Rhinozeros!« Wiktor spuckt ihm die Schimpfwörter fast ins Gesicht und hat gute Lust, ihm einen Schwinger in den Magen zu versetzen. »Und ich dachte, wir sehen uns nie wieder. Du fliegst eine Boeing, ich glaube es nicht. Wie hast du das denn geschafft?«

»Du weißt doch, eine Flasche Wodka und ein Päckchen Rubel, so bekommst du in Russland alles, was du willst. 1988 habe ich bei der Aeroflot angeheuert und bin nach der Auflösung ganz elegant zu Ukraine Airlines hinübergeglitten. So geht das. Und du fliegst wahrscheinlich immer noch Hubschrauber, um die Menschheit oder zumindest ein paar Seelen zu retten, was?«

»Mich so zu erschrecken, du Armleuchter.« Langsam pendelt sich Wiktors Puls wieder ein. »Nein, Menschheit retten ist vorbei. Irgendwann haben sie mich untersucht und gesagt: So, das war's, Hubschrauber fliegen ist nicht mehr. Wahrscheinlich hatten sie Angst, dass ich ihnen die schönen neuen Hubschrauber verstrahle, mit der Ladung, die ich abbekommen habe.«

»Ja und? Geh doch ins Ausland, geh nach Afrika, Südamerika, die suchen Leute wie dich. Oder in die Schweiz, die haben dort eine MI 6, genau wie zu Hause. Was denkst du, wenn die einen Piloten wie dich bekommen, mit deiner Erfahrung, die lecken sich alle zehn Finger nach dir.«

»Warum meinst du denn, dass ich nach Deutschland fliege? Die haben von mir gehört und mir ein tolles Angebot gemacht. Und darum fliege ich heute mit dir nach Frankfurt, verstehst du? Obwohl mir eine Lufthansa-Maschine und eine Lufthansa-Crew schon lieber gewesen wären, das sage ich dir.«

»Ach so, und ich dachte schon, du schmuggelst Drogen, Falschgeld oder Tiere, die unter Artenschutz stehen. Aber du läufst zum ehemaligen Klassenfeind über, sieh an. Was verdienst du denn da drüben so als Hubschrauberpilot?«

»Tausendachthundert Euro für den Anfang. Später bekomme ich dann mehr.«

»Also, alter Junge, entweder sie haben dich beschissen, oder du lügst mich an.«

»Hey, bist du immer noch beim KGB, oder wie heißt das jetzt?«

»Du musst mich doch nicht anlügen. Wiktor, ich bin es, dein Freund Boris. Wir sind schließlich gemeinsam durch dick und dünn gegangen.«

»Meine Erinnerung sagt mir, dass von dir, als ich durch dick und dünn gegangen bin, nichts mehr zu sehen war, Borjuscha.«

»Ja, aber das hatte nichts mit dir zu tun. Ich wollte nur nicht meinen Arsch für diese Drecksbande hinhalten, und das hab ich dir auch gesagt. Also wirf mir nicht vor, dass du unbedingt den Helden spielen musstest.«

Boris ist ganz Entrüstung. Er fährt sich über seinen Bauch, der sich unter dem Hemd wölbt.

»Okay, ich muss wieder nach vorne, unseren Flieger fliegen. Heute hab ich keine Zeit, aber ruf mich mal an, und wir machen was aus, in einer Kneipe in Frankfurt oder Kiew, ist ja gleich. Du deutscher Pilot du, hier hast du meine Karte.«

Kaum ist Boris weg, setzt sich Marjana zu Wiktor. »Was wollte der denn von dir?«

»Ist ein alter Kumpel von mir. Hast ja gesehen, was wir für einen Spaß miteinander hatten. Der Herr Pilot der Ukraine International Airlines ist außerdem verdeckter Ermittler, und was er mir gesagt hat, ist nicht lustig.«

»Verdeckter Ermittler?«

»Da staunst du, was? Piloten sind gut ausgebildete Leute. Und wir haben noch ein paar andere Dinge als Flugzeuge oder Hubschrauber fliegen gelernt bei den Russen, das kannst du mir glauben.«

»Und was hat er dir gesagt, was du jetzt gar nicht lustig findest?«

»Dass Luba versucht, uns auszutricksen.«

»Was?«

»Sie hat Kontakt zu Leuten in Deutschland aufgenommen und ihnen von der Karte erzählt. Er hat gesagt, das wären Profis und nicht gerade zimperlich. Wir sollten auf Luba aufpassen, damit sie uns nicht bescheißt. Am besten ist es, wir kassieren die Karte oder machen uns zumindest eine Kopie davon.«

»Und warum soll ich dir das alles glauben, kannst du mir das verraten?«

»Weil es die Wahrheit ist. Warum denkst du, habe ich mit Boris so lange gesprochen?«

»Keine Ahnung, ist mir auch egal. Nur damit du dir keine Illusionen machst: Ich traue dir nicht über den Weg, und dass Luba uns betrügen will, ist einfach gelogen.«

»Mein Gott, bist du naiv. Was weißt du denn schon von Luba? Sieh sie dir doch an, wie sie mit dem Deutschen herumschäkert, nur weil der eine goldene Armbanduhr trägt. Wo, meinst du, hat Luba eigentlich das Geld für ihr Motorrad her? Mit ihrer Arbeit in der Fabrik verdient? Das glaubst du? Die hat es doch faustdick hinter den Ohren, und du bist ihr auf den Leim gegangen. Ich glaube, die geht über Leichen. Und wenn es ihr in den Sinn kommt, dann lässt sie dich schon bei der Grenzkontrolle hochgehen, so eine ist das.«

Marjana starrt ihn fassungslos an. »So einen Schwachsinn hab ich ja noch nie gehört. Ich glaube, du leidest unter Verfolgungswahn. Habt ihr das auch gelernt, damals, bei den Russen? Das kann ja lustig werden mit uns dreien!«

Frankfurt am Main, 14. Mai 2010

Die Sonne scheint, als die Maschine landet, und der Pilot informiert die Passagiere, dass es in Frankfurt zweiundzwanzig Grad warm ist. Beim Verlassen der Maschine holt Boris Wiktor noch einmal zu sich.

»Pass auf. Ich sage jetzt nicht, dass ich irgendetwas weiß, aber wenn du für einen gewissen Jurij arbeiten solltest, dann versuch nicht, irgendwelche Spiele mit ihm zu spielen. Ich würde nämlich nur ungern auf deine Beerdigung gehen, jetzt wo ich dich nach so vielen Jahren endlich wiedergetroffen habe. Ist das klar?«

»Hey, wer ist denn dieser Jurij? Ich weiß nicht, wovon du sprichst, Boris.«

»Dann ist es ja gut. Und denk dran, ruf mich an, dann machen wir uns einen schönen Abend, ich bring auch ein paar von unseren netten Stewardessen mit. Du darfst dir dann aussuchen, ob blond und vollbusig oder feurig mit dunklen Augen.«

»Okay, ich geb dir dann rechtzeitig Bescheid.«

Luba geht als Erste durch den Zoll. Sie spaziert einfach unbehelligt durch. Marjana halten sie auf. Sie wollen, dass sie ihren Koffer öffnet. Sie erzählt der Zollbeamtin von ihrer Einladung, den ukrainischen Zwangsarbeitern und dem Dokumentationszentrum am Obersalzberg, ihren Verbindungen zum Institut für Zeitgeschichte in München, aber es nützt nichts, sie muss ihren Koffer auf den Tisch legen und ihn öffnen. Die Beamtin nimmt eines der Bücher aus dem Koffer.

Wiktor steht in der Schlange hinter ihr, zwei Männer sind zwischen ihnen. Da schreit er die Zollbeamtin auf Englisch an: »Wollen Sie hier jetzt auch noch lesen? Ich stehe doch nicht rum, weil ich darauf warte, dass die Musik zum Tanz aufspielt. Ich habe wichtige Termine, verstehen Sie? Es gibt Menschen, die müssen auch noch was arbeiten.«

Die Beamtin legt das Buch zurück und winkt die beiden Passagiere vor Wiktor durch. Dann fordert sie ihn auf, Koffer und Tasche auf den Tisch zu legen.

»Sie haben es also eilig?«

»Ja. Ist doch nicht verboten, oder? Ich habe einen Termin in der Stadt, geschäftlich. Und ich bin ziemlich spät dran.«

»Natürlich. Geschäftlich. Was haben Sie in Ihrer Tasche?«

»Was soll ich da schon drin haben? Meine Wäsche natürlich.«

»Dann sehen wir uns die doch einmal an. Öffnen Sie die Tasche bitte, leeren Sie sie einfach aus.«

»Was, hier, vor allen Leuten?«

»Spreche ich undeutlich? Ist mein Englisch schlecht?«

»Nein, aber es gibt doch auch so etwas wie Privatsphäre, oder?«

»Wenn Sie etwas mit sich führen, für das Sie sich jetzt schämen müssen, dann hätten Sie darüber vielleicht besser beim Einpacken nachdenken sollen. Also raus mit dem Krempel. Ich werde nicht kontrollieren, ob Sie Löcher in den Socken haben.«

Wiktor öffnet die Tasche. Die Beamtin fasst ein paar Unterhosen mit zwei Fingern an, wirft sie dann zurück. »Sie können die Sachen wieder einräumen. Und jetzt den Koffer bitte.«

»Sie wollen mich schikanieren.«

»Wollen Sie sich irgendwo beschweren? Vielleicht im Innenministerium?«

»Ich möchte korrekt behandelt werden.«

»Sie leeren jetzt den Koffer aus, und zwar hier auf diesen Tisch. Hinterher können Sie sich dann meinetwegen beschweren, wenn Sie der Meinung sind, dass Sie nicht korrekt behandelt worden sind.«

Auf den Tisch regnen Spitzen-BHs und Höschen in Rot, Lila und Rosa, Strümpfe, Strumpfhosen, ein paar luftige, sehr bunte Sommerkleider, Pumps, Riemchensandalen. Am Ende plumpst noch ein täuschend lebensechter fleischfarbener Dildo auf den Tisch.

»Und wofür brauchen Sie das?« Die Beamtin zieht sich ein Paar Handschuhe über und hebt den Dildo hoch.

Durch die Schlange der Wartenden geht ein Raunen, einer pfeift anerkennend durch die Zähne, eine Frau kichert.

»Das bringe ich einer Freundin mit. Ist das in Deutschland verboten? Sie sehen doch, es ist alles gebraucht, oder?«

»Packen Sie ein und sagen Sie Ihrer Freundin, dass man diese Sachen auch in Deutschland kaufen kann. Neu.«

Wiktor stopft alles zurück in den Koffer. Die Stimmung in der

Warteschlange ist ausgelassen. Der Mann hinter ihm zwinkert ihm aufmunternd zu.

In der Halle warten Luba und Marjana auf ihn. Im Vorbeigehen zischt er ihnen zu: »Wir treffen uns im Hotel. Geht nach draußen, nehmt euch ein Taxi.«

***

Luba und Marjana amüsieren sich während der ganzen Fahrt über Wiktors Kofferaffäre am Flughafen.

»Ich finde, wir haben das ziemlich genial durchgezogen. Hattest du keine Angst, die Frau würde die Bücher durchsehen?«, fragt Luba.

»Doch, natürlich. Ich hab mir fast ins Höschen gemacht, als die eines der präparierten Bücher herausnahm. Zwei Sekunden später wäre ich in Ohnmacht gefallen, ich schwör's dir. Das war schon ziemlich clever von unserem Macho, dass er die so angemacht hat. Sie ist ihm voll auf den Leim gegangen. Arme deutsche Grenzbeamtin.«

»Und dann die Reizwäsche und der Dildo. Köstlich!«

»Ich bin nicht sicher, ob Wiktor uns dafür nicht noch eins überbrät. Ich weiß nicht, ob seine Macho-Ehre das verkraftet, dass er als Transe dasteht, die's ihrer deutschen Freundin mit einem gebrauchten Dildo aus Kiew besorgt. Oh Gott, stell dir das vor!«

Sie haben die Skyline von Frankfurt schon vom Flugzeug aus gesehen. Den Messeturm, das Bankenviertel. Im Vergleich zu Kiew mit seinen fast drei Millionen Einwohnern ist Frankfurt ein Städtchen, hat aber viel interessante moderne Architektur. Das Hotel liegt in der Innenstadt, drei Minuten von der Alten Oper, zehn Minuten vom Bahnhof und von der Zeil, der berühmten Einkaufsmeile, entfernt. Luba und Marjana wollen unbedingt shoppen gehen, aber zuerst muss die Geldübergabe über die Bühne gegangen sein, sonst wird nichts aus ihren Plänen.

Als sie die Hotellobby betreten, sehen sie Wiktor schon an der Bar sitzen.

Luba schnuppert an seinem Glas. »Ich dachte, du verträgst keinen Alkohol?«

»Tu ich auch nicht. Aber nach der Kofferaktion brauche ich dringend einen Wodka.«

»Hat doch super geklappt«, sagt Marjana und macht dem Barmann ein Zeichen, dass sie dasselbe möchte.

»Hättest du dir mit deinem Vorschuss nicht einen neueren Dildo leisten können, einen etwas dezenteren vielleicht?«

»Was willst du, so war's doch authentisch und absolut überzeugend. Du solltest mir dankbar sein für meine geniale Idee.«

»Idee ist gut«, meint Wiktor. »Für so etwas Luftiges wie eine Idee sah es aber reichlich handfest aus. Na, ihr müsst selbst wissen, womit ihr euch vergnügt. Ich bringe nur noch kurz in Erinnerung, dass ihr einen echten Kerl dabeihabt.«

»Kein Sex innerhalb des Teams. Wir sind ja nicht zum Vergnügen hier.«

»Wieso nicht? Wir haben ein Doppel- und ein Einzelzimmer. Na?«

Marjana trinkt ihr Glas auf ex und nimmt Wiktor einen der Schlüssel aus der Hand. »Ist das der vom Doppelzimmer?«, fragt sie. Als Wiktor nickt, greift sie nach ihrem Koffer und setzt sich Richtung Aufzug in Bewegung.

»Welcher Stock?«, fragt ihn Luba, den Griff ihres Koffers packend.

»Vierundzwanzigster«, sagt Wiktor und sieht ihnen nach. »Wir treffen uns in einer Stunde.«

***

Wiktor klopft dreimal.

»Mann, spielst du hier den Kurier des Zaren, oder was? Wir hätten nach ein Mal klopfen genauso aufgemacht«, sagt Marjana.

»Also, meine Damen. Ich treffe den Verbindungsmann um acht in einem Lokal am Bahnhof. Wir tauschen die Koffer aus, und dann komme ich wieder hierher. Mit dem guten Geld.«

Luba steht am Fenster und sieht auf die Stadt hinunter. Die Luft ist klar. Die Tönung des Fensterglases blau, so sieht man auch an grauen Tagen den Himmel blau, denkt Luba. Sie erkennt den Fluss. Dahinter wieder Häuser und dann eine weite Grünfläche, wo die Stadt zu Ende ist.

»Dowerjai, no prowerjai!«, sagt sie in die Frankfurter Skyline hinein. »Vertraue, aber prüfe nach – du kennst den alten Spruch, Wiktor. Wir begleiten dich natürlich.«

»Das ist nicht nötig, Lubotschka. Ich habe dem Mann gesagt, dass ich allein komme. Ihr beide seid nur zur Tarnung dabei.«

»Tarnung ist gut! Wer hat denn die Blüten im Koffer gehabt?«, sagt Marjana und inspiziert den Inhalt der Minibar. »Aber vielleicht ist es wirklich besser, wenn wir nicht mit der Falschgeld-Mafia in Berührung kommen, Luba. Dann könnten wir gleich noch bei dieser Einkaufs-Mall vorbeischauen, über die wir im Bordmagazin gelesen haben, du weißt schon, diese MyZeil. Dafür ist Frankfurt doch bekannt.«

»Ich dachte, wegen der Banken, der Hochhäuser oder der Bücher«, mault Wiktor. »MyZeil? Was willst du denn dort?«

»Ein bisschen schauen, vielleicht eine Kleinigkeit einkaufen. Einen neuen BH zum Beispiel. Meine sind ja am Flughafen vor aller Augen ausgebreitet und befingert worden. Irgendwie kommen sie mir jetzt beschmutzt vor.«

»Na gut. Dann gehe ich zu meinem Treffen, und ihr seht euch in diesem Einkaufsparadies um. Aber denkt dran: Wir sind nicht zum Vergnügen hier. Wir tun nur so, kapiert? Und dann müssen wir abhauen, ohne dass Jurijs Leute das sofort spitzkriegen, klar? Vielleicht solltet ihr euch mal eure Köpfchen darüber zerbrechen, wie wir das schaffen.«

»Machen wir.« Marjana nimmt ein Fläschchen Wodka aus der Minibar.

»Also, wir treffen uns zwischen neun und zehn wieder hier im Hotel, an der Bar, okay?«

»Okay«, sagt Marjana.

»Wo ist der Geldkoffer?«

»Hier«, sagt Marjana. »Meine persönlichen Sachen habe ich schon herausgenommen.«

Wiktor öffnet den Koffer und sieht nach, ob die Geldbündel noch in den präparierten Büchern stecken.

»Okay«, sagt er. »Dann viel Spaß und passt auf, dass ihr euch nicht verlauft. Und du, Marjana, trink nicht so viel. Wir sind hier nicht …«

»… zum Vergnügen, ich weiß. Aber was bleibt mir übrig in dieser noblen Nichtraucher-Bude? Ich hab gelesen, dass sie in allen Räumen Rauchmelder haben. Sollte es einer wagen, sich eine Fluppe anzuzünden, rückt hier die Feuerwehr an, und der ganze Tower wird evakuiert. Also trinke ich lieber noch einen, bis wir hier endlich rauskommen.«

Wiktor nimmt den Koffer und geht. »Übertreibt's nicht, Mädels. Keinen Blödsinn anstellen, während Papi weg ist, ja?«

***

Der erste Zug an der frischen Luft macht Marjana wieder einigermaßen nüchtern.

»Na, was würdest du dir gern kaufen, wenn Geld keine Rolle spielen würde?« Sie drückt vor der Glasfassade des Shoppingcenters ihre heiß gerauchte Zigarette aus.

»Keine Ahnung«, sagt Luba. »Motorräder haben sie hier wohl keine.«

»Hast du nichts anderes im Kopf? Keinen noch so kleinen Schuhtick? Und jetzt erzähl mir bitte nichts von Bikerstiefeln.«

»Ich hab mal in einem Magazin Trekkingschuhe von La Sportiva gesehen, da könnte ich schon schwach werden.«

Marjana steht auf andere Marken. Und obwohl Luba ihr von den goldenen Prada-Sandalen abrät, muss Frau Doktor diese Schuhe einfach haben.

»Hast du keine Skrupel, mit dieser Luxusmarke herumzuprotzen?«

»Ich weiß nicht, was du hast. Ich finde goldene Sandalen einfach todschick.«

»Na ja, irgendwie passt es ja auch. Verbrecherinnen und Ganoven aus dem Mafia-Umfeld stehen auf teure Labels, sagt man.«

»Verbrecherin? Ich? Zu wessen Schaden? Also ich weiß genau, was die Deutschen mir, mir ganz persönlich angetan haben. Zwischen 41 und 45 haben die Deutschen die Hälfte meiner Familie umgebracht. Mein Bruder starb in einem Hubschrauber, der von einer westlichen Stinger-Rakete in Afghanistan abgeschossen wurde. Und das ist noch nicht alles. Mein Freund war Professor in Kiew, und 1995 hat ihn mir eine Austauschstudentin aus Düsseldorf ausgespannt. Die war auch nicht hübscher oder klüger als ich, die hatte nur reiche Eltern in Deutschland, verstehst du? Ich habe keine großen Skrupel, das kannst du mir glauben. Was wir hier vorhaben, das ist kein Verbrechen, das ist eine Art von Wiedergutmachung.«

»Na dann, soll ich mir auch Prada-Sandalen kaufen?«

»Genau, das machen wir. Nicht nur die Sandalen, wir kaufen uns die gleichen Klamotten, bis zur Unterwäsche. Wiktor soll denken, er ist betrunken, wenn er uns an der Bar sitzen sieht.«

»Für Zwillinge wird er uns trotzdem nicht halten«, sagt Luba.

»Aber ein Riesenspaß wird es trotzdem.«

»Okay, dann los.«

»Hast du überhaupt genügend Geld?«, fragt Luba, als sie am Ende ihrer Einkaufsorgie an der Kasse stehen.

Marjana zeigt ihr ein Hunderterbündel. »Das Fehlen dieser winzigen Menge wird Wiktor bei der Kofferübergabe doch hoffentlich kein Problem bereiten.«

»Bist du verrückt?«, zischt Luba. »Wenn die uns schnappen oder wenn Wiktor auffliegt!«

»Kindchen, jetzt sei doch nicht so nervös. Wer nicht wagt, der nicht gewinnt. Also mach dir nicht ins Hemd.«

Die Kassiererin nimmt die Scheine und hält sie unter das Ultraviolett-Geldprüfgerät.

»Du Idiotin!« Luba dreht sich auf dem Absatz um. »Ich warte draußen auf dich, wenn du es überhaupt bis raus schaffst.«

Die Kassiererin drückt auf den Taster des Prüfgeräts, aber es tut sich nichts. Sie versucht es noch einmal und noch einmal, dann gibt sie auf. Sie wendet sich an die Kollegin an der Kasse nebenan: »Andrea, prüf doch mal.« Sie reicht ihr einen Schein hinüber. »Mein Gerät hat schon wieder den Geist aufgegeben.«

»Gib her.« Die Kollegin prüft den Hunderter, dreht ihn um und prüft ihn noch einmal. Dann gibt sie den Schein zurück. »Alles in Ordnung.«

Marjana steckt das Wechselgeld in die Hosentasche, dann verlässt sie bepackt mit Tüten den Laden.

»Die Scheine haben eine super Qualität«, sagt sie fröhlich, als sie bei Luba angekommen ist.

»Du bist total verrückt, weißt du das?«, fragt Luba.

»Natürlich weiß ich das. Los jetzt, schnell ins Hotel, wir wollen doch Wiktor überraschen.«

Als sie an einem Handyshop vorbeigehen, sagt Marjana: »Was hältst du davon, wenn wir uns noch ein iPhone holen?« Sie packt Luba und zieht sie an der Hand in den Shop.

Luba reißt sich los. »Da mach ich nicht mit. Du willst wohl unbedingt, dass wir auffliegen. Ciao, Marjana. Du machst gerade alles kaputt, kapierst du das eigentlich nicht, oder bist du einfach nur besoffen?«

Marjana läuft Luba hinterher und versucht sich dabei eine Zigarette anzuzünden. »Du hast ja recht, Kindchen, das mit dem iPhone war übertrieben.«

»Wie oft soll ich dir noch sagen, dass ich nicht dein Kindchen bin?«, sagt Luba wütend. »Wenn du willst, dass wir auffliegen, dann lauf doch gleich zu den Bullen, aber lass gefälligst deine Scheißspielchen. Außerdem geht mir deine verdammte Kettenraucherei total auf den Keks.«

Die Ampel schaltet auf Grün. Marjana wirft ihre Zigarette weg und geht schweigend neben Luba her. Als sie sich im Hotelaufzug gegenüberstehen, starren sie sich wütend an, dann beginnen sie beide so zu lachen, dass ihnen die Wimperntusche übers Gesicht läuft. Luba zieht ein Taschentuch aus der Jeans und wischt Marjanas Gesicht sauber.

Im zweiundzwanzigsten Stock steigen sie aus dem Aufzug und lassen sich an der Rezeption den Schlüssel geben.

***

In dem Schnellrestaurant beim Bahnhof sitzen fast nur einsame Männer, jeder von ihnen an einem eigenen Tisch, mit einem großen Glas Bier vor sich. Wiktor entdeckt seinen Mann sofort. Er sitzt an einem Fensterplatz, und zwar so, dass er Wiktor wie jedem anderen, der das Lokal betritt, die linke Gesichtshälfte zugewandt hat, die eine Narbe ziert, als habe ihn jemand mit dem Beil gestreift und das Gesicht vom Ohr bis zum Mundwinkel aufgeschlitzt. Es sieht aus, als seien die obere und die untere Hälfte des Gesichts leicht verschoben wieder zusammengewachsen.

Wiktor zögert nicht. »Ich bin Wiktor«, sagt er und setzt sich zu dem Mann an den Tisch.

»Ich weiß, wer du bist. Hast du die Ware?«

»Natürlich.« Wiktor klopft auf den Koffer.

»Wenn auch nur ein Schein fehlt, reiße ich dir den Arsch auf, klar?«

»Klar, Mann. So einen ehrlichen Kurier wie mich habt ihr noch nie gehabt.«

»Aufmachen.«

»Was, hier?«

Wiktor legt den Koffer auf den Tisch und beugt sich schützend darüber. Dann klappt er ihn auf. Mit einer herrischen Kopfbewegung fordert der Mann ihn auf, eines der Bücher herauszunehmen. Er tut es, klappt es auf und zeigt die Geldscheine, die in den ausgeschnittenen Seiten eingebettet liegen wie in einem Sarg. Wiktor ist mächtig stolz auf seine Verpackungskünste, aber der andere verzieht keine Miene.

»Was darf's sein?«, bellt eine Stimme von hinten.

Wiktor klappt den Koffer zu und sieht auf. Die Stimme gehört zu einer stämmigen Person mit Oberlippenbart, die eine Frau ist.

»Bier«, bestellt er automatisch und zieht den eingeklemmten Daumen unter dem Kofferdeckel hervor. Besorgt betrachtet er sein pochendes Nagelbett, das bereits blau anzulaufen beginnt.

Auch der Mann mit der Narbe sieht es und lächelt. Dann macht er eine Kopfbewegung in Richtung Hinterzimmer.

»Neben der Toilette ist eine Tür mit der Aufschrift ›Privat‹. Die öffnest du, stellst den Koffer rein und nimmst den anderen, der dort steht, mit. Und pass auf, dass du die Koffer nicht verwechselst, ja?«

Wiktor steht auf. Jetzt bloß nichts persönlich nehmen.

»Und fang da draußen nicht an, das Geld zu zählen, kapiert?«

Stammt die Narbe von einem Tierbiss? Wolf, Bär, weißer Hai? Oder doch von Jurijs Schnappmesser?

Wiktor findet den Koffer hinter der Tür, öffnet ihn, zieht einen der Scheine heraus, findet, dass er kein bisschen anders aussieht als die Blüten, die er mitgebracht hat, macht den Koffer wieder zu und nimmt ihn mit. Auf der Toilette lässt er sich kaltes Wasser über den Daumen mit dem blauen Nagel laufen. Es hilft nichts. Der Schmerz ist größer, wenn der Finger nach unten hängt. Als er ins Lokal zurückkommt, ist sein Bierglas zur Hälfte leer getrunken.

»Grüße an deine Heimat, Brüderchen«, schnarrt der Mann. »Und gib nicht zu viel Geld aus hier im Westen, verstanden? Sonst haben sie dich schneller am Wickel, als du dir in die Hosen scheißen kannst.«

Wiktor hält Schweigen für die würdigste Antwort auf diese Warnung und steht auf.

»Falls es Reklamationen gibt: Wir wissen, wo du abgestiegen bist.«

Wiktor sagt auch darauf nichts. Welche Reklamationen sollte es geben?

In einem Zug trinkt der Deutsche auch die zweite Hälfte von Wiktors Bier.

»Prost«, sagt Wiktor, nimmt den Koffer und verlässt das Lokal.

Der Ausblick über die Lichter der Stadt ist atemberaubend. In der Bar befinden sich außer einem Paar und einer Dreiergruppe Geschäftsmänner keine weiteren Gäste. Der Barmann ist ein junger Schnösel mit aquamarinblauen Augen und gegeltem Haar, dessen Servicementalität so diskret verpackt ist, dass man sie für Unfreundlichkeit oder eben Schnöseligkeit halten könnte. In dieser Art von Etablissement ist es nicht üblich, durch den ganzen Raum zu brüllen, um seine Bestellung aufzugeben. Hier wartet man wohl oder übel so lange, bis der Kerl sich herbemüht und anstelle einer sprachlichen Äußerung in Form einer konventionellen Frage eine international gebräuchliche und auch Analphabeten verständliche Mimik zum Einsatz bringt. Er zieht die Brauen hoch und kräuselt die Stirn, will heißen: Was willst du alter Sack trinken?

Wiktor weiß es nicht und zieht ebenfalls die Brauen hoch. Man könnte denken, hier seien zwei Taubstumme aneinandergeraten, aber nun verliert der Barmann die Nerven: »Eine Bloody Mary?«

»Seh ich so aus?«, fragt Wiktor zurück.

»Wodka pur?«

Na endlich. Wiktor nickt.

Von hinten sieht der Junge ziemlich knackig aus. Als er den Wodka serviert, linst er über Wiktor hinweg. Wiktor weiß, dass es ein absolutes No-Go ist, aber er dreht sich trotzdem um, und hätte er seinen Wodka bereits getrunken, dann dächte er jetzt, er sei blau. Ein Frauen-Paar kommt auf ihn zu, das aussieht wie Zwillingsschwestern: glitzernde Tops mit viel Bewegungsfreiheit vorne, eng anliegende schwarze Hosen, die in die hochhackigsten und goldensten Riemchen-Sandalen münden, die Wiktor je gesehen hat. Und hätte die eine der beiden sich nicht sofort auf seinen Wodka gestürzt und ihn in einem Zug in sich hineingeschüttet, dann hätte er die beiden nicht als die erkannt, die sie sind. Marjana reckt drei Finger in die Luft, und so reißt sich der coole Blonde von Lubas Dekolleté los und erinnert sich daran, dass er zum Arbeiten hier ist.

»Vielleicht sollten wir doch einen Film zusammen drehen«, sagt Wiktor und versucht, je einen Arm um seine Begleiterinnen zu legen.

»Bei dir alles klar?«, fragt Luba. »Hast du die Kohle?«

»Was denkst du denn? Mädels, das müssen wir feiern. Habt euch ja mächtig in Schale geworfen. Ich glaube, solche Schuhe bekommt man nicht an jeder Ecke.«

»Italienisch«, sagt Luba.

»Prada«, sagt Marjana.

Wiktor hält es für einen Scherz und lacht.

Da dreht Marjana ihm den Rücken zu, streckt das Bein nach hinten und legt ihm den Schuh aufs Knie. Das Prada-Logo auf der fast unberührten silbernen Sohle ist perfekt erkennbar.

»Lammleder.« Marjana schwingt das Bein wieder auf den Boden.

»Wow.« Wiktor schüttelt bewundernd den Kopf. »Da habt ihr aber tief in die Tasche gegriffen, was?«

Luba tut so, als hätte sie ihn nicht verstanden. Marjana macht eine Handbewegung, bei der Wiktor misstrauisch wird.

»Was habt ihr denn für die ganzen Fummel bezahlt?«, will er wissen.

»Och, das war alles gar nicht so teuer, wie du denkst«, sagt Marjana. »Wollten wir nicht feiern? Wo bleibt der Wodka?«

Die nächste Frage, die Wiktor auf der Zunge liegt, braucht er gar nicht mehr zu stellen, denn er kennt die Antwort bereits. Er sieht abwechselnd von Marjana zu Luba. Beide lehnen lässig an der Bar und sehen völlig unbeteiligt dem Barmann beim Einschenken der glasklaren Flüssigkeit aus der beschlagenen Flasche zu.

Eine Serie wüster Schimpfwörter explodiert in Wiktors Kopf, und eine entsetzliche Furcht krampft seinen Bauch zu einem harten Klumpen zusammen. Er hat eine Vision: Er sieht eine schwarze Limousine mit verdunkelten Scheiben vor dem ultramodernen Hotelgebäude vorfahren. Die hintere Wagentür öffnet sich; das Gesicht mit dem hässlichen Maul, in dem vorher sein Bier in zwei Zügen verschwand, schiebt sich ins Licht der Straßenlaterne.

Wiktors Magen rebelliert, als kröche ihm ein Tausendfüßler die Speiseröhre hinauf. Er reißt dem Barmann ein Glas Wodka aus der Hand und kippt es hinunter. Dann wühlt er in der Tasche nach einem Geldschein, wirft ihn auf den Tresen und packt seine beiden Goldhühnchen an den Armen. Er wartet genau drei Sekunden, bis sie ihre leeren Gläser wieder abgestellt haben, dann zerrt er sie mit einem Ruck von der Bar weg.

Der Barmann freut sich, weil Wiktor das Wechselgeld nicht mehr abwarten wird, und er freut sich, weil er endlich etwas versteht. Es ist nur ein Wort, das Wiktor wieder und wieder durch die Zähne presst, und das kennt sogar der Barmann: *»Dawei, dawei! Dawei, dawei, dawei!«*

»Sie werden uns umbringen.« Wiktor stößt die beiden in den Aufzug. »In fünf Minuten habt ihr gepackt. Wir treffen uns unten, ich warte im Taxi auf euch. Wenn euch etwas komisch vorkommt oder wenn ich nicht da sein sollte, dann steigt in ein anderes Taxi, fahrt zum Bahnhof und nehmt den nächsten Zug Richtung Süden. Nach München. Wir treffen uns entweder dort, oder wir treffen uns gar nicht mehr. Nie mehr, kapiert? So, und jetzt los.«

***

Sie brauchen fast fünfzehn Minuten, bis sie umgezogen sind und alles, auch die Prada-Schuhschachteln, verpackt ist. Die letzte Fahrt mit dem luxuriösen Aufzug aus dem Fünf-Sterne-Hotel hinunter in die harte Realität ist zu schnell gekommen. Unten wartet ein Taxi mit laufendem Motor. Als sie näher kommen, sehen sie Wiktors Gesicht am Fenster. Er steigt nicht aus, um ihnen beim Verstauen der Koffer zu helfen. Er spricht überhaupt nicht mehr mit ihnen. Schweigend fahren sie zum Bahnhof, Wiktor kümmert sich um die Tickets. Er erlaubt ihnen nicht einmal, einen Kaffee zu trinken oder auf die Toilette zu gehen.

Als der IC nach München aus dem Bahnhof rollt, macht Wiktor sich auf den Weg durch die Waggons. Den ganzen Zug untersucht er nach dem bekannten Gesicht. Als er zurückkommt, hat Luba sich mit ihrer Jacke zugedeckt und gibt vor zu schlafen. Marjana kaut an ihren gepflegten Nägeln.

»Dumme Puten!« Wiktor spuckt das Schimpfwort fast aus, aber

Luba und Marjana sind froh, dass er überhaupt wieder mit ihnen spricht. »Ich hatte ja keine Ahnung, wie blöd ihr sein könnt. Wir hätten draufgehen können wegen euren Goldschuhen. Und wir können es immer noch. Ich will nicht wegen zwei Paar goldener *bassanoschki* sterben, kapiert?«

»Kapiert«, antwortet Marjana. »Und jetzt entspann dich mal, ja? Wir sind weg aus Frankfurt, und wir haben jetzt echtes Geld. Es ist also alles in Butter.«

»In Butter, ja? Um wie viel hab ich den Mann in Frankfurt eigentlich beschissen, hm? Waren es tausend, zweitausend, dreitausend Eier? Los, mach den Mund auf. Wie viel habt ihr rausgenommen?«

Marjana zuckt die Achseln. »Rausgenommen habe ich fünftausend. Fünftausend von einhunderttausend. Ist das viel? Außerdem ist noch was davon übrig.«

»Du warst es also! Dann ist dein Verstand mit dem Alter nicht gerade gewachsen. Mein Gott! Denkst du, Profis lassen sich von einem wie mir linken? Und hätte auch nur ein Euro gefehlt, dann würden sie versuchen, ihn aus mir herauszuprügeln. Fünftausend Euro! Dabei gehe ich drauf!«

»Dazu müssen sie dich erst kriegen. Und wir sind ja auch noch da.«

»Oh ja, ihr seid auch noch da. Daran musst du mich nicht erinnern, Marjana, wirklich nicht. Ohne euch würde ich jetzt die hunderttausend zurück nach Kiew bringen und in aller Ruhe meine Provision einstreichen.«

»Erstens«, Luba klappt ein Auge auf, »wärst du ohne uns überhaupt nicht nach Deutschland gekommen. Zweitens ist diese mickrige Provision von zwanzigtausend Euro ein Witz dafür, dass du deinen Arsch hinhältst und für diese Falschgeld-Mafia vielleicht noch ins Gefängnis wanderst.«

»Ah, die Motorradbraut ist aufgewacht und weiß sofort Bescheid, was mickrig ist und was nicht. Aber bei Prada ist dir dein Verstand auch in die Fußgelenke gerutscht, wie?«

»Drittens«, fährt Luba fort, ohne auf ihn einzugehen, »sind wir hierhergekommen, um einen echten Schatz zu finden, der ein Vielfaches der Blüten wert ist. Und davon wissen deine Mafia-Freunde rein gar nichts. Deshalb kannst du jetzt auch aufhören, dir ins Hemd zu machen, Witja. Wir sind sie los. Und wenn wir wieder nach Kiew zurückkommen, lieferst du die hunderttausend ab und legst noch was drauf für die Verspätung. Du wirst reich sein, und du wirst sehen: Sie werden dir aus der Hand fressen.«

»Oh ja, die Ukrainerinnen sind nicht nur die schönsten, sondern auch die schlausten Frauen auf der Welt. Haben immer eine praktische Lösung parat. Du hast nur eines vergessen, Lubotschka, aber es ist nicht schlimm. Woher solltest du es auch wissen? Weder in der Fischfabrik noch wenn man auf einer Ninja durch die Zone braust, lernt man es: Ein Falschgeld-Händler lässt sich von einem Greenhorn nicht bescheißen. Nie und nimmer. Er wird sich den Typen schnappen und fertigmachen. Und wenn er selbst dabei draufgeht. Eisernes Gesetz, verstehst du? Ganovenehre. Spitz oder Knopf, er oder ich. Verstehst du das? Nein, du verstehst es nicht, ich seh's dir an der Nasenspitze an. Trotzdem: Bete zu Gott oder an wen auch immer du glaubst, dass er uns nicht findet.«

Als ihr Zug in den Münchner Hauptbahnhof einfährt, wittert Wiktor die Gefahr hinter jedem Kiosk und an jedem Würstchenstand.

»Wie sieht er aus?«, fragt Marjana.

»Wer?«

»Na der, vor dem du so viel Angst hast.«

»Es ist der hässlichste Mann, den du je gesehen hast. Du wirst ihn erkennen, verlass dich drauf. Und dann wirst du dir wünschen, du hättest ihn nie gesehen.«

»Okay«, sagt Marjana, »egal, wie hässlich unser befürchteter zukünftiger Peiniger auch sein mag, ich bin zu müde, um mir jetzt darüber Sorgen zu machen. Selbst zum Angsthaben bin ich zu k. o. Das Einzige, was ich will, ist ein breites Bett, am besten in einem sauberen Hotel mit ordentlichem Frühstück am Morgen.«

»Dann verlieren wir noch mehr Zeit«, jammert Wiktor.

»Ist mir jetzt egal. Ich brauche ein Hotel, und wenn es das Chelsea wäre und ich mir ein Zimmer mit dem schwermütig Gitarre klimpernden Leonard Cohen teilen müsste.«

In der Seitenstraße, die vom Bahnhofsgebäude abzweigt, spiegelt sich auf dem regennassen Gehweg der orange-rot leuchtende Neonschriftzug der Candy-Bar. Darüber das Hotelschild: Hotel Monaco. Zu spät für alles, denkt Wiktor. Ein einziges Auto befährt die Straße, die Reifen spritzen kleine Wasserfontänen auf.

»Das nenn ich Glück.« Marjana deutet auf das Leuchtschild »Zimmer frei« am Hauseingang.

»Heute ist es vielleicht Glück«, sagt Wiktor finster. »Morgen schon könnte es dein Verderben sein.«

»Hört sich an, als würdest du gerade für die Schulaufführung einer griechischen Tragödie üben«, spottet Marjana.

»Und du, als wolltest du Humphrey Bogart an Coolness in den Schatten stellen.«

»Also ich finde, euer Geschnatter hört sich an, als wärt ihr schon seit ewigen Zeiten verheiratet«, bemerkt Luba.

Neben dem Hoteleingang steht die Tür zur Candy-Bar offen, aber ein schwerer Vorhang blockiert die Sicht auf das Innere. Musikfetzen, die zu den rot pulsierenden Lichterketten passen, wabern ins Freie. Eine Blondine mit hüftlangem glattem Haar kommt aus der Bar. In dem Moment, in dem sie auf den Bürgersteig tritt, bremst ein wie aus dem Nichts auftauchendes Taxi, und die Blondine gleitet in den Fond des Wagens, zuletzt folgen ihre schwarzen Lack-Overknees.

Luba stößt Wiktor, der völlig versunken dem Taxi nachsieht, in die Seite. »Sieht so dein Typ aus?«

»Blödsinn, ich bin eben auf der Hut, und das habe ich euch zu verdanken.«

Die Tür zur Rezeption des Hotels schwingt automatisch auf. Der Eingangsbereich ist mit einem grau-blauen Teppich ausgelegt. Es riecht ein bisschen nach Moder, als ob Vorhänge und Teppiche schon seit Jahren nicht mehr gereinigt worden wären und sich der Rauch inzwischen verbotener Zigaretten in die neue Zeit hätte retten können.

»Drei Einzelzimmer mit Bad bitte«, sagt Marjana.

Der Nachtportier sieht im Computer nach.

»Für eine Nacht?«

Marjana nickt.

»Das macht zusammen zweihundertvierzig Euro. Wollen Sie die Zimmer?«

»Ja, natürlich«, sagt Marjana.

»Die Ausweise bitte. Und das Geld, in bar. Unser Kreditkartenterminal ist leider kaputt.«

»Kein Problem«, sagt Marjana. Doch bevor sie den Geldbeutel in ihrer Handtasche findet, hat Wiktor das Geld schon zusammen mit seinem Pass auf den Tresen gelegt.

»Frühstück ab sieben Uhr dreißig, im zweiten Stock, dort sind auch Ihre Zimmer.«

»Ich habe Hunger wie ein Bär«, stöhnt Wiktor im Aufzug.

»Nützt nichts, heute Nacht bekommst du nichts mehr. Die Restaurants haben schon zu, und in der Candy-Bar willst du keine Tiefkühlpizza essen, oder?«, meint Marjana. »Ich werde einen kleinen Wodka aus der Minibar zu mir nehmen, das hilft auch.«

Auf dem Weg zu ihren Zimmern nimmt Wiktor einen Flyer aus einem Prospektständer und hält ihn Marjana unter die Nase.

»›Schlemmerreise durch die bayerische Küche‹«, liest sie vor. »›Von der Schweinshaxe und den Weißwürsten bis zum leckeren Hirschgulasch mit Spätzle und Preiselbeeren: Die bayerische Küche ist herzhaft und deftig.‹ Warum interessiert dich das denn jetzt?«

»Weil ich gerade dabei bin, vor Hunger einzugehen, zu halluzinieren, und dieser Teller ist meine Fata Morgana. Wenn wir in Berchtesgaden sind, dann will ich so etwas essen. Ich werde euch auf ein Hirschgulasch einladen.«

»Ich glaub, ich mag gar kein Hirschgulasch«, sagt Luba.

»Warum denn nicht?«

»Wegen der Hirsche natürlich, der armen.«

»Erstens sind Hirsche an sich nicht arm, und zweitens sind sie bereits tot, wenn sie zu Gulasch verarbeitet werden. Sie spüren nichts mehr von dem, was mit ihnen passiert.«

»Hast du überhaupt kein Herz?«, fragt Luba.

»Eigentlich schon, nur wenn ich Hunger habe nicht«, sagt Wiktor.

»Los, auf eure Zimmer«, scheucht Marjana sie mit wedelnden Armen. »Bis morgen um halb acht beim Frühstück, und ich nehme deine Einladung an, Wiktor.«

»Wusste ich es doch, dass du nicht so zimperlich bist«, freut sich Wiktor.

»Ich habe ein Herz für Menschen, Luba. Über Hirsche hab ich bisher noch nicht nachgedacht.«

München-Grafing, 15. Mai 2010

Am nächsten Morgen fahren sie weiter Richtung Salzburg, nachdem Marjana in der Bahnhofsbuchhandlung eine topographische Karte der Alpen und des Nationalparks Berchtesgaden gekauft hat.

»Eigentlich schade«, sagt sie, als sie ihre Plätze gefunden haben. »Jetzt bin ich das erste Mal in München gewesen und hatte keine Zeit, mir das Olympiastadion anzusehen. Ihr wisst doch, das mit diesem fliegenden Dach.«

»Das alte Ding? Wieso ist das wichtig?«, fragt Luba.

»1972 warst du noch gar nicht auf der Welt, stimmt's? Ich war zwölf, und ich trug mein Haar so lang, hier, fast bis zum Hintern.«

»Und was hattest du mit den olympischen Spielen zu schaffen?«

»Ich nichts. Aber meine Mutter. Sie hatte sich im Weitsprung für den Olympia-Kader qualifiziert, ist dann aber nur Vorletzte geworden. Hatte einen schlechten Tag. Gewonnen hat eine Deutsche, Heide Rosendahl, mit sechs Metern achtundsiebzig.«

»Sag mal, wie alt war denn deine Mutter, wenn du damals zwölf warst?«, fragt Luba.

»Sie war ungefähr so alt wie du jetzt. Ein bisschen jünger.«

»Hm, vielleicht ein bisschen zu alt für Olympia.«

»Sag das nicht. Die Silbermedaille hat eine Bulgarin gewonnen, und die war auch schon dreißig.«

»Hast du eigentlich Kinder, Marjana?«

»Nein, hat sich nicht ergeben.«

»Und deine Mutter?«

»Ist seit zwanzig Jahren tot. Sie hat im Olympiakader wahrscheinlich zu viele oder die falschen Spritzen bekommen. Ihr Bartwuchs war dabei noch das geringste Problem. Aber angeschaut hätte ich mir das Stadion schon gern. Na ja, vielleicht auf der Rückfahrt. Das heißt, wenn wir lebendig von unserer Schatzsuche zurückkommen. Nicht wahr, Wiktor?«

»Richtig. Und wenn wir lebendig und mit auch nur einem kleinen Teil des Schatzes zurückkommen, dann kannst du, wenn du Lust hast, das ganze Olympiastadion für dich allein mieten und dir dazu noch die Rolling Stones für ein Privatkonzert einfliegen lassen. Wenn sie bis dahin durchhalten.«

Obersalzberg, Mai 1945

Alexej spürt einen metallischen Geschmack im Mund. Pulsierende, pochende Schmerzen und irgendetwas, das er sich nicht erklären kann. Etwas wie seinen Herzschlag. Er hockt neben einem der endlosen Regale. Hundert Meter lang und mehrere Meter hoch, mit drei Ebenen, auf denen riesige Holzkisten stehen, die meisten zwei Meter hoch, zwei Meter tief und drei Meter lang. Er ertastet mit der Zunge seinen hintersten Backenzahn. Er sitzt locker, und mit der Zunge spürt er, dass das Zahnfleisch an der Stelle wärmer ist. Auf alle Fälle kommt der metallische Geschmack von dort. Es tut sehr weh, wenn er mit der Zunge gegen den Zahn drückt, aber er kann nicht aufhören damit. Er muss einfach dagegendrücken, und dann, von einem Knacken begleitet, löst sich der Zahn und kullert, von der Zunge geschoben, in seinem Mund herum. Noch einmal spürt er einen Stich, dann lässt der Schmerz nach. Er geht nicht ganz weg, aber es ist eine Erleichterung.

Er spuckt aus. Es ist dunkel, und er kann nicht sehen, dass alles rot ist, aber er spürt es. Es ist das frische Blut aus der Wunde, in der eben noch sein Zahn steckte, gehalten von ein paar Fasern, die jetzt gerissen sind.

Er nimmt die Finger der rechten Hand vor den Mund und schiebt mit der Zunge das, was er für seinen Zahn hält, heraus. Mit der Linken kramt er in seiner Tasche. Dort bewahrt er sein Feuerzeug auf, den einzigen Schatz, den er seit Monaten hüten kann, und immer noch hat er ein bisschen Benzin dafür. Ganz kurz leuchtet die Flamme auf, dann ist es wieder dunkel. Doch er hat ihn gesehen, seinen Zahn. Dann wirft er ihn weg.

Es ist dunkel, vollkommen dunkel, aber er weiß, wo er Ölpapier findet, und auch, wo die Holzscheite liegen. Er tastet sich am Regal entlang bis zu der Stelle, wo das Papier gelagert ist. Er knüllt es zusammen, wirft es ein Stück vom Regal weg auf den Weg, gibt Holzspäne dazu, alles im Dunkeln. Dann, als er meint, er habe genügend zusammengetragen, um ein ausreichendes Feuer zu entfachen, will er seinem Feuerzeug eine Flamme entlocken. Vergeblich. War es die letzte Flamme, in deren Schein er seinen Backenzahn gesehen hat?

Immer wieder rieselt der Funkenregen des Feuersteins um den Docht, aber es lässt sich keine Flamme mehr entzünden. Er schüttelt das Feuerzeug, hält es über Kopf in der Hoffnung, dass noch etwas Benzin durch den Docht sickert, doch immer wieder aufs Neue die Enttäuschung, verbunden mit der Angst, dass auch der Feuerstein bald aufgebraucht ist. Da endlich gelingt es ihm, eine Flamme zu entzünden. Er hält sie sofort an das Ölpapier, es flammt auf, und der Stollen wird in Licht getaucht, die betonierten Wände, die sich nach wenigen Metern schon verlieren, dann der nackte Fels. Entweder gab es zu wenig Beton, die Zeit war zu knapp, oder die Konstrukteure hielten es nicht für nötig, die kilometerlangen Stollen mit einem Betonkleid auszustatten.

Roher Fels, in den der Schacht getrieben wurde, doch auch der helle Schein des entflammten Ölpapiers beleuchtet nur wenige Meter, dahinter ist alles schwarz. Das elektrische Licht ist von außen abgeschaltet worden, dann kam die Sprengung. Es gibt kein Entrinnen, dachte der Kommandant, der Alexej den Gewehrkolben ins Gesicht schlug, als er sich wehrte und sich nicht zu den anderen in die Reihe stellte, die wahrscheinlich längst erschossen in einem Graben liegen, der nun zugeschüttet wird. Alexej weiß, dass es eine Chance gibt, aus dem Stollen zu entkommen. Der Kommandant weiß es nicht. Er hatte den Auftrag, keinen entkommen zu lassen, der von der Existenz dieses Bunkers und damit zu viel wusste, um am Leben zu bleiben.

Hunderte andere Arbeiter schufteten hier, aus der Tschechei, aus Italien, Polen und einige mit derselben Binde am Arm wie er. Zwei weiße Vierecke und das Wort OST in Großbuchstaben, auf blauem Grund, diese Kennzeichnung war schuld, dass er noch mehr Sklave war als die Männer, die nicht aus dem Sowjetgebiet kamen.

Diese verfluchte Binde! Schlechteres Essen, schlechtere Arbeit, mehr Prügel, das war es, was ihm dieses Zeichen einbrachte. »Untermensch« nannten die Nazis ihn, und die Binde war das Zeichen dafür. Obwohl sie versuchten, Zwietracht zwischen den Arbeitern zu säen, unterhielten sie sich oft heimlich miteinander. Alle waren der Meinung, dass sie nicht mehr lange durchhalten mussten, bald würde sie vorbei sein, die Sklaverei. Besonders seit dem 25. April, als der Himmel über Berchtesgaden schwarz wurde von den Bombern der Alliierten. Der halbe Berg schien zu explodieren, sogar Hitlers Haus sollte nur noch Schutt und Asche sein, hieß es.

Aber hier oben wurde nichts leichter, noch härter sollten sie arbeiten für das »Göring-Projekt«, immer wieder schnappte er diesen Begriff auf, er schrieb ihn einmal sogar in seiner Schrift in den Sand: »Геринг проект«. Schnell verwischte er die Worte, über sich selbst erschrocken, mit den Füßen wieder.

Ein paar hundert Meter unterhalb des Kehlsteinhauses, etwas nördlich, an einer Stichstraße, die von der Zufahrtstraße wegführt, liegt der Eingang zum Tunnel. Am Seiteneingang ein Schild: »1650 m ü. M.« Und selbst als hier der Schnee noch meterhoch lag, mussten sie schon wertvolle Güter, die aus ganz Europa zu kommen schienen, geheimnisvolle Maschinen, Gold- und Silberbarren, Devisen und Wertpapiere einlagern.

Jeden Tag kamen Güterzüge am Berchtesgadener Bahnhof an. Fuhren ein in den großen Tunnel, wo sie unbeobachtet auf Lkws entladen wurden. Auch er musste dafür einige Male ins Tal. Die ganze Nacht hindurch kamen die Lkws auf der Zufahrtstraße hinauf zum Kehlstein, und kurz bevor sie den Wendeplatz erreichten, bogen sie in die Stichstraße zum Stollen ein. Tausendfünfhundert Meter fuhren sie mit den Lkws in Stollen A hinein. Einer unergründlichen Ordnung folgend oder vielleicht doch nur willkürlich hielt der Lkw plötzlich an und musste entladen werden, bevor er leer durch Stollen B wieder das Tunnelsystem verließ.

Manchmal ging eine Kiste beim Entladen zu Bruch, und Alexej oder ein anderer Arbeiter konnte sehen, was sie da zu verstecken halfen. Einmal zerbrach eine Kiste mit Hunderten von orthodoxen Monstranzen. Der Kapo schrie, schlug zu, und sie räumten die Monstranzen in Ersatzkisten in das überdimensionale Lager. Nicht oft, gemessen an der Zahl der Kisten, die sie in den Regalen verstauten, zerbrach eine Kiste, aber zumindest eine jeden Tag. Im Lager unterhielten sich die Arbeiter darüber, und es war allen klar, dass hier der größte Schatz auf Erden verscharrt wurde. Tonnenweise Goldzähne, ausgebrochen aus den Totenschädeln der erschossenen oder vergasten Juden, Kommunisten, Ukrainer, Russen, Rebellen und wen sonst die sogenannten »Herrenmenschen« umbrachten. Es wurde getuschelt und gemutmaßt, einige hatten es sogar selbst gesehen, aber jeder hoffte, dass die Nazis hier, wo ihre Familien wohnten, es nicht wagen würden, zu wüten wie im Osten.

Hunderte Kisten Gold aus den Nationalbanken der überfallenen Staaten oder den geplünderten Gold- und Silberscheidefirmen. Manchmal stand etwas auf den Kisten, das einen Hinweis auf den Inhalt und dessen Ursprung gab. Tausende Kisten Silber, Kunstschätze fein säuberlich verpackt. Tausende Lkw-Fuhren innerhalb weniger Monate. Der Stollen füllte sich so schnell, und immer noch schien der Strom nicht zu versiegen. Die Arbeiter verstanden, dass der Schatz dazu bestimmt war, den Bewohnern des Führersperrgebiets eine sorgenfreie Zukunft zu sichern und ihnen in kurzer Zeit wieder zur Macht zu verhelfen. Nur vor den Alliierten musste er geheim bleiben, um jeden Preis.

Der Stollen war so angelegt, dass eine kleine Sprengung bereits einen Felssturz auslöste, der jede Spur und jeden Hinweis auf den Tunnel verschütten würde. Es musste nur der Befehl zur Sprengung gegeben werden, und keiner, dem die Koordinaten nicht bekannt waren, konnte den Schatz je finden. Sprengen und alle, die davon wissen, töten, das war der Befehl. Alle, auch die Lkw-Fahrer, auch die deutschen Arbeiter und den Kommandanten, da war sich Alexej sicher, denn nur wenn es niemanden gab, der etwas verraten konnte, hatte dieses Versteck einen Sinn.

Alexej ist im Stollen eingeschlossen und ohne Licht. Er wirft alles ins Feuer: das zusammengetragene Holz, die Späne, die Scheite. Alles wirft er in die Flammen. Es wird heller, als das Holz zu glimmen beginnt. Er sucht ein Stück trockenes Bauholz, es soll ihm als Fackel dienen. Er braucht Licht, um die Petroleumlampen und die Tanks zu finden, ohne Licht ist er verloren. Wie soll er ohne Licht einen Gang hinaus in die Freiheit finden?

Nicht sehr hell sind die Fackeln, aber hell genug, um sich zu orientieren. Ungefähr weiß er ja, wo das Werkzeug, die Lampen, die Tanks und die Vorräte aufbewahrt sind. Er macht sich auf den Weg zum Werkzeugraum. Im Büro bricht er den Metallschrank auf, nimmt einen der Revolver und Munition heraus. Er weiß, dass es auch Petroleum- und Karbidlampen gibt. Das Licht der Karbidlampe ist heller, und mit dem Spiegel hinter der Flamme kann er es gut ausrichten. Er nimmt einen der Rucksäcke, steckt einen Pickel und andere Dinge ein, von denen er meint, dass er sie noch brauchen wird.

Dann kehrt er zurück zum Hauptstollen. Im Proviantraum findet er Wurst und Schwarzbrot in Dosen. Er kann nichts essen, noch nicht, zu groß sind die Schmerzen, wenn er seinen Kiefer bewegt, aber irgendwann wird es besser werden, und dann wird er Hunger haben. Ein Seil. Er geht noch einmal zurück, er hätte es fast vergessen, aber ohne Seil geht es nicht, da ist er sich sicher.

Er sammelt ein wenig Holz und Papier, denn er möchte sich noch ein bisschen ausruhen, bevor er sich auf den Weg macht, und sich aufwärmen. Es ist so kalt hier drinnen.

Ein Knall, dass Alexej meint, es zerreiße ihm das Trommelfell. Ein Donnern, als würde der ganze Berg in sich zusammenstürzen. Ein Windstoß fegt durch den Stollen. Es ist dunkel, das Feuer erloschen von dem plötzlichen Luftzug, sogar das Karbidlicht leuchtet nicht mehr.

Alexej hustet und kann nicht mehr aufhören damit. Wenn das Feuerzeug nicht noch einmal eine Flamme zustande bringt, dann ist er verloren. Überall der Staub. Er brennt in den Augen. Alexej spürt ihn im Mund, er knirscht zwischen den Zähnen und sammelt sich in der Bluthöhle des ausgeschlagenen Zahns.

Licht, Licht, das ist jetzt das Wichtigste. Licht! Er sieht etwas glimmen. Noch ist nicht alles verloren. Vorsichtig greift er in die Richtung des Glimmens, tastet sich über die Glut zum kälteren Teil eines Stocks, sodass er ihn in die Hand nehmen kann. Pustet die Glut an, bis eine kleine Flamme züngelt, an der er sein Licht wieder entzünden kann.

Immer wieder hört er, wie draußen Felsbrocken den steilen Hang hinunterrollen, doch das Schlimmste ist vorbei. Ein zweites Donnern, wahrscheinlich eine zweite Sprengung. Sicher liegen nun Tausende Kubikmeter Fels und Stein vor dem Stollen. Niemand wird den Eingang jemals mehr finden außer den Tätern selbst. Wenn sie überleben.

Es kann sein, dass für ihn nun das Schlimmste vorbei ist. Giorgio, Pawel, Stonic, Carol, Claus und Klaus und alle anderen aber sind wahrscheinlich tot. Keiner seiner Kameraden hat überlebt, keiner kann überlebt haben. Erschossen liegen sie im Graben. Erschossen vom Kommandanten und seinen Helfern. Dann die Sprengung, die den Stollen zugeschüttet hat, sodass sie niemals gefunden werden können. Sie sind die verlorenen Toten des Krieges. Nur er hat noch eine kleine Chance zu entkommen. Etwas Glück braucht er dazu, und es muss stimmen, was er sich ausgedacht hat. Sein Plan, sein Fluchtweg.

Es kommt ihm so vor, als höre er ganz leise die durch den Fels gekrochenen Schüsse aus einem Maschinengewehr: Trrrr, trrr, trrr. Es kann eigentlich nicht sein, zu viel Fels liegt zwischen ihm und dem Tag da draußen. Vielleicht sind jetzt aber auch der Kommandant und seine Helfer dran. Dieser Gedanke freut Alexej, und er fährt mit der Zunge wieder über seine Zahnwunde, die längst nicht mehr so schmerzt wie noch vor ein paar Stunden.

Was werden sie dem Exekutionskommando gesagt haben? Immerhin erschießen sie auch Deutsche, das werden sie an den Uniformen sehen und vielleicht auch hören: »Nein, nicht schießen, wir sind doch Deutsche! Kameraden, das muss ein Irrtum sein, wir sind Deutsche, nicht schießen, bitte!«

Trrr, trrr, trrr – so schnell geht es, und dann tritt Stille ein. Den Schützen werden sie erzählt haben, dass die anderen Verräter waren. Alle sind damit weg. Keiner ist mehr da, der weiß, was sich hinter den Tausenden von Tonnen Fels verbirgt.

Der letzte Waggon wurde nicht mehr entladen. Die Kunstschätze und Goldbarren sind im Eisenbahntunnel in Berchtesgaden geblieben, aber diese eine Zugladung mit Kunstwerken, das ist nichts im Vergleich zu dem, was gerettet ist. Für den Reichsmarschall Göring, denn von Alexej weiß niemand.

Mit der brennenden Karbidlampe in der Hand geht Alexej am Regal entlang weiter ins Berginnere. Tränen stehen ihm in den Augen, laufen über seine Wangen, säumen den ganzen Weg, den er gegangen ist. So viele Tränen, von denen niemand je erfahren wird. Immerzu flüstert er: »Tu's nicht, nein, tu's nicht, wir sind doch die Guten.«

Marek war es, der das zu ihm gesagt hatte, drei Tage zuvor, als er den Luftzug spürte am Ende des Stollens. Er machte Marek darauf aufmerksam. Dort, wo der Fels nur roh behauen war, von dort kam ein Luftzug, wie ein leichter Wind. Es gibt dort keinen Luftschacht. Es muss eine Verbindung nach draußen geben, eine Höhle vielleicht. Das hatte er gedacht. Es war ein ganz leises Gluckern und

Tropfen zu hören. Dort wollte Alexej nun hin, an das Ende des Schachts, da, wo er vor drei Tagen den Wind gespürt hatte. Nur ein Posten war so tief im Stollen bei ihnen gewesen, bewaffnet mit einer MP. Er war jung und unerfahren, ja ängstlich gewesen. Alexej hatte das Gefühl, dass es dem Jungen unheimlich war, hier auf sie aufpassen zu müssen. Er flüsterte Marek zu: »Spürst du das? Spürst du den Wind? Hier muss es nach draußen gehen. Mensch, Marek. Dort muss die Freiheit liegen.«

Marek starrte ihn an.

»Sag etwas zu dem Posten, lenk ihn ab. Ich ziehe ihm eine Stange über den Kopf. Wenn er umfällt, hauen wir ab, in die Freiheit. Das machen wir, los.«

Marek sagte: »Der Junge kann doch nichts dafür. Wenn wir ihn erschlagen, sind wir genau wie sie. Aber wir sind doch die Guten.«

»Wir sind doch die Guten.« Alexej flüstert es noch immer vor sich hin.

»Und du, Marek, du bist der Beste von allen und liegst jetzt im Graben, erschossen von denen, die dann nach dir erschossen wurden. Ist das jetzt besser, als wenn wir vor drei Tagen beide lebend davongekommen wären? Dein Posten liegt doch nun auch in der Grube, was ist jetzt besser, Marek? Sag es mir.«

Der Wind ist kaum zu spüren, als er an der Stelle ankommt, weil der Stolleneingang nun verschlossen ist. Aber das Gluckern und Tropfen ist zu hören, deutlicher als vor drei Tagen sogar, denn es ist still geworden im Schacht. Kein Geröll mehr, keine Posten, keine Aufseher und keine Arbeiter. Keine Lkws. Nur noch er allein und das stumme Gold in den Kisten und das Gluckern des Wassers.

Es ist ein ganz schmaler Spalt zwischen den grob behauenen Felsblöcken, aus dem die Geräusche kommen. Er zwängt sich hindurch, es geht ein paar Meter eben dahin, dann steil nach oben. Wasser läuft herab, nicht viel, aber genug, um endlich wieder trinken zu können. Gutes, frisches Wasser. Er spült seinen Mund und spuckt den Steinstaub und das Blut zusammen mit dem Wasser aus. Der Geschmack des Blutes ist fast weg, die Wunde beginnt sich zu schließen.

Er schafft es, die Lampe so am Rucksack festzubinden, dass er noch sehen kann, sie ihn aber weder verbrennt noch etwas entzündet.

Die Höhle verzweigt sich jetzt. Ein Gang führt nach oben, der andere nach unten. Alexej entscheidet sich, nach oben weiterzugehen. Er will nicht in die Tiefe, sondern zum Licht. Und er denkt, dass er es eher oben als weiter im Berginneren finden wird.

Er klettert einen Felskamin nach oben, Meter für Meter. Hat Angst, sich umzusehen, zu weit geht es nach unten. Und doch kann nichts so gefährlich sein wie das, was er durchgestanden hat. Eigentlich müsste er bei den anderen in der Grube liegen, bestenfalls im Schacht verhungern. Aber er hofft, dass er es schaffen wird. Er glaubt an die Chance, die keiner sonst bekommen hat. Er fragt auch nicht, wieso gerade er sie bekommen hat. Dafür gibt es keine Erklärung. Oder es gibt eine, aber er versteht sie nicht.

Er weiß nicht, wie viele Stunden er schon geklettert ist. Ziemlich nass ist er geworden, aber es hilft nichts. Durch einen Wasserfall musste er klettern, um weiterzukommen, und durch einen kleinen See waten, fast bis zum Bauch im Wasser. Und immer wieder nach oben, über die glitschigen Felsen. Nicht umdrehen und bloß nicht abrutschen. Irgendwann kann er nicht mehr. Er ist zu erschöpft und legt sich in eine Nische, um ein wenig auszuruhen. Nach einem Kurzschlaf geht es weiter, nach oben, immer nach oben, und es scheint kein Ende zu nehmen, so weit ist der Weg in der seit Tausenden Jahren dunklen Höhle.

Nie hätte Alexej gedacht, dass eine Höhle so lang und tief sein kann. Er hat im letzten Jahr oft auf den Gipfel des Berges geblickt, hat gesehen, wie hoch er ist, aber auch, dass er irgendwo endet. Und nun denkt er, der Berg müsste bald zu Ende sein, und dann wird er sehen, ob es einen Weg ans Licht gibt oder ob er in der Höhle für immer gefangen bleiben wird. Weil der Eingang zu eng ist, um hindurchsteigen zu können, oder an einer Felswand nach draußen führt, die hundert oder mehr Meter senkrecht nach unten stürzt. Aber selbst wenn es so wäre, würde er versuchen hinauszukommen, denn schlechter als in dieser ewigen Dunkelheit konnte es nirgends sein.

Es wird kälter, immer mehr Eis ist in der Höhle. Alexej muss aufpassen, nicht darauf auszurutschen. Bald ist alles voller Eis, aber immer noch ist es dunkel. Doch Alexej spürt, dass er sich einem Ende nähert. Die eindringende Luft lässt hier das Eis bestehen, das weiter unten wegen der größeren Erdwärme keine Chance hat. Es können nur noch wenige hundert Meter sein.

Er kommt an eine enge Stelle. Als er sich hindurchzwängt, meint er von oben ein ganz schwaches, diffuses Licht zu erkennen. Doch vor ihm geht es jetzt senkrecht nach unten, so tief, dass er trotz seiner Lampe den Boden nicht erkennen kann. Ein enges Band führt zwischen der Felswand, dem Absturz und einem großen Pfropfen aus Eis und Schnee hinauf zum Licht. Alexej kann es kaum erwarten, stolpert und kann sich gerade noch an einem Eisklumpen festhalten, um nicht zu stürzen. Als er die Balance wiedergefunden hat, tastet er sich weiter voran und entdeckt ein paar Tritte und Griffe im Fels, an denen er nach oben klettern kann.

Dann blendet ihn plötzlich das Tageslicht. Er reckt den Kopf aus der Dunkelheit hinaus ins Licht, während sein Körper noch in der Kluft zwischen dem Eistrichter und dem Fels steckt, und Alexej möchte schreien wie ein Neugeborenes, dessen Lungen brennen vom ersten Atemzug. Es ist die Freiheit, die er atmet, und er wundert sich, denn sie schmeckt nicht süß, sie tut weh.

Er schafft es, schafft es hinaus, wendet sich nach Nordosten und kommt auf eine fast ebene Felsfläche, als die Sonne über die Flanke des Berges steigt und ihn mit einem Schlag in ihr gelbrotes Licht taucht, das im Sommer nur für wenige Minuten auf die Berge scheint, so schnell geht hier die Sonne auf. Keine Wolke ist am Himmel, kein Mensch zu sehen. Es ist windstill und kalt, doch bald schon wird die Sonne ihn wärmen.

Er setzt sich auf einen Felsbrocken, das Gesicht der Sonne zugewandt, und heult vor Glück, dass er es tatsächlich geschafft hat zu entkommen. Und aus Trauer darüber, dass er allein ist und sein Freund Marek nie wieder neben ihm sitzen wird.

Berchtesgaden, 29. Mai 2010

Sie fahren in ihren Einsatzfahrzeugen die Kehlsteinstraße, die für den Pkw-Verkehr gesperrt ist, hinauf. Das bringt den Linienverkehr durcheinander. Die Busse stauen sich einmal auf dem Obersalzberg und ein zweites Mal oben am Wendeplatz unterhalb des Eagle's Nest. Von dort gehen die Besucher durch das überdimensionierte Eingangstor in den Tunnel, der hundertvierundzwanzig Meter in den Berg hineinführt, dann fahren sie im verspiegelten und messingglänzenden Lift hundertvierundzwanzig Meter senkrecht hinauf in das Berghaus, das die NSDAP Adolf Hitler zum fünfzigsten Geburtstag schenkte. Inklusive Zufahrtstraße, die auf sechseinhalb Kilometern siebenhundert Höhenmeter überwindet. Hitler war nicht oft hier. Er fürchtete, dass der Aufzug nicht blitzsicher sei, dass er darin gefangen werden könnte wie in einer Mausefalle. Dass die Alliierten seinen Adlerhorst bombardieren könnten wie eine Zielscheibe. Er befindet sich heute in einem fast originalen Zustand, zum Kriegsende unversehrt und auch nach dem Krieg von einer Sprengung verschont.

Nun sitzen die Touristen in den wartenden Bussen und drücken sich die Nasen an den Scheiben platt. Sie haben den Hubschrauber gehört, und jetzt sehen sie die Polizeiautos. Es wird wild spekuliert, ob es hier tatsächlich um einen realen Einsatz geht oder ob es sich nicht doch um Filmaufnahmen für einen Historienfilm handelt. War nicht Tom Cruise vor Kurzem im nahen Salzburg? Dreht er gerade wieder einen Hitler-Film? Jedenfalls geht etwas Dramatisches vor sich, egal ob echt oder gespielt, und sie sind Zeugen und können davon erzählen: »Als wir auf dem Adlerhorst waren, wir wollten gerade mit dem Bus die steile Serpentinenstrecke wieder hinunterfahren, Mutti hatte schon ihre Reisetabletten geschluckt, da sahen wir plötzlich einen Hubschrauber über uns kreisen. Dann kamen Polizeiautos den Berg herauf. Wir dachten, wir sind mitten in den Dreharbeiten zu einem Thriller oder einem Film über die Nazizeit …«

Als Leni Morgenroth aus dem Wagen steigt, ruft ihr ein Mann im blauen Fliegerhemd mit einem am Handgelenk baumelnden Täschchen, der an einer offenen Bustür steht, zu: *»Signora, è vero o cinema?«*

»Cinema«, ruft Leni und schnallt sich den Rucksack um.

Ihr Kollege Meik Lebow steigt aus dem nächsten Wagen, zwei Männer von der Spurensicherung sind mit dabei. Im dritten Wagen kommt noch ein Kollege von der alpinen Einsatztruppe und ein junger Polizist, den Leni nicht kennt. Bis auf Meik, der seine geliebten Hilfiger-Jeans niemals auszieht, sind alle in Bergausrüstung erschienen. Kletterhosen, Bergschuhe, Wanderjacken, Rucksäcke, in denen die Klettergurte verstaut sind, Helme.

»Kommt ihr auch mal raus an die frische Bergluft«, sagt Toni Grassl von der Einsatzgruppe zu den Leuten von der Spusi.

»Frisch stimmt allerdings.« Meik Lebow schließt die Knöpfe seiner dunkelblauen Jacke. »Dass es im Sommer hier oben doch so kalt ist, hätt ich gar nicht gedacht.«

»Du kommst gleich noch weiter rauf, da kühlt's noch mal um ein paar Grad ab. Haben sie dir nicht gesagt, dass das hier Hochgebirge ist?«

»Doch, schon.«

Die anderen sind bereits unterwegs zum Lift. Der Liftführer wartet, bis auch Lebow so weit ist. Genau einundvierzig Sekunden dauert die Fahrt.

Der Ausblick von hier oben auf die Berge ist phantastisch. Das Watzmann-Massiv steht vor ihnen, schiefergraue Felsbänder durchzogen von schmalen Schneestreifen. Der dunkle Fels glitzert metallisch im Sonnenlicht. An seinem Fuß der Königssee, über den die Elektroboote wie Spielzeuge gleiten. Dahinter die Hochebene des Steinernen Meeres, aus dem als markantester Gipfel die Schönfeldspitze wie eine perfekte Pyramide aufragt.

Auf der Wiese ein Stück hinter dem Kehlsteinhaus wartet der Hubschrauber und bringt sie hinauf zur Höhle, ihrem Einsatzort. Zu Fuß wären sie etwa drei Stunden unterwegs gewesen, über einen Klettersteig, bei dem Meik Lebow sich garantiert seine Hilfiger-Jeans ruiniert hätte.

Leni kennt den Schneetrichter, so wie alle einheimischen Berggeher ihn kennen. Aber nie wäre sie darauf gekommen, dass er in ein Höhlensystem münden könnte. Es gibt einige bekannte Höhlen am Göll, aber diese ist bisher auf keiner Karte verzeichnet.

An der Einstiegstelle ist die Seilwinde montiert. Einige schaulustige Wanderer haben sich eingefunden. Leni begrüßt Klaus Grundner von der Bergwacht und den Polizeikollegen Martin Brandner. Sie wirft einen Blick in die Randkluft. Dass da überhaupt jemand einsteigen mag. Sie ist schon länger nicht mehr geklettert, aber wenn die anderen da runtergekommen sind, dann wird sie das auch schaffen. Leni legt den Rucksack ab und schlüpft in ihren Klettergurt. Lebow schickt die Schaulustigen weg. Am Ende fällt noch einer von ihnen runter.

Cool bleiben, denkt Leni. Noch hat keiner der Männer etwas zu ihr gesagt, aber sie weiß, dass sie sie aus den Augenwinkeln beobachten. Früher war sie eine gute Kletterin. Einen 7er, 8er Grad ist sie geklettert. Eine Sicherheit hat sie gehabt, schwindelfrei war sie, die Höhe hat ihr gar nichts ausgemacht. Aber heute ist sie ein Stück älter und schwerer, nachlässig ist sie geworden, mit ihrer Figur und ihrer Kondition. Und für die Höhe brauchst du einfach Praxis.

Als Simon noch kleiner war, sind sie oft zusammen in die Berge gegangen. Später ist er dann lieber mit seinen Freunden unterwegs gewesen, zum Klettern, Skifahren, Tourengehen. Ein Jahr vor dem Abitur ist er dann abgehauen. Hat sein Seil eingepackt und ist losgezogen in die weite Welt. Highlinen heißt sein Sport. Er spannt ein Seil über eine Schlucht oder einen Abgrund und geht dann barfuß, ohne weitere Hilfsmittel, nur mit einem Beckengurt angeseilt, hinüber. Er hat seine Mutter eingeladen, ihn zu besuchen und sich seine Events anzusehen. Aber sie ist immer noch sauer auf ihn.

Dass er seine Schule nicht fertig gemacht hat, das hat sie ihm immer noch nicht verziehen. Dass er nicht auf sie gehört hat. Dass er seine Entscheidung ganz allein getroffen hat, ohne sich mit ihr zu besprechen. Er hat sie angelogen. Sechs Wochen ist er nicht mehr zur Schule gegangen, und sie hat nichts gemerkt. Alle haben es gewusst, nur sie nicht. Simon war volljährig. Er hat sich vom Gymnasium abgemeldet, und sie war die Letzte, die es erfahren hat. Und eines Tages war er dann weg. In Australien. Das hat er ihr in einer SMS geschrieben an dem Tag, als sie schon drauf und dran war, ihn vermisst zu melden.

Klaus von der Bergwacht reicht ihr eine Stirnlampe. Sie schnallt sie am Helm fest.

»Steigst du mir nach, Leni?«, fragt er.

Sie nickt. »Muss ich auf irgendwas aufpassen?«

»Die Öffnung ist nur hier oben so eng. Der Abstand zwischen

Fels und Eis wird größer, und nach zwölf, fünfzehn Metern hängst du frei im Schacht, und dann geht's nur noch senkrecht runter in die Höhle. Ich steh mit meiner Lampe unten und leuchte dir. Und, äh …«

»Ja?«, fragt Leni. »Gibt's noch was?«

»Ja, äh, wie soll ich sagen … der, der da unten liegt …«

»Der da unten schaut nicht aus, als käme er gerade aus dem Speisesaal im Hotel Edelweiß, meinst du das?«

»Ja, genau.« Klaus lacht etwas gezwungen. »Es ist schon noch alles an ihm dran, aber, na ja, verstehst …«

Leni Morgenroth versteht ihn schon. »Achtzehn Jahre Kripo, Klaus. Da hat man allerhand gesehn.«

»Ja, des hab ich auch gedacht. Fünfundzwanzig Jahre Bergwacht. Und trotzdem ist mir schlecht g'worden da unten.«

Berchtesgaden, Mai 1945

Alexej hat Glück. Er muss nicht im Güterwagen zurück nach Kiew fahren. Er bekommt einen Platz in einem Personenzug, die Sitze sind mit rotem Samt bezogen. Ihm gegenüber sitzt Nicolai. Er hat Glück, einer der Ersten zu sein, die zurück in die Heimat fahren dürfen. Aber Alexej ist nicht glücklich darüber. Er weiß vom vielleicht größten Schatz aller Zeiten. Er will hierbleiben. Aber er darf nicht, denn die alliierten Siegermächte haben beschlossen, dass »Displaced Persons« wie er und Nicolai repatriiert werden. Da ist er eigentlich einer der reichsten, wenn nicht der reichste Mensch der Welt, in Wirklichkeit aber doch die allerärmste Sau. Zu schön hat er es sich ausgemalt. Er weiß als Einziger von dem Schatz. Ein-, zweimal im Jahr mit dem Rucksack hinuntergeklettert, sodass es keiner mitbekommt, ein paar Kilo Gold, mal ein Pfund Edelsteine heraufgeholt, und dann das Leben genießen, frei von Sorgen.

Scheißleben, denkt er, während die flachen Landschaften zwischen Berlin und Warschau am Zug vorüberfliegen. Noch einmal träumt er sich zu seinen Schätzen, Regalkilometer voller Gold, Juwelen. Er denkt an den ausgeschlagenen Zahn, die Kälte, den Hunger, die Schmerzen.

Obwohl er es nicht will, denkt er auch daran, wie es war, als er fürchtete, die Hände würden ihm abfrieren, nachdem er stundenlang ohne Handschuhe im Göllschnee gewühlt hatte. Und wie er gedacht hatte, nun wäre doch alles vorbei, als sich beim Abstieg der Schnee unter ihm in Bewegung setzte, sich in Schollen teilte, plötzlich die Luft mit Eiskristallen füllte, sodass er nicht mehr atmen konnte und zusammen mit dem Schnee auf eine Felsklippe zurollte. Plötzlich war er in der Luft, völlig frei flog er, und statt Angst zu haben, wunderte er sich nur. Er wunderte sich, dass er nicht schreien musste, dass er gar keine Angst hatte, nur daran dachte, wie schön es hier war. Die Berge, die Luft, die Sonne, das Blau des Himmels. In seiner Erinnerung war kein Geräusch zu hören. Er sah nur Bewegung, fühlte Schwerelosigkeit und vielleicht zum ersten Mal in seinem Leben Freiheit, die völlige Freiheit, und das war schön.

Doch seine Freiheit hielt nicht lange an, denn kurz darauf knallte zuerst der Schnee unter ihm auf einen steilen Hang, dann er selbst, und der nachkommende Schnee wälzte sich auf ihn. Alles drehte sich. Es wurde dunkel, und er wusste nicht länger, wo oben und unten, rechts oder links war. Wie in einer Zentrifuge wurde er durchgeschleudert, durchgeknetet und geschüttelt und kam schließlich zum Stillstand. Er fühlte sich wie einbetoniert, konnte keinen einzigen Finger auch nur einen Millimeter bewegen. In seinen Nasenlöchern, im Mund steckte der Schnee so fest, dass es unmöglich war, nach Luft zu schnappen. Die Last des Schnees presste seinen Brustkorb zusammen.

Umsonst überlebt, dachte er einen Augenblick lang. Doch dann fiel ihm der Flug durch die Luft wieder ein, das Gefühl der Schwerelosigkeit. Und er wusste, dass es sich, auch wenn es nun schlecht ausginge, trotzdem gelohnt hatte, davonzulaufen und nicht mit den anderen erschossen im Graben zu liegen. Auch wenn es jetzt vorbei war und er doch sterben musste.

Dann ein Ruck, der Druck wurde noch einmal stärker, so stark, dass er spürte und hörte, wie eine Rippe in seinem Brustkorb brach. Eine weitere Lawine musste auf den über ihm liegenden Schnee gerutscht sein, und das Spiel begann von vorne. Alles setzte sich in Bewegung, nur viel heftiger, schmerzhafter und so dunkel.

Wieder stürzte Alexej hinunter, wieder blieb er endlich liegen. Aber er konnte sich bewegen. Er schlug mit letzter Kraft um sich, und nach ein paar Minuten war er frei. Mit den Fingern holte er sich den Schnee aus Mund und Rachen, atmete tief ein und schnäuzte sich den Schnee aus der Nase. Überlebt, dachte er ein weiteres Mal. Hinter ihm der Fels, den er inmitten des Schnees hinabgestürzt war, unmöglich, das zu überleben. Doch dass unmögliche Dinge ständig passierten, wusste er längst. Darüber wollte er nicht nachdenken, sondern machte sich auf den Weg nach unten.

In sicherer Entfernung vorbei an einer Berghütte, obwohl er dort etwas Essbares hätte finden können. Genauso gut aber hätten Soldaten oder Wachen auf ihn warten können.

Weiter hinab zur Straße, und da sah Alexej zum ersten Mal, wovon er bisher immer nur gehört hatte. Amerikanische GIs in ihren Jeeps, mit dem weißen Stern auf der Motorhaube. Ein warmer Frühlingstag empfing ihn hier unten, am Fuß des großen Berges. Darum war wahrscheinlich auch der ganze Schnee in Bewegung geraten und hatte ihn mit hinabgerissen. Die Soldaten fuhren mit offenem Verdeck, braune Schiffchenmützen auf dem Kopf, einen Arm ließen sie lässig aus dem Wagen hängen.

Alexej blieb stehen, winkte, aber die Kolonne fuhr an ihm vorbei. Keiner hielt an, keiner interessierte sich für ihn. Er war enttäuscht. Doch dann stoppte der letzte Wagen: *»Who are you?«,* fragte ihn ein dunkelhäutiger Mann, der erste, den er je zu Gesicht bekommen hatte.

»Ich spreche nur Deutsch und Russisch«, antwortete Alexej. Der Mann forderte ihn mit einer Geste auf einzusteigen, und dann ging es in einem Tempo, das Alexej Angst machte, die kurvige Höhenstraße hinauf, bis sie die Kolonne wieder eingeholt hatten.

Berchtesgaden, 29. Mai 2010

Der Tote muss schlimm aussehen, wenn Klaus so ein Tamtam macht. So drastisch hat Manfred Hofer, ihr Chef, ihr das natürlich nicht geschildert. Aber nur nichts anmerken lassen.

Klaus geht voran, ein Kollege bedient die Seilwinde. Dann seilt sich Leni Morgenroth ab. Die zwei Kollegen von der Spurensicherung machen sich bereit.

In der Randkluft ist es kalt wie am Gletscher. Leni fröstelt. Die Nähe des Eises ist beklemmend. Wie eine drohende Lawine hängt es über ihr. Sie kann gar nicht nach unten sehen, so eng ist der Einstieg. Als sie sich etwa drei Meter abgeseilt hat, gerät oben der Schnee in Bewegung. Einzelne Brocken lösen sich und fallen herunter, aber Leni merkt, dass sich da noch mehr tun wird. Mit den angerauten Kletterhandschuhen versucht sie, nach dem Fels zu greifen und sich an ihn zu pressen.

»Achtung!«, schreit Klaus von unten herauf. Sie sieht, wie sich eine Wechte, ein überhängendes Schneebrett, löst und wie eine Dachlawine herunterrauscht. Sie kann nichts tun, als dicht am Fels zu bleiben und nicht loszulassen. Die nasse Schneemasse klatscht ihr auf den Helm und rutscht über ihre Schultern nach unten. Sie hört das Aufprasseln auf dem Boden nicht, aber einen weiteren Schrei von unten: »Leni, ist dir was passiert?«

»Alles okay«, ruft sie und wischt sich den Schnee von der nassen Schulter.

Dann kommt sie im Abstieg tatsächlich weiter weg vom Eis, und sie merkt mit jedem halben Meter, wie die Temperatur steigt. Nun sieht sie unten auch Klaus mit seiner Lampe in der Höhle stehen. Vor seinen Füßen ein weißer Haufen. Der Schnee ist in alle Richtungen auseinandergespritzt. Daneben ein Körper, der aus ihrer Entfernung fast intakt aussieht. Die Höhle ist riesig. Wahrscheinlich ist der ganze Berg voller Höhlen. Der karstige Dachsteinkalk ist durchlässig für Regen- und Schmelzwasser, die sich unterirdisch Wege suchen.

Als sie weiter hinunterkommt, sieht sie den Toten deutlicher. Der Kopf liegt in einer dunklen Lache, das Blut ist an der Oberfläche leicht angetrocknet.

»Hat's dich arg erwischt?«, fragt Klaus.

Leni hakt sich aus dem Seil. »Hat schlimmer ausg'schaut, als es war.«

»Unsern Toten hat's auch erwischt. Er hat noch etwas Eis zur Kühlung abbekommen.«

Leni zieht die Kletterhandschuhe aus und Latexhandschuhe an und sieht sich den Toten genauer an. Blutergüsse an den Augen, dünne Blutfäden, die aus den Nasenlöchern hängen, von den Mundwinkeln und aus den Ohrmuscheln. Der Helm, der seinen Schädel schützte, ist durch einen glatten Riss wie mit einem Beil sauber in zwei Teile zertrennt. Die Innengurte und die Schaumstoffeinlagen halten den Kopf zusammen. Ob ein Schädelbruch vorliegt, wie Leni vermutet, wird die Obduktion zeigen. Die Gesichtsform mit den knochigen hohen Wangen lässt nicht auf einen Einheimischen schließen. Der Körperbau des Mannes ist kräftig, durchtrainiert. Leni konzentriert sich auf die Umgebung, das felsige Gestein, die Rinnen, durch die das Schmelzwasser abfließt, nach hinten in einen Gang, der weiter in den Berg hineinführt. Der Tote hat die Augen weit geöffnet. Sie erschrickt über den Ausdruck darin. Da ist Furcht, aber noch mehr Zorn. Jedenfalls kein Nachgeben.

Seine Bergausrüstung sieht wie neu aus. Auch die Seile, die neben ihm am Boden liegen, scheinen neu. Gerissen ist da nichts. Seine Stirnlampe leuchtet noch. Sie werden den Stand der Batterie untersuchen und herausfinden, wie lange sie schon brennt. Der Sturz ist passiert, bevor der Aschenbrenner dort oben vorbeikam. Also entweder sehr früh am Morgen oder noch in der Nacht. Letzte Nacht war Vollmond, und es war sternenklar. Es ist nicht ungewöhnlich, dass in solchen Nächten Bergsteiger aufsteigen. Eine Art Flutlicht-Berggehen.

Sie geht in die Hocke. Die Jacke des Toten ist im Bereich des Bauches nass und glibberig. Sie langt trotzdem mit einer Hand in eine Außentasche und zieht etwas Weiches heraus, den Zipfel eines rötlich verfärbten Taschentuchs. Als sie sieht, was es ist, schiebt sie es zurück. Den Rucksack werden sie abschneiden müssen, wenn sie ihn abtransportieren.

Anton von der Spurensicherung kommt unten an.

»Habt ihr irgendwelche Spuren gesehen, als ihr runtergekommen seid?«

»Nein, gar nichts«, sagt Klaus. »Nur den Toten mit seinen Seilen, sonst überhaupt keine Zeichen, dass hier jemand war.«

»Und der Schnee?«

»Der ist frisch runtergefallen, grade als die Leni oben eingestiegen ist.«

»Ist dir was passiert?«, fragt Anton.

Leni schüttelt den Kopf, packt eine Taschenlampe aus dem Rucksack und beginnt, die Höhle auszuleuchten.

»Anton, schau doch mal«, sagt sie. »Ich glaube, dahinten liegt was.«

Der Mann von der Spusi geht in den Lichtkegel ihrer Taschenlampe hinein und bückt sich nach einem grün schimmernden Gegenstand.

»Ein Gasfeuerzeug«, sagt er. »Schau mal, was da für Hieroglyphen drauf sind.«

Leni dreht das Feuerzeug im Schein ihrer Taschenlampe.

»Das heißt wahrscheinlich ›Rauchen gefährdet Ihre Gesundheit‹ auf Russisch«, sagt sie.

»Kannst du Russisch?«

»Nein, ich weiß auch nicht, ob es Russisch ist. Die Schrift ist jedenfalls kyrillisch.« Sie gibt ihm das Feuerzeug zurück.

»Vielleicht hat er es beim Absteigen oder im Fallen verloren.« Anton steckt es in einen Plastikbeutel.

»Vielleicht ist es auch gar nicht von ihm«, sagt Leni, »sondern von der Person, die oben darauf gewartet hat, dass er absteigt.«

Von oben wird ein Bergesack aus kräftiger orangefarbener Plastikplane abgeseilt. Vorsichtig schneiden sie der fotografierten Leiche den Rucksack vom Rücken und legen sie in den Sack. Klaus macht die Reißverschlüsse zu und zieht die Gurte fest. Der Körper muss aufrecht transportiert werden, weil er sonst nicht durch die enge Randkluft passt. Nur die mit Kreide auf den Fels gezeichneten Umrisse der Leiche bleiben in der Höhle zurück.

»Den Aufstieg hat er sich wahrscheinlich auch anders vorgestellt«, murmelt Klaus, während er noch einmal die Festigkeit der Gurte und der Seilaufhängungen prüft. »Achtung«, sagt er dann ins Funkgerät, »Bergesack ist im Seil, Winde marsch!«

Sie sehen zu, wie das verschnürte Paket hinaufgezogen wird. Die Leiche darin wie eine Mumie.

Ein seltsamer Ort für ein Verbrechen, denkt sie während des Aufstiegs. So eine Höhle, ein riesiges Loch im Berginnern, hat immer etwas von einem Ort der Andacht, des Staunens. Nicht umsonst werden die Räume in Höhlen oft »Kapelle« oder »Kathedrale« genannt. Sie strahlen etwas Erhabenes aus, etwas vom Menschen Unberührtes, ohne sein Zutun Geschaffenes. Eine Welt ohne ihn. Nun hat ein Mensch mit wenigen Schnitten seines Messers bestimmt, dass dieser Ort zum Grab für seinen Kameraden, seinen Rivalen oder Feind werden sollte.

Berchtesgaden, Mai 1945

Warschau. Mit Quietschen, Dampf und Radau fährt der Zug in den Bahnhof ein. Nicolai lehnt sich aus dem Fenster, schreit, dass er am Verdursten sei und endlich etwas trinken wolle. Die Türen sind verschlossen. Vielleicht nur deshalb, damit keiner auf die Idee kommt, dass nun bessere Zeiten anbrechen und alles wieder gut wird.

Kurz bevor der Zug wieder anfährt, kommt ein Mann in Uniform, wie vom Kostümball übrig geblieben, und hebt einen Eimer Wasser ans Fenster. Nicolai zieht ihn ins Abteil, stürzt mindestens einen Liter hinunter, dann trinkt auch Alexej.

Er muss wieder an seine Flucht denken, sein Zusammentreffen mit den amerikanischen Soldaten. Alexej hätte sie gern gefragt, ob der Krieg nun aus war, wer gewonnen hatte und ob die Rote Armee noch existierte, wo sie stand. Aber am allerliebsten hätte er gewusst, ob es für ihn etwas Frisches zum Anziehen gab, irgendetwas ohne Läuse, das nicht stank und kratzte, und ob nicht vielleicht irgendwo eine Badewanne mit heißem Wasser auf ihn wartete, in die er sich mindestens eine Stunde legen konnte, ohne sich auch nur einen Millimeter bewegen zu müssen, und dann irgendwann langsam damit beginnen würde, sich einzuseifen.

Aber nicht nur weil er die Sprache nicht kannte, konnte er das nicht fragen, sondern auch weil er wusste, dass sie ihn dann für verrückt halten würden oder, wahrscheinlicher, für einen Provokateur, dem man am besten den Gewehrkolben gegen die Rippen schlägt, damit er wieder zur Besinnung kommt. Trotz der kurvigen Straße lenkte der GI lässig mit einer Hand, mit der anderen kramte er umständlich in seiner Uniformtasche herum und kam dabei einige Male gefährlich nah an den Fahrbahnrand, von dem aus es steil in einen Abgrund ging.

»Hey«, sagte der Ami plötzlich und grinste über das ganze Gesicht, *»are you hungry?«* Dann zog er aus der Tasche, was er so wagemutig gesucht hatte. Eine Tafel Schokolade, die Alexej in sich hineinstopfte, was für ihn nicht nur den Tag schöner, sondern den GI auch gleich ein ganzes Stück sympathischer machte. *»I am Carl, and what's your name?«*, fragte er und deutete auf sich, dann auf Alexej, sodass es nicht schwer zu erraten war, was er wissen wollte.

»Alexej« antwortete er und versuchte ein Lächeln trotz seines geschundenen Gesichts. Und es war der erste Augenblick, der trotz allem, was passiert war, so etwas wie Freude in ihm aufkommen ließ.

Warum sie überhaupt diese Höhenstraße hinauf und dann wieder hinunterfuhren, wusste er nicht. Irgendwann verstand er, dass sie es taten, weil sie die Sieger waren und es allen zeigen wollten. Alexej fühlte sich nicht als Sieger, nur als Überlebender. Als sie wieder unten im Tal ankamen, wurde er zum Kommandanten gebracht. Der behandelte ihn, als gehöre er auch zu denen, die den Krieg verloren hatten. Als wäre er ein Verbrecher oder hätte gemeinsame Sache mit den Verbrechern gemacht. Alles wollte er wissen, woher Alexej kam, wieso er in Deutschland war, ob er sich freiwillig gemeldet und wo er gearbeitet hatte. Als er fragte, ob er am Obersalzberg auch einmal Adolf Hitler begegnet sei, konnte Alexej nicht mehr. Der Hunger, die Erschöpfung, irgendetwas ließ ihn antworten: »Ja, ja, der kam öfter mal bei uns vorbei.«

Der Kommandant stutzte.

»Wie war Hitler so, als Mensch?«, wollte er wissen.

Alexej antwortete: »Er war gar nicht so schlimm, er hatte sogar Hunde gern. Er hatte immer seinen Hund dabei, einen Schäferhund, ein sehr schönes Tier.«

»Wie oft haben Sie Adolf Hitler gesehen?«

»Oft. Meistens kam er kurz nach dem Frühstück, manchmal auch noch nach dem Abendessen. Er hat uns dann allen die Hand geschüttelt und gefragt, wie die Verpflegung wäre und ob wir einen Grund zur Klage hätten. Dann konnten wir ihm erzählen, ob die Wärter wieder einen von uns erschossen oder zu Tode geprügelt hatten.«

Der Kommandant wurde so wütend, dass er den Raum verlassen musste. Am nächsten Morgen wurde Alexej auf einem Lkw Richtung Westen in ein Lager gebracht. Es hieß Föhrenwald und lag an der Isar, südlich von München.

Als er im Lager ankam, waren schon mehr als fünftausend Menschen da, überlebende Juden, Zwangsarbeiter und politisch Verfolgte. Alexej musste sich ein Bett mit Isaak teilen. Isaak wollte am liebsten sofort in einen Kibbuz nach Palästina, durfte aber nicht, und Alexej wollte auf keinen Fall weg von Deutschland, musste aber. Er ging ins Büro des Lagerkommandanten, um sich gegen seine Repatriierung zu wehren. Als er ein bisschen lauter wurde, kam die Militärpolizei. Sie schlugen ihm beinahe einen zweiten Backenzahn aus, aber wenigstens wollten sie ihn nicht erschießen.

Jede Nacht, bevor er einschlief, zeichnete er in Gedanken an seiner Schatzkarte. Er traute sich nicht, sie im Lager auf Papier zu zeichnen. Dort waren zu viele, die sie ihm wegnehmen konnten. Also zeichnete er nur in Gedanken, und wenn es noch so anstrengend war, um ja kein Detail zu vergessen. Das Wichtigste war die Stelle, an der man aus der Höhle hinaus ans Tageslicht gelangte, denn wenn man nicht an der richtigen Stelle in den Trichter stieg, hatte man kaum eine Chance, die Höhle zu finden.

Einmal malte er mit einem Stock im Freien sitzend den Weg hinauf auf den Berg und zur Höhle in den Sand, als ein Offizier vorbeikam und ihn ansprach: »Sie waren doch Arbeiter in Berchtesgaden.«

»Nein«, log Alexej, »Sie müssen sich irren.«

Der Ami ging weiter, und nichts geschah, außer dass er drei Tage später neben Nicolai im Zug nach Kiew sitzt.

Nachdem er die Befragungen durch die Kommissare, den Geheimdienst und die Polizei überstanden hat, darf er das Lager für Kriegsgefangene und Heimkehrer verlassen und sich eine Wohnung in der Stadt suchen, in der alles kaputt ist und wo niemand weiß, was er am nächsten Tag essen soll.

Vater, Mutter und Geschwister findet er nicht mehr. Einige seiner früheren Nachbarn und Verwandten behaupten: »Die Deutschen haben sie erschossen.« Andere sagen hinter vorgehaltener Hand: »Sie sind nach Sibirien verschleppt worden.« Sie sind jedenfalls nicht mehr da. In der alten Wohnung leben jetzt andere Menschen, und so geht er auf die Kommandantur und lässt sich eine Arbeit in einem Lager für deutsche Kriegsgefangene zuweisen. Dort hat er wenigstens eine Baracke, in der er schlafen kann, etwas zu essen, und manchmal unterhält er sich mit den deutschen Gefangenen.

In dieser Zeit zeichnet er die Karte, sehr genau und mit den deutschen Bezeichnungen für die Berge, Pfade und Hütten. Es gibt einen Soldaten aus dem Berchtesgadener Land, den er immer wieder nach den Orten fragt. Doch von der Höhle, dem Stollen und dem Schatz erzählt Alexej niemandem, außer viele Jahre später seiner Frau, als ihm längst klar ist, dass er den Schatz niemals mehr sehen wird. Er denkt, er könne die Karte vielleicht einem seiner Enkel anvertrauen. Aber nach der Reaktor-Katastrophe sieht und hört er von seinem Sohn, der Schwiegertochter und den Enkeln so gut wie nichts mehr. Und dann, als er alt und sehr krank ist und die Hoffnung schon fast aufgegeben hat, lernt er Luba kennen.

Die Frau auf dem Motorrad bringt ihnen bei ihrem nächsten Besuch Medikamente, Lebensmittel und die eine oder andere Leckerei mit. Und als er weiß, dass er sterben wird, sagt er zu seiner Frau: »Gib die Karte Luba. Vielleicht gelingt ihr, was ich selbst nie geschafft habe. Und vielleicht kann ich ihr sogar dabei helfen.« Und als seine Frau ihn fragt, wie er das denn anstellen wolle, gibt Alexej keine Antwort, und Mila sieht ein Leuchten in seinen Augen, als wüsste er mehr als sie und sei sich seiner Sache sehr sicher.

Berchtesgaden, 29. Mai 2010

»Україна« steht auf dem blauen Pass, den Leni aus dem Deckelfach des Rucksacks zieht.

»Україна?«, fragt sie, während sie auf den Hubschrauber warten.

»Das ist kyrillisch«, antwortet Meik Lebow, der in Erfurt noch Russisch in der Schule gelernt hat.

»Ja, das ist mir auch klar, aber welches Land?«

»Ukraine.«

Leni schlägt den Pass auf. Die Einträge sind freundlicherweise in kyrillischer und lateinischer Schrift.

»Wladimir López, aus Kiew, geboren am 4.10.1957 in Saratow, USSR. Kannst du mir sagen, was ein Ukrainer hier bei uns in einer Höhle unterm Göll sucht?«

Lebow zuckt die Achseln.

Leni zieht eine Regenjacke aus dem Rucksack des Toten, zwei Müsliriegel, eine Wasserflasche. In einem Seitenfach findet sie einen Schlüssel an einem Ring.

»Ein Zimmerschlüssel aus einem Hotel oder einer Pension.«

Als der Hubschrauber landet, drückt sie Lebow den Rucksack in die Hand.

»Was hast du denn jetzt vor?«

»Ich geh zu Fuß weiter. Irgendwo muss der Mann ja hergekommen sein. Stahlhaus, Kehlsteinhaus oder Purtschellerhaus, da unten, auf dem First. Und da geh ich jetzt hin. Also, pfiat euch.«

München-Grafing, 15. Mai 2010

Der Lautsprecher knackt, und ein Rauschen untermalt die Ansage: »Nächster Halt Grafing-Bahnhof.« Flaches Land zieht an den Fenstern vorbei, Felder, auf denen noch die Feuchtigkeit des Morgens liegt. Dörfer, Kirchtürme, Ansammlungen von Einfamilienhäusern, Supermärkte inmitten verwaister Parkflächen, verwahrlost wirkende kleine Bahnhöfe, an denen der Zug vorbeirauscht, ohne anzuhalten.

Die Waggontür öffnet sich, und ein Servierwagen scheppert durch das Großraumabteil. »Kaffee, Cola, Fanta, Sprite, Wasser, Sandwich, Schokoriegel.« Eine Frau bestellt Kaffee mit Milch und Zucker. Als er den Wagen an Wiktor vorbeischiebt, fragt der junge Mann mit den kurzen Haaren und der athletischen Figur ihn, ob er auch einen Kaffee möchte.

Wiktor schüttelt den Kopf. »Hirschgulasch«, nuschelt er.

»Wie bitte, was möchten Sie?«, fragt der junge Mann.

»Hirschgulasch«, wiederholt Wiktor.

»Sind denn heute alle durchgedreht?«, stöhnt der Mann. »Im ersten Wagen will eine Dame Frühlingsrolle, aber bitte ohne Glutamat, im nächsten Wagen fragt jemand nach einem Pils vom Fass, und jetzt soll ich auch noch ein Hirschgulasch herzaubern. Vielleicht mit Spätzle und Preiselbeeren, der Herr?«

Wiktor nickt. »Hirschgulasch, Spätzle«, wiederholt er das wenige, was er verstanden hat.

»Darf ich Ihnen vielleicht ein Schinkensandwich anbieten?« Der junge Mann kramt ein in Folie gewickeltes Brötchen aus den Schubfächern seines Caddys und hält es Wiktor unter die Nase.

»Nein«, sagt Wiktor, »Hirschgulasch.«

»Hier gibt es kein Hirschgulasch«, sagt Marjana, als wäre Wiktor Patient in einer Anstalt. »Und wenn es welches gäbe, dann wäre es aus der Dose und ungenießbar.«

»Okay, dann eben später.«

»Du wirst dein Hirschgulasch schon noch bekommen«, meint Luba.

»Du auch«, antwortet Wiktor. »Für dich dann eben ohne Hirsch.«

»Was ist denn nun mit dem Sandwich?«, fragt der junge Mann.

»Geben Sie her«, antwortet Marjana. »Und einen Becher Kaffee bitte.«

»Zwei«, sagt Luba.

Wiktor streckt drei Finger in die Luft.

Frankfurt am Main, 15. Mai 2010

»Lass mich!« Von Reichenberg schubst seine Frau zur Seite, sodass sie stolpert und fast hinfällt. Dann zählt er noch einmal das Geld. Mandy trägt ein enges Schlauchkleid, wie eine zweite Haut liegt es über ihren Rundungen. Tiefer Ausschnitt, schulterfrei. Ihre Sandalen sind aus weichem braunem Veloursleder, haben eine mindestens drei Zentimeter hohe Sohle und an die zehn Zentimeter hohe Absätze. Die Spitzen ihres weißblonden Pagenkopfs berühren ihr Kinn.

Sie sitzt in einem der großen Ledersessel und sieht ihrem Mann zu, wie er das Geld zählt. »Schatzi, was ist denn eigentlich los?«

»Halt einfach die Schnauze, ja? Ich treffe mich gleich mit den Kurieren und muss das Geld aufteilen, verstanden?«

Mandy murmelt etwas Unverständliches. Von Reichenberg springt auf, holt mit dem Fuß aus und kickt den Koffer, der offen auf dem Tisch liegt, auf den Boden. Die Geldscheine flattern auf und bleiben im ganzen Zimmer verstreut liegen.

»Das hast du jetzt davon!« Von Reichenberg packt Mandy an den Haaren und zieht sie zum Koffer. »Du räumst das Geld wieder ein und zählst es. Wenn ich zurückkomme, will ich genau wissen, wie viel Geld im Koffer ist. Ist das klar?«

Im Auto ruft er Jurij an. »Dieser windige Kleinganove, den du mir geschickt hast, hat mich um fünftausend Euro beschissen.«

»Na und? Was willst du von mir? Ich bin doch nicht dein Kindermädchen. Muss ich dir erklären, dass man beim Einkaufen das Wechselgeld nachzählt?«

»Ich dachte, für dich arbeiten Leute, denen man trauen kann.«

»Ich traue meinen Leuten auch. Was ich von dir nicht unbedingt behaupten will.«

»Dein Wiktor hat es aber tatsächlich gewagt, mich zu betrügen. Wenn du meinst, das ist okay für dich, soll's mir recht sein. Aber ich kann mir vorstellen, dass er auch dich bescheißen wird. Und dann werde ich auch einfach nur okay sagen.«

»Hör zu, Partner, weißt du, was mein Kapital ist? Dass es keinen einzigen lebendigen Menschen gibt, der versucht hat, mich zu bescheißen. Das müsstest du doch wissen. Ich sage das nur zu deiner Information, versteh das nicht als Drohung. Was Wiktor betrifft, so wird er übermorgen bei mir oder in einer Woche tot sein. Und egal, was er macht oder gemacht hat, du lässt die Finger von ihm, denn er ist mein Mann, kapiert? Er hat dir meinen Koffer gebracht, und wenn du zu blöd bist, bei der Übergabe nachzuzählen, dann ist das ganz allein dein Problem.«

Von Reichenberg steht an der Rezeption des Hotels Maritim im dreiundzwanzigsten Stock des Frankfurter Hochhauses in der Innenstadt und fragt nach Wiktor.

»Tut mir leid, Herr Owtscharow ist bereits abgereist.«

»Ach so? Gestern Abend war er aber doch noch da, ich habe ihn selbst in der Stadt getroffen.«

»Ja, tut mir leid.«

»Wann ist er denn abgereist?«

»Da muss ich nachsehen, Moment. Die Herrschaften sind gestern Nacht noch abgereist.«

»Ach! Und Sie wissen nicht zufällig, wohin?«

»Tut mir leid.« Der schlanke Mann mit den dunklen Bartschatten auf den Wangen schüttelt den Kopf.

»Ach, wie dumm, dann haben wir uns jetzt wohl verpasst. Aber mein Freund Wiktor hat mir sicher eine Nachricht hinterlassen.«

»Bedaure, davon ist mir nichts bekannt.«

»Dann liegt sie wahrscheinlich in seinem Zimmer, und er hat einfach vergessen, sie bei Ihnen abzugeben. Dürfte ich da wohl einmal nachsehen?«

Der Portier sieht ihn an. »Das geht leider nicht. Ich darf nur Hotelgäste in die Zimmer lassen. Aber vielleicht kann ich einen Angestellten rufen, der Sie begleitet.«

Von Reichenberg zieht zwei Fünfzig-Euro-Scheine aus dem Portemonnaie und schiebt sie über den Tisch. »In fünfzehn Minuten bin ich wieder da.«

Der Portier steckt die Scheine ein und händigt ihm die Chipkarte aus. »23-11, gleich hier links den Gang entlang und dann rechts. Aber beeilen Sie sich bitte!«

Von Reichenberg biegt in den Gang zu Zimmer 11 ein. Parkettboden, weiße Wände mit farbigen Blockstreifen als Ersatz für Bilder. Design-Hotel nennt man so etwas. Hochhaus-Hotel klingt ja auch nicht so gut.

Als er die Chipkarte in den Schlitz steckt und die Tür entriegelt, gibt es einen satten Ton. Als würde der Motor einer Luxuslimousine anspringen. Wiktors Zimmer ist definitiv noch keinem Zimmermädchen in die Hände gefallen. Das Bett ist zerwühlt, das Kofferbänkchen von der Wand gezerrt. Die Fernbedienung für den riesigen LCD-Flachbildfernseher liegt auf dem Boden.

Von Reichenberg sieht ins Badezimmer. Frei stehende Badewanne auf einem Sockel, Lautsprecher an den Wänden, eine Fußbodenheizung, die offenbar voll aufgedreht ist, sonst würde er sie nicht sofort unter den Sohlen seiner italienischen Lederschuhe spüren. Bartstoppeln im Waschbecken. Er geht zurück ins Zimmer. Bückt sich neben das Bett, sieht nach, ob irgendetwas darunterliegt. Nichts. Öffnet Schubladen und Schränke. Der Laptop-Safe steht offen, leer. Er kniet sich ins Bett, dreht die Kissen um, steckt die Hand in die Mittelritze der Doppelmatratze. Am Kopfende zieht er die Matratzen ein Stück hoch.

Da, das Geräusch eines fallenden Blatts Papier, das mit der Kante auf den Parkettboden auftrifft. Er steigt aus dem Bett, geht noch einmal in die Knie. Ein DIN-A4-Blatt. Hoffentlich kein Informationsblatt aus dem Hotel. Der tägliche Frankfurter Wetterbericht. *Guten Morgen, lieber Gast. Ihr Hotel Blabla sagt Ihnen gerne, welches Wetter Sie heute in Frankfurt und Umgebung erwartet. Die Sonne wechselt sich mit einigen Wolken ab. Im Laufe des Nachmittags bilden sich Gewitterwolken über dem Taunus.*

Von Reichenberg schiebt sich auf dem Bauch liegend unter das Bett. Wenigstens kein Staub hier, denkt er, Luxushotel eben, nicht wie zu Hause, wo er Mandy das Wort »putzen« schon auf den Arsch tätowieren müsste, damit sie sich auch nur ab und zu daran erinnert, dass sich ein Fußboden nicht von selbst wischt.

Er bekommt das Blatt zu fassen, windet sich zurück, passt beim Aufstehen auf, dass er seine Knie schont, die ihm seit einiger Zeit bei ganz alltäglichen Betätigungen signalisieren, dass er keine fünfunddreißig mehr ist. Mist, an die Lesebrille, die er mittlerweile braucht, hat er natürlich nicht gedacht. Er knipst die Nachttischlampe an und hält das Blatt Papier darunter. Es ist eine Schwarz-Weiß-Kopie oder ein Computerausdruck und zeigt einen Ausschnitt aus einer Landkarte, wie es scheint.

Was heißt das da? »Nationalpark«? Es sind Berge abgebildet, Höhenlinien, Gipfel mit über zweitausend Metern Höhe. Ist das in Deutschland? Er kann den Text nur entziffern, wenn er das Blatt auf maximale Armweite hält. »Nationalpark Berchtesgaden«. Das liegt in Deutschland, oder ist das Österreich? Hat das überhaupt etwas mit Wiktor zu tun, der zuletzt in diesem Zimmer übernachtet hat, oder liegt das Ding schon ewig dort in der Bettritze? Am rechten Blattrand sind handschriftliche Notizen zu erkennen. Was ist das denn? Kann ein Mensch innerhalb eines Jahres so blind werden, dass er ohne Brille nichts Handgeschriebenes mehr entziffern kann?

Er schiebt das Blatt noch weiter in den Lichtkegel der Nachttischlampe. Es ist keine Schrift, die er lesen kann. Das ist Russisch oder Kyrillisch. Das heißt, das Blatt stammt also, wenn es hier nicht mit dem Teufel zugeht, tatsächlich von diesem Kleinganoven Wiktor, der sich im Bahnhofslokal vor Aufregung den Finger im Geldkoffer eingeklemmt hat und sich, ohne aufzumucken, sein Bier von ihm hat wegsaufen lassen. Dieser Mistkerl! Das sanft schmeichelnde Klingeln des Telefons reißt von Reichenberg aus seinen Erinnerungen an den Kleinkaliber-Geschäftspartner. Ex-Geschäftspartner.

»Ja?«

»Bitte verlassen Sie jetzt sofort das Zimmer. Sonst rufe ich die Polizei.«

»Bin schon weg«, schnarrt von Reichenberg und legt auf.

Berge über zweitausend Meter. Bayern oder Österreich. Will der mit meinem Geld Urlaub machen, diese Kanaille? Nationalpark Berchtesgaden. Ist das nicht da, wo auch der Königssee liegt, im südöstlichsten Zipfel Deutschlands? Da, wo dieser Grinsebayer mit dem schwarzen Schnäuzer und der undeutlichen Aussprache auf Kufen die Eiskanäle hinunterjagt? Hackl heißt doch dieser Kerl, dem die Goldmedaillen um den Hals baumeln. Aber was will dieser Wiktor dort? Was hat er vor? Meint er, dort wäre er vor Jurij und vor ihm sicher? Der Typ ist doch nicht bescheuert. Der kann von Deutschland aus bequem über jede Grenze gehen. Keiner hält ihn auf. Der muss sich doch nicht zu Fuß über die Alpen schlagen wie Hannibal mit seinen Elefanten. Das ist ja auch nicht gut gegangen damals.

Von Reichenberg verlässt das Zimmer. Auf dem Gang gibt er einem spontanen Impuls nach und tritt mit dem linken Schuh gegen die makellos weiße Wand des Designhotels. So, jetzt geht's ihm besser. Einen Teil seiner Anspannung ist er los, und er fühlt sich gleich wohler in seiner Haut. Wenn der Rezeptionist oder ein anderer Hotelangestellter den Abdruck seines Schuhs an der Wand entdeckt, ist er längst verschwunden. Aber er hat ein Souvenir hinterlassen, für dessen Beseitigung der Maler geholt werden muss.

Als er am Nachtportier vorbei Richtung Fahrstuhl geht, tippt er sich an die Stirn und weiß, dass dem Dunkelwangigen ein Stein vom Herzen fallen wird, wenn er weg ist. Wahrscheinlich habe ich dich viel schneller vergessen als du mich, denkt von Reichenberg.

Die Aufzugtür öffnet sich. Berchtesgaden. Und wenn dieser Hund mich einfach auf eine falsche Fährte lockt?

Zu Hause sucht von Reichenberg zuallererst seine Lesebrille. »Mandy?«, ruft er. Wo ist dieses Weibsstück schon wieder?

Er setzt sich mit Brille an den Küchentisch. Dort liegt ein Zettel von seiner Frau. Sie ist in der Flamingo-Bar. Linda ist krank geworden und fällt im Service aus.

Von Reichenberg sieht sich den Kartenausschnitt auf dem Ausdruck an. Irgendwo muss doch hier noch sein alter Diercke-Schulatlas herumfahren. Berchtesgaden. Zwei Gipfel sind beschriftet. Lateinische Schrift. Was heißt denn das? Hoher Güll? Zweitausendfünfhundertzweiundzwanzig. Und der Gipfel daneben? Tausendachthundertzwanzig. Ein Kreuzchen. »Kehlsteinhaus« kann er entziffern. Das hat er schon mal gehört. Ein Haus als Geburtstagsgeschenk für Hitler, der da oben in Lederhose mit seinem Schäferhund herumspazierte. Alpenfestung.

Von Reichenbergs Hirn kommt allmählich in Fahrt. Wackelige Sechzehn-Millimeter-Farbfilme laufen vor seinem geistigen Auge ab: der Führer in kurzen Hosen, Böllerschützen mit Gamsbärten an ihren Filzhüten, in die Luft gereckte Arme, Hunderte, Tausende, eine Bergkulisse im Hintergrund. Berchtesgaden. Was zum Teufel will Wiktor dort? Für die hunderttausend Eier kann er sich wirklich etwas Besseres leisten.

Von Reichenberg wählt Jurijs Nummer.

»Hör zu, dein Kurier hat sich aus dem Staub gemacht. So wie's aussieht, nicht nur mit meinem Geld, sondern auch mit deinem.«

»Meine Wunderwaffe ist praktisch schon unterwegs.«

»Wunderwaffe?«

»Geht dich nichts an, Partner, halt dich da raus, ja? Du solltest in nächster Zeit vorsichtshalber in Deckung gehen, wenn die Blüten den Markt überschwemmen. Dann wird's vielleicht ein bisschen heiß für dich, da mitten in Deutschland.«

»Ich werde sowieso bald Urlaub machen.«

»Gute Idee. Wo denn?«

»Meine Frau will dieses Jahr unbedingt nach Bayern. Sie sagt, sie war noch nie in den Alpen und kennt die Berge bisher nur aus dem Fernsehen …«

»Wieso langweilst du mich, Reichenberg? Ich habe hier zu tun, stell dir vor. Geh aus der Schusslinie und halt dich einfach aus allem raus, verstanden?«

Jurij legt auf.

Weiß er, wo Wiktor hinwill? Wohin schickt er seine Wunderwaffe? Von Reichenberg zupft sich an der Nase und reinigt sie mit Hilfe des spitz zugefeilten Nagels seines rechten kleinen Fingers.

Als Mandy um vier Uhr morgens aus der Bar nach Hause kommt, sitzt er immer noch rauchend am Küchentisch. Ein halbes Dutzend leere Bierflaschen sind wie ein Zaun vor ihm aufgebaut.

Sie entledigt sich ihrer rot-schwarz geprägten Pumps, geht an ihm vorbei zum Küchenfenster und reißt es auf.

»Hier stinkt es ja wie in der Bahnhofswirtschaft«, sagt sie. »Warum schläfst du nicht, Mäuschen? Was machst du hier mitten in der Nacht?«

Sie stellt ihre rote Ledertasche mit den vielen klimpernden silbernen Herzanhängern am Reißverschluss auf einem der Küchenstühle ab.

»Machst du mir das Kleid auf?« Sie dreht von Reichenberg den Rücken zu und geht etwas in die Knie.

Der schiebt ihr den dünnen roten Stoff über den Hintern hinauf und packt grob ihre Pobacken, die unter der hautfarbenen Strumpfhose mit dem Bändchen ihres roten Stringtangas wie ein verschnürtes Päckchen aussehen.

»Au, du tust mir weh.« Mandy presst ihren Po gegen seine Hände, lässt sich dabei ins Hohlkreuz fallen und wirft lasziv den blonden Pagenkopf nach hinten. Das muss sie in einem Pornofilm gesehen haben, denkt von Reichenberg. Sie macht es ziemlich gut, findet er.

»Wird Zeit, dass wir beide mal wieder Urlaub machen«, raunt er.

»Oh ja, lass uns nach St. Tropez oder Nizza fliegen. Wir waren so lange nicht mehr da. Oder nach Paris. Linda war erst zu Silvester dort. Wollen wir?« Mandy setzt sich auf seinen Schoß und schlägt die Beine übereinander.

Sie riecht nach Dior, aber mindestens ebenso intensiv nach Schweiß und Zigarettenrauch, vermischt mit etwas Hochprozentigem. Und nach dem Spüllappen, mit dem sie in der Bar den Tresen wischt. Als hätte sie es selbst auch gerade gerochen, beginnt sie, sich die Hände zu reiben.

»Ich dachte da an etwas anderes.« Er deutet auf das Blatt Papier auf dem Küchentisch und den aufgeschlagenen Diercke-Atlas.

»Was? Bayern? Was soll das denn? Das meinst du doch nicht im Ernst, oder?«

»Pack deine Sachen.« Von Reichenberg kneift sie in den Po und schiebt sie von seinem Schoß. »Morgen früh fahren wir los.«

Saratow, 1957

Wenn man mit den Fingerkuppen über das Fensterbrett streicht, bohren sich Lackplättchen unter den Fingernagel. Kondenswasser tropft von den Scheiben und sammelt sich in der ausgestemmten Rinne des Fensterbretts. Wind und Regen drücken durch die undichten Fenster. Eine Frau wimmert. Hört nicht auf damit, stöhnt, irgendwann ist endlich Stille im Raum. Piep, piep, piep, piep, piep, piep tönt es aus dem Radiolautsprecher, und ein Nachrichtensprecher erklärt, dass dies die Töne des ersten von Menschen ins Weltall geschossenen Objekts seien. Es ist ein Satellit, in dessen Inneren ein Sender steckt, der Funkwellen zur Erde sendet, um der gesamten Welt davon zu künden, dass die Sowjetunion, ihre Ingenieure und Arbeiter, den Sieg im Wettlauf um die Eroberung des Weltalls errungen haben.

Es ist der 4. Oktober 1957. Ein Kind schreit. Einen Augenblick lang hatte der Gynäkologe seinen Kopf zum Lautsprecher gedreht. Jetzt untersucht er das Neugeborene, das gesund ist und gierig nach der Brust seiner Mutter verlangt. Seine Mutter, die Physikerin Carmen López, ist seit drei Jahren in Saratow an der Wolga und hat dort die Bekanntschaft von Jurij Gagarin gemacht. Jurij ist verheiratet und trotzdem Vater von Wladimir López, dem Neugeborenen.

Vier Jahre später geht Wladimir in den Kindergarten, und keiner glaubt ihm, wenn er stolz erzählt, dass der berühmte Kosmonaut Jurij Gagarin sein Vater ist. Wladimirs außergewöhnliche Begabung wird schon in der Schule erkannt. Sie besteht darin, seinen Körper in besonderer Weise zu beherrschen. Er wird gefördert und steht mit zwölf Jahren im Handstand auf dem Barren, die Beine waagrecht abgewinkelt holt er Schwung und balanciert die Beine senkrecht im Handstand. Er trägt eine weiße Hose mit Gummibändern an den Füßen, straff über seine Beine gespannt. Nach wenigen Sekunden der Bewegungslosigkeit fällt der Körper parallel zu den Holzbarren, dreht sich um die eigene Achse, die Hände lösen sich vom Holm, und gleichzeitig dreht sich der ganze Körper um hundertachtzig Grad in der Längsachse, bevor die Beine nach einem Aufschwung wieder senkrecht nach oben schnellen und Wladimir im Handstand verharrt. Seine Kameraden und der Trainer klatschen, als er das Gerät mit einem doppelten Salto verlässt.

Wladimir dreht sich zu seinen Kameraden und lacht, wie er es gelernt hat, um Richter und Publikum in einem Wettbewerb für sich zu gewinnen. Er hat nicht vergessen, dass keiner ihm glaubte und er niemandem erzählen darf, dass er der Sohn des Helden Gagarin ist. Selbst als sein Vater vor sechs Wochen beerdigt wurde, durfte er nicht ans Grab, um sich wie seine Stiefschwestern von ihm zu verabschieden.

Gagarin hier, Gagarin dort. Er kann es nicht mehr hören. Immerzu hört Wladimir vom großen Helden der Sowjetunion. Das Einzige, was Wladimir von seinem Vater hat, sind die Erzählungen seiner Mutter und die Erinnerung an die wenigen Male im Jahr, die sein Vater zu Besuch kam. Dann liefen sie zusammen durch den Schnee oder spielten Fußball, bevor er zu seiner Mutter in die Wohnung ging, und er, Wladimir, allein draußen weiterspielen musste. Wenig Zeit mit seinem Vater, und die musste er sich auch noch mit seiner Mutter teilen. Aber wenn er da war, dann hatten sie es schön miteinander. Sein Papa, der Held, der Kosmonaut. Wladimir will auch Kosmonaut werden, wenn er groß ist, auf alle Fälle ein Held, ein richtiger Held, auf den Papa und Mutter stolz sein werden.

Stundenlang sitzt er im Gymnastikraum und stemmt die Hanteln, läuft jeden Tag zehn Kilometer durch den Wald, bei jedem Wetter, und friert nur die ersten fünfhundert Meter, dann wird ihm warm, und er kämpft sich durch. Und er läuft und läuft, wie eine Maschine, wie ein Apparat. Immer so schnell er kann, und wenn er denkt, seine Lungen glühen, dann weiß er, dass ein Held nicht aufgeben darf, und läuft weiter. Wenn er spürt, dass seine Muskeln in den Oberschenkeln zu brennen beginnen, dann läuft er weiter. Er läuft und läuft, und wenn er sein Pensum geschafft hat, lässt er sich einfach fallen. Sobald er wieder zu Kräften gekommen ist, sein Atem sich normalisiert, seine Muskeln sich entspannen, erscheint ein Lächeln in seinem Gesicht, denn er hat das Gefühl, seinem Ziel, ein Held zu werden, ein bisschen näher gekommen zu sein.

Mit vierzehn wird er aus dem Kader aussortiert. Niemals wird er Olympiasieger werden, egal, wie hart er trainiert. Für einen Turner ist er zu groß. Die Hebelverhältnisse seines Körpers passen nicht hundertprozentig. Auch für andere Sportarten ist sein Körper nicht ideal, er ist entweder zu muskulös, zu schwer, zu leicht, zu groß oder zu klein. Trotzdem ist Wladimir ein Spitzensportler, ein Hochintelligenter, und er kommt auf eine Eliteschule und wird Offizier, hervorragend ausgebildet. Kampfsport, Klettern, Laufen, Sprachen, Geschichte, Kulturen, überall findet er sich zurecht.

Er verliebt sich in seine kubanische Spanischlehrerin. Sie lacht ihn aus, als er ihr im Morgengrauen erklärt, er wolle mit ihr in Kuba leben. »Wir können uns für ein paar Minuten oder Stunden lieben, aber nicht länger, denn unsere große Liebe ist der Sozialismus und das Vaterland.« So erklärt sie Wladimir ihre Gefühle im Februar 1984. Im Juli des gleichen Jahres fliegt sie zurück nach Kuba, und Wladimir liebt den Sozialismus und das Vaterland wie kein anderer. Alles tut er, um die Entwicklung des Sozialismus zu unterstützen, in Afrika, in Europa, in Asien. Alles, um die Sowjetunion zu verteidigen. Er tötet nicht aus Lust, sondern nur wenn es sein muss. Wenn er den Befehl dazu bekommt.

Wladimir ist die schärfste Waffe der ersten Abteilung des KGB geworden. Er spricht fünf Sprachen, ist Universitätsprofessor, Kaufmann oder Diplomat, Bergsteiger oder Tiefseetaucher, überall kann er sein Vaterland verteidigen. Er ist der Held, der er immer werden wollte, und es stört ihn nicht, dass keiner von seinen Heldentaten wissen darf. Seine Liebe ist das Vaterland und der Sozialismus, und als beides verraten wird, schlägt er sich auf die Seite derer, die treu zu ihrem Vaterland stehen, den Putschisten von 1991.

Die Putschisten verlieren, werden verkauft und verraten, es ist ein abgekartetes Spiel. Wladimir taucht unter, leckt sich die Wunden. Er weiß nicht mehr, was seine Bestimmung ist. Er könnte den Präsidenten töten, den Bürgermeister von Moskau, den neuen Chef des KGB, er könnte es schaffen, doch wofür? Er spürt, dass die Helden, die dies könnten, nicht mehr gewollt sind und nicht mehr gebraucht werden. Die Sowjetunion gibt es nicht mehr, und der Sozialismus hat verloren.

Wladimir geht nach Kiew, in die neue Republik Ukraine. Er fühlt sich dort sicherer als in Moskau, wo kein Mensch weiß, was passieren wird.

»Was hast du gehabt von deinem Leben, Wladimir, sag?«, fragt ihn Jurij, bei dem er seit drei Wochen wohnt und der sein Führungsoffizier beim KGB war. »Mich haben sie hinters Licht geführt, genau wie dich. Jetzt arbeite ich für mich selbst, und du siehst, dass es mir gut dabei geht. Arbeite für mich, und es wird dir genauso gut gehen.«

»Was willst du von mir?«

»Dass du mich beschützt, denn du bist der Beste. Das würde schnell bekannt werden und mir Respekt verschaffen.«

»Das kann sein, aber wieso sollte ich es tun?«

»Weil du dann endlich das bekommst, was dir zusteht. Überleg es dir.«

Drei Tage später arbeitet Wladimir für Jurij. Zusammen sind sie eine Weltmacht.

Rosenheim/Berchtesgaden, 15. Mai 2010

»Mieten?«, fragt Luba. »Das Olympiastadion? Wenn wir den Schatz gefunden haben, dann müssen wir nie wieder etwas mieten.«

Ein Handy klingelt. »Go West« von den Pet Shop Boys.

»Das ist deins«, sagt Luba. Sie macht ihre Handtasche auf, seit Frankfurt eine Fendi, und kramt nach Wiktors iPhone. Bis sie es endlich findet, hat das Klingeln aufgehört.

»Wie kommt mein Handy in deine Handtasche?«

»Als ich an deinem Zimmer im Hotel vorbeigegangen bin, hab ich gesehen, dass du es auf dem Schreibtisch liegen gelassen hast.«

»Mann, bist du blöd!«, schreit Wiktor. »Scheißdreck, Scheißdreck, Scheißdreck! Jetzt sind wir am Arsch.«

Er schlägt mit der Faust gegen die Scheibe. Die anderen Reisenden im Abteil beobachten ihn argwöhnisch. Einige schütteln angewidert den Kopf. Eine ältere Dame mit weißblondem Haar sieht sich suchend nach dem Schaffner um.

»Warum, glaubst du Schlaubergerin wohl, hab ich das Telefon im Hotel liegen gelassen?«

»Na, weil du es eben vergessen hast.«

Wiktor schlägt sich mit der flachen Hand an die Stirn. »Weil ich es von Jurij bekommen habe, du Idiot.«

»Idiot*in*, wenn schon! Na und? Willst du Jurij, nachdem du seine hunderttausend Euro unterschlagen hast, nicht noch zusätzlich bei den Telefon- und Internetkosten bluten lassen? Oder warum ist das jetzt so wichtig, dass es im Hotel liegt und nicht bei dir auf dem Schoß, hm?«

»Weil Jurij ganz einfach auf seinen Computerbildschirm zu Hause schauen muss und auf einen Blick sieht, wo in der Weltgeschichte gerade sein Handy herumfährt. Darum, du Pute! Und genau jetzt, in diesem verdammten Scheißaugenblick, sieht er, dass wir auf dem Weg nach Salzburg sind. Und was meinst du, wird sich Jurij denken? Das war aber jetzt nicht ausgemacht, wird er sich denken!«

Luba beginnt zu begreifen und sieht Marjana an, als bräuchte sie solidarischen Trost. Doch die starrt zum Fenster hinaus und zählt die Berggipfel, die am Horizont auftauchen, als habe jemand eine Theaterkulisse davorgezogen.

»Wäre das Handy in Frankfurt geblieben, du Heldin«, sagt Wiktor, um Beherrschung bemüht, »dann hätten wir jetzt zwei Tage Vorsprung vor den Killern, die er uns auf den Hals hetzt, sobald er weiß, dass wir ihn betrügen. Dieser Vorsprung aber ist nun weg, weil unsere Lubotschka so gut aufgepasst und gedacht hat, Wiktor ist doch ein blöder Esel, lässt er das schicke iPhone im Hotel liegen. Wenn wir Pech haben, meine lieben Damen, dann ist Jurijs Killer sogar vor uns in Berchtesgaden.«

»Okay, das war blöd«, gibt Luba zu. »Aber es ist noch lange kein Grund, mich so anzumachen. Außerdem kommt das nur davon, weil du immer so geheimnisvoll tust. So, als wärst du der große Gangster und wir deine dummen Hühner im Schlepptau. Du bist selbst schuld, dass wir jetzt auch noch diese Scheiße am Hals haben.«

»Kinder, jetzt hört mal auf zu streiten. Wir machen was ganz Geniales.« Marjana hat sich von der oberbayrischen Bergkulisse losgerissen. »Wir treten die Flucht nach vorne an und bieten Jurij einen Deal an.«

»Schieß los, Frau Doktor. Erzähl uns, wie du es anstellen willst, dass wir unseren Kopf aus der Schlinge ziehen. Das würde ich wirklich zu gern wissen«, sagt Wiktor.

»Du rufst jetzt gleich Jurij an.«

»Das ist schon mal ein toller Plan. Und was sag ich ihm? ›Ach Jurij, du, wir sind auf dem Weg nach Salzburg, du kannst aber deinen Killer ruhig nach Frankfurt schicken, denn morgen wollen wir dann wieder in unserem Hotel sitzen und darauf warten, dass er uns abknallt.‹ Ist das dein Plan?«

»Jetzt hör doch auf, Wiktor. Also pass auf: Wir steigen am nächsten Bahnhof aus. Das ist Rosenheim, wie hier im Reiseplan steht. Dann rufst du Jurij an und sagst ihm, dass es ein paar Unregelmäßigkeiten gegeben hat, nämlich dass du entdeckt hast, dass Luba eines der Bücher mit Falschgeld aus dem Koffer geklaut hat. Das haben wir leider erst nach unserer Abreise aus Frankfurt gemerkt.«

»Und diesen Scheiß soll einer wie Jurij glauben? Lachhaft!«

»Zweitens: Wir sagen ihm die Wahrheit.«

»Was, bist du verrückt?«, schreit Luba.

»Die Wahrheit ist«, fährt Marjana ungerührt fort, »dass wir an einer großen Sache dran sind und dafür einen Kredit benötigen. Was glotzt ihr mich so blöd an? Wir brauchen einen Kredit über hunderttausend Euro und haben ihn dankend erhalten. Dafür versprechen wir, uns mit satten Zinsen zu revanchieren.«

Wiktor starrt sie an wie das Ungeheuer von Loch Ness. »Sagtest du Zinsen?«, höhnt er.

»Genau. Zinsen. Und zwar in Höhe von hundert Prozent. Wir leihen uns sein Geld für ein paar Wochen und zahlen dann doppelt zurück. Natürlich in echtem Geld.«

»Natürlich«, äfft Wiktor sie nach.

»Damit kann er doch zufrieden sein, oder?«

»Und was mache ich, wenn er mir den Quatsch mit der ›großen Sache‹ nicht glaubt? Sag ich ihm dann: ›Weißt du, Jurij, wir sind hier hinter einem riesigen Schatz her. Wir glauben das zumindest. Weil wir in der Ukraine von einem alten Mann eine Schatzkarte bekommen haben. Was, du glaubst mir nicht? Pass auf, dann erzähl ich dir jetzt Alexejs Geschichte und schicke dir eine Kopie des Plans, und dann sehen wir, wer schneller an den Zaster rankommt.‹ – Was schlägst du für den Fall vor, dass er mir nicht glaubt, sondern denkt, wir wollen ihn schlicht und einfach betrügen und mit seinem Geld abhauen?«

»Wieso sollte er dir nicht glauben? Für so hirnrissig naiv kann er dich doch nicht halten, dass er denkt, du wärst ein 08/15-Krimineller, der sich einbildet, den großen Mafiaboss übers Ohr hauen zu können.«

Wiktor starrt zum Fenster hinaus. »Ich glaube, das kann ich nicht. Mach du's doch, wenn du so cool bist.«

»Wieso kannst du das nicht?«, fragt Marjana.

»Lügen liegt mir nicht«, sagt Wiktor.

»Am Flughafen warst du aber ziemlich gut darin«, sagt Luba.

»Jurij ist ein anderes Kaliber, Mädchen. Du machst dir keine Vorstellungen. Der zieht mir sogar am Telefon noch die Hose runter und schneidet mir die Eier ab. Und ich schaue ihm dabei zu.«

»Quatsch«, schnaubt Marjana. »Wir passen schon auf deine Eierchen auf.«

»Dann schickst du ihm eben eine SMS«, sagt Luba. »Dabei kann dir gar nichts passieren.«

»Ich hab's!«, unterbricht Marjana. »Wir schicken das iPhone auf Wanderschaft, damit wir unsere Verfolger, falls Jurij sich doch nicht auf den Kredithandel einlässt, ein bisschen in die Irre führen.«

»Willst du es einem anderen Reisenden in die Tasche stecken?«

»Warum nicht? Wenn's nicht anders geht, mach ich das. Aber vielleicht können wir es ja verkaufen. Ist doch wirklich ein schönes Ding. Ich würde es ja selbst nur zu gern nehmen.« Marjana drückt Wiktor das Handy in die Hand. »Jetzt los, schreib deine SMS.«

Wiktor schreibt: »Bin an einer großen Sache dran. Brauche dein Geld. In ein paar Wochen bekommst du die doppelte Summe zurück. W.«

»Hast du auch liebe Grüße von uns geschickt?«, fragt Marjana.

Wiktor liest die Nachricht noch einmal durch, dann drückt er auf »Senden«.

»Ist sie weg?«, fragt Marjana. »Dann her mit dem Ding.«

Der Zug fährt in den Bahnhof Rosenheim ein.

Marjana spürt eine Vibration in der Jackentasche. Sie nimmt das Handy heraus.

»Was ist?«, fragt Wiktor.

»Eine SMS. Aus Kiew, nehme ich an.«

»Und?«, fragt Luba.

»Jetzt wartet doch mal, bis ich den richtigen Knopf gefunden habe.« Marjana liest die Meldung vor: »Ich gebe dir eine Woche, dann bist du mit dem Geld wieder hier. Wenn nicht, bist du tot. Das ist ein Versprechen.«

»Lass mich noch mal selbst sehen.« Wiktor streckt die Hand aus.

»Oh, Mist, jetzt hab ich die Antwort gelöscht.«

»Du hast was?«

»Ja, und alle anderen Meldungen und gespeicherten Telefonnummern werde ich jetzt auch löschen. Dann haben wir ein ganz jungfräuliches iPhone hier auf dem Schwarzmarkt anzubieten.«

»Wieso machen wir es nicht einfach kaputt?«, fragt Luba.

»Was? Das geile Teil? Das wäre doch wirklich jammerschade. Nein, im Ernst. Wenn es stimmt, was Wiktor sagt, dass sie es wie einen Peilsender verwenden, dann sollen sie jetzt mal dort nach uns suchen, wo wir nicht sind. Das verschafft uns einen Vorsprung.«

Der Zug hält. Auf dem gegenüberliegenden Bahnsteig warten Reisende auf einen Zug über Kufstein und Innsbruck nach Italien.

»Wartet hier«, sagt Marjana.

Wiktor und Luba gehen auf dem Bahnsteig auf und ab.

»Ich frage mal, wann der nächste Zug Richtung Salzburg fährt«, sagt Luba und geht los.

»Warte. Frag mal die beiden. Siehst du die?«

Wiktor zeigt auf zwei Männer in graubraunen Hosen und dezent karierten Hemden. Beide mit ärmellosen Freizeitwesten, wie Angler sie tragen, und einem am Handgelenk baumelnden Herrentäschchen.

»Wieso die beiden?«, fragt Luba.

»Weil das Zivilbullen sind.«

»Was? Woran erkennst du die?«

»An der unauffälligen Kleidung. Sie sind die einzigen Reisenden hier auf dem Bahnsteig, die kein Gepäck haben. Zwei Familienväter, die zusammen ohne Gepäck verreisen und nicht schwul sind. Nein. Das hier ist ein Grenzbahnhof Richtung Österreich und Italien. Und das sind Zivilbullen. Da bin ich mir todsicher.«

»Und warum soll ich die fragen, wenn sie nicht von der Bahn sind?«

»Weil die nicht mitkriegen müssen, dass Marjana hier das iPhone vertickt.«

»Okay«, sagt Luba und macht sich an die beiden Beamten ran.

Nach zunächst ratlosen Gesichtern, dann wildem Gestikulieren und Herumfuchteln von Armen kommt Luba zurück, als der Zug nach Verona einfährt.

»Gut gemacht«, sagt Wiktor. »Was hast du denn so lange gequatscht mit denen?«

»Sie haben mir die Sache jetzt auf Deutsch erklärt. Ich kann kaum Deutsch. Aber mein Deutsch ist besser als ihr Englisch.«

»Und?«

»Es gibt einen IC Königssee, der demnächst kommt und nach Berchtesgaden fährt. Wann, hab ich nicht genau verstanden. Aber er müsste bald angezeigt werden.«

Marjana hat sich in der Zwischenzeit aus dem Häufchen Wartender einen jungen Mann mit Dreadlocks ausgesucht, ihn belabert und ihm das iPhone in die Hand gedrückt.

Teufelsweiber, denkt Wiktor. Einerseits blöd wie Ziegenkäse, dann wieder raffiniert und gerissen wie Profis. Zumindest Marjana. Von ihr kann Luba noch eine Menge lernen.

Jetzt zieht der Rasta-Typ doch tatsächlich einen Geldschein aus der Tasche und gibt ihn Marjana. Er lässt das iPhone in die Hosentasche gleiten und hängt sich seinen großen Rucksack um. Marjana tätschelt ihm die Wange und winkt ihm beim Weggehen noch einmal zu.

»Musstest du ihn auch noch begrapschen?«, fragt Wiktor, als sie bei ihnen ist.

Sie drückt ihm einen Hunderter in die Hand.

Wiktor und Luba starren das Geld an.

»Ja, das ist nicht besonders viel für das geile Teil, ich weiß«, sagt Marjana. »Aber auf die Schnelle war nicht mehr zu holen. Dafür ist Jurijs Handy jetzt auf dem Weg nach Verona.«

»Hundert Euro für das iPhone? Ein echtes Schnäppchen«, sagt Wiktor.

»Halt die Klappe, du schäbiger Geizkragen. Ich hab gerade unser Problem gelöst, und jetzt basta.«

Die Einfahrt des IC 2083 Königssee von Hamburg nach Berchtesgaden wird angesagt. Sie steigen ein.

»Ich geh jetzt mal eine Kleinigkeit essen«, sagt Marjana und macht sich auf den Weg ins Bordbistro.

Luba und Wiktor setzen sich in ein leeres Abteil.

Wiktor brummt: »Marjana hat noch nie etwas zu essen gebraucht. Was die Frau braucht, sind Schnaps und Zigaretten. Sonst nichts.«

Als der Zug in Freilassing wieder anfährt, ist Marjana immer noch nicht zurück. Luba und Wiktor suchen das Bordbistro. Marjana sitzt an einem Tisch mit einem grau melierten Herrn in gepflegtem Anzug, vor sich einen Pappteller mit einem schrumpeligen Wiener Würstchen und einem angebissenen Reststück, das in einem Senfhäufchen spickt. Die Herrschaften trinken Bier, die Schnapsgläser daneben sind leer.

»Hallo«, ruft Marjana ihnen zu. »Das ist Dr. Willke. Er hat ein Ferienhaus in Berchtesgaden. Aber ob ich ihn jetzt noch überreden kann, dass er uns alle drei zu sich einlädt, ist fraglich. Er ist ein sehr netter Herr«, fügt sie noch auf Deutsch an, damit sich Willke nach dem Schwall Russisch nicht ganz ausgeschlossen fühlt.

Aber da ist der Herr Doktor schon aufgestanden und verabschiedet sich eilig. Er müsse noch einen dringenden Anruf tätigen.

Marjana trinkt ihr Glas aus, wirkt aber schlagartig sehr nüchtern.

»Mach dir nichts draus, Marjana«, sagt Wiktor. »War er nicht ein bisschen zu alt für dich?«

»Danke, dass du mir auch noch etwas Jüngeres zutraust. Möchte jemand von euch Wurst? In Bayern heißt sie Wiener und in Österreich Frankfurter.«

»Wer?«, fragt Luba.

»Na, die Wurst. Dr. Willke hat es mir genau erklärt.«

»Was, so weit wart ihr schon?«, fragt Wiktor.

»Idiot«, zischt Marjana.

»Jetzt seht doch mal raus, ihr zwei Streithähne. Seht ihr die Berge da vor uns?«, fragt Luba.

»Hoffentlich müssen wir da nicht mit dem Zug rauf«, mault Marjana. »Die Bahn hier quietscht und rumpelt ja wie die Kiewer Straßenbahn.«

»Noch ein Bierchen?«, fragt Wiktor.

***

»Wollen Sie etwas Komfortables oder Standard?«, fragt die Frau im Touristoffice am Bahnhof Berchtesgaden, als sich Marjana nach einem Hotel erkundigt.

»Sehe ich vielleicht aus wie Standard? Sehe ich so aus, als würde ich mich nach einem Bett mit gemütlicher Kuhle in der Matratze sehnen, dem man ansieht, dass die letzten fünftausend Paare, die darin übernachtet haben, richtig Spaß miteinander hatten? Kindchen, ich sage Ihnen was: Ich glaube, ich sehe nicht so aus, und ich möchte ein richtig gutes Hotel haben, verstehen Sie?«

»Ja, ich glaube schon. Ich könnte Ihnen da das Alpenhotel Kronprinz anbieten, vier Sterne, gediegener alpenländischer Stil ...«

»Alpenländisch? Zeigen Sie mal her. Hm, für so alt halten Sie mich?«

»Dann könnte ich Ihnen noch das neu eröffnete Edelweiß, vier Sterne Superior Hotel, mit Panorama-Schwimmbad und Saunawelt auf zweitausend Quadratmetern ...«

»Ist es das beste Hotel am Platz?«

»Im Ort, mitten in der Fußgängerzone, auf jeden Fall.«

»Aha? Es gibt also noch was Besseres? Ich möchte das Allerbeste. Ich dachte, ich hätte mich da ganz klar ausgedrückt, oder nicht?«

»Ja dann, sagen S' halt gleich, dass Sie ins Interconti wollen. Hotel Intercontinental Berchtesgaden Resort. Fünf Sterne Superior. Mountain Spa, Sauna und Pool, auf eintausend Metern Höhe …«

»Ach, hören Sie schon auf, das klingt alles sehr überzeugend, finde ich.«

»Wie viele Zimmer?«

»Drei, mit Balkon und nebeneinander.«

»Wie lange bleiben Sie?«

»Das wissen wir noch nicht, Kindchen. Maximal vier Wochen, würde ich sagen.«

»Und wie viel darf es kosten pro Nacht? Die Zimmerpreise gehen von zweihundertfünfzig bis zweitausendfünfhundert Euro. Pro Nacht, damit Sie nichts falsch verstehen. Das geht von der Standard Deluxe Ausführung bis zur Präsidenten-Suite. Einhundertfünfundsiebzig Quadratmeter. Vielleicht entspräche das etwa Ihren Vorstellungen, wo Sie so eine Abneigung gegen den Standard haben?«

»Na, na, die Maßlosigkeit ist auch eine der sieben Todsünden. Aber fünfhundert Euro dürfen es schon sein. Pro Nacht und Zimmer, damit Sie nichts falsch verstehen. Kindchen.«

Die Touristoffice-Angestellte ruft im Hotel an. »Ich habe für Sie drei Zimmer reserviert, und Sie werden erwartet«, sagt sie, als sie aufgelegt hat. »Taxis stehen draußen vorm Bahnhof. Ich habe jetzt nicht gesagt, dass Sie jemand vom Hotel abholen soll, weil ich mir dachte, nach der langen Fahrt wollen Sie nun nicht auch noch auf den Shuttle-Service warten.«

»Sehr schön, Kindchen.« Marjana legt einen Fünfzig-Euro-Schein auf den Tresen. »Das ist für Sie, weil Sie so freundlich waren.«

Als Marjana aus dem Fremdenverkehrsbüro kommt, steuern Luba und Wladimir auf sie zu. »Schau, was wir für dich gekauft haben.« Luba streckt Marjana eine Stange Marlboro entgegen.

»Gut, dann hör ich eben erst ein bisschen später auf zu rauchen.«

»Danke sagen, das kannst du nicht so richtig, stimmt's?«, fragt Wiktor.

»Ich? Natürlich kann ich das«, entrüstet sich Marjana. »Was ist denn das, was Wiktor da auf dem Kopf hat?«

»Diesen Hut tragen die Einheimischen, und ich habe mir gedacht, dass es nicht schadet, sich ein wenig unauffällig zu kleiden.«

»Aha«, sagt Marjana. »Mit dem grauen Filzhut siehst du jetzt genauso aus wie die Berchtesgadener Ureinwohner. Komisch nur, dass ich außer dir überhaupt noch keinen echten Berchtesgadener gesehen habe. Also los, ins Taxi. Wir haben reservierte Zimmer im Hotel Intercontinental. Ich möchte jetzt endlich in die Sauna und hinterher ein bisschen schwimmen. Vielleicht sogar eine kleine Massage und eine Kosmetikbehandlung. Die könnte ich nach der ganzen Aufregung in Frankfurt wirklich dringend gebrauchen.«

Das Taxi fährt im Tal etwa einen Kilometer an einem kleinen Fluss entlang. An seinem linken Ufer liegt oben auf einer Anhöhe der Ort Berchtesgaden. Kirchtürme ragen auf, ein Panoramacafé hängt wie ein Schwalbennest über dem Abhang. Der Ort ist nicht groß, eigentlich wirkt er eher wie ein Dorf. Das Taxi überquert eine Brücke, über der eine Seilbahn mit putzigen Gondeln schwebt, rot und türlos. Eine dünne Kette schützt die Passagiere vor dem Herausfallen, während sie den ansteigenden Hügel erklimmen. Nun geht es steil und in vielen Kurven den Obersalzberg hinauf, bis das Taxi in die Zufahrt zum Hotel einbiegt und vor dem Haupteingang anhält. Die Architektur ist modern, funktional, aber nicht spektakulär. Dafür die Aussicht umso mehr. Der Blick geht hinunter ins Tal, auf die im Talkessel verstreuten Siedlungen, die an drei Seiten von Bergstöcken eingerahmt sind. Ein weiteres Felsmassiv mit Gipfelplateau von einigen Kilometern Länge und schroff abfallenden Südwänden bildet noch einmal einen Riegel vor der dahinterliegenden Ebene.

»Was für eine Lage«, sagt Luba. »Ist das nicht phantastisch? Ich glaube, ich träume.«

»Nein, du träumst nicht«, sagt Marjana. »Du bist hier im Fünf-Sterne-Superior-Hotel Intercontinental Berchtesgaden Resort, das über hundertsechsundzwanzig Zimmer und zwölf Suiten verfügt sowie über vier Restaurants und einen großen Wellness- und Spa-Bereich. Hab ich alles in einem Prospekt im Touristoffice gelesen. Da unten, schau mal, ist der Golfplatz und ein Hang mit Skilift. Und dort der Hubschrauberlandeplatz. Für die VIP-Gäste. Aber wir mussten ja mit der Bahn anreisen.«

»Noch was?«, fragt Wiktor.

»Ja. Weißt du, wer hier, genau auf diesem Hügel, wo heute das Hotel steht, sein Haus hatte?«

»Nein, Frau Doktor, bitte sagen Sie's mir.«

»Ein Herr namens Göring.«

Ein Hotelpage kümmert sich um das Gepäck. Als Marjana sieht, dass Wiktor sich vom Taxifahrer auf einen Zwanzig-Euro-Schein ein paar Cent Wechselgeld herausgeben lässt, stößt sie ihn in die Rippen. Er zieht seine Hand zurück und murmelt: *»It's okay.«* Dann kramt er in seiner Hosentasche und findet noch einen Fünfer, den er dem Taxifahrer gibt. *»Here is your tip. Because you are a very good driver.«* Er wartet auf ein Lob von Marjana, doch die starrt wie Luba fasziniert zum Hubschrauberlandeplatz hinüber, auf dem gerade ein traditionell gekleideter Araber, der aussieht wie ein Prinz aus Tausendundeiner Nacht, mit zwei verschleierten Frauen aus einem Helikopter steigt.

»Sind die denn jetzt schon überall?«, fragt Luba.

»Und dann haben sie auch noch ihre Frauen mit dabei«, sagt Marjana.

»Zwei Frauen, was ist das schon für einen Scheich? Hätten sie eine MI 6 gechartert, so wie ich sie geflogen habe, dann hätten sie Platz für ihren ganzen Harem gehabt«, sagt Wiktor.

Eine Gruppe auf elektrisch angetriebenen Einpersonenrollern kommt gerade den Hang mit dem Skilift herauf. Zwei Gleitschirmflieger fliegen über sie hinweg.

»Was ist denn hier los?«, fragt Marjana. »Wieso setzen sich die Leute nicht einfach in die Sonne, rauchen eine Zigarette, trinken ein Glas Wodka und freuen sich darüber, nicht mit Gleitschirmen über Hänge fliegen zu müssen oder sich auf zweirädrigen Vehikeln der Lächerlichkeit preiszugeben?«

»Ich glaube, es liegt an deiner Genetik, dass du das nicht verstehst«, sagt Luba. »Dass da etwas nicht in Ordnung ist mit dir, habe ich schon gemerkt, als wir beide Motorrad gefahren sind. Ich finde das ziemlich cool. Ich würde selbst auf einen dieser Hubschrauberscheichs verzichten, um einmal mit dem Gleitschirm dort von der Felswand springen zu können. Und diese Fahrdinger, Vollgas off road, das werde ich bestimmt auch noch einmal ausprobieren«, sagt Luba.

»Haben Sie eine Kreditkarte für mich?«, fragt die blonde Concierge im Nadelstreifenanzug und blassgelber Bluse, die damit wie eine Lufthansa-Stewardess aussieht.

»Nur Bares ist Wahres.« Marjana legt ein Bündel Fünfhunderter-Scheine auf den Empfangstisch. »Würden Sie das Geld im Hoteltresor für mich aufbewahren? Für Notfälle. Man weiß ja nie.«

Die Concierge zählt das Geld, schreibt eine Quittung und übergibt Marjana die Magnetkarten für ihre Zimmer.

»Wir treffen uns dann in der Sauna«, ruft Marjana Luba und Wiktor auf dem Weg zu ihren Zimmern zu.

***

Es sieht genau so aus wie im Prospekt. Glatt und fast unbewegt liegt der Wasserspiegel des blauen Pools, leise plätschert das Wasser über den Beckenrand. Zum Tal hin öffnet eine riesige Fensterfront den Raum. Über einen schmalen Kanal kann man hinaus in den Pool im Freien schwimmen, der bis zum Rand einer Hangstufe gebaut worden ist.

Der Boden des Spa-Bereichs ist hell gekachelt. Vor der Fensterreihe stehen geflochtene, mit weißem Leinen bezogene Ruheliegen. Eine Wand ist mit grauem Granit verkleidet, eine mit Kirschholz vertäfelt, eine dritte in schlichtem Weiß gehalten.

Große weiße Zylinder aus Milchglas hängen von der hohen Decke, aber ihr Licht ist kaum wahrnehmbar, weil die Sonne durch die Fensterfront in den Raum eindringt und ihn in Helligkeit taucht. Menschenleer ist die Anlage, nur das Säuseln des überlaufenden Wassers ist zu hören. Es ist perfekt.

Marjana legt das weiße Handtuch auf eine der Luxusliegen, zieht den Bademantel aus und wirft ihn zum Handtuch. Sie dreht sich zum Fenster, streckt die Arme zur Seite, atmet tief ein und genießt den grandiosen Ausblick und die Stille. Dann macht sie zwei Schritte zum Becken und taucht kopfüber nackt in den Pool ein. Der Sprung hallt von den Wänden wider, eine Sekunde später klatschen die aufgeworfenen Wellen an den Beckenrand, dann ist es wieder still.

Weit ausholend schwimmt Marjana die Länge des Beckens ab, wechselt in den Kanal und schwimmt hinaus in den Garten, bis an das Ende des Pools, wo man als Schwimmer keinen Abhang, sondern nur noch Tiefe sieht. Dann macht sie kehrt und schwimmt zurück. Sie stemmt sich am Beckenrand hoch, klettert nach draußen und hat gerade das Handtuch in der Hand, als sie einen bewundernden Pfiff in ihrem Rücken hört. Sie dreht sich um, und als sie Wiktor erkennt, stellt sie sich ihm in den Weg, die Hände in die Hüften gestemmt, ein Bein leicht angewinkelt.

»Hast dich gut gehalten für dein Alter«, sagt Wiktor. »Ist das alles echt?«, fragt er und greift nach ihrer Brust.

»Hast du eine Ahnung, was eine ukrainische Historikerin verdient? Ja? Dann kannst du dir die Antwort selbst geben. Selbst wenn ich sie nötig hätte, könnte ich mir keine kosmetischen Korrekturen leisten, mein Lieber. Das heißt, bisher konnte ich sie mir nicht leisten. Ebenso wenig wie eine Übernachtung in einem Hotel wie diesem.«

Sie beginnt, sich abzutrocknen.

»Warte nur, bis wir in der Sauna sitzen. Dann schaue ich mal, wie gut du dich gehalten hast, du alter Kämpfer.« Sie zieht den Bademantel über und geht mit Wiktor zum Saunabereich.

Da hören sie wieder ein Platschen.

»Luba hat diesem obszön luxuriösen Pool also auch nicht widerstehen können. Willst du nicht gucken und pfeifen gehen? Obwohl – Luba ist jung und schön, ihr bedeuten Komplimente von einem alten Knacker wie dir wahrscheinlich nicht viel.«

»Einfach herrlich, nackt im leeren Pool zu schwimmen«, sagt Luba, als sie in den Ruhebereich der Sauna kommt. »Solltet ihr auch mal machen.«

»Hab ich schon von einer anderen Nacktschwimmerin gehört. Aber mir ist das Wasser ein bisschen zu warm«, sagt Wiktor.

»So ein Quatsch«, sagt Marjana, »du hast doch nur Angst, dass eine Überwachungskamera ein Bild von deinem Pimmel auf den Bildschirm in der Empfangshalle übertragen könnte.«

»Schwachsinn. Ich bin eben andere Wassertemperaturen gewöhnt. Wenn wir uns unterhalten wollen, dann sollten wir ins Dampfbad gehen. Dort ist es auch nicht so heiß, okay?«

»Und dort können wir vor lauter Dampf dein Würmchen nicht sehen, oder, Wiktor?«

»Du kannst von mir aus auch eine Tastkontrolle machen, wenn dich das so sehr interessiert, Marjana.«

Der Raum ist einem römischen Bad nachempfunden. Aus den übereinanderliegenden Becken eines Marmorbrunnens gluckert das Wasser in feinen Tröpfchenbahnen über die Ränder. Die abgerundeten Sitzflächen sind mit türkisfarbenen Mosaiksteinchen gefliest.

Marjana mustert Wiktor. »Jetzt gib's endlich zu, dass du diesen Luxus auch genießen kannst. Ist das nicht großartig hier? Und zieh nicht dauernd deinen Bauch ein. Ein kleiner Bauch steht Männern ab einem gewissen Alter ganz gut, finde ich.«

»Der ganze Luxus stimmt dich wohl gnädig, Frau Doktor. Besten Dank. Ganz schön edel, der ganze Laden. Meine Fresse, und da gibt es genügend Leute, die hier selbstverständlich aus- und einmarschieren und wissen, dass für sie nichts Schlechteres in Frage kommt, nicht im Urlaub und nicht im alltäglichen Leben. Abgesehen davon, dass ich das für absolut unmoralisch halte, finde ich die Bude schon beeindruckend«, gibt Wiktor zu.

»Kann man für fünfhundert Euro die Nacht auch erwarten«, sagt Luba.

»Fünfhundert Euro?«

»Beruhige dich, Wiktor. Wir haben bald so viel Geld, dass wir uns auch die Nacht zu fünftausend Euro leisten können.«

»Wir haben genau das Geld, das im Koffer ist und eigentlich Jurij gehört. Ob es den Schatz gibt, ob wir ihn finden und wie viel er überhaupt wert ist, das wissen wir doch alles noch gar nicht. Vielleicht ist ja auch schon alles verfault, oder es sind nur wertlose Geldscheine, sechzig Jahre alt, von Ländern, die es heute gar nicht mehr gibt. Vielleicht hat den Schatz auch längst schon ein anderer gehoben, vielleicht die Deutschen selbst. Vielleicht wusste ja doch noch jemand von dem Schatz.«

»Ich dachte, du warst mal ein Held, Wiktor«, unterbricht ihn Luba.

»Ja und?«

»Im Moment hörst du dich eher wie ein Jammerlappen an.«

»Ich frage mich eben manchmal, wie ich mich mit euch zwei Phantasten überhaupt auf dieses Abenteuer einlassen konnte.«

»Was schlägst du denn als Alternative vor?«, fragt Luba.

»Wir könnten das übrige Geld aufteilen und einzeln untertauchen.«

»Spitzenidee!«, scherzt Marjana.

»Nach Kiew können wir sowieso nie mehr zurück, dort macht Jurij aus mir ganz kleine dünne Bratwürstchen. Aus dir, Marjana, macht er einen Lampenschirm, und dich, Lubotschka, wird er auf den Strich schicken, bis du jeden einzelnen Euro im Liegen verdient hast, plus Zinsen und abzüglich einer überteuerten Miete für das Bett, in dem du dann die nächsten zehn Jahre die Beine breit machen musst.«

Wiktor verstummt, als die Tür aufgeht. Der Bademeister reckt den Kopf zur Tür herein: »Haben Sie eben geklingelt? Ist alles in Ordnung?«

Alle drei sehen ihn an, ohne zu verstehen, was er meint, selbst Marjana versteht nicht, warum er hier auftaucht, obwohl sie jede Vokabel, die er spricht, kennt. Als er seine Frage auf Englisch wiederholen will, unterbricht ihn Marjana, die sich zwischenzeitlich einen Reim auf sein Auftauchen gemacht hat.

»Nein, wir haben nicht geklingelt. Bei uns ist alles in Ordnung, danke.«

»Sure?«, fragt der Bademeister nach.

»Natürlich, alles paletti.«

»Und, Wiktor, ist deine Angstattacke jetzt wieder vorbei? Wenn nicht, halt einfach so lange die Luft an, bis es besser wird.« Marjana klettert eine Ebene höher und streckt sich dort aus. »Es gibt überhaupt keinen Grund zur Panik. Erstens bin ich mir absolut sicher, dass es genau diesen Schatz gibt, zu dem Alexej den Plan gezeichnet hat. Zweitens bin ich mir ziemlich sicher, dass er noch nicht gefunden worden ist, und drittens glaube ich felsenfest, dass es sich dabei um den größten Schatz handelt, der jemals von irgendjemandem zusammengetragen und gehortet worden ist.«

»Hast du selbst eigentlich nie Zweifel? Natürlich wünsch ich mir, dass wir diesen Schatz finden, und ich glaube ja auch irgendwie daran, aber ich hab auch schon Pferde vor der Apotheke kotzen sehen und weiß, dass immer irgendwas Blödes passieren kann, mit dem kein Mensch vorher gerechnet hat. Zum Beispiel, dass ein todsicheres Atomkraftwerk in die Luft fliegt. Passiert immer wieder. Außerdem: Steht auf unserer Schatzkarte etwa ›Wegweiser zum größten Schatz aller Zeiten‹? Denn das würde mich vielleicht auch vor der einen oder anderen Panikattacke bewahren.«

»Ich habe Geschichte studiert, wie oft muss ich dir das eigentlich noch erzählen? Meine Doktorarbeit habe ich über die Beuteschätze der Nazis gemacht und jahrelang in diese Richtung geforscht und recherchiert, bis die Revolutionäre alles zerdeppert haben.«

»Hör doch mit dem politischen Gequatsche auf, das halte ich nicht aus«, sagt Wiktor.

»Nein, keine Politik. Ich habe herausgefunden, dass zwischen dem, was die Nazis geplündert, gerafft und gestohlen haben, und dem, was je gefunden wurde, eine ziemlich große Differenz besteht. Der größte Nazischatz, der jemals gefunden wurde, ist im April 1945 in einem Salzbergwerk in Merkers, das liegt in Thüringen, entdeckt worden. Es waren einige hundert Tonnen Gold, das zu einem Großteil die Entdecker des Schatzes, nämlich eine Handvoll amerikanischer Soldaten, kassiert haben. Der Rest ging dann halboffiziell nach Amerika – denn eigentlich hätte es ja den Russen gehört. Es gibt Bilder von dem Salzstollen in Merkers, auf denen die Stoffsäcke, in denen die Goldbarren lagerten, fein säuberlich in Reih und Glied auf dem Stollenboden liegen. Dahinter, ebenfalls in ordentlichen Reihen, Kisten mit wertvollen Gemälden aus Berliner Museen. Das sieht aus wie auf einem dieser riesigen Soldatenfriedhöfe. Ich kann euch sagen, mir ist fast das Herz stehen geblieben, als ich diese Fotos gesehen habe. Da ist Fort Knox nichts dagegen.«

Marjana streicht sich mit beiden Händen über Brust und Bauch, dass die Schweißtropfen nur so davonspritzen. Luba und Wiktor hängen an ihren Lippen, und sie kostet die Spannung noch etwas länger aus.

»Auch im legendären Goldzug, der im Tauerntunnel von den Amerikanern beschlagnahmt wurde, waren nur einige Tonnen des Nazigoldes und Kunstschätze im Wert von ein paar Millionen Dollar. Und genauso im drittgrößten Nazischatz, der in Mattsee gefunden wurde. Das liegt alles gar nicht so weit weg von hier, in Österreich. Also, was beweist uns das?«

»Du wirst es uns gleich sagen«, meint Luba.

»Die Antwort liegt doch auf der Hand: Es ist ganz offensichtlich, dass der größte Teil des Nazischatzes immer noch unentdeckt ist! Aber wenn ich mich nicht irre, ist genau das der Grund, warum wir heute hier sind und schwitzen, und ihr tut gerade so, als würde ich heute zum ersten Mal davon erzählen.«

»Manche wollen Worte wie ›Ich liebe dich‹, andere ›Wenn du brav bist, kommst du in den Himmel‹ immer wieder hören. Ich hänge zurzeit eben sehr an dieser Geschichte«, sagt Wiktor. »Mir kommt es immer wieder so vor, als ob ich träume, wenn ich dich sagen höre: ›Es wurden nur einige hundert Tonnen Gold gefunden.‹ Tonnen! Ich bitte dich: Eine Tonne Gold kostet fünfundzwanzig Millionen Euro. Wie viel Gold müsste deiner Meinung nach in diesem Loch, zu dem uns Lubas Karte führen soll, denn liegen?«

»Also, das, was du Loch nennst, sind mehrere Schächte, von denen jeder ungefähr einen Kilometer lang ist, wenn Alexejs Karte auch nur annähernd richtig dimensioniert ist. Und ich glaube, dass sich in diesen Schächten ungefähr die Hälfte des von den Nazis gestohlenen Schatzes befindet. Ich habe in meiner Forschung dafür viele Belege gefunden, und Alexejs Karte passt genau zu meinen Ergebnissen.«

»Jetzt sag schon: Die Hälfte des Nazischatzes, wie viel soll das ganz konkret sein?«

»Also. Das Gold macht nur einen Teil, und nicht einmal den größten, des Schatzes aus. Es gibt auch noch Silber, Platin, Aktien, Anleihen, Geld, Diamanten und andere Edelsteine und natürlich Kunstschätze, Bilder.«

»Okay, okay, nehmen wir an, du hast recht. Wie viel Gold, glaubst du, ist dort?«

»Ich denke, es könnten zehntausend Tonnen sein. Und die hätten einen Wert von zweihundertfünfzig Milliarden Euro, das wären ungefähr zwanzig Prozent des Gesamtwerts. Um das Gold abtransportieren zu können, bräuchten wir vierhundert große Lkws. Ich habe das einmal ausgerechnet, damit man sich die Menge irgendwie vorstellen kann. Es sind Schätzungen, Berechnungen, beweisen kann ich das nicht.«

»Du bist ja total meschugge. Weißt du was? So viel Gold, wie du sagst, gibt es auf der ganzen Welt nicht.«

»Da irrst du dich. Zurzeit werden weltweit jedes Jahr zweitausendsechshundert Tonnen Gold gefördert. Und es gibt mehrere hunderttausend Tonnen Gold, die als Barren, Schmuck und in Kunstwerken verarbeitet sind. Aber natürlich ist das kein Pipifax, was an Gold und Werten in diesem Berg liegt. Das habe ich ja auch nicht behauptet.«

»Ich halte es nicht mehr aus«, sagt Luba. »Silber, Platin, dann wieder Gold und dann diese Hitze. Ich brauche mal eine Abkühlung, ihr nicht?«

»Okay, ich will, dass dieses Märchen wahr wird«, sagt Wiktor und dreht an einem der vielen Duschknöpfe an der Wand. Ein blau beleuchteter Wasserschwall stürzt auf ihn nieder.

»Kalt, kalt, kalt!«, schreit er.

»Falsche Entscheidung«, lacht Luba und dreht an einem ihrer Wasserhähne. Aus sechs Duschdüsen strahlen waagrecht rot beleuchtete Fontänen auf ihre nackte Haut. »Das ist mir zu warm. Lass uns die Plätze tauschen, Wiktor, ich sehne mich nach einer Abkühlung.«

»Jetzt los, los! Zum Endspurt geht's jetzt noch in die finnische Sauna«, treibt Marjana sie an.

»Wie stellst du dir eigentlich vor, dass wir das Gold abtransportieren?«, will Wiktor weiter wissen.

»Ganz einfach. In unseren Rucksäcken.«

»Du bist wirklich übergeschnappt. Da arbeiten wir ja ein Leben lang wie die Sklaven.«

»Wenn du willst, kannst du schuften wie ein Sklave. Ich werde das allerdings anders machen.«

»Und wie wirst du das machen, du Schlaubergerin?«

»Ganz einfach: Ich fahre einmal im Jahr hierher. Gehe fünfmal in den Berg und hole mir so meine fünfzig bis hundert Kilo heraus. Das sind ein bis zwei Millionen Euro, die müssen dann jeweils für ein Jahr reichen. Das nennt man nachhaltiges Wirtschaften, denn wenn ich mal gestorben bin, können meine Nichten, Neffen, eure Kinder und Kindeskinder, ohne schwere Arbeit in Saus und Braus leben. Und für den Fall, dass wir den Schatz nicht finden, habe ich auch schon einen Plan.«

»Spuck ihn aus, deinen Plan B!«, fordert Luba sie auf.

»Wenn wir den Schatz nicht finden oder nicht bergen können,

weil er verschüttet ist oder alle Ein- und Ausgänge dicht sind, dann möchte ich wenigstens die komfortabelsten Tage meines Lebens richtig genießen, bevor uns einer von Jurijs humorlosen Schergen erwischt und zu Mus macht.«

Berchtesgaden, 16. Mai 2010

»Okay, ich hab irgendwann mal das Buch ›Höhlenklettern für Dummies‹ gelesen, mindestens die Hälfte davon sofort wieder vergessen, und ihr meint, es ist eine gute Idee, wenn ich jetzt da reingehe und so tue, als wäre ich eine große Höhlenforscherin, die für ihr Team die Top-Ausrüstung kaufen will?«

»Genau, Marjana, so hab ich mir das vorgestellt. Oder sollen etwa ich oder Wiktor versuchen, ein Seil zu kaufen, bei dem sich dann dreißig Meter über dem Boden herausstellt, dass Kiewer Englisch und Berchtesgadener Englisch in Bezug auf die Bedeutung ›Sicherungsseil‹ nicht kompatibel sind?«

»Okay, dann los. Wir gehen rein, und ich mache euch die große Höhlenforscherin.«

Eispickel, Rucksäcke, Bergschuhe, Wanderkleidung, Klettergurte und andere Ausrüstungsgegenstände – der Laden scheint ein Eldorado für Bergsportler zu sein. Anoraks, Trekkinghosen, Softshell- und Goretex-Jacken hängen dicht an dicht – Mammut, Patagonia, Schöffel, Petzl, alles exklusive Marken. Der Verkaufsraum ist so vollgestellt, dass kaum Platz für eine dreiköpfige Expeditionscrew ist. An einer der Wände sind mindestens zwanzig Rollen mit verschiedenen Seilen befestigt; an Schnüren aufgehängt und in Regalen Karabiner und alle anderen Hilfsmittel für das technische Klettern.

»Griaß eich«, begrüßt der wettergegerbte sportliche Verkäufer seine drei Kunden. Mit seinen blauen Augen und dem dunklen Bart sieht er aus wie ein echter Gebirgler.

»Guten Tag«, sagt Marjana gut verständlich, trotzdem mit unverkennbarem Akzent. »Wir brauchen Ausrüstungen für ein paar Höhlenklettereien für uns drei. Können Sie uns da alles Nötige zusammenstellen?«

»Seid ihr aus Tschechien?«, will der Mann mit dem grau werdenden Bart wissen.

»Nein, aus der Ukraine.«

»Tschechen waren erst letzte Woche da, das hätt mich jetzt schon gewundert, wenn diese Woche schon wieder welche ankommen wär'n. Natürlich kann ich euch was z'sammenstellen. Ich muss halt wissen, was es kosten darf. Und passen und g'fallen soll es euch dann natürlich auch noch. Was braucht ihr denn alles?«

»Alles. Einfach alles, außer vielleicht Unterhosen, obwohl, eigentlich sogar die.«

»Alles? Seil, Kletterkarabiner, Rucksack, Steigklemmen, Achter, Stiefel, Leuchten, Hosen, Jacken?«

»Genau. Tun Sie einfach so, als würden Sie mit uns in eine Höhle losgehen, und alles, was Sie dafür zusammengestellt haben, kaufen wir Ihnen ab. Dreimal.«

»Ihr wisst aber schon, was des kost?«

»Wir wollen gutes, sicheres Material. Denn zum Sparen sind wir nicht hergekommen.«

»Gut, dann hamma des a geklärt.«

Marjana sagt im Aufbrechen: »Wir kommen dann so in einer Stunde wieder und holen die Sachen ab.«

»Gleich darfst gehen, jetzt möcht i nur noch wissen, in welche Höhle ihr einfahren wollt.«

»Warum?«

»Ja, ich muss doch wissen, ob's eine nasse Höhle ist, mit einem See oder einem Wasserfall, wo ihr durchmüsst. Ob's eine Schachthöhle ist oder eine, in der ihr fünfhundert Meter kriechen müsst. Am einfachsten, ihr sagt mir, wie die Höhle heißt, dann kann ich euch das richtige Zeug z'sammpacken.«

Marjana ist auf diese Frage nicht vorbereitet. Sie dachte, Höhle ist Höhle, und mehr muss sie nicht sagen.

Sie bespricht sich auf Russisch mit Wiktor, und offenbar schnappt der Verkäufer den Begriff »Göll« auf.

»Wollt ihr auf den Göll? Vielleicht in die Umgäng-Höhlen?«

»Ja, genau«, sagt Marjana.

»Na, dann hammas ja scho. Die Göll-Höhlen san ned nass. Da braucht ihr keinen Neoprenanzug. Einen Overall mit Kapuze würd ich euch trotzdem empfehlen. Zumindest zusätzlich zum normalen G'wand, das ihr zum Aufsteigen braucht.«

Marjana nickt.

»So, und jetzt probiert ihr noch von dem Ständer mit den Trekkinghosen eine Hose, Jacke und ein Hemd oder eine Bluse, die euch passt, damit ich eure Größen hab, und Bergschuhe probier ma a glei no. Dann lasst's mich eine Stunde lang z'samm'packen, und dann könnt's wiederkommen und wir gehn die Sachen gemeinsam durch. Übrigens, wenn ihr einen Führer für die Höhle braucht, dann kann ich euch den Dachsgruber Bertl empfehlen. Ruft ihn einfach an und fragt halt, ob er Zeit hat.«

»Er hat garantiert gemerkt, dass wir nicht die geringste Ahnung vom Klettern haben«, sagt Marjana, als sie hinaus auf die Straße treten.

»Na und?«, erwidert Wiktor. »Für den ist wichtig, dass er von uns die Kohle bekommt, sonst nichts.«

Auf dem Weg zum Café, in dem sie darauf warten wollen, dass der Verkäufer alles zusammengestellt hat, kommen sie an einem Souvenirladen vorbei. Marjana sieht sich bei den Spirituosen um.

»Du brauchst keinen Schnaps und keine Zigaretten mehr.« Wiktor schiebt sie weiter. »Wie willst du denn sonst mit uns die Berge raufklettern?«

»Erstens will ich nicht, ich muss. Und zweitens ist das gar kein Problem. Ich geh da einfach rauf, und basta. Mit dir Frührentner halte ich allemal mit, und Luba ist auch nur schnell, wenn sie auf ihrem Motorrad hockt.«

Von der Café-Terrasse sieht man hinunter auf den Fluss und zum Bahnhof. Die Berge umzingeln den Ort regelrecht und sperren ihn nach Süden hin ab.

»Ein Pils, einen Espresso und zwei Cappuccino«, bestellt Marjana.

»Schau dir diesen Wahnsinnsberg an«, sagt Luba. »Ich hatte nie groß etwas für die Berge übrig. Es waren immer eher die mächtigen Flüsse, die Ebenen und die weiten Wälder, die mich fasziniert haben. Jetzt weiß ich, warum das so war. Ich kannte die Berge nicht, nicht diese Berge.«

»Ach komm, Luba, werd jetzt bloß nicht sentimental. Dich interessieren doch diese Berge überhaupt nicht. Du denkst nur an die Straßen mit ihren tausend Kurven und wie du dich in die Kurven legen müsstest, wenn du dich auf deinem Bock durch sie hindurchschlängelst, so tief, dass die Fußraster auf dem Asphalt aufsetzen und Funken sprühen«, neckt Wiktor sie.

»Nein, mir gefallen diese Berge wirklich. Der Watzmann ist einfach der Wahnsinn, und ich würde nie in diese Ruhe mit meinem

Motorrad einbrechen wollen. Ich bin doch keine Barbarin, was denkst du denn von mir?«

»Na, dass du eine Barbarin bist. Und die Stille wär dir scheißegal, das weiß ich«, sagt Wiktor.

Als sie zum Sportgeschäft zurückkommen, stehen in der Mitte des Verkaufsraums drei gepackte Rucksäcke; am Boden jede Menge Seile, ein Bund Karabiner, Lampen und Zeug, von dem weder Luba noch Wiktor oder Marjana wissen, wofür es gut sein soll. Am meisten Ahnung hat noch Wiktor. Er hilft Luba beim Anlegen des Komplettgurts. Marjana versucht, es nachzumachen, und scheitert kläglich.

»Wenn du dich aufhängen möchst mit dem Gurt, dann machst du des scho ganz richtig. Aber das wär mir jetzt auch ned recht, denn dann würd's heißen, des, womit sich die Russin aufgehängt hat, des hat ihr der Reitberger verkauft, und des würd kein gutes Licht auf mich werfen.«

»Ukrainerin.«

»Was meinst?«

»Ukrainerin. Die Leute würden sagen: ›Womit sich die Ukrainerin aufgehängt hat.‹«

»Ich glaub, da täuschst du dich. So genau sind die Leut bei uns nicht. Die würden einfach Russen sagen, denn da weiß jeder, was g'meint ist. Beim Ukrainer ist das so eine Sache, da weiß man eigentlich nicht so genau, woran man ist. Ich vielleicht schon, aber die meisten Leut nicht.«

Der bärtige Verkäufer tritt zu Marjana. »Darf ich?« Ohne eine Antwort abzuwarten, zieht er ihre Beinschlaufen so straff, dass sie schmerzhaft im Schritt einschneiden. Erst als er zu ihrem gequälten Gesicht hochsieht, lockert er sie wieder ein wenig. Auch mit dem Brustgurt hat er keine Berührungsängste und richtet alles so ein, wie es nötig ist, um in der Mitte das Seil einfädeln und mit einem Achter verknoten zu können.

»So«, sagt er, »hast du dir gemerkt, wie ich es gemacht hab?«

»Na ja, ungefähr schon, glaube ich«, sagt Marjana.

»Das ist schlecht. Denn wenn ihr nur so ungefähr wieder aus der Höhle herauskommt, dann wird das nix. Mich geht's ja eigentlich nichts an, aber ehrlich g'sagt hab ich das Gefühl, dass ihr überhaupt keine Ahnung vom Klettern und schon gar nicht vom Höhlenklettern habt. Am Geld fehlt's ja anscheinend nicht. Darum würd ich sagen, macht's mit dem Bertl was aus, steigt's mit ihm zwei, drei Tage durch ein paar Höhlen, dann wisst's ihr zumindest das Wichtigste.«

»Alleine wären wir sowieso nie in eine Höhle eingestiegen«, versichert ihm Mariana. »Und wenn Sie sagen, dass der Herr …«

»Da Bertl. In den Bergen gibt's koan Herrn Dachsgruber. Nur an Bertl aus da Schönau.«

»Ja also wenn der Bertl so ein guter Kletterer und Bergführer ist, dann klettern wir eben ein paar Tage mit ihm, wenn er für uns Zeit hat.«

Berchtesgaden, 17. Mai 2010

Den großen Parkplatz am Königssee teilen sich die Touristen, die mit dem Elektroboot nach St. Bartholomä fahren – und das sind fünfhundertfünfzigtausend pro Jahr – und die Wanderer, die mit der Seilbahn eintausendzweihundert Meter hinauf auf die Bergstation der Jennerbahn fahren.

Die Talstation sieht aus wie eine große Pension aus den frühen fünfziger Jahren, nur dass auf der Bergseite zwei Seile nach draußen gehen und über zahlreiche Stahlmasten auf den Berg hinaufgeführt werden. Alle fünfzig Sekunden rattert eine der betagten Silbergondeln, in der maximal zwei Personen Platz finden, auf das Seil und dann nach oben.

Wiktor kauft die Fahrkarten, und sie reihen sich vollbepackt mit Rucksack, Seilen und Karabinern in die Schlange ein, die im Zickzack zum Drehkreuz führt, das man vor dem Einstieg in die Gondel passieren muss.

Wiktor und Luba nehmen die erste Gondel und winken Marjana zu, die auf die nächste wartet.

»Ist hier schon einmal etwas passiert?«, fragt Marjana den Angestellten in der dunkelblauen Strickjacke, der die Gondel mit einer Hand festhält, damit sie einsteigen kann.

»Hier passiert ständig was, aber jetzt steigen S' ein, die Leute hinter Ihnen wollen ja auch noch den Berg nauf.«

»Wenn hier ständig was passiert, steige ich nicht ein.«

»Dann gehn S' bitte auf die Seite und lassen S' die Leut hinter Ihnen schon einmal einsteigen.«

»Wie meinen Sie denn das, dass hier ständig was passiert?«

»Na, dass halt immer wieder einer den Berg runterfällt, sich den Arm bricht oder einen Knöchel verstaucht. Dass ein Paraglider sich verfliegt und in einer Baumkrone landet. Solche Sachen. In der Bahn selbst passiert Ihnen gar nichts. Da sind Sie vollkommen sicher. Und mit Kletterseil, Karabiner und Expeditionsrucksack ist sowieso noch keiner aus der Gondel rausg'fallen. In fast sechzig Jahren ist noch nie der geringste Unfall passiert in dieser Bahn.«

»Was? So alt ist die schon?«

»Ja, aber tiptop in Schuss! Da könnten wir uns direkt eine Scheibe abschneiden. Wir sind ja auch nimmer die Jüngsten, gell?« Er zwinkert Marjana schelmisch zu.

»Sie …«, setzt sie an, aber so schnell fällt ihr kein passendes Schimpfwort auf Deutsch ein.

»Wenn Sie oben nicht Ihre Ausrüstung ausprobieren wollen und schön in der Nähe der Bahn bleiben, dann passiert Ihnen auch nichts. Aber jetzt lassen S' bittschön die Leute einsteigen, die brauchen nämlich nicht so lang überlegen, die fahrn einfach nauf.«

»Also gut, dann steig ich jetzt auch ein.«

»Prima! Sehr gut machen S' das. Wenn Sie jetzt noch die Knie anziehen, dann tut's nicht einmal weh, wenn die Türen automatisch schließen. Ja, so ist's recht.«

Marjana sitzt allein in der Gondel. Den Bertl, ihren Bergführer, werden sie oben in der Bergstation treffen.

Die Gondel bleibt noch einmal stehen, pendelt leicht, bevor sie mit einem Ruck endgültig losfährt, beschleunigt und in das Laufseil einkuppelt. Vom Start bis zum Einkuppeln dauert es nur ungefähr fünf Sekunden, aber Marjana wittert bereits Gefahr und schreit erschrocken auf. Der Angestellte erschrickt ebenfalls, ist aber gleich wieder beruhigt, als er sieht, dass es nur die hysterische Russin ist, die da ohne Anlass herumkreischt. Kein Grund, den Notausschalter zu betätigen.

Die Fahrt dauert zwanzig Minuten, und Marjana klammert sich an die Sitzbank, als ersetze sie ihr den fehlenden festen Boden unter den Füßen. Sie hat gar nicht gewusst, dass ihr die Höhe Probleme macht. Beim ersten holprigen Passieren eines Stützmasten verliert sie fast die Nerven. Sie zwingt sich hinauszuschauen, und es hilft.

Unter sich erkennt sie den großen Parkplatz, dann das vordere Stück des grünen Bergsees und dahinter, einen Wiesenhang herabstürzend, den Eiskanal der Bobbahn. Das Dorf Königssee unter ihr besteht aus frei stehenden, gepflegten bäuerlichen Anwesen aus Stein und Holz; an den geschnitzten Balkonen hängen üppig befüllte Geranienkästen. Gepflasterte Einfahrten führen zu gediegenen Doppelgaragen. Alles ist so sauber, dass sie befürchtet, ein aus dem geöffneten Fenster der Gondel geworfenes Kaugummipapier könnte eine Verfolgung durch einen Polizeihubschrauber hervorrufen.

Die Wiesen sind saftig, die Wälder dicht, die Berge rundherum sehen aus wie blank geputzt. Der mächtigste Bergkoloss ist der Watzmann, den erkennt sie inzwischen sicher. Seine tausendachthundert Meter hohe Ostwand sieht aus, als habe jemand Kalkblöcke aufeinandergesteckt wie Legosteine.

Das Erreichen und ruckelige Durchfahren der Mittelstation ist noch einmal ein kritischer Punkt, aber Marjana reißt sich zusammen und bemüht sich sogar, ein freundliches Gesicht zu machen, als ein Helfer ihre Gondel in die Gipfelbahn bugsiert.

Als sie in der Bergstation ankommt, ist Marjana durchgeschwitzt und bleibt wie gelähmt sitzen, nachdem die Tür aufgesprungen ist. Erst als ihr jemand zuruft: »Jetzt sollten S' aber langsam ans Aussteigen denken, sonst geht's wieder runter, und passen S' auf, dass mit dem Seil nirgends hängen bleib'n«, springt sie aus der Gondel.

Wiktor und Luba stehen schon mit Bertl am Ausgang.

»Was war denn los? Ich dachte, du warst direkt hinter uns, wieso kommst du erst jetzt?«, fragt Luba.

»Ach, da gab's irgendwelche Probleme mit meinem Ticket. Müssen wir jetzt hier raus- und von der Station weggehen?«

»Eigentlich schon«, sagt Bertl, »weißt, von der Bergstation gibt's halt keinen direkten Zugang zur Höhle. Da hinauf gibt es keine Seilbahn.«

Marjana starrt ihn an.

»Ach geh«, sagt der Bergführer, »war doch nur ein Scherz. Jetzt schau nicht so g'schreckt. Ich würd vorschlagen, wir gehen jetzt einfach los, seid's einverstanden?«

Er marschiert voran, die drei stapfen hinter ihm her. Breit wie ein Bürgersteig führt der Weg vom Jenner hinüber zum Stahlhaus. Zuerst geht es hundert Meter bergab, dann steigt der Weg wieder leicht an. Nach vierzig Minuten sind sie am Stahlhaus. Es empfängt sie ein irischer Setter, der die Kühe auf der Weide anbellt. Mitten durch die Kuhweide hindurch verläuft die Staatsgrenze, markiert durch zwei Schilder mit dem bayerischen und dem österreichischen Staatswappen.

»So, jetzt geht's auf«, sagt Bertl. »Da müssen wir rauf.« Er zeigt auf die Felswand, die hinter der mit Holzschindeln bedeckten Berghütte aufragt.

»Wir machen jetzt erst einmal Pause«, sagt Marjana. »Wir sind ja nicht hier, um den Herzsekundentod zu sterben. Ich brauche erst mal eine Stärkung, sonst falle ich um.« Sie setzt sich an einen der Tische auf der Terrasse, nimmt einen Schluck aus einem Zinnflachmann, den sie im Souvenirgeschäft in Berchtesgaden gekauft hat, zündet sich eine Zigarette an und bestellt beim Hüttenwirt einen Cappuccino.

»Wollt ihr nichts?«, fragt sie die anderen.

Bertl starrt sie fassungslos an. Luba sagt: »Mensch, Marjana, wir müssen noch ein ganzes Stück weiter.«

»Das fängt ja gut an«, brummt Wiktor.

»Finde ich auch«, sagt Marjana. »Wir können es uns doch leisten. Wir gehen gleich ganz gemütlich auf diesen Berg hinauf, seilen uns ein bisschen ab und kommen dann wieder zurück. Und wenn wir heute nicht mehr als zwei Meter Seil schaffen, dann ist das eben so. Dann lernen wir wenigstens, wie wir die richtigen Knoten machen oder so.«

»Du hast sie doch nicht mehr alle«, sagt Wiktor. »Wer weiß, wer schon alles hinter uns her ist, und du tust so, als hätten wir bis zum ersten Schneefall Zeit, die richtige Höhle zu finden. Trink aus, bezahl und mach dich auf die Socken, bevor ich handgreiflich werde.«

Hinter der Hütte geht es drei- bis vierhundert Höhenmeter ziemlich steil bergauf. In zwei Stunden ist man normalerweise oben am Hohen Brett, doch Marjana bleibt alle dreißig Meter stehen, fragt wie ein quengelndes Kind: »Wie lange dauert es noch, bis wir oben sind?«, hustet und schleppt sich dann weiter. Ihr T-Shirt ist durchgeschwitzt, Gesicht und Haare sind nass.

Irgendwann sagt Bertl zu ihr: »Komm, gib mir deinen Rucksack«, und von da an geht es etwas schneller.

Der Pfad führt steil nach oben, Schmelzwasser fließt in kleinen Rinnsalen mal über den Weg, mal daran vorbei nach unten. Fahles, von der Schneelast des Winters platt gedrücktes Gras hängt in einzelnen Büscheln auf den Bergpfad, aus dem immer wieder kleine Felskuppen wachsen. Ohne Kletterei geht es bergauf, einer hinter dem anderen zieht die Karawane hinauf. Den Kopf gesenkt, das Blickfeld auf den nächsten Schritt gerichtet. Schmatzende Geräusche begleiten die Tritte, wenn das tiefe Profil der schweren Bergstiefel sein Muster in das Erdreich drückt.

Wenn die Zunge eines Schneerests bis in den Weg hineinreicht, vermischt sich kristalliner weißlicher Firn mit dem schmutzigen Braun der aufgeweichten Erde zu marmorierten Profilskulpturen, die nur darauf warten, dass sie vom nächsten Stiefel niedergetreten und umgeformt werden und neu gestaltet wieder entstehen. Was unten im Tal als warmes Frühlingslüftchen weht, zieht hier oben als kalter Wind durch die Kleider und ist bis in die Knochen zu spüren, wenn man stehen bleibt. Beim Steigen aber wird jedem so warm, dass der Schweiß sich auf der Stirn sammelt und zu Boden tropft.

Die Felsabbrüche sind genügend weit entfernt, sodass nicht einmal Marjana sie als Bedrohung wahrnimmt und tapfer mit den anderen mithält und einen Schritt vor den anderen setzt. Nach einer guten Stunde ist das Jagerkreuz erreicht, und es gibt eine kleine Verschnaufpause. Der Weg zum Gipfel ist nun nicht mehr schlimm, weder steil noch schwierig. Es geht auf der Flanke des Berges dahin, die Dreihundertsechzig-Grad-Aussicht ist phantastisch, der Himmel wolkenlos blau.

Zweitausenddreihunderteinundvierzig Meter sind mit dem Gipfelkreuz erreicht, und die Wanderer sind stolz auf sich. Die Freude, den Gipfelaufstieg geschafft zu haben, erfüllt jeden, das Tal ist ganz weit unten, für ein paar Stunden ist man in einer anderen Welt.

Beim Übergang vom Hohen Brett zum Göll gibt es eine kleine Kletterei, fünf Meter senkrecht, nicht spektakulär, die Stelle ist sogar mit einem Seil gesichert. Einzig am Ende wartet eine Stelle mit einem nur dreißig Zentimeter breiten Absatz, den man überqueren muss. Würde man ihn verfehlen, ginge es zweihundert Meter im freien Fall bergab, trotzdem ist es der einfachste Weg hinüber zum Göll.

Als Marjana die Stelle sieht, verliert sie ihren Gleichmut in Sekundenschnelle. Sie setzt sich an einer trockenen Stelle auf den Boden und bockt: »Ohne mich! Das hat mir niemand gesagt, dass wir hier direkt am Felsen, nein, hier gehe ich nicht weiter. Macht, was ihr wollt, aber ich rühre mich hier nicht weg.«

»Komm, das ist doch nichts«, sagt Wiktor. »Das dauert eine Minute, dann sind wir hier durch.«

»Ist mir egal, wie lange das dauert. Für mich dauert das gar nicht, ich geh hier nämlich nicht weiter.«

»Und wie willst du dann in die Höhle kommen?«, fragt Luba.

»Vielleicht morgen, von der anderen Seite. Ich weiß es noch nicht.«

»Von der anderen Seite ist es weiter«, sagt der Bergführer, »und auch nicht leichter. Jetzt komm her, Madl, das schaffen wir schon.«

Er holt den Klettergurt aus ihrem Rucksack und legt ihn Marjana an. Und sie bewegt sich. Die paar Schritte bis zum senkrechten Abgrund geht sie in halb gebückter Haltung und hält sich mit verkrampften Fingern am Sicherungsseil fest. Bertl zeigt ihr, wie sie die Rinne im Fels nutzen kann, um ohne Schwierigkeiten nach unten zu steigen, das Gesicht zum Fels gewandt und mit den Händen in festen Griffen gesichert.

»So, und jetzt du, das schaffst du leicht«, feuert Bertl sie an.

»Jetzt häng dich erst mal ein«, jammert Marjana, »sonst hab ich ja nichts davon, dass du mich sicherst, wenn du genau wie ich den Berg hinunterpurzelst.«

Der Ausblick hinunter ins frühlingsgrüne, tief unter ihnen liegende Bluntautal entgeht ihr völlig, aber sie fühlt nach dem Durchstieg der Schlüsselstelle zum ersten Mal das erhebende Gefühl, eine Passage gemeistert zu haben, die eigentlich unüberwindbar schien.

Die nächste Stunde marschiert Marjana mit mehr Körperspannung, mehr Sicherheit und vor allem mit mehr Lust an der Anstrengung. Obwohl der Pfad über Stein- und Geröllhalden führt, ist er leicht zu erkennen, denn die vielen Wanderer vor ihnen haben eine speckige Spur hinterlassen und mit der Zeit alle Stolpersteine aus dem Weg geräumt. Immer wieder sind Schneefelder zu überqueren, von denen keiner weiß, wie tief die Senken sind, die sie bedecken. Eine schmutzig braune Linie zieht sich durch den weißen Schnee bis zu einem Felsufer, das man durch einen kleinen Sprung über den Spalt zwischen Stein und Schnee erreicht. Die Tiefe des Spalts kann man nur erahnen.

Bertl legt den Finger auf den Mund und deutet in die Richtung, in der der Watzmann seinen Gipfelgrat präsentiert. Eine Gamsherde hält dort, keine fünfzig Meter von ihnen entfernt, gerade Mittagsruhe. Etwa zwanzig Tiere liegen auf einer Schneefläche und dem sie umgebenden Fels und genießen offenbar die Kühlung von unten. Sie beachten das Trio mit seinem Bergführer nicht.

»So, wir sind da, an unserem ersten Einstieg. Jetzt geht's ans Abseilen«, sagt Bertl schließlich. »Jeder zieht sich jetzt den Klettergurt an, dann üben wir das Sichern.« Er fixiert sein Seil an einer fest installierten Bohrlasche. »Wenn schon eine Bohrlasche da ist, nimmt man natürlich die zum Sichern, man muss halt vorher ein bisschen schaun. Aber natürlich prüfen, ob sie hält, bevor ihr euer Leben dranhängt.«

Das Einlegen des Seils in den Abseilachter und den Petzl Grigri gehört nicht zum Spannendsten, was es zu erfahren gibt, doch Bertl besteht auf Üben, Üben und nochmals Üben, und erst als sie alle drei diese Abseilhilfen blind bedienen können, geht es gut gesichert hinunter zum Höhleneinstieg. Für normale Wanderer leicht zu übersehen, liegt er in einer von zwei Gesteinsblöcken verstellten Nische in einer Felswand. Die Rucksäcke deponieren sie vor dem Einstieg. Nur etwa einen halben Meter ist der Zugang breit und circa eineinhalb Meter hoch.

»Jetzt die Arschbacken zusammengekniffen«, raunzt Wiktor.

»Stirnlampen anschalten«, rät Bertl, »iatzt werd's richtig duster.«

Verona, 20. Mai 2010

Seine Mutter hat ein Faible für die Restaurants in der Altstadt. Gehobene Gastronomie. Dort, wo die Touristen zum Glück normalerweise nicht hinkommen, weil die Speisekarte nur auf Italienisch aushängt und auch die Preise darauf schließen lassen, dass es sich nicht um einen Schnellimbiss handelt. Das »Ristorante 12 Apostoli« weiß, was es seinen Stammgästen schuldig ist, und sie bedanken sich mit ewiger Treue dafür. Um eins ist er mit seiner Mutter dort verabredet.

Luigi ist ein bisschen spät dran, und jetzt muss er sich auch noch über die Piazza delle Erbe durch Gruppen von Busreisenden kämpfen, die vom Dom kommen, sich über die Piazza zur Via Cappello voranarbeiten, angeführt von ihren Reiseleitern, die wahlweise ein rotes Käppi oder einen bunten Strohhut tragen oder mit einem roten Knirps in der Luft herumfuchteln, damit sie ihre Schäfchen im Getümmel nicht verlieren. Luigi drückt sich eng an den Fassaden der mittelalterlichen Palazzi und Wohnhäuser entlang, denn zwischen den Marktständen, am Brunnen und um die Marmorsäule mit dem venezianischen Löwen herum gibt es überhaupt kein Vorwärtskommen.

In der Via Cappello, wo das Haus mit dem angeblichen Balkon der Giulietta steht, ist das Gedränge noch schlimmer. Liebende aus der ganzen Welt haben Briefchen mit ihren Wünschen und Sehnsüchten an die Fassade des Hauses geklebt, das erst im vorigen Jahrhundert seinen berühmten Balkon angebaut bekam, damit die Verona-Touristen tatsächlich den Ort finden können, an dem Romeo schmachtete.

Luigi ist es gelungen, von der Piazza in die Via Pellicciai zu gelangen. Er will eben in das kleine Gässchen einbiegen, in dem das »Ristorante 12 Apostoli« liegt, als ihn jemand von hinten packt, mit einem für einen Taschendieb erstaunlich kräftigen und entschlossenen Griff. Während er ihm mit einer Hand den Mund zuhält, dreht er ihn mit der anderen zu sich und versetzt ihm einen Schlag in die Magengrube, der Luigi in die Knie gehen lässt. Das Mund-Zuhalten wäre gar nicht nötig gewesen, denn er bricht schneller zusammen, als er auch nur einen Seufzer ausstoßen kann.

Als Luigi nach einigen Sekunden – oder waren es Minuten, Stunden? – wieder zu sich kommt, hat der Fremde ihn untergehakt und schleift ihn halb aufrecht, wie einen Betrunkenen, durch die Gasse. Er redet in einer fremden Sprache auf ihn ein, für Luigi hört es sich an wie Russisch. Ihm ist so schlecht, dass er nicht antworten, nicht sagen kann, dass er kein Wort versteht. Er weiß nicht, was hier vor sich geht. Nicht einmal Angst hat er, nur brutale Bauchschmerzen. Die Übelkeit benebelt ihm die Sinne. Aus den Augenwinkeln sieht er plötzlich einen Ort, den er kennt: das »Ristorante 12 Apostoli«. Da, am Fensterplatz, eine Frau. Sie starrt ihn an, Angst und Entsetzen im Blick. Wer ist diese Frau? Luigi kommt im Moment nicht drauf, weiß nur, dass er sie kennt. Der Mann schleift ihn weiter und redet ununterbrochen auf ihn ein. Er ist groß und muss sehr stark sein, denn Luigi lässt sich mitschleifen, kann keinen eigenen Schritt tun. Und er muss Boxer oder so etwas sein. Berufsschläger, dass er einen Menschen mit einem Schlag derartig lahmlegen kann.

Luigi hat keine Ahnung, wohin der Mann ihn schleppt. Und warum. Die Brieftasche hätte er ihm in den ersten Sekunden abnehmen können. Das Handy auch. Mehr hat er nicht bei sich. Was will dieser Kerl von ihm?

Der erste Schwall Kotze ergießt sich mit enormem Schwung und in hohem Bogen, bevor er auf das Pflaster klatscht. Der Mann raunzt ihm ein Schimpfwort oder einen Fluch zu, so viel meint Luigi zu verstehen, und zieht ihn am Erbrochenen vorbei.

Der zweite Schwall hat nicht mehr so viel Energie und sabbert direkt von der Unterlippe auf sein royalblaues Poloshirt. Luigi riecht die Galle, die da aus seinem Körper quillt, und spürt eine weitere Welle von Übelkeit. Erneuter Brechreiz würgt ihn, aber der Magen gibt nichts mehr her.

Sie sind am Ende einer Sackgasse angekommen. Der Mann stößt ihn in einen Hauseingang, der zu einem dunklen Innenhof führt. Dort presst er ihn gegen eine Mauer und durchsucht ihn. Nimmt ihm die Brieftasche ab. Na endlich, denkt Luigi und hofft, dass es bald vorbei ist.

»Luigi Balena«, liest der Mann laut von seinem Personalausweis ab.

Luigi nickt wortlos, das Sprechen fällt ihm schwer. Dann zieht der Mann ihm das Handy aus der Hosentasche, klickt sich durch ein paar Auswahlmenüs, hält das Telefon schließlich ans Ohr und redet mit jemandem. Luigi ist sich jetzt sicher, dass er Russisch spricht. Der Mann beendet das Gespräch und versenkt Luigis Handy in seiner Brusttasche.

Er fragt ihn auf Italienisch, wenn auch mir schwerem slawischen Akzent, woher er das *cellulare* habe.

Kann es tatsächlich sein, dass dieser Überfall etwas mit seinem iPhone zu tun hat? Luigis Hirn fängt wieder an zu arbeiten.

Der Mann lässt ihn los und zündet sich eine Zigarette an. Luigi sinkt zu Boden und bleibt, mit dem Rücken an die Hausmauer gelehnt, sitzen. Der Fremde wartet auf eine Antwort. Ein grobschlächtiger Bursche; der Schädel mit dem kurzen blonden Haar ist wie ein grob behauener Block Granit, nein, Erz. Luigi versucht, sich zu erinnern.

»Germania«, sagt er, und die Zunge liegt ihm schwer im Mund und scheint sich nur ungern zu bewegen. »*Stazione*, Bahnhof Rosenheim«, fährt er langsam fort. *»Treno Verona. Cento Euro.«*

»Von wem hast du es?«, fragt der Schläger.

»Von einer Frau.«

»Wie sah sie aus?«

»Wie meine *mamma.*«

»War sie allein?«

»Das weiß ich nicht. Es waren noch andere Leute auf dem Bahnsteig.« Luigi dreht den Kopf von seinem verkotzten T-Shirt weg. Der Geruch löst neue Übelkeit aus.

»Wohin ist sie gefahren?«

»Ich weiß es nicht«, sagt Luigi.

»Denk nach!« Der Mann kickt ihm die Spitze seiner zwiegenähten Budapester in die Leiste.

Luigi stöhnt auf und schließt die Augen. Die Frau steht wieder vor ihm und redet auf ihn ein. Sie hat einen großen Mund mit vielen Zähnen und zweifarbiges Haar, grau und schwarz. Sie spricht Deutsch. *»Lago Del Re«,* bringt er heraus, »Königssee.«

Er ist sich nicht sicher, ob sein Peiniger es verstanden hat, und krümmt sich vorsichtshalber zusammen, um seine Weichteile zu schützen. Aber der Russe scheint sein Genuschel verstanden zu haben. Oder doch nicht? Luigi beobachtet aus zusammengekniffenen

Augen, wie der Mann seine Kippe in den Innenhof schnippt und einen Schritt auf ihn zumacht. Er holt mit der Faust aus.

Luigi schließt die Augen und erwartet den Schlag.

»Bist du ganz sicher?«, knurrt der Mann.

Luigi nickt und riskiert es, ein Auge wieder aufzumachen.

»Noch etwas, was du mir erzählen kannst?«, fragt der Koloss über ihm drohend.

Luigi schüttelt den Kopf, und der Mann dreht sich um und ist nach wenigen Schritten um eine Hausecke verschwunden. Luigi befühlt seine brennende Leiste und hält sich dann den Kopf mit beiden Händen. Nein, er hat diesen Zusammenstoß nicht geträumt, und er ist ihm passiert, keinem anderen. Er ist Luigi Balena, Student in Verona, und eigentlich wollte er mit seiner Mutter zu Mittag essen. Zu den »12 Aposteln«, ein wirklich feines Lokal.

Berchtesgaden, 20. Mai 2010

Schlüsselstellen nennt man beim Klettern die schwierigsten Stellen einer Route, die Crux, die den Schwierigkeitsgrad der ganzen Route, so leicht sie auch sonst sein mag, bestimmt. An der Schlüsselstelle geht es an die persönlichen Grenzen und für manchen darüber hinaus. Kann sie nicht überwunden werden, dann ist die Schlüsselstelle zugleich Schlusspunkt. Wird sie trotz oder gerade wegen der grenzwertigen Empfindung überwunden, dann bedeutet das einen persönlichen Triumph für den Kletterer, und die Schlüsselstelle wird zum Meilenstein.

»Und wie soll ich jetzt da rüberkommen?« Marjana steht wieder an derselben Schlüsselstelle, an der ihr die letzten Tage Bertl beim Abseiltraining den Gurt angelegt und sie am Seil hinübergeführt hat. Mit dem Unterschied, dass sie dieses Mal allein sind, ohne den erfahrenen Bergführer, dem es selbst gelungen wäre, ein Kamel über die Stelle zu führen.

»Du bist mittlerweile schon ganz andere Strecken geklettert, das sind doch jetzt nur noch Peanuts für dich«, redet Wiktor ihr zu.

Marjana geht bis zum Fels, hält sich an der Sicherung fest und setzt sich hin. »Nein, das ist etwas ganz anderes. Das Abseilen ist eigentlich nicht schwer. Und in einer Höhle ist es dunkel, da kann ich nicht sehen, wie weit es runtergeht. Aber hier? Wir müssen Bertl anrufen.«

»Das meinst du jetzt aber nicht ernst, oder?« Luba sieht sie fassungslos an. »Abgesehen davon, dass Bertl wahrscheinlich gerade eine andere hysterische Ziege an der Backe hat, warten wir hier doch nicht zwei Stunden, bis er herkommt, dich fünf Minuten an die Leine legt und dann wieder zurückmarschiert. Wiktor, du legst ihr jetzt den Gurt an, nimmst sie am Seil, und aus die Maus. Wir sind doch hier nicht im Kindergarten.«

»Nein, das geht nicht. Wiktor hat ja selbst keine Ahnung. Gestern hat er beim Abseilen nicht mal einen Achterknoten geschafft. Wenn Bertl nicht im letzten Moment gesehen hätte, dass er nur eine Laufmasche geknotet hat, dann wäre Wiktor den Schacht hinuntergesegelt wie eine Sojus-Kapsel ohne Fallschirm und Hitzeschild.«

»Erstens heißt das Luft- und nicht Laufmasche, und zweitens weiß ich jetzt ganz genau, wie dieser Knoten funktioniert. Also, hopp!«

Eine Stunde später stehen sie am Einstieg zu einer Trichterhöhle. Luba hält die Karte in der Hand.

»Ich glaube, das ist der Trichter, der auf unserem Plan eingezeichnet ist. Wir müssen hier hinuntersteigen, dann ein paar Meter nach rechts, und dann müsste der eigentliche Eingang zur Höhle kommen.«

»Nein, das kann nicht sein.« Wiktor sieht ihr über die Schulter. »Schau die Karte mal richtig an. Alexej hat Eis am Eingang eingezeichnet, und hier ist nirgendwo Eis. Ich glaube, wir müssen noch weiter nach Westen.«

»Ach, du wieder. Oberschlau und maximal bergerfahren. Noch nie etwas von Klimakatastrophe und Gletscherschwund gehört?«, fragt Luba. »Das Eis gibt es einfach nicht mehr. Vor fünfundsechzig Jahren war da vielleicht noch ein Eispanzer, aber jetzt ist er eben weggeschmolzen. Außerdem war Alexej sechs Wochen früher dran als wir. Wir haben jetzt Ende Mai. Ich glaube, wenn hier wirklich so dickes Eis wie auf der Karte eingezeichnet liegen würde, dann wären wir falsch. Hier sind wir richtig, um nicht zu sagen goldrichtig.«

»Ich würde sagen, wir gehen jetzt einfach rein«, entscheidet Marjana die Sache. »Wenn es dort wirklich eine Höhle gibt, dann gehen wir weiter. Wenn nicht, wandern wir zum nächsten Trichter.«

Sie steigen in den Trichter ein und stoßen auf einen schmalen Pfad, auf dem sie weitergehen. Nach zwanzig Metern sagt Luba: »Die Höhle müsste längst da sein. Ich finde, wir sollten keine weitere Zeit verschwenden und umkehren.«

»Zwanzig Meter gehen wir noch«, sagt Marjana.

»Hier!« Wiktor entdeckt eine schmale Öffnung ins Felsinnere.

»Leuchte mal rein.« Luba drückt ihm ihre Taschenlampe in die Hand. Der Lichtkegel leuchtet einen fast runden Hohlraum von zwei, drei Metern Durchmesser aus. Nach unten ist er offen. Sie kriechen an den Rand der Öffnung, leuchten hinunter in einen nicht allzu tiefen Schacht. Wie es von dort aus weitergeht und ob es überhaupt weitergeht, ist von oben nicht zu erkennen.

»Halt bloß die Taschenlampe fest«, sagt Marjana. »Sie ist das Wertvollste, was wir hier haben. Ohne genügend Licht würde ich es hier nicht aushalten. Ich weiß nicht einmal, ob ich es mit Licht aushalte.«

»Kannst du mal mit dem Gejammere aufhören?«, fährt Luba sie an. »Was siehst du, Wiktor? Kannst du was erkennen?«

»Ich glaube schon. Für mich ist das ein Eingang. Also anseilen!«

Wiktor steigt als Erster ab, dann Luba. Als sie auf die erste Ebene kommen, klatschen sie die Hände gegeneinander: »Wir haben sie!«

»Marjana, kommst du?«, fragt Wiktor und versucht, sich zu orientieren. Von der Stelle, an der sie stehen, gibt es zwei Gänge, die weiter in den Berg hineinführen.

»Da, schau mal.« Luba zupft Wiktor am Ärmel. Er kneift die Augen zusammen. In einem der Gänge, ziemlich weit entfernt, nähert sich ein Lichtschein.

»Was ist denn nun? Soll ich runterkommen?«, ruft Marjana von oben.

»Jetzt warte doch mal«, ruft Luba zurück.

Wankend nähern sich die Kegel zweier Stirnlampen.

»Grüezi, seid ihr die Polen, die uns hier unterstützen wollten? Bist du der Jan?«, fragt einer der beiden Männer, der mit dem längeren Bart, und streckt Wiktor die Hand hin. »Ich bin der Guido, das ist der Urs, wir sind das Team aus der Schwyz. Hallo noch einmal und entschuldigt, wenn wir euch erschreckt haben.«

»Hallo«, bringt Luba heraus. Wiktor steht sprachlos daneben.

»Versteht ihr uns nicht?«, fragt Urs, dann wiederholt er seine Vorstellung auf Englisch.

»Nein, wir sind nicht das Team aus Polen«, antwortet Luba. »Wir sind nur zufällig auf die Höhle gestoßen und wollten sehen, wie es hier weitergeht.«

»Zufällig? Ihr seid zufällig auf diese Höhle gestoßen? Praktisch reingestolpert? Und rein zufällig habt ihr eine komplette Höhlenausrüstung mit dabei?«

»Nein, natürlich nicht. Wir sind eigentlich drüben am Untersberg, im Riesending, kennt ihr das?«

»Das Riesending? Freilich kennen wir das! Es ist an die tausend Meter tief und zwölf Kilometer lang. Dann seid ihr ja Profis.«

»Na ja, wir wollten uns halt auch mal den Göll und seine Höhlen ansehen. Geht's hier noch weit rein?«

»Ungefähr einen Kilometer. Aber dann geht's nicht weiter. Der eine Gang ist zu schmal zum Begehen, der andere ist von einem Felssturz verschüttet. Die Felsmassen kriegst du nicht weg.«

»Aha, na, dann wissen wir ja jetzt Bescheid. Geht ihr auch mit rauf?«, fragt Luba.

Urs und Guido nicken.

»Was ist los, habt ihr das Gold schon ohne mich gefunden?«, schreit Marjana nach unten.

»Wir haben Besuch bekommen«, antwortet Luba. »Aus der Schweiz. Und jetzt mach Platz da oben. Wir kommen alle zusammen wieder rauf.«

Berchtesgaden, 29. Mai 2010

Magdalena Morgenroth quert die Göllflanke in nördlicher Richtung und muss dabei durch einige Schneefelder laufen. Die Sonne steht bereits hoch am Himmel, es ist mitten am Vormittag. Sie zieht die Jacke aus und stopft sie in den Rucksack. Pling! Am Morgen hat sie beim Zuknöpfen ihrer Bluse den lockeren Knopf schon bemerkt, jetzt ist er ab und irgendwo im Schnee verloren. Klasse, denkt sie, sieht bestimmt sexy aus, wenn die Hälfte meines Busens zur Bluse heraushängt. Aber es ist ihr egal. Sollen die Leute halt wegschauen, wenn es sie stört.

Sie selbst sagt von sich, dass sie ein Berggewächs sei. Das Gesicht nicht so glatt wie das anderer Frauen in ihrem Alter, die nicht bei jedem Wetter in die Berge gehen, mit den Skiern ins Watzmannkar aufsteigen oder, wenn es sein muss, auf zweitausend Metern Vieh zusammentreiben, das sich verstiegen hat, oder sich an einem Seil hundertfünfzig Meter tief in einen Eistrichter abseilen.

Manchmal denkt sie, langsam wäre es wieder an der Zeit, einen Partner zu finden, der zu ihr und in ihr Leben passt. Aber das ist nicht so einfach. Er muss mit ihr mithalten können, wenn es ums Klettern, ums Skifahren und ums Mountainbiken geht. Außerdem soll er nichts dagegen haben, wenn sie, wie in diesem Jahr, eine Saison auf der Alm sein möchte, und darf nicht jeden Tag dort aufkreuzen, um nachzusehen, ob auch wirklich alles in Ordnung ist. Dann soll er keiner von denen sein, mit denen sie klettert und Ski fährt und die sie für einen ganz tollen Kumpel halten. Er soll kein Hinterwäldler sein und mit ihr auch in die Oper oder in die Disco gehen. Außerdem soll er sie als Frau behandeln, ihr den Hof machen, ihr aber dabei auf keinen Fall auf die Nerven gehen. Manchmal denkt sie, es könnte sein, dass sie für alle Zukunft allein bleiben wird, aber noch hat sie die Hoffnung nicht aufgegeben. Wenn der Richtige vor ihr steht, dann wird sie es schon merken.

Das Steinerne Meer und den Watzmann hat sie nun im Rücken, der Fels glänzt im mittäglichen Sonnenlicht. Der Weg ist jetzt ein viel begangener, etwas rutschiger Steig. Sie steigt in den Kamin, einen der Steige zum Purtschellerhaus, ab. Ein schmaler Schacht zwischen den Felswänden, für weniger Geübte mit einem Stahlseil und einigen Stahlklammern gesichert.

Leni verlässt sich beim Klettern auf den Fels, Stahl und Eisen braucht sie nicht. Im Spagat findet sie mit den Füßen Halt im Fels, dann hängt ihr Gewicht an einer Hand. Meter für Meter arbeitet sie sich nach unten, immer auf einem anderen Weg als dem markierten. Kurz bevor sie unten ankommt, klinkt sich dreißig Meter über ihr ein jüngeres Paar in das Sicherungsseil ein. Ungeschickt nach Halt suchend, Tritte ausprobierend und am Seil hängend, tapsen die beiden nach unten und treten ein paar Steine los, die ganz knapp an Lenis Kopf vorbei nach unten stürzen.

»Achtung, da kommt was«, ruft der Mann von oben, als der Stein längst an ihr vorüber ist.

Sie wartet, bis die beiden bei ihr unten angekommen sind, dann macht sie ihrem Ärger Luft. Die Wanderer verstehen nicht alles, aber genug, dass sie sich noch mit erhitzten Wangen anstarren, als Leni schon weitermarschiert und um den nächsten Felsvorsprung verschwunden ist.

Sie hat den Ärger dort gelassen, wo er ihrer Meinung nach hingehört, und läuft nun fast den Steig in Richtung Hütte. Der Weg ist nicht ungefährlich. Immer wieder kommt es hier zu Abstürzen. Aber heute ist der Felssteig an dieser Stelle trocken und Leni sowieso trittsicher.

An dem Wegkreuz, an dem zwei Steige zusammenkommen, macht sie kurz Rast. Unter ihr liegt exponiert das auf dem Eckerfirst stehende Purtschellerhaus, weiter nördlich blickt sie auf die senkrecht abfallenden Felswände des Untersbergs. Nun ist es nicht mehr weit bis hinunter zur Berghütte.

»Ja, da schau her, wer heut zu uns kommt. Grüß dich, Leni, lang bist du nicht mehr hier oben gewesen.«

»Stimmt schon, Traudl, aber weißt eh, die Arbeit.«

»Ja, ja, die Arbeit. Was macht denn dein Bub? Ist er wieder irgendwo in der Weltgeschichte unterwegs?«

»Der Simon ist in Australien. Oder, wart, ich glaub eher in Neuseeland.«

»Wieder mit dem Seil?«

Leni nickt.

»Der Simon ist halt ein narrischer Hund – manche sagen, genau wie seine Mutter. Was magst denn trinken, Leni?«

Sie bestellt ein Weißbier und genießt den Blick von der Terrasse hinüber auf die Obere Ahornalm und nach Osten hinunter ins österreichische Kuchl. Das Purtschellerhaus steht genau auf der deutsch-österreichischen Grenze. Als Kuriosum ist die Landesgrenze im Haus mit einem Plastikband am Boden markiert. Eine der Sonnenterrassen liegt in Bayern, die andere in Österreich. Bei jedem Betreten des Hauses, auf dem Weg zu den Toiletten, überschreitet man die Landesgrenze.

Der Wirt bringt Leni ihr Weißbier persönlich.

»Leni, sieht man dich auch mal wieder bei uns! Hast frei heute?«

»Ich bin im Dienst, Heinz, auch wenn's grad nicht so ausschaut.« Leni strafft den Oberkörper und zupft an der Bluse, wo der Knopf fehlt.

»Ach so? Hat das was mit dem Hubschraubereinsatz oben am Kehlstein zu tun? Wir haben ihn fliegen gehört und gedacht, da hat sich vielleicht jemand verstiegen.«

»Nein, diesmal keine Pfadfinder aus Wanne-Eickel, die unsere Warnschilder nicht lesen können und mit Turnschuhen auf dem Grat herumkraxeln.«

»Was war denn los da oben?«

»Da ist einer in einer Höhle abgestürzt.«

Heinz wischt sich die Hände an der blauen Schürze ab und setzt sich. »Oben, in der großen Höhle?«

»Nein. Die Höhle, in der wir ihn g'funden haben, ist noch gar nicht bekannt. Sie ist unter dem großen Schneetrichter unterm Gipfel, wo man zum Hohen Brett rübergeht.«

»Da gibt es eine Höhle?«

»Da geht's mindestens hundertfünfzig Meter senkrecht runter.«

»War der allein unterwegs?«

»Das wissen wir nicht.«

»Wie habt ihr den überhaupt g'funden?«

»Der Aschenbrenner Sepp, aus der Stanggaß, hat ein abgeschnittenes Stück Seil am Einstieg gefunden. Deshalb sind wir da überhaupt runter. Und unten haben wir ihn dann gefunden, mit seinen durchgeschnittenen Seilen am Gurt.«

»Tot?«, fragt Heinz.

»Mausetot.«

Heinz schüttelt sich. »Wer tut denn so was? Des is ja, ja des is ja glatt …«

»Genau so schaut's aus, ja.«

Heinz streicht sich mit der Hand über die stoppeligen Wangen. »Habt's ihr den gekannt, den Toten?«

»Nein«, sagt Leni. »Er ist Ukrainer.«

»Ukrainer? Wie heißt er denn?«

»Wladimir.«

Heinz überlegt. »Nein, einen Wladimir kenn ich nicht.«

»Und wieso hast du jetzt gedacht, du könntest ihn vielleicht kennen?«

»Ja, weißt, da sind grad auch noch andere Ukrainer unterwegs am Göll. Eine Dreiergruppe. Die steigen dort oben herum, ich glaub, auch in Höhlen.«

»Sind die schon länger da?«

»Ja, bestimmt schon ein, zwei Wochen. Die sind immer wieder bei uns heroben, übernachten auch mal hier.«

»Und woher weißt du, dass es Ukrainer sind?«

»Weil ich sie g'fragt hab. Erst hab ich gedacht, es sind Russen. Aber als ich sie g'fragt hab, wo sie herkommen, hat mir der Wiktor g'sagt, dass sie aus Kiew sind. Wie die zwei Frauen heißen, die er mit dabeihat, hat er mir nicht gesagt. Ein lustige G'sellschaft ist das schon.«

»Wieso?«, fragt Leni.

»Die ältere von den zwei Frauen raucht wie ein Schlot und säuft unseren Enzianschnaps wie's Wasser.«

»Und wie passen die zusammen«, fragt Leni, »ist das eine Familie oder so etwas?«

»Nein, nach Familie schaun die eigentlich nicht aus, aber ich kann mich ja auch täuschen. Einen Tag streiten sie miteinander und sitzen an verschiedenen Tischen, die Frauen an einem, der Mann am anderen. Dann lachen und saufen sie wieder zusammen und wollen nix wissen von einer Hüttenruhe. Wie die eine Frau die Aufstiege auf den Berg und die Kraxeleien in den Höhlen schafft, weiß ich nicht. Sportlich schaut die nicht aus. Die anderen beiden schon.«

Leni zieht ihr Smartphone aus der Hosentasche, sucht das Foto, das sie vom Ausweis des Toten gemacht hat, und zeigt es dem Wirt. »Ist es der?«

»Nein, der Wiktor ist nicht so kräftig wie der da. Der schaut ja aus wie ein Bobfahrer.«

»Hast du diesen Mann hier oben schon mal gesehen?«

Er schüttelt den Kopf.

»Er hat gestern nicht bei dir übernachtet?«

»Nein, das glaub ich nicht, aber ich kann gleich nachschauen im Hüttenbuch. Aber gestern war Vollmond. Du weißt ja, dass da schon einige vom Ofnerboden oder von der Enzianhütte aufsteigen, ohne dass sie bei uns übernachten. Abends ist doch die Mautstelle g'schlossen.«

»Schaust du trotzdem im Hüttenbuch nach?«

»Freilich.«

Auf dem Weg ins Haus dreht Heinz sich noch einmal um. »Die Traudl hat frische Dampfnudeln g'macht. Magst eine?«

»Ja was glaubst du denn? Ich hab doch oben am Göll schon g'rochen, dass es bei euch heut frische Dampfnudeln gibt«, sagt Leni. »Und nicht an der Vanillesoße sparen, gell?«

Im Hüttenbuch, das Traudl ihr herausbringt, ist kein Wladimir eingetragen. Dafür aber die drei, von denen der Wirt erzählt hat: Wiktor Putin, Marjana Scharapowa und Luba Shumeyko. Putin und Scharapowa? Da hat sich aber jemand einen Scherz erlaubt. Fehlen nur noch Gorbatschow und Jelzin.

Leni steigt vom Eckerfirst zum Sattel und von dort zur Enzianhütte ab. Vom Purtschellerhaus hat sie ihre Kollegen verständigt, damit sie jemand mit dem Wagen abholt, aber es ist noch niemand da. Vielleicht war sie schneller als gedacht, oder der Kollege hat sich verspätet.

Auf dem Parkplatz an der Mautstraße stehen ein paar vereinzelte Wandererautos, außerdem ein dunkelblauer BMW mit Münchner Kennzeichen. Über den offenen Kofferraum beugt sich ein großer schlanker Mann mit grauem, etwas längerem Haar und buschigem Schnauzbart, dessen Enden aufgezwirbelt sind. Echt altbayerisch, denkt Leni. Und dann verpestet er auch noch die Luft mit einem Zigarillo. Der Mann winkt in ihre Richtung, Dutzende Fältchen zerknittern die Haut um seine Augen. Leni dreht sich um, aber hinter ihr ist niemand. Der Schnauzbartträger macht den Zigarillo am Absatz seiner Cowboystiefel aus und rollt ihn in ein Stück Alufolie, das in seiner Jackentasche verschwindet.

»Leo Weidinger«, sagt er und streckt ihr die Hand entgegen. »Sie sind doch die Morgenröte?«

»Morgenroth. Ich kenn Sie nicht.«

»Ich bin vom LKA München. Ihre Kollegen haben mir gesagt, dass Sie grad vom Berg runterkommen, da hab ich mich als Chauffeur angeboten, wenn's Ihnen recht ist.«

»LKA?«

»Das erzähl ich Ihnen alles gleich. Darf ich Ihnen den Rucksack abnehmen? Steigen S' doch ein.«

Leni steigt verschwitzt und mit staubigen Bergschuhen in den Wagen.

Weidinger setzt zurück und biegt rechts in die Mautstraße ein.

»Runter geht's da«, sagt Leni und zeigt in die andere Richtung.

»Ich weiß, aber ich bin als Bub das letzte Mal die Rossfeldhöhenstraße gefahren. Das ist jetzt schon sehr lange her. Und weil ich jetzt schon mal hier bin und die Maut bezahlt habe, da will ich sie einfach gern ganz durchfahren. Ist ja eigentlich schon Feierabend.«

»Jetzt schwindeln Sie mich aber an.«

»Wieso?«

»Weil Sie an der Mautstelle keinen Cent bezahlt haben, sondern der Brandner Gaby einfach Ihren Dienstausweis unter die Nase gehalten haben.«

»Stimmt nicht«, antwortet er. »Das war nicht die Brandner Gaby, die da im Mauthäuschen gesessen ist, sondern vielleicht ihr Vater. Jedenfalls war es ein älterer Herr im karierten Hemd.«

Er lacht, und Leni kann sich gut vorstellen, wie Weidinger als junger Mann ohne ein graues Haar und bartlos ausgesehen hat.

»Und was haben Sie als Bub hier gemacht?«

»Mein Onkel hat mich in seinem NSU Prinz mitgenommen. Der ist jedes Jahr einmal die Höhenstraße gefahren. Es war so etwas wie ein Ritual.«

»Baujahr?«

»Mein Onkel?«

»Der Prinz. War's ein 4er oder schon ein 1000er?«

»Ein 1000er. Schwarz mit weißem Dach. Baujahr 1965.«

»Vierzylinder, mit vierzig PS. Tolles Auto.«

Sie fahren an der Oberen Ahornalm vorbei, und nach einer scharfen Rechtskehre erreichen sie die Scheitelstrecke, die auf österreichischem Gebiet liegt. Auf dem Parkplatz am Hennenköpfl bleibt Weidinger stehen.

»Als Einheimische können Sie mir sicher die wunderbare Aussicht von hier oben beschreiben. Für mich sind das ja alles bloß Berge.«

»Gut, Sie haben's nicht anders gewollt. Sagen Sie einfach Stopp, wenn's reicht, ja?« Leni übernimmt die Rolle der Fremdenführerin gern. »Fangen wir im Norden an. Da unten sehen Sie von Hallein die Salzach entlang bis hinüber nach Salzburg. Sehn S' die weiße Burg da auf dem Felsen stehen?«

Weidinger kneift die Augen zusammen. »Ja, ich glaub, ich seh sie. Und was sind das für Berge da drüben, und auf dem hohen da, sind das Gletscher?«

»Die Bergstöcke gehören zum Salzkammergut. Osterhorngruppe, Tennengebirge und dort, der höchste Berg, das ist der Dachstein. Auf der deutschen Seite ... hallo, da müssen Sie sich umdrehen.« Leni tippt Weidinger auf die Schulter. »Im Nordwesten der Untersberg, dann das Lattengebirge mit der schlafenden Hexe – sehn Sie sie? Nase, Kinn, Brust –, dann da hinten die Reiteralpe, davor der Hochkalter und König Watzmann mit Frau und Kindern, hier der Kehlstein und dahinter der Hohe Göll. Und genau da oben ...«

»Wo?«, fragt Weidinger.

»Genau *dort* oben haben wir heute die Leiche von diesem Ukrainer in einer bisher unbekannten Höhle gefunden. Hundertfünfzig Meter abgestürzt ist er. Was hat er denn angestellt, der Wladimir, dass das LKA gleich höchstpersönlich hier aufkreuzt? Wo er doch selbst schon gar nicht mehr da ist, sondern eh schon in München, in der Rechtsmedizin.«

»Ein sauberes Temperament haben Sie, Kollegin. Den Knopf da an Ihrer Bluse, den haben Sie wahrscheinlich weggesprengt vor lauter Energie? Entschuldigen Sie, ich sprech es nur an, damit Sie sich nicht wundern, wenn ich ab und zu mit dem Blick dran hängen bleibe. Ich weiß schon nicht mehr, wo ich hinschauen soll.«

Leni geht zum Auto und holt sich die Jacke aus ihrem Rucksack. »Damit Sie nicht blind werden.«

»Schad«, sagt Weidinger.

»Also, was ist jetzt mit dem Wladimir?«

»So wie ich Sie einschätze, haben Sie sich doch bestimmt schon Ihre Gedanken darüber gemacht, wieso jetzt das LKA in Ihren Bergen hier auftaucht.«

»Organisierte Kriminalität? Russenmafia?«

Weidinger nickt. »Sehr warm.«

»Rauschgift? Menschenhandel?«

»Kann sein, aber davon wissen wir nichts. Wovon wir wissen, ist, dass diese Mafia immer wieder große Mengen Falschgeld ins Land bringt. Der Weg geht von Kiew über Frankfurt am Main weiter nach Hamburg, Berlin, Köln, München. Die Kuriere sind Ukrainer, die Drahtzieher entweder Russen oder russische Ukrainer. Die meisten haben schon für den KGB gearbeitet, das sind top ausgebildete Leute.«

»Und zu denen hat der Wladimir gehört?«

Weidinger nimmt den Untersberg ins Visier, der wie ein riesiger Tafelberg über der Salzach-Ebene aufragt. »Wladimir«, sagt er fast ehrfürchtig. »Die Katze von Saratow.«

»Wieso Katze?« Leni ärgert sich, dass sie ihm jedes Wort aus der Nase ziehen muss.

»Weil er mehr als nur ein Leben hat. Sie nennen ihn auch den ›Unsterblichen‹, weil er alle Aufträge bisher mehr oder weniger unbeschadet überstanden hat.«

»Und was treibt er so? Falschgeld drucken?«

»Nein, er ist weder Falschmünzer noch Kurier. Es ist eher der Mann fürs Grobe. Die rechte Hand von Jurij Koch, dem Paten von Kiew. Oder seine Wunderwaffe. Er sorgt dafür, dass Jurij der Big Boss bleibt und keiner an ihn rankommt.«

»Ein Killer also.«

»Der perfekte Killer.«

»Ja, aber einen gibt's, der war noch schlauer als der Top-Kriminelle Wladimir, nämlich der, der ihm das Seil durchgeschnitten hat.«

Weidinger zuckt mit den Achseln.

»Jetzt muss dieser Jurij selbst dafür sorgen, dass ihm keiner an die Wäsche geht. Aber wenn ihr vom LKA schon so schlau seid, dass ihr das alles wisst, so als würdet ihr die Russen schon lange im Visier haben, können Sie mir dann sagen, was dieser Typ hier bei uns in Berchtesgaden gesucht hat? Hat der hier Urlaub gemacht und ist als Hobby-Speleologe auf dem Göll herumgekraxelt, um neue Höhlen zu entdecken? Der? Ein Urlauber wie die aus Gelsenkirchen, die sich auf dem Königssee das Echo blasen lassen?«

»Nein, ich befürchte, er hat sich eher nicht in die Sommerfrische hierher begeben. Und auf dem Berg ist er wohl auch nicht zum Vergnügen herumgelaufen. Aber es ist Ihr Fall, und wenn Sie bei seiner Aufklärung auch so beherzt zupacken wie beim Abseilen in diese Höhle, dann werden Sie dahinterkommen, was er hier gesucht hat, und vor allem, wer der Katze nun das Genick gebrochen hat. Sie werden von mir jede Unterstützung bekommen, die Sie brauchen.«

»Es ist nicht mein Fall«, sagt Leni. »Es ist dem Angermayer sein Fall.«

»Wie? Ach so, wegen Ihrer privaten Pläne. Ich habe gehört, Sie haben ein Sabbatjahr beantragt. Was haben Sie denn Großes vor, eine Reise?«

»Ich geh auf die Alm.«

»Jetzt nehmen Sie mich auf den Arm«, sagt Weidinger.

»Ich geh wirklich auf die Alm.«

»Im Ernst?«, fragt Weidinger amüsiert. »So ein Rückzug in die Einsamkeit? Passt das zu Ihnen?«

»Eine Alm ist keine Einsiedelei, da haben Sie eine ganz falsche Vorstellung. Und mich kennen Sie ja erst eine halbe Stunde.«

»Aber der Bär ist auch nicht los da oben, auf einer Alm, oder?«

»Ich geh auch nicht wegen den Bären, sondern wegen den Kühen rauf.«

»Kann man das nicht verschieben, wenn's schon unbedingt sein muss?«

»Lange kann ich es nicht mehr verschieben, denn jetzt geht die Almsaison los.« Magdalena zieht den Reißverschluss ihrer Jacke zu.

»Sie frieren ja«, sagt Weidinger. »Kommen Sie, ich fahr Sie jetzt heim, und morgen treffen wir uns zur ersten Besprechung bei Ihnen in Berchtesgaden.«

»Haben Sie schon eine Unterkunft?«, fragt Leni im Auto.

»Ich bin im Edelweiß abgestiegen. Haben Sie sich das neue Hotel schon angeschaut?«

»Ich leb seit über zwei Jahren mit der Riesenbaustelle ›Hotel Edelweiß‹ und hab alle Staus und Umleitungen mitmachen müssen in der Zeit. Das reicht mir erst einmal. Aber alle sagen, dass es schön geworden ist, schön groß auf jeden Fall.«

»Ja, ich finde auch, das macht ganz schön was her, da mitten im Ortskern. Es bringt fast so einen Hauch von … ja, Großstadt nach Berchtesgaden. Ist der Hotelier ein Einheimischer?«

Leni schüttelt den Kopf.

»Da wird sich doch nicht ein arabischer Großinvestor mitten in den Talkessel gepflanzt haben?«

»Nein, schlimmer«, grinst Leni. »Ein Österreicher. Und fesch ist er außerdem. Und seinen Familienclan hat er gleich mitgebracht und seine ganze Mannschaft für Hotel und Gastronomie dazu.«

»Das klingt entweder nach verletztem Einheimischen-Stolz oder nach Neid, Kollegin.«

»Großer Erfolg und große Reichtümer rufen immer auch Neid hervor, das ist schon klar. Aber was uns so irritiert, ist die Geschwindigkeit, mit der der Hotelier sich hier einkauft: Markthäuser, Traditionshotels, sogar das Berchtesgadener Bauerntheater und das neue Biomasse-Heizkraftwerk stehen auf seinem Einkaufszettel.« Leni redet sich warm. »Wofür er in seiner Heimat im Pongau dreißig Jahre gebraucht hat, das schafft er hier in drei. Im Übrigen geht mich das eigentlich sowieso nichts an.«

»Wieso denn nicht?«, will Weidinger wissen.

»Ich bin ja gar keine Berchtesgadenerin.«

»Sondern?« Weidinger sieht sie verdutzt an.

»Schönauerin«, sagt Leni. »Bis morgen dann, Herr Kollege, und schönen Abend noch.«

***

Leo Weidinger verlässt später am Abend noch einmal das Hotel, um frische Luft zu schnappen und ein Zigarillo zu rauchen. Er schlendert an der Glasfassade des Hotels entlang. Das riesige Restaurant ist hell erleuchtet, zählt aber an diesem Abend nicht sehr viele Gäste. Von gegenüber, auf der anderen Straßenseite, glotzt ein dunkler Flachbau aus den siebziger Jahren zu ihm hinüber, das nicht mehr ganz taufrisch wirkende Berchtesgadener Kongresshaus. Kinoplakate leuchten aus einem Schaukasten, an der Tür kleben bunte Veranstaltungshinweise.

Als Weidinger seiner Neugier nachgibt und hinübergeht, liest er dort: »Großer Trachtenball, Veranstalter: Gebirgstrachtenerhaltungsverein D'Kehlstoaner. Es spielt die Musikkapelle Ramsau. Einlass nur in Tracht«. – »Claudia Schlenger & Hanns Meilhamer, alias Herbert & Schnipsi, mit dem Programm ›Weil wir uns net geniern‹«. – »Rock meets Classic« und außerdem »Die CubaBoarischen«. Zwischen Kongresshaus und der Einfahrt zur Tiefgarage wirft Weidinger einen Blick über die Mauer des Alten Friedhofs, auf dem rote Grabkerzen in ihren Plastikhüllen flackern.

Er überquert die Maximilianstraße wieder und geht weiter in die Fußgängerzone. Auf dem Marktplatz sind Schnüre mit weißen und blauen Fähnchen zwischen den historischen Häusern gespannt. Weiß-blau wie der Himmel über Bayern. Weidinger weiß zwar nicht, was da gerade gefeiert wird, aber es muss etwas mit Bayern zu tun haben.

Am Marktbrunnen trifft er auf einen älteren Herrn, der einen jungen Schäferhund ausführt. »Was wird denn hier gefeiert?«, fragt Weidinger.

»Ein Jubiläum. Zweihundert Jahr san wir Berchtesgadener jetzt bei Bayern«, antwortet er, und Weidinger weiß nicht genau, ob ihm oder eher seinem Schäferhund.

»Und davor?«, will Weidinger wissen.

»Davor waren wir ein eigenes kleines Land, eine Fürstpropstei. Und ganz eigenständig. Dazwischen warn wir österreichisch und sogar kurz französisch, unterm Napoleon. Aber seit 1810 gehörn mia zu Bayern, und da bleib ma jetzt auch, gell, Rexi?«

Rexi beobachtet den Marktplatz und stellt offenbar keine besonderen Vorkommnisse fest. Nicht einmal einen räudigen Kater entdeckt er, den er verbellen könnte. Ein paar vereinzelte Urlauber spazieren durch die Straße, bleiben vor erleuchteten Schaufenstern stehen, bewundern die Lüftlmalereien an den stattlichen Markthäusern. Die Läden sind geschlossen, Lokale scheint es zumindest hier in der Straße nicht zu geben.

»Viel ist bei euch aber nicht los am Abend«, sagt Weidinger. »Wo krieg ich denn jetzt noch was zum Essen?«

»Vorn, im Edelweiß«, antwortet der Mann.

»Ja, und sonst? Irgendeine urige Wirtschaft wird's doch hier auch noch geben?«

»Freilich, aber um die Uhrzeit? Beim Goldenen Bären könnt noch offen sein. Wo kommen S' denn her?«

»Aus München.«

»Ja, des hab ich mir glei denkt, dass Sie a Münchner san.«

»So? Woran haben S' denn das erkannt?«

»Am Schnauzbart natürlich. Wie der König Ludwig. Dem schaun Sie ähnlich.«

»Wirklich? Haben Sie den noch persönlich gekannt?«

Der Mann stutzt.

»War bloß ein Spaß! Auf Wiederschaun.«

Weidinger dreht noch eine Runde über den Markt, kommt an der Marktbäckerei, der Marktapotheke, einer Tchibofiliale, einem Drogeriemarkt und mindestens fünf Sportgeschäften vorbei, bis er im Goldenen Bären tatsächlich noch etwas zu essen bekommt.

»Da haben Sie aber Glück gehabt«, sagt die tschechische Bedienung. »In zehn Minuten machen wir die Küche zu.«

Es ist zehn vor zehn.

Berchtesgaden, 22. Mai 2010

Durch das Okular des Fernrohrs sieht Wladimir die schwarzen Krallen, die sich wie Metallschellen um eine kleine Unebenheit im glatten Fels klammern. Der Wind zerzaust den feinen schwarzen Flaum, der fast wie eine Behaarung aussieht; einzelne Federn stehen wie eine verunglückte Frisur vom Körper der Vögel ab. Die Füße und Zehen sind wie mit orangeroten Schildplatten gegen das raue Bergklima gepanzert.

Wladimir verringert die Brennweite und erkennt einen ganzen Schwarm der schwarzen Vögel, die an der senkrechten Felswand hängen. Sie wetzen ihre Schnäbel am Fels oder picken darin nach Mineralien, Flechten und Moosen.

Wie auf ein geheimes Kommando lassen alle plötzlich los, fallen in den Wind, stürzen einige Meter ab, breiten die Flügel aus und formieren sich innerhalb von Sekunden zu einem Geschwader, das in Formation einer Jägerstaffel in Richtung Aussichtsplattform fliegt. Sie nutzen den starken Wind, um mühelos, ohne einen Flügelschlag, hundert Meter aufzusteigen, formen sich zu einer Kugel, um dann fast senkrecht abzustürzen, auf einen etwa zehnjährigen Jungen zu, der sich eben auf eine Bank gesetzt hat. Wenige Meter vor ihm breiten sie ihre Flügel aus und bleiben abrupt in der Luft stehen.

Ein gellender Schrei, und die Dohlen stürzen sich auf die Pommes-Stückchen, die ihnen der Junge zuwirft, fangen sie im Flug. Als sie merken, dass die Ration aufgefressen ist, verschwinden sie mit der gleichen Geschwindigkeit, mit der sie gekommen sind.

Wladimir nimmt mit dem Spektiv das in nördlicher Richtung unter ihm gelegene Hotel Intercontinental ins Visier. Er misst die exakte Entfernung zum Ziel und schießt einige Fotos mit der im Fernrohr integrierten Kamera. Würde er die drei heute nicht erledigen, so hätte er zumindest perfekte Fotos von ihnen und ihrem Hotelzimmer. Die Digitalanzeige im Spektiv zeigt zweitausenddreihundertfünfzig Meter Entfernung an. Es ist fraglich, ob er auf diese Distanz drei Schüsse hintereinander exakt ins Ziel führen könnte.

Sein Hochpräzisionsgewehr, ein Unique Alpine TGP-1, trifft bis zweitausend Meter sicher, aber die Objekte sind dreihundertfünfzig Meter weiter entfernt. Auf dem Weg zum Ziel müsste das Projektil auch noch eine dicke Glasscheibe durchschlagen. Und das Schwierigste: Er muss dreimal hintereinander genau und schnell treffen, um nicht zu riskieren, dass einer der drei fliehen kann. Ein zusätzliches Handicap ist der Schalldämpfer, den er verwenden muss, um nicht von Touristen, die ein paar hundert Meter über ihm das Kehlsteinhaus besuchen, entdeckt zu werden.

Er macht einen ersten Versuch. Lubas Hinterkopf im Fadenkreuz, er schnalzt mit der Zunge und nimmt den zweiten und den dritten Kopf zum Ziel. Sein Gefühl sagt ihm, es könnte klappen. Er legt den kleinen Hebel mit der Bezeichnung VL auf »on«. Noch immer steht Luba mit dem Hinterkopf zum Fenster, er hat ihn im Fadenkreuz, er ahnt ihre Bewegungen, behält ihren Kopf im Fadenkreuz, dann zieht er gleichmäßig den Abzug durch. Es macht klack, und er sieht auf Lubas Hinterkopf den erwarteten roten Punkt. Er nimmt den nächsten Kopf ins Visier, Marjanas Stirn, klack. Zuletzt hat er Wiktors Auge im Fadenkreuz. Als ahnte Wiktor, dass ihm Gefahr droht, richtet er genau in diesem Moment seinen Blick zum Kehlsteinhaus. Klack. Wladimir sieht auch diesmal den roten Punkt, er liegt auf Wiktors Pupille.

Wladimir legt das Gewehr zur Seite und atmet einige Male tief durch. Mehr als sieben Sekunden zeigt die Digitalanzeige im Zielfernrohr an, als er seine kurze Pause beendet. Der Computer im Zielfernrohr hat in der Stellung VL exakt berechnet, wie viel Zeit vom ersten bis zum letzten Treffer verstrichen wäre, hätte Wladimir nicht mit Lasersimulation, sondern scharf geschossen. Sieben Sekunden ist zu lange. Zumindest das letzte Opfer hätte sich längst in Sicherheit gebracht und alles, was es weiß, verraten.

Jurij hat ihm freie Hand gegeben, als Wladimir ihn über seine Vermutung informierte. Es war schon fast Abend gewesen, als er in Rosenheim, aus Verona kommend, in den IC Königssee stieg. Als der Zug an einem See vorbeifuhr, in dem er eine Insel erkennen konnte und eine Schar Möwen, die in Ufernähe im Wasser schaukelte, hatte er Jurij endlich erreicht.

»Ich glaube, die drei sind hinter etwas Größerem her«, berichtete er ihm.

»Das weiß ich«, antwortete Jurij. »Finde heraus, was sie vorhaben, oder leg sie gleich um. Es ist mir egal. Nur entkommen dürfen sie auf keinen Fall.«

Auch wenn es ihn in den Fingern gejuckt hatte, die Sache gleich zu erledigen, ist es doch auch gut, dass es heute nicht geklappt hat. Denn er möchte erfahren, was die drei hierhergetrieben hat.

Noch einmal richtet Wladimir das Spektiv auf das Hotelfenster, hinter dem sich die drei Helden aufhalten. Er zoomt näher und sieht, wie Luba etwas auf dem Tisch ausbreitet, das wie eine Karte oder ein Lageplan aussieht. Er nimmt die Karte in den Fokus und fährt das Zoom auf maximale Brennweite. Wiktor steht wieder wie ein Schlafwandler auf und geht ans Fenster, vermutlich um die Gardinen zuzuziehen. Das Fokussieren dauert zu lange, viel zu lange, aber Wladimir weiß, wenn er nicht abwartet und zu früh auslöst, wird er auf dem Foto gar nichts erkennen.

Als sich die Optik endlich scharf gestellt hat, ist schon mehr als die Hälfte des Plans von der Gardine verdeckt. Wiktor drückt ab. Innerhalb von Sekundenbruchteilen schießt die Kamera eine Serie von einem Dutzend Fotos, die er am Abend im Hotel auswerten wird. Entschlossen zum Aufbruch, dauert es keine fünf Minuten und Gewehr und Dreibein, ebenso das Stativ und das Fernrohr sind zerlegt und im Rucksack verstaut, sodass er nicht mehr von einem ganz normalen Wanderer zu unterscheiden ist. In zwanzig Minuten erreicht er von seinem Versteck aus die ins Tal hinabführende Dalsenwinkelstraße.

Berchtesgaden, 23. Mai 2010

Marjana macht den letzten Stoß zum Beckenrand und nimmt die Schwimmbrille ab. Sie dreht sich auf den Rücken, hängt sich mit den Armen am Rand ein und entspannt sich. Beim Wassertreten betrachtet sie ihre Oberschenkel, und es kommt ihr so vor, als seien sie etwas straffer geworden in den letzten beiden Wochen. Kein Wunder bei den Strapazen. Sie hat es aufgegeben, die Höhenmeter mitzuzählen, die sie täglich rauf- und runtersteigen, und mittlerweile hat sie sich an den Dauermuskelkater gewöhnt. Es gibt nichts Besseres dagegen als diesen luxuriösen Pool und die Sauna. Außer vielleicht Sex. Aber selbst dafür wäre sie jetzt zu müde.

Sie sieht zur Fensterfront hinüber. Es dämmert. Die Sonne ist hinter einem der stummen Berge untergegangen, und ihr ist, als habe sich draußen etwas bewegt. Ein Schatten, vielleicht ein Nachtvogel, der vorbeigeflattert ist. Vermutlich zieht das letzte Licht, das sich auf der Wasseroberfläche des Pools bricht, Insekten an. Doch als sie sich aufrichtet und nach ihrer Schwimmbrille greift, ist sie sich sicher: Da ist jemand am Fenster. Eine große, klobige Gestalt. Sie kann nur seine Umrisse erkennen, aber sie meint augenblicklich, das Herz müsse ihr stehen bleiben.

Die Eingangstür zur Schwimmhalle öffnet sich, und der junge Kellner mit dem nach allen Seiten abstehenden Haar bringt die Getränke.

»Wo möchten Sie Ihren Drink einnehmen? Hier vielleicht?« Er steuert auf einen Tisch zwischen den Ruheliegen zu.

»Warten Sie, ich komme raus.« Marjana steigt rasch aus dem Becken und greift nach ihrem Handtuch. Ein schneller Blick zum Fenster, und sie stellt fest, dass die Gestalt nicht mehr da ist. Marjana atmet tief durch und zählt im Geist bis drei, um ihr Herzklopfen zu beruhigen. »Ja, stellen Sie es bitte hier ab«, sagt sie, hängt sich das Handtuch nachlässig um die Schultern. »Und sehen Sie doch bitte gleich mal dort hinaus. Da war ein Mann am Fenster. Ich bin furchtbar erschrocken.«

Der junge Kellner verspricht, sich darum zu kümmern. Marjana nimmt einen Schluck von ihrem Longdrink und beobachtet mit immer noch erhöhtem Puls, wie sich der Lichtkegel einer Taschenlampe draußen am Fenster entlangbewegt. Er verschwindet nach rechts, und Marjana stürzt den Rest ihres Ginfizz hinunter.

Der Kellner kommt wieder herein. »Sie können beruhigt sein, ich habe niemanden gesehen.«

Marjana hat keine Lust mehr, in die Sauna zu gehen, und holt ihre Sachen. Hinter der Fensterfront ist nichts zu sehen als Dunkelheit.

Ein harmloser Spanner, redet sie sich auf dem Weg zu ihrem Zimmer ein. Und wahrscheinlich hatte er es nicht einmal auf mich abgesehen.

Als sie den Gang zum Seitenflügel betritt, hört sie Schritte hinter sich. Vielleicht Wiktor oder Luba, denkt sie, aber als sie sich umdreht, erkennt sie die Silhouette sofort wieder. Der Mann, der draußen an der Fensterwand stand.

Sie rennt los, dreht noch einmal den Kopf und sieht, wie auch der Koloss zum Spurt ansetzt. Noch hat das Wettrennen nicht begonnen, aber von Physik und Mathematik her dürfte alles entschieden sein, eine einfache Rechnung. Selbst wenn Marjana es schaffen sollte, als Erste an ihrer Zimmertür zu sein, hat sie noch lange nicht gewonnen. Sie muss die Magnetkarte in den Schlitz stecken und wieder entnehmen. Der Mechanismus muss funktionieren. Sie muss die Tür öffnen und dahinter verschwinden, die Tür ins Schloss werfen und verriegeln. Erst dann ist sie in Sicherheit. Schreien, um Hilfe rufen kostet zu viel Zeit. Jeder Blickkontakt macht den Verfolger schneller und bremst den Verfolgten. Es gibt nur eins, schneller zu sein, schneller, als sie je gewesen ist.

Fünfzehn Schritte trennen Marjana von ihrem Zimmer, vierzig Schritte den Verfolger von ihr. Dreimal pro Sekunde zuckt Marjanas Halsschlagader, versucht ihr Herz genügend Blut und Sauerstoff in jede Muskelfaser zu pumpen, Notbetrieb, Ausnahmezustand. Ein Spiel, das kein Körper zu oft verträgt. Alles ausgereizt, alles am Limit. Doch der Versuch, einer lebensbedrohlichen Gefahr zu entkommen, rechtfertigt es, ans Limit zu gehen und den Kollaps zu riskieren.

Noch zehn Schritte trennen Marjana vom Zimmer. Sieben. Fünf. Drei. Sie hört die polternden Schritte des Muskelmanns hinter sich, widersteht der Versuchung, sich umzudrehen. Alles ist längst ausgezählt. Sie ist an der Tür, schafft es, sie zu öffnen. Ein Schritt, und sie ist dahinter, ihre Hand gibt der Tür so viel Schwung wie möglich, nichts soll sie bremsen, nur noch ins Schloss fallen soll sie. Sie ist bereit, die Tür sofort zu versperren. Gleichzeitig suchen ihre Augen nach einer Waffe, nach der sie noch greifen könnte, falls die Zeit nicht mehr reicht, ihren Angreifer auszusperren. Eine Bewegung wie in einem Fluss. Ihre Schulter wirft sich gegen die Tür, ihre Hand greift nach der Ginflasche auf dem Nachttisch.

Der Koloss hat die Tür erreicht, sieht, wie sie sich vor seinen Augen schließt. Noch ist er einen Meter entfernt, kann noch nicht seinen Körper gegen das Türblatt werfen. Er streckt seine Hand aus, so weit es geht. Im Sprung suchen seine Finger den kleiner werdenden Spalt zwischen Türstock und Tür. Ohne Angst vor Schmerzen streckt er die Finger aufs Äußerste, um zu verhindern, dass die Tür sich schließt und der Schlossriegel sein Ziel findet.

Einen Augenblick lang denkt Marjana, es könnte zu schaffen sein. Da tauchen Fingerkuppen im Türspalt auf und verhindern, dass die Tür sich schließt. Vollgepumpt mit Adrenalin zieht Marjana die Ginflasche mit aller Gewalt über die Finger. Sie krümmen sich, die Flasche bricht durch den Aufprall auf den Türrahmen, und wieder holt Marjana aus, mit dem Ziel, den abgebrochenen Flaschenhals auf diese Finger zu drücken, mit dem Willen, Haut und Fleisch vom Knochen zu schaben. Im letzten Moment ziehen sich die Finger zurück, und die Tür schließt. Marjana lässt die Flasche fallen und verriegelt die Tür.

Wie taub presst sie das Ohr gegen das Türblatt. Ist er weg? Steht er immer noch da? Sie verharrt, spürt keinen Schmerz und keine Angst, nur pure Aggression. Und zum ersten Mal in ihrem Leben ahnt sie, dass sie vielleicht sogar töten könnte. Ihre Gedanken rasen. Was ist jetzt zu tun? Wie groß ist die Gefahr? Was soll sie den anderen sagen?

Am Ende fasst sie den Entschluss, weder Wiktor noch Luba ausführlich zu berichten, wie knapp sie diesem Monster entgangen ist. Denn sie spürt, würden die anderen fliehen wollen, dann wäre ihre Mission womöglich beendet, der Schatz für sie verloren.

Nach einer Ewigkeit hört sie draußen eine Tür ins Schloss fallen. Es klopft.

»Marjana?«

Es ist Lubas Stimme.

»Bist du fertig? Marjana, sollen wir schon vorausgehen?«

»Wartet auf mich. Ich bin gleich bei euch.«

Marjana löst sich aus ihrer Starre und fährt sich über den Nacken. Dann schlüpft sie in ihre Kleider. Als sie vor dem Badezimmerspiegel steht, zweifelt sie schon, ob sie die Szene mit der eingeklemmten Hand tatsächlich erlebt oder nur geträumt hat. Ein Blick in den Abfalleimer, in dem die Scherben der zerborstenen Ginflasche liegen, belegen, dass dieser Schrecken tatsächlich geschehen ist.

Sie atmet noch einmal durch, dann öffnet sie vorsichtig die Tür und sieht auf den Gang. Er ist leer. Marjana huscht hinaus, zieht schnell die Tür zu und klopft bei Luba.

Wiktor steht über die Karte gebeugt vor dem Tisch. Draußen vor dem Fenster erkennt Marjana die dunkle Wand des steil aufragenden Kehlsteins mit dem beleuchteten Haus als Krone obenauf.

»Und, war's schön im Pool?«, fragt Luba.

»Ich habe einen Mann gesehen. Er stand draußen im Freien und beobachtete mich durch die Fensterscheiben.«

»Man beobachtet dich also beim Baden?«, spottet Wiktor. »War er nackt?«

»Er war angezogen, und ich bin ziemlich erschrocken, wenn du's genau wissen willst.«

»Ein Spanner?«, fragt Luba alarmiert.

»Klar, ein Spanner. Was denkst du denn?« Marjana versucht zu grinsen.

»Jetzt kommt, gehen wir endlich was essen, sonst macht das Restaurant noch zu. Ich habe Hunger«, drängt Luba.

»Nimm die Karte mit«, sagt Marjana.

»Ins Restaurant?«

»Ja, nimm sie mit. Lass sie nicht hier im Zimmer liegen.«

»Was ist denn das jetzt für eine Paranoia? Ist das wegen diesem Typen am Pool?«

»Tu, was sie sagt«, sagt Wiktor.

Luba zuckt die Achseln, faltet den Plan zusammen und steckt ihn in ihre Gürteltasche.

»Was war denn los?«, zischt Wiktor Marjana auf dem Weg zu ihrem Tisch zu.

»Ich glaube, wir werden verfolgt.«

»Hast du ihn von der Nähe gesehen?«

Marjana nickt. »Und es war nicht der hässliche Kerl aus Frankfurt, den du mir beschrieben hast. Es war ein Riese. Ein Schrank. Ein Monster.«

»Du denkst, was ich denke?«

»Das ist kein Frankfurter Würstchen. Er muss einer von Jurijs Leuten sein.«

Berchtesgaden, 24. Mai 2010

»Ich finde, dass du in diesem Nadelstreifenkostüm aussiehst wie die Damen, die sich in unserem Luxushotel um die Gäste kümmern.«

»Was soll das jetzt?«, fährt Marjana ihn an. »Ist es dir jetzt zu sexy oder zu seriös? Du bringst mich total durcheinander.«

»Ich meine ja nur, du bist doch Wissenschaftlerin.«

»Ja und?«

»Lass Marjana in Ruhe«, zischt Luba. »Sie muss sich auf ihren Vortrag vorbereiten, mental, meine ich.«

»Genau, mein Lieber. Ich muss mich jetzt ein bisschen sammeln.«

»Halt am besten ab jetzt den Mund, Wiktor.« Luba zieht die Eingangstür zur Dokumentation Obersalzberg auf. Die im Foyer Wartenden drehen sich zu ihnen um, und ein Mann in Marjanas Alter, das Haar grau und wellig, eine gelbe Fliege zum braun gemusterten Anzug tragend, kommt auf sie zugeeilt.

»Frau Dr. Luschenko, herzlich willkommen, ich bin Dr. Beltz vom Institut für Zeitgeschichte. Wir freuen uns sehr, dass Sie gekommen sind. Hatten Sie einen guten Flug?«

»Ja, danke. Wir sind über Frankfurt geflogen.«

»Und dann Frankfurt–Salzburg?«

»Äh, ja, genau. Das sind übrigens meine Freunde, die mich auf der Reise begleiten: Luba Munin und Wiktor Owtscharow aus Kiew.«

»Sehr angenehm. Sind Sie auch Historiker?«, fragt Dr. Beltz.

»Meine Freunde sind keine Historiker, nein, und sie sprechen leider auch kein Deutsch.« Marjana späht durch die Glastür in die Ausstellungsräume.

»Möchten Sie noch einen kurzen Rundgang durch unsere Ausstellung machen?«, fragt Dr. Beltz eifrig. »Wir haben noch etwas Zeit.«

Marjana lässt sich das Modell des Obersalzbergs mit den ehemaligen Nazi-Gebäuden zeigen, der SS-Kaserne, Hitlers Wohnhaus, Görings und Bormanns Haus, dort, wo sie heute im Luxushotel logieren. Sie hat alle verfügbaren historischen Karten zu Hause studiert und könnte die Gebäude aus dem Stegreif benennen, aber sie hält sich zurück, gibt sich interessiert und beeindruckt.

Oben auf der Galerie sind die Hitlerbilder aus dem Illustrierten Beobachter zu sehen. Der Hände schüttelnde, Kinderköpfe streichelnde, Schäferhund betrachtende, neben Eva Braun seine Suppe löffelnde Österreicher von schmächtiger Statur. Sogar auf Zigarettenbildern war er abgebildet, die man sammeln und tauschen und dann in ein Album einkleben konnte.

Als sie vom ersten Stock wieder ins Erdgeschoss steigen, dringt eine der typischen Reden Hitlers, oszillierend zwischen abgehacktem Stakkato, das sich bis zum Schreien steigert, und einem bewusst leisen, schmeichelnden Ton, an Marjanas Ohr. Die Stimme kommt aus einem schwarzen Volksempfänger.

»Sie werden ihn doch ausschalten, während ich meinen Vortrag halte?«, fragt sie.

»Keine Sorge, wir werden ihm gleich den Saft abdrehen«, verspricht Dr. Beltz.

Volksgemeinschaft, Hitlerjugend, Kraft durch Freude. Von der vermeintlichen Idylle zum Terrorapparat, zur Rassenpolitik, zur Euthanasie, Kriegsbeginn, der Überfall auf die Sowjetunion, Vernichtungskrieg, die Shoah. Eine Spur des Terrors und der sich radikalisierenden Gewalt zieht sich durch diese Ausstellung wie durch die reale historische Epoche. Marjana nimmt alles auf, auch wenn sie nicht genügend Zeit haben, sich die einzelnen Exponate genauer anzusehen. Luba starrt die Bilder von Babyn Jar und der Räumung des Ghettos von Misotsch in der Westukraine an. Nackte, frierende Menschen auf ihrem Weg zu den Erschießungsplätzen. Wiktor hat sich von der absoluten Trostlosigkeit dieser Bilder abgewendet und scheint es darauf abgesehen zu haben, sich die adrette, blauäugige Visage eines der abgebildeten Täter einzuprägen. Marjana hat den Höheren SS- und Polizeiführer, der 1946 in Riga hingerichtet wurde, bereits erkannt.

»Für den Untergrund haben wir jetzt leider keine Zeit mehr, auch für die Bunkeranlage nicht, wenn Sie die noch gern gesehen hätten.« Dr. Beltz führt sie zur Treppe, die zu den Seminarräumen hinuntergeht.

Der Vortragsraum mit der breiten Fensterfront ist bereits gut besetzt. Marjana legt sich Karteikarten mit den wichtigsten Stichpunkten für ihre Rede am Pult zurecht, nimmt sich aber vor, möglichst frei zu sprechen. Luba und Wiktor nehmen im Publikum Platz.

Während Dr. Beltz Marjana als Referentin vorstellt, studiert sie die Gesichter in den Reihen vor ihr. Obwohl auch ein paar jüngere Leute im Publikum sitzen, ist der Altersdurchschnitt doch eher hoch. Ihr Blick bleibt kurz bei Wiktor hängen, der ihr aufmunternd und ziemlich auffällig zuzwinkert.

Marjana tritt ans Rednerpult, bedankt sich für die Einladung. »Das Thema meines Vortrags – ›Zwangsarbeit und Entschädigung: eine Bilanz‹ – möchte ich ein wenig abändern«, kündigt sie an. »Anstelle der Daten, Fakten und Zahlen, über die ich eigentlich referieren wollte, möchte ich den Schwerpunkt gern ein wenig anders legen. Ich will Ihnen erklären, warum. Ich bin Ukrainerin. Mein Land ist seit 1991 unabhängig, wir hatten die Orangene Revolution, und irgendwann werden wohl auch wir der Europäischen Union beitreten. Auch wenn wir gerade einen neuen Präsidenten gewählt haben, der wieder nur der ganz alte ist. Ich war lange Zeit Bürgerin der Sowjetunion. Jetzt bin ich Europäerin wie Sie, und doch kommt es mir vor, als käme ich von sehr weit her, wie aus einer anderen Welt. Die ganze Geschichte unseres geschundenen Landes kann ich Ihnen nicht erzählen, aber eine Geschichte habe ich doch für Sie. Die Geschichte eines einzelnen Menschen, mit dem ich nicht einmal verwandt, aber auf besondere Weise sehr verbunden bin. Er heißt Alexej Wassiljewitsch Schalimow. Nennen wir ihn einfach Alexej, wie einen Freund. Er ist unser Freund geworden, seit wir seine Geschichte kennen. Sie geht so.«

Marjana räuspert sich. »Alexej wurde am 21. November 1925 in Kiew geboren. Sein Vater war Schmied, seine Mutter Wäscherin. Mit noch nicht ganz achtzehn Jahren musste er sich am Morgen des 3. Juni 1943 am Hauptbahnhof Kiew einfinden. Seine Mutter begleitete ihn in einiger Entfernung, denn er wollte nicht mit ihr gesehen werden. Er wurde mit dem Zug nach Westen, ins Deutsche Reich, geschickt. Zuerst nach Berlin und von da aus in den Süden, in ein Dorf namens Brannenburg, das hier ganz in der Nähe liegt. Sie werden es kennen. Er hat dort in zwei landwirtschaftlichen Betrieben gearbeitet, zusammen mit fünf weiteren Ukrainern, drei Polen und zwei Weißrussen. Michail, Andrej, Grigorij ...«

»Ist die verrückt geworden?«, zischt Wiktor. »Sie redet uns noch um Kopf und Kragen.«

»Verrückt ist sie schon, aber nicht blöd. Und jetzt halt den Mund, ich will zuhören.«

Marjana erzählt Alexejs Geschichte, seine bitteren vier Kriegsjahre in Deutschland. Seinen Hunger, die Demütigungen, die er erfahren muss, die Verletzungen, die er an Körper und Seele erleidet. Sie lässt ihn in den Bautrupps arbeiten, die am Obersalzberg Hitlers Privatbunker in den felsigen Untergrund schlagen.

»Sie dreht total durch.« Wiktor kann nicht glauben, was er da hört und sieht. Luba hat Tränen in den Augen. Dass dieses Volk immer heulen muss, denkt Wiktor.

Marjana erzählt von Alexejs Heimkehr als Mittelloser in die Ukraine, in ein Land, das sechseinhalb Millionen Menschen verloren hat. Weitere zehn Millionen sind obdachlos. Es herrscht bittere Armut. Dann kommt der Wiederaufbau, die schnell hochgezogenen Plattenbauten. Sie erzählt von der Zeit, als Mila in Alexejs Leben tritt, die bis zu seinem Tod an seiner Seite bleiben wird. Sie richten sich im Leben ein und erreichen sogar einen mäßigen Wohlstand, als sie 1970 in die Nähe der neu erbauten Kraftwerksstadt Prypjat ziehen. Alles könnte gut werden. Doch dann kommt jener Tag im April 1986, an dem der Reaktor brennt und nichts mehr ist wie zuvor. Während die Liquidatoren ihr Leben und ihre Gesundheit aufs Spiel setzen, um eine noch größere Katastrophe zu verhindern, werden die Bewohner von Prypjat evakuiert. In Bussen verlassen sie weinend ihre Stadt, und sie kehren nie wieder. Alexej und Mila aber bleiben.

Marjana erzählt von zwanzig Jahren kargen Lebens in der verstrahlten Zone, in der die alten Leute auf sich gestellt, nur in der Gesellschaft sich vermehrender Füchse und Wölfe, ausharren bis zu Alexejs letzter Stunde. Dass Mila nun allein in ihrem Haus in der Zone lebt und dass das Pferd, das früher den Wagen zog, auch längst gestorben ist. Und dass Alexej eine Entschädigungszahlung aus Deutschland erhalten hat, 2006, kurz vor seinem Tod. In Höhe von genau 2.523 Euro.

»In der Stiftung, die die Entschädigungszahlungen verwaltet und verteilt hat, habe ich sie kennengelernt, die ehemaligen Zwangsarbeiter. Nicht einen, nicht hundert, sondern Tausende. Ich kenne sie, ich kenne ihre Lebensgeschichten. Sie haben mir von sich erzählt. Wie sie sich durchschlagen mussten. Wie oft sie dachten, dass ihr Leben zu Ende sei, weil sie spürten, wie sie durch die schwere Arbeit und die mangelnde Ernährung jeden Tag weniger wurden. Sie erzählten mir von ihren Familien, ihren Kindern und manche auch von ihrem Hund oder ihren Katzen. Wenn es irgendwie ging, habe ich ihnen zugehört und erfahren, dass es nicht die Entschädigung war, auf die sie sechzig Jahre lang sehnsüchtig gewartet hatten. Nein. Ihre Sehnsucht war nicht das Geld, das ohnehin nur ein Klacks war. Ihre Sehnsucht war es, zu sehen, dass ihre Verschleppung, ihre Arbeit in Deutschland und ihre Not nicht unbemerkt geblieben und noch nicht von der Welt vergessen waren. Zu spüren, dass nun endlich aus Deutschland die Bestätigung kam: ›Ja, wir wissen, ihr wart bei uns. Man hat euch hierhergebracht, und wir haben euch nicht vergessen.‹ Das war ihnen wichtig. Dieses Gefühl berührte die alten Leute, die sich oft kaum mehr bewegen konnten, aber, wenn es irgendwie ging, zu meinen Kolleginnen oder mir kamen, um sich wie als Bestätigung – ›Ja, ich war auch dabei, ich habe es nicht geträumt oder nur phantasiert‹ – ihre Entschädigung abzuholen.«

Luba schnäuzt sich. Wiktor beugt sich zu ihr und berührt sie am Arm, aber sie rückt von ihm weg und streckt den Oberkörper durch.

»Ich weiß, was passierte, wenn sie in ihr Häuschen außerhalb Kiews oder in die kleine Wohnung einer der vielen Plattenbausiedlungen zurückkehrten, nachdem sie bei uns gewesen waren. Sie zeigten das erhaltene Geld ihrer Tochter oder ihrem Sohn und sagten: ›Hier, seht her, ich habe als junger Mensch in Deutschland gearbeitet, ich habe Jahre meines Lebens dort gelassen, aber nicht völlig umsonst und vor allem nicht vergessen.‹ Sie hatten niemanden, mit dem sie über ihr Schicksal reden konnten, denn in der Sowjetunion war jeder verdächtig, der ohne Gewehr in Deutschland gewesen war. Auch Sklaven in deutschen Fabriken, in Krankenhäusern, Privathaushalten und in der Landwirtschaft bekamen dieses Misstrauen zu spüren. Viele verschwiegen ihre Vergangenheit aus Angst davor, als Kollaborateure bestraft oder gar erschossen zu werden.«

Marjana nimmt einen Schluck Wasser. Im Publikum ist es ganz still. Es hat den Anschein, als habe sie den Ton getroffen, mit dem sie die Menschen erreicht.

»Es gab unter ihnen auch welche, die nicht nur schlechte Erfahrungen in Deutschland gemacht hatten. Wenige hatten dieses Glück, aber es gab sie: Arbeitgeber, die trotz der Umstände versuchten, die ihnen zugewiesenen Zwangsarbeiter fair zu behandeln. Aufseher oder Vorarbeiter, die nicht schlugen, die die Zwangsarbeiter nicht hungern ließen, die sie wie Menschen behandelten. Auch in dieser schweren Zeit wurden Freundschaften geschlossen, durch die es den Verschleppten überhaupt erst gelang, die Kraft zu finden, das alles zu überstehen. Freundschaften zwischen Arbeitskollegen und -kolleginnen, egal, ob sie Russisch, Polnisch oder Deutsch sprachen. Manchmal war es mehr als Freundschaft. Menschen verliebten sich ineinander, auch wenn es eine Liebe war, von der man wusste, dass sie nur im Herzen, nicht in der Wirklichkeit Bestand haben würde.«

Jemand hustet, man hört das Rascheln eines Papiertaschentuchs.

»Wieder in der Heimat, lebten diese Menschen in der Überzeugung, dass alles, was sie in den Kriegsjahren erlebt hatten, für immer vergessen und begraben war. Dann, fünfzig Jahre nach Kriegsende, gab es plötzlich wieder Menschen in Deutschland, die sich für die Opfer der Zwangsarbeit interessierten, die nach ihnen fragten, die zu ihnen kamen oder sie über Stadt- und Gemeindeverwaltungen ausfindig zu machen suchten. Und mit einem Mal waren die Erinnerungen wieder ganz frisch. Endlich konnten sie über ihre Vergangenheit sprechen, denn da war jemand, der Anteil nahm an ihrem Schicksal und wissen wollte, was aus ihnen geworden war und was sie in Deutschland erlebt hatten.«

Noch mehr solcher Rührseligkeiten, denkt Wiktor, und Luba heult laut los.

»Es kamen Menschen zu ihnen mit alten Fotografien, auf denen sie sich als junge Frauen und Männer wiedererkannten. Sie erinnerten sich genau, wann und wo das Bild aufgenommen worden war und wer die Freundinnen oder Kollegen gewesen waren. Sie erinnerten sich an deren Namen und Herkunftsländer und an viele Einzelheiten, die doch so lange zurücklagen: dass dieser ein lustiger Bursche gewesen war und jener die Mundharmonika spielen konnte. Dass das Mädchen aus Charkow perfekt nähen und jene Polin die schönsten Lieder singen konnte, bei denen alle weinten, auch wenn sie nicht ein Wort verstanden.«

Marjana hält kurz inne. »Sehr verehrte Zuhörer hier auf dem Obersalzberg. Diese Erinnerungen sind mehr wert als das bisschen Geld, das aber immerhin ein Symbol dafür ist, dass die Arbeit, das Leid und das Unrecht, das den Zwangsarbeitern und Zwangsarbeiterinnen geschehen ist, nicht unbemerkt blieben. Sie haben ein Stück ihres Lebens zurückbekommen, das ihnen durch das Vergessenwerden so lange entrissen worden war. Einige wenige bekamen über Entschädigungsfonds oder Spendenprogramme auf privater Initiative die Gelegenheit, nach Deutschland zu reisen, an die Orte, an denen sie damals gelebt und gearbeitet hatten. Sie konnten diesen Städten und Dörfern sagen: ›Ja, hier bin ich gewesen, als ich jung war. Wenn ihr euch erinnert, dann darf ich mich auch erinnern.‹«

Einer der Hausmeister schaltet die Deckenlampen an. Hinter den Fenstern vergeht die Dämmerung und zieht einen schwarzen Vorhang vor die Landschaft draußen.

»Ich kenne eine sehr alte Dame in Kiew«, fährt Marjana fort, »eine ehemalige Krankenschwester. Sie heißt Swetlana. Vor sieben Jahren wurde sie nach Bonn eingeladen, in ein Ordenskrankenhaus, in dem sie als Siebzehnjährige Zwangsarbeit leistete. Beim Blättern in alten Fotoalben der Ordensschwestern entdeckte sie ein Foto, eine Gruppenaufnahme, auf der sie selbst abgebildet war. Und wissen Sie, was sie unter Tränen sagte? Sie sagte: ›Dann war ein Teil von mir immer hier in Deutschland.‹ Und es war ein großer Trost für sie. Nicht alle Spuren ihrer Existenz waren ausgelöscht worden. Hier war der Gegenbeweis.«

Es gibt ein wenig Bewegung im Saal, es wird gehüstelt. Einige Zuhörer rutschen unruhig auf ihren Stühlen herum.

»Ich komme nun zum Schluss, meine Damen und Herren«, reagiert Marjana auf das Stühlerücken. »Unser Freund Alexej ist tot. Er hatte keine Gelegenheit, sich auf Fotos, die auf bayrischen Bauernhöfen gemacht wurden, wiederzufinden oder auf Bildern von Bautrupps auf dem Obersalzberg. Es wird nur noch sehr wenige Überlebende geben, die sich an ihn erinnern können. Aber nun habe ich Ihnen von ihm erzählt. Nun haben Sie ihn kennengelernt. Leider kann ich Ihnen kein Foto von Alexej zeigen, aber sehen Sie auf Luba Munins Blog nach, da gibt es Bilder von Menschen wie Alexej und seiner Frau Mila, die in einem gespenstisch leeren Landstrich leben und dort ihr Auskommen finden müssen.

Das Blog heißt www.lubamunin.com. Und hier ist sie selbst: Luba Munin.«

Marjana zeigt auf Luba, und alle Köpfe drehen sich nach ihr um.

»Kannst du nicht ein bisschen freundlicher dreinschauen, wenn dich schon alle anstarren?«, zischt Wiktor. Luba versucht ein Lächeln.

»Und damit möchte ich enden«, ergreift Marjana wieder das Wort. »Ich danke Ihnen sehr für Ihre Aufmerksamkeit und Ihnen, Dr. Beltz, für die Einladung auf den Obersalzberg. Es war mir eine Ehre. Meinen ursprünglich geplanten Vortrag werde ich als Download auf der Seite der ›Stiftung Erinnerung, Verantwortung und Zukunft‹ einstellen. Vielen Dank.«

Der Applaus klingt warm und herzlich, Marjana widmet ihn im Geist der einsamen Mila und denkt, dass das 20. Jahrhundert doch eigentlich schrecklich war. Wie viel Grausamkeit und Verachtung die Menschen und ganz speziell ihr Volk in dem vergangenen Jahrhundert erdulden mussten. Die Gegenwart zu reflektieren schafft sie nicht mehr, denn Dr. Beltz springt auf und schüttelt ihr die Hand, und eine der beiden jungen Museumspädagoginnen steht mit einem Blumenstrauß vor ihr und strahlt sie an.

Ein Mann in grauer Trachtenjacke kommt nach vorne. »Sehr verehrte Referentin.« Halb Marjana und halb dem Publikum zugewandt fährt er fort: »Ihr Vortrag hat mich, und ich glaube uns alle, tief bewegt. Ich möchte anregen, dass ein Forschungsprojekt initiiert und über Spendengelder gefördert wird, in dem Schüler des Berchtesgadener Gymnasiums in Abstimmung mit der Dokumentation Obersalzberg und dem Münchner Institut für Zeitgeschichte zum Thema Zwangsarbeit im Berchtesgadener Talkessel forschen und ihre Ergebnisse dokumentieren. Vielleicht könnte man auch eine Ausstellung dazu machen. Und wenn wir noch ehemalige Zwangsarbeiter, die hier bei uns waren, ausfindig machen können, dann könnten wir sie oder ihre Kinder und Enkelkinder zu uns einladen, je nach den zur Verfügung stehenden Mitteln.«

»Schad, dass von den Politikern heute Abend keiner da ist«, ruft jemand aus dem Publikum.

In den Beifall hinein sagt Marjana: »Dann will ich einen Anfang machen und zwanzigtausend Euro in die Kasse einzahlen, wenn es Ihnen tatsächlich gelingt, dieses Projekt ins Leben zu rufen.«

Beim Hinausgehen ist Marjana von einem Pulk Menschen umringt. Man fragt sie nach den Verhältnissen in ihrem Land, nach dem Verbleib der orangefarbenen Revolutionäre, dem Lohnniveau. Wiktor hat sich an ihre Fersen geheftet. Im Kassenraum zupft er sie am Ärmel ihrer Kostümjacke.

»Sag mal, du hast sie doch nicht mehr alle!«, raunzt er. »Musst du mit unserem Geld so um dich werfen? Zwanzigtausend Euro, da darfst du dir aber eine gute Erklärung einfallen lassen, woher du die nehmen willst. Ist dir eigentlich klar, dass du uns mit deiner Naivität immer tiefer reinreitest?«

»Naiv nennst du mich?« Marjana bleibt stehen. »Nenn mir irgendeine Summe. Fünfzigtausend, hunderttausend, von mir aus eine Million. Die Million wäre Prahlerei, das geb ich zu. Aber fünfzigtausend oder eben zwanzigtausend, Wiktor, das ist Alexejs Anteil am Schatz. Die will ich investieren. Und du wirst mich nicht davon abbringen.«

Sie verlassen als Letzte das Gebäude. Die Angestellten löschen das Licht. Es ist jetzt sehr dunkel und der Weg zum Parkplatz schlecht beleuchtet.

Dr. Beltz lädt sie noch auf ein Bier oder ein Glas Wein ein. Auch der wissenschaftliche Leiter der Dokumentation und seine Frau und ein paar wissenschaftliche und pädagogische Mitarbeiter sind mit eingeladen. »Umtrunk« nennt er das. Marjana hat das Wort noch nie gehört. Aber sie hat Durst. Ob es etwas Originelles sein darf, eine traditionelle bayerische Wirtschaft mit gutem selbst gebrautem Bier?

Sie fahren in mehreren Autos zum Hofbrauhaus, einem stattlichen historischen Gebäude in Berchtesgaden. Breite Steinstufen führen zum Eingang hinauf. Tosend schießt ein vom Fluss abgeleiteter eingefasster Bach an einem Mühlrad vorbei in ein Kraftwerk auf dem Gelände des Brauhauses und treibt dort eine Turbine an. Vom Innenhof kann man einen Blick in die verschiedenen Säle mit ihren Holzmöbeln, den Gewölbe- und Holzdecken werfen. Die Menschen sitzen an schweren Holztischen, auf denen gläserne Bierkrüge stehen, einen halben oder ganzen Liter fassend. Auf den Gläsern die drei blauen Buchstaben HBB. Die männlichen Bedienungen tragen Lederhosen bis zum Knie, weiße, gestrickte Strümpfe und karierte Leinenhemden. Einige kommen aus Tschechien und Polen, man hört es am Akzent.

Dr. Beltz empfiehlt ihnen den Schweinsbraten mit Semmelknödel und Kraut oder das Backhenderl mit Erdäpfel-Gurkensalat.

Ob es auch Fisch gebe, möchte Luba wissen. Aber ihr Gastgeber winkt ab und meint, das würde er eher nicht empfehlen. Die bayerische Küche sei eben eher deftig und das Meer zu weit weg. In St. Bartholomä, beim Königsseefischer, ja, da gebe es feine Forellen, Renken, Saiblinge, aber hier im Bräustüberl würde er doch eher zu Fleisch raten.

Als der Kellner kommt, bestellt Wiktor Hirschgulasch.

»Hirschgulasch?«

»Hirschgulasch.«

»Tut mir leid, der Herr. Hirschgulasch haben wir nicht.«

Enttäuscht entscheidet sich Wiktor schließlich auch für den Schweinebraten.

Als der Kellner die Getränke bringt, steht plötzlich der Koch am Tisch.

»Wer von euch wollte das Hirschgulasch?«, möchte er wissen.

Marjana zeigt lachend auf Wiktor.

»Magst a Kesslgulasch vom Ochsen? Mit Spätzle und Salat? Des is fei was ganz Feines. Und mager, ohne Fettzusatz.«

»Ja«, sagt Wiktor, der weiß, was ein Ochse ist.

»Der Mann kennt sich aus«, sagt der Koch. »Ein echter Feinschmecker. Und wennst im Herbst nomoi kimmst, dann koch ich dir a Hirschgulasch, gell?«

Eine der Mitarbeiterinnen der Dokumentation hat ein Notebook mitgebracht. Sie gibt Lubas Blog-Adresse ein und zeigt die Seite mit den Tschernobyl-Bildern herum.

»Ist da auch ein Foto von Alexej dabei?«, fragt sie.

»Nein, von Alexej nicht. Er war schon sehr schwach, als ich ihn kennenlernte«, sagt Luba. »Aber hier, sehen Sie, das ist Alexejs Hütte. Und die Frau, die gerade in der Scheune verschwindet, das ist Mila, seine Frau. Ich hoffe, es geht ihr gut. Sie ist jetzt ganz allein da.«

Wiktor beobachtet interessiert, wie viel Bier die Männer an den Tischen ringsherum trinken. Sie winken dem Kellner mit dem leeren Glas, und schon steht ein neues auf dem Tisch.

Dr. Beltz verabschiedet sich bald nach dem Essen, andere schließen sich an. In die allgemeine Auflösung hinein fällt Marjana ein, dass sie jetzt noch tanzen gehen möchte. Zur Entspannung. Werner Felbermeyer, Kustos in der Dokumentation, bietet sich an, die drei in eine Diskothek zu fahren. Bleiben will er selbst nicht mehr, er muss am nächsten Tag wieder früh aufstehen.

Das Privattaxi fährt die kleine angeheiterte Gruppe durch Berchtesgaden. Rechts ist das für den Ort zu groß geratene, grundhässliche Bahnhofsgebäude zu erkennen. Im Kreisverkehr überqueren sie den Fluss, ein Kino wirbt mit drei Plakaten in einem beleuchteten Schaukasten, eine Metzgerei, eine Bäckerei, ein Edeka, ein Getränkemarkt, und draußen sind sie aus dem Ort. Nach ein paar Kilometern auf der Landstraße lädt ihr Chauffeur sie vor einer alpenländisch anmutenden Berghütte ab. In dem modernen Anbau ist eine Diskothek untergebracht. »Ü30« heißt der Abend, und das ist zwar der blanke Euphemismus, sieht aber besser aus als Ü40. Schreckt jedenfalls nachhaltig die Ü20-Generation ab, weil sie Angst hat, beim gepflegten Oldie-Abend auf ihre Eltern zu treffen.

»I beliiiiiiiieve in angels!« Marjana zieht Luba gleich ausgelassen auf die Tanzfläche.

Können die beiden nicht warten, bis wir angekommen sind, einen Platz gefunden und eine Runde Bier bestellt haben? Und vor allem bis jemand sie auffordert?, denkt Wiktor. Peinlich ist das, wie Marjana und Luba den Songtext mitgrölen. Mit diesen beiden Hühnern kann man einfach nicht anders als auffallen.

Eine Frau schlängelt sich zwischen den runden silbernen Tischen über die Tanzfläche auf die Bar zu. Sie sieht knackig aus. Sportlerin. Beide Hände stecken ein wenig verkrampft in den Po-Taschen ihrer Jeans. Sie stellt sich neben Wiktor an den Tresen und unterhält sich mit dem Barmann. Er zapft ihr ein Bier. Sie trinkt und dreht sich mit dem Glas in der Hand zum Lokal, sieht kurz hinauf zur Galerie. Von der Decke hängt eine Diskokugel, deren Spiegelflächen die farbigen Lichter reflektieren.

Wiktor kann die Nähe der Frau fast körperlich spüren. Ihr zum Zopf geflochtenes Haar hat die Farbe von Weizen. Ist sie allein? Es ist ihm egal. Als die Musik wechselt, fragt er sie, ob sie tanzen will. Sie ist überrascht, verlegen. Will sie vielleicht auch lieber allein oder mit einer Frau tanzen? Aber Wiktor steht schon vor ihr und wartet, und es sieht so aus, als könne sie ihm nicht mehr entkommen.

Sie folgt ihm auf die Tanzfläche. Wiktor nimmt ihre Hände. Er will nicht, dass sie getrennt tanzen. Discofox. Wiktor erinnert sich noch an einige Figuren. Die blonde Frau macht alles mit. Es läuft gut, Wiktor bemerkt, dass die anderen Tänzer sie beobachten. Auch Luba und Marjana.

Das sieht ihnen wieder ähnlich, dass sie ihm das nicht zugetraut haben. Wenn sie es gewusst hätten, hätten sie sich um ihn gerissen. Aber jetzt hat die Blonde mit dem Zopf das große Los gezogen. Wiktor fragt sie auf Englisch, ob sie von hier sei. Sie nickt. Als er sie fragt, ob sie auf einem Bauernhof lebe, mit Kühen und Schweinen, nickt sie wieder und lacht.

Beim nächsten engen Tanz erfährt er, dass sie Magdalena heißt. Sie fragt ihn nicht nach seinem Namen, er sagt ihn trotzdem. Doch sie hört ihm gar nicht zu. Sie wirkt, als träume sie. Er zieht sie näher zu sich heran, sie setzt Widerstand entgegen. Da sie auf diesem Abstand zwischen ihnen besteht, wandert zumindest seine Hand über ihre Hüfte, und seine Fingerspitzen streichen über den Streifen freier Haut zwischen dem engen T-Shirt und dem Bund ihrer Jeans. Er merkt, wie sich ihre Bauchdecke anspannt, wie sie kurz die Luft anhält und sich dann wieder langsam entspannt, und hat den Eindruck, dass ihr die Berührung nicht unangenehm ist. Sie kommt zwei Zentimeter näher und schließt die Augen.

In der Tanzpause überlegt er fieberhaft, was er sagen könnte, bevor sie sich umdrehen und fortgehen kann. Aber noch während er nachdenkt, kommt ein großer Mann in Jeans und Holzfällerhemd auf sie zu und lädt Magdalena ein, mit an einen Tisch auf der Galerie zu kommen, wo schon eine Gruppe von Leuten steht und ihr zuwinkt. Freunde.

Wiktor begreift, dass sie gleich fort sein und ihn wie einen verstoßenen Hund auf der Tanzfläche stehen lassen wird. Die Musik setzt gerade wieder ein. Endlich die ABBA-Ablösung. Da nimmt sie seine Hände, stellt sich auf die Zehenspitzen und drückt ihre Wange an seine. Ihre Lippen berühren fast sein linkes Ohr. »Ciao!«, flüstert sie und dreht sich weg, holt ihr Bier vom Tresen und folgt ihrem Bekannten – oder ist es ihr Freund? – nach oben auf die Galerie.

Bevor Wiktor ebenfalls zum Tresen tapsen kann, schnappt eine Hand nach seiner und zieht ihn zurück auf die Tanzfläche.

»Du Herzensbrecher hast uns ja gar nicht gesagt, dass du tanzen kannst wie ein junger Gott«, ruft Marjana. »Gut, dass der Typ gekommen ist. Ich dachte schon, wir hätten dich an diese blonde Rennrodlerin verloren.«

»Wieso Rennrodlerin?«

»Hast du ihre Oberarme und Schenkel nicht gesehen? Aber klar, du hattest deine Augen ja woanders. Ich dachte schon, du ziehst sie auf der Tanzfläche noch aus. Alle haben wir auf dieses Stück Haut gestarrt und deine Finger, die darübergekrabbelt sind wie eine gierige Spinne.«

»Du meinst wohl, *du* hast darauf gestarrt. Dabei kannst du aus der Entfernung nicht viel gesehen haben. Und jetzt halt endlich die Klappe und zeig, was du kannst.«

Sie wirbeln über die Tanzfläche, bis Marjana sich zurück an den Tresen flüchtet. Als Wiktor nach oben auf die Galerie schaut, ist Magdalena nicht mehr da.

Als sie um drei Uhr morgens aus dem Lokal torkeln, schlägt ihnen kühle Nachtluft entgegen.

»Sind wir hier in der Wüste?«, lallt Marjana.

»Nein, im Gebirge.« Wiktor dreht sich einmal um die eigene Achse. Sein Blick wandert an den dunklen Hängen der Berge hinauf in den klaren Sternenhimmel. »Milky way«, murmelt er.

»Hä?«, fragt Marjana, die Mühe hat, sich auf den Beinen zu halten.

»Die Milchstraße, du Schnapsdrossel. In Kiew bekommst du die nie zu sehen. Drei Millionen Menschen machen zu viel Licht, und ihre Autos produzieren zu viel Smog.«

»Ist mir noch nie aufgefallen.«

»Eben. Nachts, in der Zone, siehst du sie über dir wie die Schaltkreise einer riesigen Leiterplatte.«

»Ich glaub, mir wird schlecht.« Marjana lehnt sich an die Holzwand der Diskothek.

Die Tür geht auf, und Luba kommt, eingehüllt in eine Wolke hämmernder Beats, aus dem Lokal. Hinter ihr tritt ein junger Mann in Trekkingschuhen aus der Tür und stabilisiert seinen schwankenden Oberkörper durch einen Griff an den Türrahmen.

»Ey«, schreit er. *»Don't go!«* Breitbeinig steht er im Licht der offenen Tür, der Oberkörper in einer langsamen Drehbewegung pendelnd.

»Wie ein Leuchtturmwärter«, sagt Wiktor.

»Ein besoffener«, nuschelt Marjana.

Luba dreht sich um und geht auf ihn zu. *»What do you want?«*

»Want fucking?«, lallt der Mann.

»Fuck off!« Luba dreht sich weg. »Ich suche mir meine Männer selbst aus.«

Er greift nach ihr, bleibt mit der Hand in ihren Haaren hängen und zerrt daran. Blitzschnell dreht Luba sich um und rammt ihm das Knie in den Schritt. Der bullige Mann knickt in der Mitte ein und drückt beide Hände auf das akute Schmerzzentrum.

Zu spät, denkt Wiktor. Luba holt aus und rammt ihren Ellbogen in das Gesicht des Mannes. Sein Stöhnen setzt Wiktor in Bewegung. Er springt zu Luba und hält sie mit beiden Armen fest.

»Bist du verrückt geworden? Was hat er dir denn getan?«

Luba windet sich, bis Wiktor sie in den Schwitzkasten nimmt. Als sie ihre Gegenwehr aufgibt, spürt er, wie ihr Körper geschüttelt wird. »Mich greift keiner an. Mir tut keiner weh«, schluchzt sie.

»Lubotschka«, murmelt er. Als er sie loslässt, sinkt sie auf die Knie. Der Betrunkene hat sich wieder aufgerichtet und schwankt zurück ins Lokal. Wiktor und Marjana haken Luba unter. Vorne an der Straße hält das bestellte Taxi.

»Au weh«, sagt der Taxifahrer. »Verträgt da jemand keinen Alkohol? Was hat sie denn erwischt?«

»Eine Nase und zwei Eier«, sagt Marjana. »Und jetzt nach Unterau, zu Frau Ilsanker.«

»Bei der Ilsanker Vroni seid ihr? Schöne Ferienwohnungen hat die Vroni, gell? Seid's zufrieden mit der Unterkunft?«

»Sind wir zufrieden?«, fragt Marjana Wiktor.

»Ja, wir sind zufrieden.«

Berchtesgaden, 25. Mai 2010

Von Reichenberg tritt vom Lokal aus auf die Terrasse, geht durch die Tischreihen und findet einen freien Tisch. Es ist heiß. Frauen in leichten Sommerkleidern und Wanderer-Pärchen in karierten Hemden, Shorts und Trekkinghosen sitzen unter den bunten Sonnenschirmen auf der Sonnenterrasse am Obersalzberg.

Die flinken Kellerinnen in ihren Dirndlkleidern schleppen Getränke heran und Windbeutel in XL-Ausführung, gefüllt mit Sahne, Obst und Vanilleeis in Familienpackungsgröße. Als von Reichenberg die Karte zur Hand nimmt, sieht er, dass diese Kreationen nach den umliegenden Bergen benannt sind, die man hier von der Terrasse aus bestens im Visier hat. Ein paar Geranientöpfe dazu, und die ganze Szenerie sieht aus wie vom Postkartenfotografen arrangiert.

Neben den Kuchentellern der Frauen stehen die leeren Biergläser und Teller der Männer, die man an den eingetrockneten Senfspuren erkennt, die in der Hitze Risse bekommen haben. Endlich weht ein leichter Wind über die Terrasse. Im Westen stehen hochgetürmt und wie gestapelt Gewitterwolken, durch die die Sonne brennt. Die helle Hausmauer reflektiert ihre Strahlen und taucht die Terrasse in ein grelles, flaches Licht.

Eine junge Frau in weißer Baumwollbluse mit Kordel am Ausschnitt, blondem Lockenhaar und grünen Augen sitzt am Nebentisch und beobachtet ihn verstohlen. Von Reichenberg ist es gewöhnt, dass man ihn anstarrt. Es macht ihm nichts aus. »Es kann nicht jeder schön sein«, sagt er, wenn man ihn darauf anspricht, was allerdings selten vorkommt. In gebildeteren Kreisen zitiert er dann schon mal den Wiener Schriftsteller Friedrich Torberg, der gesagt hat: »Alles, was ein Mann schöner ist als ein Affe, ist Luxus.«

»Einen Cappuccino, bitte«, bestellt seine Nachbarin bei der Kellnerin im Dirndl. Von Reichenberg ordert ein Bier. »Ein Helles«, wie die Kellnerin wiederholt, als hätte sie es mit einem Ausländer zu tun. Einen Windbeutel wollen sie beide auch auf hartnäckiges Nachfragen nicht.

Die Frau am Nebentisch lässt sich von der fabelhaften Aussicht nicht beeindrucken, sondern kramt ein Taschenbuch aus ihrer Umhängetasche. Von Reichenberg beobachtet sie beim Lesen, sieht abwechselnd in ihr Gesicht und auf ihre transparente Bluse. Als die Frau bemerkt, wie von Reichenberg auf ihren Busen starrt, wendet sie sich ab und tut so, als blende die Sonne sie beim Lesen. Als die Bedienung vorbeikommt, bezahlt sie, packt das Buch in die Tasche und geht wortlos davon. Nur die halb volle Cappuccinotasse und von Reichenberg sind Zeugen ihrer Flucht.

Von Reichenberg zieht sein Handy aus dem Jackett, das er über den Stuhl neben seinen gehängt hat.

»Mandy, hol dir etwas zu schreiben. Hast du was?«

»Was? Wieso denn?«

»Du sollst nicht blöd fragen. Tu einfach, was ich dir sage, ja?«

»Ist ja gut, ich hab schon was zu schreiben.«

»Okay, dann schreib jetzt auf: Hotel zum Türken, Obersalzberg. Hast du's? Hotel zum Türken.«

»Und was soll ich jetzt mit dem Zettel?«

»Pass auf. Wenn ich mich in den nächsten drei Stunden nicht bei dir gemeldet habe, dann rufst du bei der Polizei in Berchtesgaden an, verstanden?«

»Bei der Polizei? Und was soll ich denen sagen?«

»Du sagst, dass im Hotel zum Türken ein Russe einen Mann festhält und mit einer Waffe bedroht, eine Geisel.«

»Was? Ich versteh dich so schlecht, wo bist du denn? Warum sprichst du so leise?«

»Warte.« Von Reichenberg steht auf, geht von der Terrasse zurück durchs Lokal und hinaus auf den Parkplatz.

»Hörst du mich jetzt besser?«

»Ja, jetzt hör ich dich gut. Aber wer ist der Russe und wer die Geisel?«

»Frag nicht, ich möchte einfach nur wissen, ob du weißt, was du zu tun hast.«

»Ich ruf bei den Bullen an, wenn du nicht in drei Stunden bei mir angerufen und mir gesagt hast, dass alles in Ordnung ist.«

»Okay.«

»Schatzi, willst du mir nicht sagen, was du vorhast?«

»Nein, du sollst einfach nur machen, was ich dir sage.«

»Ich mach mir aber Sorgen um dich, Schatzi. Und wenn du mir nicht sagst, was los ist, dann ruf ich jetzt gleich bei den Bullen an.«

»Also meinetwegen, spitz die Ohren. Ich habe herausgefunden, dass der Killer, den Jurij auf unsere Falschgeldboten angesetzt hat, im Hotel zum Türken, das ist hier am Obersalzberg, ein Zimmer hat. Er beobachtet sie auf Schritt und Tritt. Ich bin mir sicher, dass er interessante Sachen über die drei herausgefunden hat. Ich glaube, das Trio ist hier auf Schatzsuche.«

»Was? Hier?«

»Wenn du glaubst, Schätze gibt es nur in der Karibik, bei den Piraten, dann bist du einfach doof, Mandy. Hast du schon mal was vom Nationalsozialismus gehört? Bei euch in der DDR müsst ihr darüber doch auch was in der Schule gelernt haben.«

»Ja, natürlich. Staatsbürgerkunde haben wir ab der siebten bis zur zehnten Klasse gehabt.«

»So lange bist du zur Schule gegangen, Mandy? Schwindelst du mich jetzt auch nicht an? Na, egal. Diese Bonzen sind hier alle auf dem Obersalzberg gehockt, und vielleicht haben sie hier ja tatsächlich noch etwas gebunkert, bevor die Amis und Briten anrückten.«

»Und deshalb rennst du denen Tag und Nacht hinterher und jetzt auch noch diesem Russen und wenn nötig auch noch einem Seilbahnschaffner, während ich hier im Hotel versauere? Warum hast du mich überhaupt mitgenommen, wenn du mich hier nur in der Hotelbar, im Fitnesscenter, in der Sauna oder vor dem Fernseher parkst? Da hätte ich auch genauso gut in Frankfurt bleiben oder alleine nach Cannes fliegen können.«

»Mandy, ich brauch dich hier noch. Du bleibst hier, verstanden? Ich finde heraus, was der Russe für Infos hat, die ich noch nicht habe, und du hältst mir den Rücken frei und kümmerst dich darum, dass die Bullen antanzen, wenn ich in Schwierigkeiten gerate. Stell dir vor, die drei steigen in den Bergen herum und haben sich sogar eine komplette Höhlenausrüstung besorgt. Verstehst du?«

»Nein.«

»So doof kann man doch nicht sein, Mandy! Das sieht nach einer ganz großen Sache aus. Das ist unser Jackpot. Und den lasse ich mir weder von Jurijs Mann wegnehmen, noch werde ich es zulassen, dass er die drei beseitigt, bevor ich weiß, was sie herausgefunden haben. Und wo der Schatz steckt, nach dem sie suchen.«

»Wie viel ist der denn wert?« Über den nebensächlichen Ton, den Mandy ihrer Stimme gibt, kann von Reichenberg nur lachen.

»Woher soll ich das wissen? Wahrscheinlich ein paar Millionen. Sonst würden sich diese Amateure doch nicht mit Jurij anlegen, so blöd sind die auch nicht. Also dann …«

»Pass auf dich auf, Schatzi!«

Von Reichenberg grunzt.

»Ja, ja, du musst nichts sagen. Ich weiß ja, dass du deine Gefühle nicht ausdrücken kannst.«

»Mandy!«, droht von Reichenberg.

»Also dann sieh zu, dass du herausfindest, wo der Schatz ist, und in drei Stunden ruf ich bei den Bullen an.« Mandy legt auf.

Zurück auf der Terrasse setzt von Reichenberg seine schwarze Ray Ban auf, lehnt sich zurück und hält sein Gesicht in die Sonne. Als der Schatten der Bedienung über ihn hinweghuscht, sagt er: »Zahlen«, genießt noch für ein paar Minuten die Frühlingssonne, bevor er sich aufrafft, sein Vorhaben in die Tat umzusetzen.

Von Reichenberg hat keinen großen Sinn für Geschichte, die nicht seine eigene ist. Aber auf der Reise nach Berchtesgaden und seit er hier ist, hat er sich eingelesen. Mitten im ehemaligen Führersperrgebiet der Nazis liegt das Hotel zum Türken, das nach Enteignung durch die Nationalsozialisten der Reichssicherheitsdienst nutzte, dessen Aufgabe es war, die Nazibosse am Obersalzberg zu schützen. Obwohl durch die Bombardierung schwer beschädigt, wurde das Hotel zum Türken nach dem Krieg rückübereignet und von seinen Besitzern wieder aufgebaut.

Den Charme der dreißiger bis fünfziger Jahre strahlt dieses Hotel bis heute aus. Es ist dunkel, abweisend und, wenn man ehrlich ist, eigentlich auch ein bisschen abstoßend. Nicht die Architektur und die veraltete Ausstattung ist der Trumpf des Hauses, sondern ein eigener Zugang zur alles in allem sechs Kilometer langen Bunkeranlage am Obersalzberg. Das macht es zum Ziel vieler Besucher. Amerikaner, Engländer und Deutsche, Ahnungslose und Gestrige steigen hier im Hotel ab, das einmal in der Mitte des Machtzentrums der Nazis lag.

Zweifelte von Reichenberg noch vor ein paar Tagen daran, ob es ihm gelingen würde, die Spur der drei Ukrainer noch aufzunehmen, so hat sich für ihn nun alles prächtig entwickelt. Nicht nur weil er die Ukrainer entdeckt hat und schon ausspähen konnte, dass sie sich auf eine große Untertagemission vorbereiteten. Auch die Entdeckung Wladimirs, der im Auftrag Jurijs die drei aufspüren und irgendwann erledigen würde, scheint ihm eine gute Fügung. Und er ist sich ganz sicher, dass er von Wladimir Entscheidendes erfahren wird.

Als von Reichenberg das Hotel zum Türken betritt, sind die Gäste gerade beim Abendessen, die Rezeption ist unbesetzt. Schlüssel Nummer 11 hängt zusammen mit einigen anderen hinter dem Tresen. Von Reichenberg schnappt sich den Schlüssel und wischt vorbei.

Zimmer elf liegt im ersten Stock. Die Türschlösser sind ebenso historisch wie das ganze Gebäude, und von Reichenberg braucht keine Minute, bis er das Schloss geknackt hat. Das Zimmer ist aufgeräumt. Im Badezimmer ein Elektrorasierer, eine Zahnbürste, ein Kulturbeutel, Handtücher und Bademantel des Hotels. Neben der Zimmertür, auf der Kofferablage, eine braune Reisetasche, daneben eine fast volle Flasche Wodka.

»Na dann prost, Brüderchen!«, flüstert von Reichenberg.

Ein Kofferradio aus Sowjetzeiten steht auf dem kleinen Schreibtisch, daneben ein Notebook. Von Reichenberg klappt den Deckel auf. Reichenberg hat Glück, der Rechner ist nicht ausgeschaltet, erwacht sofort, sodass er ohne Passworteingabe in das System kommt.

Es dauert nur ein paar Sekunden, und von Reichenberg ist in dem Fotoprogramm, in dem Wladimir zuletzt gearbeitet hat. Hunderte Fotos von Wiktor und seinen Begleiterinnen sind dort gespeichert. Er ist ihnen also schon eine ganze Zeit auf der Spur. Eine Serie von Fotos, offensichtlich mit einem starken Tele aus großer Entfernung geschossen. Die drei in ihren Zimmern im Intercontinental. Der moderne Hotelkomplex ist klar zu erkennen.

Immer wieder die drei. Auf einem der Fotos ist zu sehen, dass auf dem Tisch des Hotelzimmers etwas liegt, das interessant sein könnte. Von Reichenberg vergrößert den entsprechenden Bildausschnitt. Eine Karte, sie ist nicht komplett abgebildet, aber das Foto ist scharf. Es ist ein handgezeichneter Plan zu sehen, er sieht uralt aus. Von Reichenberg erkennt darauf den Eingang zu einer Höhle. Er begreift anhand der Skizze, dass es um eine Stelle im Göllmassiv gehen muss, zwischen den beiden Gipfeln Hoher Göll und Hohes Brett.

Während er versucht, sich die Details einzuprägen, ist er mit einem Ohr draußen auf dem Gang. Was war das eben, ein Geräusch? Von Reichenberg schließt den Deckel des Notebooks wieder. Er versteckt sich hinter der Tür, wartet ab, bereit zu fliehen, sobald jemand das Zimmer betritt, oder zuzuschlagen, falls Flucht nicht in Frage kommt.

Ein Schlüssel dreht sich im Schloss, die Tür öffnet sich. Wladimir kommt herein, bleibt mit dem Rücken zu von Reichenberg stehen, der im selben Augenblick erkennt, wie naiv sein Vorhaben, diesem Mann davonlaufen zu wollen, war. Er entscheidet sich daher für Plan B, greift nach dem Schlagring in seiner Tasche und zieht ihn über die Finger der rechten Hand. Bevor er die Faust noch richtig in Position bringen kann, dreht Wladimir sich blitzschnell um, weicht aus und platziert seine Faust mitten in von Reichenbergs Gesicht. Ein Knacken, und einige Spritzer Blut verzieren die Raufasertapete.

Wladimir packt von Reichenberg am Hemd, das mit einem hässlichen Geräusch auseinanderreißt. Knöpfe springen ab. Von Reichenberg fliegt mit dem Rücken gegen die Wand, sein Hinterkopf prallt gegen einen Garderobenhaken, ein blutiges Büschel Haare bleibt am Messing hängen. Dann schleudert Wladimir von Reichenberg aufs Bett. Wie eine Maschine arbeitet er, lautlos und präzise. Als spule er ein Programm ab, greifen seine Hände nach dem Körper des Gegners. Finden an einer Stelle Halt, der Drehpunkt für den günstigsten Hebel ist, und der Körper fliegt durch die Luft. Jeder Berührung folgt eine weitere Wunde.

Endlich sagt die Maschine etwas: »Was machst du in meinem Zimmer, du Ratte? Hat dir Jurij nicht gesagt, du sollst die Sache mir überlassen? Ich werde dich töten!«

Von Reichenberg hustet. Vom Blutgeschmack im Mund wird ihm fast übel. »Das wirst du nicht tun.« Er hält die Arme schützend vors Gesicht, aber Wladimir rührt sich nicht. »Hör zu«, sagt von Reichenberg, »ich bin nicht blöd. In etwa zehn Minuten ruft mein Häschen bei der Polizei an und plaudert aus, was hier in Zimmer elf gerade so los ist. Wenn du jetzt weitermachst, verbringst du bei allem, was du auf dem Kerbholz hast, den Rest deines Lebens hinter Gittern. Sie werden mich finden, und du wirst sitzen, da kann dir auch dein Freund Jurij nicht mehr helfen. Du hast gar nicht die Zeit, mich umzubringen und meine Leiche zu beseitigen. Das

Schlagen beherrschst du besser als ich, das gebe ich zu. Aber eines sage ich dir: Ich werde dir trotzdem irgendwann alle Knochen brechen, nicht heute, aber du kannst dir sicher sein, dass der Tag kommen wird. Und jetzt lässt du mich gehen, sonst fährst du heute Abend noch ein.«

Wladimir packt von Reichenberg an den Schultern und zieht ihn zu sich hoch. Als sie auf gleicher Höhe sind, spuckt er ihm ins Gesicht.

»Du hast Glück, heute bin ich großzügig und lasse dich gehen. Nicht weil ich mich vor der Polizei fürchte, sondern weil du ein Geschäftspartner vom Boss bist und du noch nicht auf meiner Liste stehst. Trink dir einen Rausch an, geh fein essen, mach etwas aus dem Abend, mach etwas ganz Schönes, denn es könnte dein letzter sein, solltest du mir noch einmal in die Quere kommen. Du hast keine Chance gegen mich. Keine, außer du bringst bis Mitternacht fünfhundert Kilometer zwischen dich und mich.«

Wladimir dreht von Reichenberg den Arm auf den Rücken, geht mit ihm ins Badezimmer und wischt ihm mit feuchtem Toilettenpapier das Blut aus dem Gesicht.

»Versuch einfach, mich nie wiederzusehen, dann könnte für uns beide Platz auf der Erde sein.«

Damit schiebt er ihn zur Zimmertür hinaus.

Im Auto ruft von Reichenberg Mandy an. »Alles okay, in einer Viertelstunde bin ich da.«

»Wieso nuschelst du so?«

»Oh, Verzeihung, ich muss nur schnell mein Gebiss neu einrichten.«

»Was für ein Gebiss? Hast du gefunden, wonach du gesucht hast?«

»Ja, das, was ich suche, und leider noch ein bisschen mehr. Das ist mir nicht bekommen. Aber das Wichtigste ist, dass ich jetzt weiß, wo der Schatz liegt.«

Berchtesgaden, 29. Mai 2010

»Ich finde, jetzt reicht es. Seit Stunden quälen wir uns in dieser verdammten Höhle nach unten. Ich kann nicht mehr.« Es fällt Wiktor nicht leicht, sich geschlagen zu geben, und er versteht auch nicht, wieso gerade er so fertig ist, während Luba und Marjana keine nennenswerten Anzeichen von Schwäche zeigen. Vielleicht war es das Aufstehen mitten in der Nacht. Er kann sich gar nicht erinnern, wer eigentlich diese Schnapsidee hatte. Ein Aufstieg in der Vollmondnacht, dann wieder das Suchen nach einem Höhleneinstieg. Und als sie ihn dann über den Schneetrichter fanden, nach dem sie die letzten Tage immer wieder gesucht hatten, dieses extrem schwierige Einsteigen in die sehr tiefe Höhle. Nur mit Hilfe der Karte haben sie überhaupt das Felsband im oberen Stück, wenige Meter unter dem Trichter, gefunden, auf dem sie zu Fuß und ohne Kletterei in einen Seitengang gelangten, in dem sie sich dann weiter voranarbeiten konnten. Für ein komplettes Abseilen in die Haupthöhle hätten ihre Seile sowieso nicht gereicht.

»Schlagen wir doch hier unser Lager auf. Wir gehen weiter, wenn wir uns ausgeruht haben.« Wiktor setzt den Rucksack ab.

»Das kommt überhaupt nicht in Frage. Schau doch mal auf die Karte, wir sind fast am Ziel. Bisher hat alles ganz genau gestimmt. Wir haben maximal noch eine halbe Stunde zu gehen.« Luba packt die Karte wieder weg, schnallt ihren Rucksack um und stapft weiter.

»Du hast ja gehört, was unsere Chefin und Hüterin der Schatzkarte sagt«, redet Marjana ihm zu. »Ich habe nicht die Energie, mich zu widersetzen. Vielleicht hat sie ja recht. Im Stollen ist es bestimmt angenehmer als hier in der feuchten Höhle, wo der Wind durchpfeift und wir auf dem blanken Fels schlafen müssten. Los, Wiktor, nicht schlappmachen, ich erkenne dich ja nicht wieder, Commandante.«

»Du bist aber auch allmählich nicht wiederzuerkennen. Schlägst dich hier ohne Murren und ohne Zigaretten, dafür bestens gelaunt mit Stirnleuchte und schwerem Rucksack durch die Dunkelheit.« Er streckt den Kopf in die Luft und schnuppert. »Sag mal, riechst du eigentlich schon was?«

»Ja, ich denke schon. Ich spüre es, nicht nur in der Nase, sondern überall: Gold! Und ich möchte es sehen und anfassen. Und am liebsten heute noch.«

»Und wenn wir keines finden? Was machen wir dann?«

»Das überlege ich mir, wenn es so weit ist. Bis dahin freue ich mich auf den größten Schatz aller Zeiten. Und wenn du nicht so ein Miesepeter und außerdem Hasenfuß wärst, dann würdest du das auch tun.«

»Quatsch hier nicht rum, Wiktor, nimm deinen Rucksack und geh«, zischt Luba.

»Ich kann nicht mehr, Lubotschka, kapierst du das nicht? Ich bitte um eine Pause, zwanzig Minuten reichen mir, versprochen.«

»Hoffentlich schlaf ich dann nicht ein«, sagt Marjana.

»Also gut. Ich stell meine Uhr, und wer eingeschlafen ist, wird geweckt, und dann geht's weiter, klar?«, fragt Luba.

»Klar, Boss«, sagt Wiktor. Er packt sein Alukissen aus, setzt sich auf den Boden und lehnt sich mit dem Rücken an einen großen Stein. Er schließt die Augen und möchte zumindest fünfzehn der verhandelten zwanzig Minuten dösen. Ich muss mich entspannen, denkt Wiktor. Wie ein Film laufen die Bilder der letzten Tage in seinem Kopf durcheinander und sind nicht unter Kontrolle zu bringen. Mal blitzt diese, mal jene Szene auf. Ordnung in seine Gedanken bringen, das will er schaffen, vielleicht kann er dann entspannen, und vielleicht fällt ihm noch etwas Wichtiges ein, das er bisher übersehen hat.

Dieser grässlich lange, gellende Schrei, den sie hörten, kaum dass sie den Einstieg zum Trichter passiert hatten. Luba und Marjana müssen genau wie er wissen, dass es auf den Schrecken, der ihnen in die Glieder fuhr, und die Frage »Was war das?« nur eine einzige Antwort gibt. Jemand ist ihnen gefolgt. Vom Tal zur Hütte und mitten in der Nacht von der Hütte hinauf auf den Berg, in dieser Vollmondnacht, die so friedlich wirkte und es nicht war. Er ist ihnen gefolgt bis zur Höhle, hat sich nach ihnen abgeseilt und ist abgestürzt. Anders kann es nicht gewesen sein.

Der Verfolger hatte nicht unsere Karte, aber er muss gewusst haben, an welcher Stelle wir eingestiegen sind. Er hat uns genau beobachtet und den richtigen Einstieg in den Trichter gefunden. Was er nicht gewusst hat und nicht sehen konnte, waren die versteckten

Tritte und Griffe, die wir von Alexejs Karte kannten. Ohne Plan findet man diese Tritte nicht, und auch den Eingang zur Kaverne, über die man nach unten kommt, ohne sich senkrecht abseilen zu müssen, findet man nicht im Licht einer einzelnen Stirnlampe. Dazu müsste man schon den Eingang mit starken Scheinwerfern beleuchten. Wiktor weiß, dass er so nicht einschlafen wird, aber er kommt von seinem Gedankenkarussell nicht herunter. Es ist so wichtig. Er will verstehen, was da passiert ist. Er muss.

Der Mann hat geschrien und geschrien, und dann war es still. Er ist tot, ganz sicher. Wir haben ja gesehen, wie tief die Höhle hinter dem Einstieg ist, das überlebt keiner. Der Tod des Verfolgers muss die Freude der Verfolgten sein. Aber Wiktor hat keine Freude gesehen, nicht bei Luba, nicht bei Marjana, und er selbst hat sie auch nicht gespürt. Nur Schrecken. Der Schrei war ein Schock.

Wer war er? Wer war ihr Verfolger? War es der narbige Kerl aus Frankfurt, den er, ohne es zu wissen, geprellt hatte? Oder war es der mysteriöse Beobachter, dem Marjana im Pool und später vor ihrem Zimmer begegnet ist? Dann hätte Jurijs Satellit uns also fast geschnappt. Aber warum ist er abgestürzt? Jurijs Leute fürs Grobe sind Profis. Da ist keiner dabei, der sich abseilt, wenn er das nicht beherrscht. Er hat uns beobachtet, und vielleicht hat er sogar gewusst, dass wir heute einsteigen. Vielleicht hat dieser Kerl mitgekriegt, welches Ding wir vorhaben. Hat uns womöglich sogar abgehört, zumindest solange wir im Interconti waren, bis wir wegen der unheimlichen Spannergeschichte – wegen ihm – Hals über Kopf in die kleine Ferienwohnung umgezogen sind. Vielleicht hat er auch längst herausgefunden, wohin wir uns verkrochen haben.

Sobald er uns auf den Fersen war, war es leicht für ihn zu erraten, dass wir in eine Höhle einsteigen werden. Er hat sich die nötige Ausrüstung besorgt, und dass er uns körperlich weit überlegen ist, das ist keine Frage. Aber Jurijs Mann für besondere Einsätze, der hätte bestimmt mit verbundenen Augen über das Tragseil der Golden Gate Bridge balancieren können. Der hätte uns gehabt, todsicher, und zwar heute noch. Er wäre uns nachgeschlichen, bis wir ihn zum Schatz geführt hätten, dort hätte er uns kaltgemacht und dann Jurij die Beute übergeben. Also haben wir Schwein gehabt. Der Schrei hat Sekunden gedauert, und jetzt ist der Satellit verglüht auf seiner Bahn, aber warum?

Unseren Weg hat er nicht gefunden, der ist ohne Karte nicht zu finden, und wir haben keine Spur hinterlassen. Er sieht also, dass es sehr weit senkrecht nach unten geht, hundert Meter mindestens, und ein so langes Seil hat er sicher nicht dabei. Vielleicht hat er gedacht, dass wir das lange Seil hier schon früher deponiert hatten. Vielleicht hat er oben weiter nach einem Seitengang gesucht. Er sieht, wie weit es nach unten geht. Klettern geht nicht, nur abseilen, und er weiß, er kann eigentlich nur noch aufgeben, umkehren, ein entsprechend langes Seil holen und damit wiederkommen. Eigentlich waren wir ihm also schon entkommen. Warum stürzt er ab?

Es war kein Unfall, es kann kein Unfall gewesen sein. Ein Seil reißt nicht einfach so. Es gibt eigentlich nur eine Erklärung. Da muss noch eine zweite Person gewesen sein, eine, die sowohl uns als auch unseren Verfolger im Visier hatte. Während wir hier Ochsengulasch essen und in der Disco unangenehm auffallen, werden wir von zwei verschiedenen Seiten pausenlos überwacht.

Ein leises Schnarchen ist alles, was hier im Berginneren jetzt zu hören ist. Eine seiner Begleiterinnen muss eingeschlafen sein. Hoffentlich Luba, und hoffentlich hat sie vergessen, ihren Wecker zu stellen, damit er noch ein bisschen Zeit zum Nachdenken hat. Der Zustand zwischen Wachen und Traum ist für Wiktor ausreichend, um weiter auf seinem Karussellrund, seinem Teufelsrad zu bleiben.

Physisch und an krimineller Energie haushoch überlegene Verfolger haben uns die ganze Zeit beobachtet. Und wir, ahnungslos wie Blaualgen in einem Wassertropfen, die unter dem Mikroskop beobachtet werden, waren ein spannendes Studienobjekt. Unsere Beobachter überlegten wahrscheinlich schon, wann und wie sie uns in Wachs gießen und in Scheiben schneiden würden. War das nicht schön, so unbeschwert über die Berge zu klettern, sich über das Panorama und die Fortschritte zu freuen, die wir gemacht haben? Und unsere kleinen Sorgen, unsere läppischen Händel miteinander, während uns von außen, von uns völlig unbemerkt, jederzeit der Tod drohte?

Das Karussell dreht sich mit einem Mal schneller und schneller. Wiktor driftet weg, sein Oberkörper pendelt zur Seite, er spürt es, fängt die Bewegung ab und richtet sich im Sitzen wieder auf. Er will noch ein bisschen nachdenken, diesen flirrenden, wirren Gedanken nachspüren und der Wahrheit auf die Spur kommen.

Jurijs Kettenhund war also jemandem im Weg. So muss es gewesen sein. Er hat den Gedanken noch nicht zu Ende gedacht, als ihn das hässliche Gesicht des Frankfurter Falschgeldhändlers aus dem Dunkel heraus anspringt wie ein Puma. Dessen schnarrendes Gelächter hallt in seinem Kopf wider, dass er die Hände schützend auf die Ohren legt. Aber es lacht in seinem Kopf weiter. Und nun sieht er auch die Szene genau vor sich, als wäre er dabei gewesen und nicht schon unten im Berg.

Als Jurijs Söldner im Trichter verschwindet, sieht Narbengesicht sich den Einstieg aus der Nähe an und wittert seine Chance. Er macht sich an Wladimirs Seil zu schaffen, löst es, schneidet es durch und hat einen Konkurrenten oder einen Feind weniger. Wenn es so war, dann müssen wir uns nicht vor ihm fürchten, solange wir im Berginnern sind, denn er wird uns nicht finden. Er ist nicht der Mann, der sich hier hereinwagen würde. Gefährlich wird es erst, wenn wir wieder im Freien sind.

Oder es war anders, ganz anders? Jurijs Mann hängt im Seil und sieht ein, dass er aufgeben muss, weil sein Seil zu kurz ist, und als er sich daran macht, wieder hinaufzuklettern, spürt er, wie jemand sich an seinem Seil zu schaffen macht. Kommt wirklich nur von Reichenberg in Frage? Hätte der es überhaupt hier heraufgeschafft, oder hätte er nicht lieber bequem unten gewartet, bis wir ihm wie einem Jäger am Hochsitz vor die Flinte laufen?

Die Schweizer Höhlenforscher! Was, wenn die so harmlos wirkenden Schweizer doch nicht so harmlos waren? Jeder weiß, dass hinter den meterdicken Stahltresortüren in der Schweiz viele Geheimnisse schlummern. Wahrscheinlich werden nirgendwo auf der Welt größere Geheimnisse aufbewahrt als in der Schweiz. Was wenn diese Schweizer erst zu Höhlenforschern geworden sind, nachdem sie in ihrer Heimat auf Hinweise zu unserem Schatz gestoßen sind? Wenn das kein Zufall war, dass sie sich in die gleiche Höhle verirrten wie wir? Und wenn sie genau wie wir weitergesucht haben? Vielleicht waren sie auf der Lauer gelegen, haben gesehen, wie uns ein Verfolger in die Höhle nachstieg? Vielleicht wollten sie ihn nicht ermorden, doch als sie ihr Versteck aufgaben und die Randkluft genauer in Augenschein nahmen, bemerkten sie, dass er wieder heraufkam, und sie kappten das Seil, aus Furcht oder auch eiskalt und gezielt. Ratsch! Und der Stern fällt vom Himmel. Die Schweizer müssten nicht aufgeben. Sie haben die Ausrüstung und wissen damit umzugehen.

Einen Augenblick zweifelt Wiktor, ob die Gefahr durch einen Verfolger wirklich gebannt ist, doch er wischt den Zweifel beiseite. Stundenlang sind sie nun schon unterwegs, Dutzende Male hätten sie sich ohne Karte in diesem Labyrinth von Seitengängen, Schächten und Kesseln schon verirrt. Und ein bisschen Glück braucht man sowieso jeden Tag, damit einem kein Satellit auf den Kopf stürzt. Und wer weiß, vielleicht haben sie ja auch eine Unterstützung aus dem Jenseits. Niemals würde er so etwas sagen, aber manchmal hat er genau dieses Gefühl.

»Hey, aufwachen, die zwanzig Minuten sind um«, schreit Luba, hält Wiktor ihre Armbanduhr unter die Nase und klopft mit dem Fingernagel darauf.

»Gib mir noch fünf Minuten, du Grausame. Die brauch ich zum Aufwachen«, grunzt Wiktor.

»Wenn du nicht aufstehst, gehen wir ohne dich.«

Wiktor öffnet ein Auge und sieht Luba über ihm stehen. Marjana dagegen liegt immer noch auf dem Boden und schläft eingerollt wie ein Fuchs

»Dann weck mal unsere Freundin auf. Bis sie wach ist, bin ich auch so weit«, verspricht Wiktor.

Als sie sich schließlich mit Wurst und Schüttelbrot und einem Schokoriegel gestärkt haben und wieder marschbereit sind, hat Wiktor seine Gedanken aus dem Wachtraum sortiert. Er überlegt, ob er mit Luba und Marjana darüber sprechen soll. Sie sind fast zu Tode erschrocken, als sie den endlos langen Schrei hörten. Hastig sind sie weitergegangen, jeder von ihnen mit seiner Angst, seiner Unruhe allein, nachdenkend, grübelnd. Aber dann schien es ihm, als habe der Forscherdrang, das unbedingte Findenwollen bei seinen Begleiterinnen langsam die Oberhand gewonnen. Er wartet, ob eine von ihnen noch einmal von dem Schrei anfängt, dann will er ihnen seine Schlüsse mitteilen. Aber entweder sind die beiden Meisterinnen der Verdrängung, oder sie haben im Schlaf einen Gedächtnisschwund erlitten. Oder das Klondike-Fieber hat sie so fest im Griff, dass alles andere dagegen verblasst.

Obwohl es kurz darauf wieder steil nach unten geht, seilen sie sich dieses Mal nicht an, um schneller vorwärtszukommen. Sie gelangen in eine große Halle, die etwa hundert Meter hoch ist. Nachdem sie die Halle durchquert haben, stürzt der Hauptgang fast senkrecht ab, doch im Plan ist zu erkennen, dass sie sich über einen Felsvorsprung am Abgrund vorbeitasten und dann in einen kleinen Seitengang kriechen müssen. Von dort sind es nur noch wenige Meter bis zum Stollen, wenn der Plan stimmt.

»Es stimmt, es stimmt alles ganz genau!«, schreit Luba, als der kleine Gang abzweigt. »Drei, zwei, eins: jetzt!«

Sie springt als Erste durch die Öffnung in den Stollen und steht zwanzig Zentimeter tief im Wasser.

»Scheiße!«, schreit Marjana hinter ihr. »Hier ist es ja total nass. Mir läuft das Wasser oben in die Stiefel rein.«

Was sie im Schein ihrer Stirnlampen erkennen, sieht aus wie eine riesige unterirdische Pfütze. Wiktor, der noch oben am Ende des Ganges steht, zieht seine Taschenlampe aus der Jacke und leuchtet den Boden ab, dann den Raum darüber.

Sie sind tatsächlich in einem von Menschen angelegten Stollen angekommen. Dreißig Meter hoch ist diese Kaverne im Fels und so groß, dass sie mit Lkws befahrbar wäre. Wiktor steigt ebenfalls hinunter und flucht dabei vor sich hin.

»Verdammtes Wasser, verdammte Kälte, verdammter Berg, Scheißgold.«

»Sag mal, bist du jetzt total durchgeknallt? Wir sind am Ziel, Mann! Gleich werden wir sehen, wie reich wir geworden sind.« Marjana boxt ihn in die Seite.

»Mir ist kalt, ich bin nass, alle Glieder tun mir weh, und außerdem bin ich saumüde«, jammert Wiktor.

»Jetzt reiß dich mal zusammen, du Memme«, sagt Luba. »Das wird ja immer schlimmer mit dir.«

Sie waten durch das Wasser, und im Lichtkegel taucht ein erstes Holzregal auf. Es ist riesig. Zwanzig Meter hoch, mit gigantisch tiefen Fachböden.

»Dass die Nazis immer alles so überdimensioniert bauen mussten. Sieht ja übertrieben groß aus«, sagt Luba.

Der Stollenboden steigt leicht an und ist endlich wieder trocken. Die drei haben so viel Adrenalin im Körper, dass sie gar nicht daran denken, die Schuhe auszuziehen und die nassen Socken zu wechseln. Selbst Wiktors Stimmung schlägt bei diesem Anblick um. In dem Regal liegen, unter Planen verborgen, irgendwelche technischen Teile.

»Achtung!«, ruft Marjana und zieht an einer der Planen. Ein riesiges Rohr mit einem Durchmesser von mindestens zehn Metern an der breitesten Stelle kommt zum Vorschein. Es verjüngt sich nach vorne; außen ist es weiß lackiert, mit einem Hakenkreuz versehen und mit einer Zahlenkennung beschriftet.

»Kacke«, sagt Luba, »was sollen wir denn mit diesem Schrotthaufen?«

»Wahnsinn! Haben sie es also doch gebaut!«, sagt Wiktor aufgeregt. »Habt ihr eine Ahnung, was das hier ist? Nein, habt ihr wahrscheinlich nicht. Ich sag euch, was hier vor euch steht. Das ist das Aggregat 10! Das ist sie tatsächlich. Die fertige Amerika-Rakete.«

Er läuft zum Regal, reißt die Plane herunter, bis die Spitze der Rakete sichtbar wird, die mindestens dreißig Meter lang ist, dann die Kapsel mit vermutlich mehreren Sprengköpfen und Platz für einen Navigator.

»Sie hatten sie wirklich fertig! Bestimmt mussten Tausende von Arbeitern, die an der Umsetzung der Pläne gearbeitet haben, dafür sterben. Und der Pilot, der in dieser Kapsel gesessen wäre, hätte wohl auch keine Chance gehabt, den Anflug auf New York zu überleben.«

»Wieso?«, fragt Marjana.

»Die Landungsmechanismen waren nicht ausgereift genug.«

»Was heißt das denn?«

»Dass es ein Himmelfahrtskommando war. Das heißt es.«

»Hey, habt ihr zwei sie noch alle?«, fragt Luba. »Was interessiert mich denn deine Amerika-Rakete? Dafür bin ich doch nicht hier hereingekrochen und hab mir das eiskalte Wasser in die Stiefel laufen lassen. Was wir hier suchen, ist schlicht und einfach Gold.«

»Ich mag nicht mehr«, sagt Marjana, völlig erschöpft. »Ich krieche jetzt in diese Raketenkapsel hinein, dort ist es wahrscheinlich am bequemsten, ziehe meine Schuhe aus und hänge meine Socken über irgendein Steuergerät zum Trocknen. Dann ziehe ich mir mein

Ersatzsockenpaar an, das ich hoffentlich eingepackt habe, rolle meinen Schlafsack aus und lege mich schlafen.«

»Jetzt, nachdem ihr mich bisher getrieben habt, jetzt willst du schlafen?«, fragt Wiktor.

»Es ist ganz einfach, so einfach, dass sogar du es verstehen musst, Wiktorchen: Ich. Kann. Nicht. Mehr. Schau dir diesen Stollen an. Der ist einige Kilometer lang, und auf der Karte sieht es so aus, als wäre daneben noch einer. Es kann Stunden, wenn nicht Tage dauern, bis wir das Gold finden. Und das schaffe ich jetzt einfach nicht mehr. Bestimmt finden wir nämlich vorher noch ein ganz prima Maschinengewehr aus den vierziger Jahren, das besonders hohe Treffsicherheit auf Planeten verspricht, deren Namen wir nicht einmal kennen. Solltet ihr auf eine solche Waffe stoßen, dann sag ich euch gleich: Ihr braucht mich nicht extra zu wecken. Lasst mich einfach schlafen und erzählt mir morgen davon.«

Marjana nimmt ihren Rucksack ab, zündet sich jedoch vor dem Aufstieg in ihre Schlafkabine noch eine Zigarette an. Ihr Rauch steigt schnurgerade nach oben.

»Marjana, komm, los, lass uns nicht im Stich. Jetzt schlafen, das wäre doch wie … wie eine Stunde auf dem Flohmarkt feilschen und dann doch nichts kaufen. Zutiefst unmoralisch eben. Los, los, los, wir laufen jetzt noch ein Stück«, versucht Luba sie umzustimmen. »Wir gehen noch ein bisschen weiter, und zwar wir alle drei. Alles, was nach Maschine und technischer Errungenschaft aussieht, lassen wir links liegen. Wir haben es nur auf Kisten abgesehen, die klein und handlich sind. Gold ist verdammt schwer, hast du selbst gesagt, Marjana. Da können die Kisten oder Säcke, in denen es lagert, nicht so groß sein. Du wirst sehen, das finden wir schneller, als du denkst.«

»Was ist das denn für eine Logik, dass man kleine Säcke schneller als große Kisten findet?«, fragt Marjana.

»Jetzt sei bitte nicht so träge. Wenn es um den weltgrößten Schatz geht, dann geht es nicht um ein Säckchen Gold zwischen zwei großen Kisten. Dann geht es um hundert oder noch mehr Säcke, und die sieht man, auch wenn sie klein sind.«

»Wenn es hier überhaupt so etwas wie Gold gibt«, sagt Marjana.

»Was soll denn jetzt dieser Unsinn?«, fragt Wiktor. »Du warst doch diejenige, die uns von den geradezu märchenhaften Dimensionen dieses Schatzes die Ohren vollgequatscht hat. Bis wir dir geglaubt haben. Mit deiner Euphorie hast du uns total angesteckt. Und jetzt haben wir es bis hierher geschafft, stehen in unseren dreckigen Klamotten und durchweichten Schuhen in diesem Stollen, und wenn du noch genügend Kraft und Nerven hast, dir eine Zigarette anzuzünden, dann kannst du auch weitergehen.«

»Ja, Papa Wiktor. Aber diese beschissene Rakete hat mich jetzt echt umgehauen. Im Übrigen ist das sicher kein Aggregat 10, denn dafür ist sie zu groß. Aggregat 10 hatte einen geplanten Durchmesser von viereinhalb Metern. Und nun sieh dir diese Rakete an. Die hat einen Durchmesser von mindestens zehn Metern. Ich kenne keine Planungen, die für diese Rakete passen würden. So gesehen ist das durchaus ein wissenschaftlich interessanter Fund. Aber es wäre doch wirklich zu blöd, wenn wir hier nach diesen ganzen Strapazen nur ein Depot für revolutionäre Nazitechnologie, die heute nur noch Schrottwert hat, gefunden hätten.«

»Jetzt hör schon auf, Frau Doktor. Wir laufen jetzt ein bisschen diesen Gang hoch, damit uns wärmer wird.« Wiktor schubst Marjana vor sich her, und sie setzt sich widerwillig in Bewegung.

»Maschinen, Maschinen und immer noch mehr Maschinen«, jammert sie, als könnte nichts anderes mehr unter den Planen links und rechts des Gangs liegen.

»Das sind keine Maschinen.« Wiktor bleibt stehen und öffnet den Deckel einer Kiste, der mit einem Riegel verschlossen ist. Die Kiste ist eineinhalb Meter hoch, einen Meter breit und zwei Meter tief. Ordentlich aufgereiht stehen etwa fünfzig solcher Kisten nebeneinander.

»Bilder! Seht her, es sind lauter Gemälde.«

»Wir können keine Bilder hier raustransportieren und sie dann verkloppen«, sagt Luba. »Selbst wenn sie Millionen wert wären. Wie sollten wir die zu Geld machen?«

»Meine Güte, das ist ein Rubens!«, sagt Marjana. »Ich glaube, ich kenne das Gemälde von Abbildungen. Es gilt als vermisst. ›Die nackte Venus‹, ja, so heißt es. Peter Paul Rubens. Ist das nicht schön, wie sie diesen Zweig in der Rechten hält?«

»Ein bisschen mollig, die Dame«, sagt Luba und sieht sich um. »Wenn es hier Bilder gibt, dann muss es doch die Schatzkammer sein, oder?«

Sie gehen weiter und kommen zu einem Regal, das in mindestens zehn Etagen unterteilt ist. Auf den Regalböden stehen Säcke, so weit das Licht ihrer Taschenlampen reicht. Ein Jutesack neben dem anderen, Tausende.

»Da sind sie!«, kreischt Marjana. »Jetzt seht doch her, da sind sie.«

Sie packt einen der Säcke und will ihn hochheben, aber er bewegt sich keinen Millimeter. Fast verliert sie das Gleichgewicht. »Gold. Da ist Gold drin. Ich rieche es.«

Zusammen machen sie den ersten Sack auf und kippen den Inhalt auf den Boden. Hunderte von glänzenden kleinen Goldbarren liegen kreuz und quer übereinander. Sie laufen zum nächsten Sack, schnüren ihn auf, kippen ihn aus. Zu dritt ziehen sie an den Sackzipfeln, bis alle Barren auf dem Boden liegen. Diesmal sind es etwas größere.

»Seht ihr das?«, schreit Marjana. »Seht ihr das?« Sie läuft zu dem Haufen mit den kleinen Goldbarren zurück. »Tausende Säcke Gold!« Sie hebt einen Goldbarren auf und wirft ihn hinaus auf den Gang, den nächsten hinauf ins Regal, noch einen in die Luft.

»Vorsicht«, zischt Wiktor Luba zu. »Nicht dass sie noch einen erschlägt mit dem Gold.«

»Gold, so viel wir wollen.« Marjana nimmt je einen Barren in die rechte und in die linke Hand und reibt sich damit über das Gesicht, als benutze sie ein sündteures Duschgel oder eine Luxusseife. »Noch nie hat es einen Menschen gegeben, der so viel Gold besaß wie wir. Hey, wir sind die reichsten Menschen der Welt, wisst ihr das? Es ist nicht zu fassen: So viel Gold!«

Sie setzt sich auf den Haufen, legt sich darüber, küsst die Barren, wälzt sich darauf, reibt sich mit zwei Barren die Brüste, öffnet die Bluse und steckt sie sich in den BH. »So viel Gold, Mann, ist das geil. Jetzt sagt doch endlich auch mal was, ihr zwei Stummen. Hat es euch die Sprache verschlagen? Ich weiß, was ich als Erstes mache, wenn wir wieder in Kiew sind. Ich lasse mir einen Dildo aus purem Gold machen. Ich bin gespannt, wie der sich anfühlt.«

»Jetzt hör doch auf, das ist ja peinlich«, sagt Wiktor.

»Mir ist ab jetzt nie wieder etwas peinlich, das schwör ich dir. Ich bin die reichste Frau des Planeten. Und du kannst dich auch langsam dran gewöhnen, dass dir nie wieder etwas peinlich sein muss.«

»Marjana dreht durch«, sagt Luba. »Das finde ich toll. Ich drehe jetzt auch durch. Tausend Säcke Gold. Das ist das Geilste, was es überhaupt gibt.« Sie hebt einen Barren hoch, hält ihn an die Nase, tut so, als röche sie daran. Sie schleckt mit der Zunge darüber, spuckt darauf und wirft ihn, so weit sie kann. »Dieser Barren, der nach mir riecht, liegt jetzt irgendwo im Dreck, und ich muss mich nur bücken und den nächsten aufheben, ihn anspucken und wegwerfen. Das ist so unfassbar.«

»Wenn alle verrückt sind, dann will ich auch nicht den Spießer spielen.« Wiktor macht den Reißverschluss seiner Hose auf und pinkelt in hohem Bogen auf einen Goldsack.

»Das kann ich auch.« Luba zieht zuerst die Schuhe, dann die Hose aus und pinkelt im Stehen auf den Haufen Barren unter ihr.

Wiktor pfeift anerkennend.

»Wo hast du das gelernt? Das musst du mir mal beibringen«, sagt Marjana. »Aber, Leute, jetzt kann ich wirklich nicht mehr. Ich geh in die Kapsel schlafen. Ich muss.«

»Ach komm, du kannst doch jetzt nicht schlappmachen«, sagt Luba.

»Doch, kann ich.«

»Und das Gold?«

»Das ist morgen auch noch da.«

»Ich geh mit«, sagt Wiktor.

»Okay, dann komme ich auch mit.« Luba steckt sich noch zwei Kilo-Barren in die Seitentasche ihrer Hose und stolpert den anderen hinterher.

»Niemals war das eine Amerika-Rakete.« Marjana geht mit ihrem Schlafsack zur Kapsel. »Das ist irgendein anderer Scheiß, den sich die Nazis ausgedacht haben und der sowieso niemals funktioniert hätte. Schaut euch die Kapsel an.« Sie öffnet die Luke. »Die ist ja riesig. Ich geh jetzt da rein und schlafe, und für euch ist auch noch Platz.«

Marjana verschwindet in der Kapsel, Luba und Wiktor klettern ihr mit den Schlafsäcken in der Hand hinterher.

»Hier ist es wenigstens trocken«, stellt Marjana fest.

»Wahnsinn, wie groß das Ding ist. Was wollten die mit so einer Riesenrakete?«, fragt Wiktor.

Die Kapsel ist ausgestattet mit Ledersitzen, Gurten und Namensschildern über den Sitzen: »Eva, Wolf, Martin, Gerda«, liest Marjana. »Diese Schweine.«

»Wer ist Wolf?«, fragt Luba.

»Na, der Oberboss, der Herr Adolf! So hat er sich immer genannt, wenn er inkognito bleiben wollte.«

Luba zeigt auf einen vierten Sitz, der niedriger als die anderen ist und tiefer. »Blondi« steht auf dem Namensschild darüber. »Und wer ist das?«

»Wuff, wuff«, macht Marjana und hebt die Pfötchen.

Berchtesgaden, 30. Mai 2010

Als Weidinger am nächsten Morgen auf der Maximilianstraße durch den Markt fährt, erschrickt er fast, wie nahe das Hochgebirge hier an den Ort heranreicht. Der Watzmann steht da wie ein riesiges Kamel, das sich in einer Karawane in West-Ost-Richtung bewegt, im Schlepptau gleich noch zwei weitere Gebirgsstöcke, die er nicht benennen kann. Im Watzmann-Kar, dem Einschnitt zwischen den beiden Hauptgipfeln, liegt jetzt im Frühsommer noch Schnee.

Als er nach der Tankstelle von der ansteigenden Hauptstraße in die noch steilere Bayerstraße einbiegt, überholt er einen stramm in die Pedale tretenden Mountainbiker. Und wenn nicht aus dem Helm hinten zwei blonde Zöpfe herausschauen würden, würde er nicht darauf kommen, dass es Hauptkommissarin Magdalena Morgenroth ist, die dabei ist, hier die Kalorien ihres Frühstücks zu verbrennen.

Weidinger wartet auf dem Parkplatz vor der Polizeiinspektion auf sie.

»Gibt es eigentlich auch Tage, an denen Sie nicht entweder zu Fuß oder mit dem Rad einen Berg bezwingen?«, fragt er sie.

»Ja, schon«, sagt sie, »wenn ich krank bin«, und grinst ihn mit roten Bäckchen an. »Ein Bergradl haben wir Berchtesgadener alle in der Garage stehen, also mindestens eines, und drei Paar Skier für den Winter. Ich glaub, die Bewegung liegt uns einfach im Blut. Und bei uns geht's halt meistens bergauf. Da gibt's kein Entkommen.«

Sie hängt ihren Helm ans Rad und lehnt es gegen einen Baum.

»Als echter Berchtesgadener durchsteigst du irgendwann die Watzmann-Ostwand. Du nimmst dir die Überschreitung der drei Watzmann-Gipfel vor und das Durchklettern der senkrechten Wand hinauf zum Berchtesgadener Hochthron. Und dafür musst du fit und gut trainiert sein. Sonst wird das nie was.«

»Ja, diese Verpflichtungen kenn ich«, sagt Weidinger. »Das ist bei uns Münchnern ähnlich. Wir müssen auch mindestens einen Rausch auf dem Oktoberfest gehabt haben, im Sommer jeden Samstag am Starnberger See Würstel grillen und im Winter zum Skifahren in der Blechkarawane zum Spitzingsattel rauf- und zusammen mit allen anderen Münchnern die Suttenabfahrt runterfahren. Und an den Sonntagen müssen wir alle raus an den Tegernsee, zum Kaffeetrinken beim Bachmair. Wenn's in diesen Disziplinen einen Weltcup gäbe, dann würden wir Münchner ihn bestimmt jedes Jahr gewinnen. Der Münchner eignet sich halt nicht dafür, im Eiskanal zum Königssee runtergeschossen zu werden. Irgendwie geht's bei uns gemütlicher zu und weniger schneidig.«

Die Polizeiinspektion ist in einer Villa vom Anfang des 20. Jahrhunderts untergebracht, mit geschnitzten Holzbalkonen und einer gemauerten Sonnenterrasse mit Blick auf den Hausberg, den Watzmann.

Die Hauptkommissarin in ihren Klickschuhen geht sich umziehen, Weidinger lernt währenddessen ihre Kollegen kennen: Kriminalkommissar Meik Lebow von der Kripo Traunstein, Martin Brandner von der alpinen Einsatztruppe Berchtesgaden sowie den Leiter der Polizeiinspektion Berchtesgaden, Erasmus Burger. Weidinger setzt sie über den toten Wladimir López, die »Katze von Saratow«, in Kenntnis.

»Dann ist das ja ein international bekannter Großkrimineller«, sagt Burger. »Und der kraxelt bei uns in den Bergen umeinander? Was hat der denn hier g'sucht? Falschgeld kann's nicht gewesen sein, bei uns ist bisher keines aufgetaucht. Und von der Russen-Mafia haben wir bislang auch noch keinen bei uns im Tal gesehen.«

»Aber russische Touristen haben wir hier schon«, sagt Leni, die sich in der Zwischenzeit umgezogen hat. »Das sind die einzigen Urlauber, die sich in den Königssee zum Schwimmen wagen und dabei so tun, als stiegen sie in eine angenehm warme Badewanne.«

»Ist der See denn so kalt?«, fragt Weidinger.

»Das Seewasser ist herrlich weich, es hat Trinkwasserqualität. Aber kalt ist gar kein Ausdruck«, sagt Leni. »Zumindest für normale Warmduscher. Sechzehn Grad, mehr werden es auch im Hochsommer kaum. Aber die Russen sind es eben gewöhnt.«

»Die Russen und die Berchtesgadener«, ergänzt Weidinger.

»Ist dieser Wladimir allein unterwegs gewesen? Wissen Sie da schon Genaueres?«, fragt Meik Lebow.

»Eingereist ist er vor zwölf Tagen, am 19. Mai, in Frankfurt am

Main. Aus Kiew. Am nächsten Tag ist er nach Italien geflogen. Und in Verona haben wir dann seine Spur verloren. Bis gestern. Für Komplizen haben wir keine Anhaltspunkte.«

»Ganz allein kann er da oben am Göll nicht gewesen sein«, wendet Leni ein, »sonst hätte er gute Chancen gehabt, lebendig wieder aus der Höhle herauszukommen.«

»Und Sie haben keine Ahnung, was sein Auftrag war und warum er überhaupt hierhergekommen ist?«, will Lebow wissen.

Weidinger schüttelt den Kopf. »Habt ihr hier viele russische Touristen?«

»Es werden immer mehr. Die Russen gehen baden, wandern, fahren wie fünfhunderttausend andere auch mit dem Boot nach St. Bartholomä und gehen gern einkaufen. Hier bei uns und in Salzburg. Beim Geldausgeben sind sie nicht zimperlich. Beim Essen und Trinken auch nicht. Deshalb wird's auch nicht mehr lange dauern, bis wir russische Speisekarten auf den Wirtshaustischen liegen haben und zu jedem Essen Wodka servieren.« Burger kann nicht verhehlen, dass ihm diese Entwicklung nicht unbedingt gefällt.

»Bis jetzt konnte ich nicht herausfinden, wo der Tote gewohnt hat und ob er irgendwelche Kontakte zu anderen Russen oder Ukrainern gehabt hat. Ich bleib dran. Leider gibt es kein Zentralregister, in dem alle Touristen mit Namen erfasst sind. Ganz abgesehen davon, dass der Landkreis Berchtesgaden an Österreich grenzt und unser Mordopfer ja genauso gut in der Stadt oder im Land Salzburg gewohnt haben könnte.«

»Gut, dass Berchtesgaden nur ungefähr fünfundzwanzigtausend Gästebetten hat«, sagt sie.

»Wo wohnen denn die Russen, wenn sie hier Urlaub machen?«, erkundigt Weidinger sich.

»Sie nehmen gern die gehobene Preisklasse: das Edelweiß oder natürlich das Interconti, unser einziges Fünf-Sterne-Hotel«, antwortet Leni. »Der Moser Heinz vom Purtschellerhaus hat erzählt, es sind seit zwei, drei Wochen drei Ukrainer oben am Göll unterwegs, Höhlenforscher. Vielleicht haben die ihn gekannt oder er sie. Humor haben die drei anscheinend. Ins Hüttenbuch haben sie sich als Wiktor Putin, Marjana Scharapowa und Luba Shumeyko eingetragen.«

»Putin?«, fragt Martin Brandner.

»Und die anderen kennst du nicht?«, fragt Leni zurück. »Du bist halt ein Braver, Martin. Meik?«

»Die Scharapowa ist doch diese russische Tennisspielerin, eins achtundachtzig groß, die längsten Beine auf der Tour, die bei jedem Schlag aufstöhnt, dass es vielen Zuschauern peinlich ist. Und die Shumeyko, die zeigt ein bisschen mehr als ihre Beine, obwohl die auch klasse sind. Sie ist ein ukrainischer Pornostar.«

»Ja, und?«, fragt Brandner.

»Was, und? Du glaubst jetzt aber nicht, dass die wirklich so heißen oder die sind, als die sie sich ausgeben?«

Brandner zuckt die Achseln. »Die Anastasia, die Sängerin, ist auch schon mal im Interconti abgestiegen. Die ist auch prominent.«

»Wer?«, fragt Lebow. »Anastasia?«

Brandner nickt.

»Ach so, du meinst die Anastacia.«

»Meinetwegen ›Anastäischa‹. Die ist mit dem Hubschrauber aus Salzburg rübergeflogen.«

»Für die VIPs gibt es einen eigenen Landeplatz vor dem Interconti«, erklärt Leni Weidinger. »Waren Sie schon mal oben?«

Weidinger schüttelt den Kopf. »Das Edelweiß ist nobel genug für einen Polizeibeamten. Die Rechnungsstelle im LKA würde mir den Kopf waschen, wenn ich für eine Übernachtung zweihundertfünfzig Euro abrechnen wollte.«

»Also suchen wir jetzt auch nach der Unterkunft dieses Trios. Aber Priorität hat natürlich Wladimir ... wie heißt der noch mal mit Nachnamen?«

»López«, sagt Weidinger.

»Wieso hat der eigentlich einen spanischen Nachnamen, wenn er Ukrainer ist?«

»Kubanische Mutter. Vater unbekannt, aber in der Szene geht das Gerücht, dass er der Sohn eines russischen Nationalhelden sein soll. Illegitim natürlich.«

»Hm, ich glaube, so schillernde Verbrecher haben wir hier überhaupt noch nie gehabt, oder?«, fragt Leni die Kollegen.

»Ich glaub schon«, sagt Weidinger, »aber das ist bald siebzig Jahre her.«

Schweigen. Weidinger fühlt sich, als habe er plötzlich einen halben Hundehaufen am Schuh. Er schaut in die Runde und bleibt bei Kollegin Morgenroth hängen. Sie grinst über das ganze Gesicht.

»LKA-Beamte haben wir auch selten hier«, schlägt Lebow eine Brücke übers Glatteis. »Aber das hängt ja auch irgendwie damit zusammen, dass uns die Verbrecher-Prominenz fehlt. Und was machen wir, wenn der Ukrainer gar nicht in Bayern übernachtet hat, sondern drüben in Österreich?«

»Jetzt machen wir erst mal hier bei uns mit der Suche nach seinem Hotel und nach möglichen Kontakten weiter. Er muss doch irgendwen oder irgendwas gesucht oder verfolgt haben. Und dann hoffen wir, dass unser Höhlenforscher-Trio, von dem der Purtscheller-Wirt gesprochen hat, auch mit dabei ist. Der Putin und seine zwei Begleiterinnen. Auf die bin ich schon gespannt. Weißt du schon etwas von der Spurensicherung, Meik?«

»Nein, aber ich telefoniere gleich mit dem Ernst.«

»Und ich mit meiner Dienststelle«, sagt Weidinger. »Wo kann ich mich denn hier einrichten? Habt ihr ein Plätzchen für mich in eurer Villa? Muss auch nicht unbedingt mit Balkon und Watzmannblick sein. Wenn's überhaupt ein Zimmer ohne Bergblick gibt hier bei euch.«

Berchtesgaden, 30. Mai 2010

In der Kapsel ist aus Decken und Schlafsäcken ein richtiges Nest entstanden.

»Dass wir es heute so luxuriös haben werden, hätte ich mir vor zwei Stunden noch nicht vorstellen können«, sagt Luba.

»Wenn ich ehrlich sein soll, fehlt mir doch der Whirlpool.« Marjana kramt die Zigaretten aus ihrer Hose.

»Du qualmst uns hier nicht die Kapsel voll«, protestiert Wiktor. »Wenn du unbedingt rauchen musst, dann draußen vor der Luke, aber nicht hier drinnen. Und vergiss nicht zu duschen und dir die Zähne zu putzen, bevor du wieder reinkommst.«

Marjana beachtet ihn gar nicht und zündet sich ungerührt ihre Zigarette an. »Schade, dass wir keinen Champagner haben«, sagt sie nach dem ersten Zug. »Ich hatte noch nie so viel Lust auf Schampus wie heute. Und dazu vielleicht einen Joint. Hey, wir sind unsagbar reich. Ist das nicht ein Grund zum Champagnertrinken?«

»Hallo? Bist du taub? Ich habe gesagt, hier wird nicht geraucht.«

»Ich bin nicht taub, ich mache nur das, was ich gerade will. Ich habe noch nie Tendenzen zur Unterwürfigkeit gehabt.«

»Das stimmt allerdings«, sagt Luba, »und von mir aus darfst du heute auch in geschlossenen Räumen rauchen. Und wenn du fertig bist, dann könnten wir vielleicht mal schlafen, ich bin nämlich ziemlich müde.«

»Dieser Qualm ist nicht zum Aushalten«, sagt Wiktor, der zwischen Luba und Marjana liegt. »Ich geh ins Nichtraucher-Abteil.«

»Du hörst jetzt auf damit, den Beleidigten zu spielen, und bleibst hier zwischen uns liegen, sonst bin *ich* beleidigt. Lass mich einfach den größten Tag meines Lebens so zu Ende bringen, wie ich es will. Und dazu gehört nicht, dass einer eingeschnappt davonkriecht, nur weil ich vor dem Schlafen noch eine qualme.«

Wiktor legt sich wieder hin, und Marjana drückt ihre Zigarette auf Blondis Ledersitz aus. »Jetzt können wir schlafen.«

Nachdem die Stirnlampen ausgeschaltet sind, sagt Luba: »Bin ich froh, dass ich nicht alleine hier drin bin. Es ist so unglaublich dunkel hier.«

»Die dunkelste Dunkelheit, die ich je erlebt habe. Hunderte Meter Stein zwischen uns und der Welt. Diese vollkommene Abgeschiedenheit und Schwärze, die spürt man körperlich. Geht es euch auch so?«, fragt Marjana.

»Wollt ihr jetzt schlafen oder philosophieren?«, fragt Wiktor.

»Na gut, schlafen.« Marjana legt ihren Kopf auf Wiktors Brust.

Luba legt ihren Kopf von der anderen Seite auf seine Brust.

»Ihr seid ganz schön schwer«, mault Wiktor.

»Das sagt man nicht zu Frauen, und schon gar nicht zu so schönen und reichen Frauen, wie wir es sind«, sagt Luba.

»Gut, dann versuche ich eben, trotz dieser Last zu schlafen.«

Kurz darauf bewegt Wiktors tiefes Ein- und Ausatmen, begleitet von einem leichten Fast-Schnarchen, seinen Brustkorb in gleichmäßigem Rhythmus auf und ab.

Luba starrt in die Dunkelheit. Sie kann nicht einschlafen und horcht. Sie hört ein leises Tropfen. Es scheint sehr weit weg zu sein. Sie stellt sich vor, es ist Wasser, das am Eingang des Stollens auf die Oberfläche einer der großen Pfützen tropft, durch die sie hindurchwaten mussten. Durch Mitzählen versucht sie herauszufinden, wie viele Tropfen in der Minute auf die Wasserfläche fallen, aber sie kommt immer wieder durcheinander und muss von vorne anfangen.

Atmet Marjana so gleichmäßig, weil sie einschlafen will, oder schläft sie tatsächlich schon? Luba macht die Augen auf, hebt den Kopf, aber sie erkennt nichts, gar nichts. Noch nie in ihrem Leben und nirgendwo hat sie so eine Dunkelheit erlebt. Es ist dunkler, als wenn sie unter der Bettdecke die Augen geschlossen hielte.

Luba denkt an die Goldbarren und Goldsäcke und die Euphorie, die sie alle drei erfasst hat, als sie den Schatz tatsächlich gefunden hatten, den Spaß, den sie miteinander hatten, die Ausgelassenheit. Und statt das Gold nach oben zu schaffen und ans Licht zu bringen, müssen sie nun in der Dunkelheit ausharren, in dieser unheimlichen Abgeschiedenheit. Sie fühlt sich von der Welt vergessen. Niemand weiß, wo sie sich gerade befinden. Keiner käme sie suchen. Sie spürt, wie die Tränen aufsteigen, und versucht, sich wieder zu beruhigen. Nein, es ist einfach zu dumm, darüber zu weinen, dass sie jetzt unermesslich reich sind. Diese Nacht wird nicht die einzige sein, die sie hier unter Tage verbringen müssen. Also sollte sie jetzt nicht so ein Drama daraus machen.

Sie denkt an Alexej, den Menschen, der wahrscheinlich als Letzter vor ihnen hier war und der den Weg nach draußen gefunden hat. Sie denkt an die Männer, die am Stolleneingang erschossen wurden. Erst die Arbeiter, dann die Soldaten und schließlich die SS-Mörder selbst. Sie alle starben, damit das Versteck geheim blieb. Aber wer hatte etwas davon, dass fünfundsechzig Jahre lang niemand diesen Schatz entdeckte? Jedenfalls keiner von denen, die damals lebten, nur sie, sie haben jetzt etwas davon. Sie sind die Ersten und werden hoffentlich die Einzigen bleiben.

Luba streckt die Hand aus und berührt Marjanas Ellbogen, der auf Wiktors Bauch liegt. Sie sehnt sich danach, mit jemandem über ihre Gedanken zu sprechen. Sie will jetzt nicht traurig sein und sich einsam fühlen. Das Bild von Wiktor, der über den Haufen von Goldbarren pinkelt, taucht vor ihr auf. Es ist richtig, dass sie nun diesen Schatz gefunden haben, der hier seit so vielen Jahren nutzlos herumliegt. Sie, drei ganz normale, unbedeutende Menschen, für die sich noch nie ein Fernseh- oder Radiosender, nicht einmal ein Lokalblatt interessiert hat.

Es ist gut, dass Alexej uns den Schatz gerettet hat, denkt Luba, und ihn kein anderer als wir bekommen wird. Ich kann mir ein neues Motorrad kaufen, Wiktor vielleicht eine Wohnung für sich und seinen Sohn und Marjana ein Haus ganz allein für ihre Prada-Schuhe. Sie freut sich, dass mit diesem Schatz nichts Wichtiges und für die Welt Entscheidendes passieren wird. Niemand wird damit die Welt retten, sie umkrempeln oder, noch wahrscheinlicher, zerstören. Das findet sie tröstend.

Luba spürt Marjanas Atem auf ihrem Gesicht. Sie kann einfach nicht einschlafen. Und in einem Augenblick zwischen Zufriedenheit und Melancholie, zwischen Euphorie und Müdigkeit streckt sie ihre Zunge aus dem Mund, um zu spüren, wie weit Marjanas Gesicht von ihrem entfernt ist. Als sie einen Widerstand spürt, erschrickt sie und zieht die Zunge zurück.

Sie wartet einen Augenblick, ist neugierig und möchte noch einmal ertasten, was sie da gespürt hat. Zaghaft tastet ihre Zunge die Form ab, die sie gerade noch erreicht. Es fühlt sich an wie eine Lippe, am oberen Rand geschwungen, in der Mitte ein Einschnitt. Ihr Herz klopft. Etwas streift über ihre Lippen. Sie öffnet die Augen, kann aber nichts sehen. Trotzdem bildet sie sich ein, dass auch Marjana die Augen geöffnet hat. Sie spürt die fremde Zunge auf ihren Lippen, öffnet den Mund und empfängt sie. Mit der Hand streicht sie über Marjanas Bauch und spürt, wie deren Hand unter ihre Bluse schlüpft und zaghaft ihren Busen berührt.

Ihre Zungen spielen miteinander, und Lubas Hand wandert an Marjanas Bauch nach unten, während Marjana fester nach ihren Brüsten greift.

Lubas Herz pocht. Sie hält den Atem an. Noch weiter streifen ihre Finger nach unten und spüren, wie sich Marjanas Becken ihrer Hand entgegenstreckt. Ein Schauder läuft ihr über den Rücken, als Marjanas Finger ihre Brustwarze so fest zusammendrücken, dass es fast wehtut.

Luba zieht ihre Hand zurück und tastet nach einem der Goldbarren, die sie mit in die Kapsel gebracht hat, und seufzt, als sie ihn findet.

Marjana zuckt zusammen, als Luba sie mit dem kalten Goldbarren berührt. Lubas Finger ertasten einen Streifen krauser Härchen, und Marjana öffnet die Beine und drückt ihre Vulva gegen Lubas Hand.

»So kalt, das Gold«, sagt sie. Ihr Mund rückt näher zu Luba, und ihre Hand fährt über ihren Bauch.

Wiktor atmet unruhig.

»Lassen wir ihn schlafen, oder sollen wir ihn zwischen unsere Hände nehmen?«, flüstert Marjana.

»Was machst du da?«, murmelt Wiktor.

»Wir«, sagt Marjana. »Das machen wir. Du hast gerade das sagenhafte Glück, dass dir die zwei reichsten Frauen des Universums einen runterholen.«

»Mmmh«, macht Wiktor. »Könnten wir nicht noch ein bisschen mehr machen?«

»Mehr kannst du dir gar nicht leisten«, sagt Marjana.

»Ich soll dafür bezahlen?«

»Jede von uns bekommt dafür von dir morgen fünf Kilo Gold, damit das klar ist.«

»Was? Dafür bekomme ich in Kiew tausend Frauen, die mehr machen.«

»Aber nicht hier und nicht uns. Ich spür doch, wie es dich fast schon zerreißt. Fünf Kilo für jede von uns.«

»Dann macht doch endlich, los«, zischt Wiktor.

Berchtesgaden, 31. Mai 2010

»Hofer.«

»Servus, Manfred. Hier ist die Leni.«

»Leni, wie schaut's denn aus bei euch in Berchtesgaden?«

»Wir haben einen Toten, der polizeilich kein unbeschriebenes Blatt ist, und einen Mann vom LKA bei uns sitzen. Und beide sind nicht wegen der schönen Aussicht hier. Aber das weißt du eh schon alles. Weil du wahrscheinlich das LKA informiert hast.«

»Die sind ganz von allein draufgekommen, dass der Fall in ihre Zuständigkeit fällt.«

»Was ist jetzt mit dem Angermayer? Wieso taucht denn der nicht bei uns auf? Das ist doch sein Fall, und den Weg von Traunstein nach Berchtesgaden kennt er wahrscheinlich auch.«

»Mei, Leni, der war heut kurz im Büro, aber ich hab ihn wieder heimschicken müssen. Der hat nach seiner Wurzelbehandlung so eine dicke Backe g'habt und hat sich trotz Schmerztabletten kaum aufrecht halten können. Hoffentlich ist er morgen besser beieinand. Gibt's schon erste Erkenntnisse? Habt ihr schon herausgefunden, wo der Ukrainer gewohnt hat?«

»Wir sind dabei. Und am Sonntag fahr ich, nur damit das klar ist.«

»Schon klar, Leni. Servus.«

Meik Lebow steht mit Leo Weidinger an Lenis Tür.

»Gibt's was?«, fragt Leni.

»Ich hab mit dem Ernst von der KT telefoniert«, sagt Lebow.

»Und?«

»Der Schnitt durch das Seil ist mit einem scharfen, einseitig glatt geschliffenen Messer ausgeführt worden. Einem Jagdmesser zum Beispiel.«

»Ja und? Das ist aber jetzt nicht der Grund, warum ihr so zufrieden dreinschaut, oder? Solche Messer sind nichts Besonderes, vor allem nicht bei uns hier.«

»Nein, das stimmt. Es gibt noch eine zweite Meldung vom Ernst.«

»Und? Darf man darüber auch etwas erfahren?«

»Sie haben Blutreste an dem Seilstück gefunden. Entweder hat der Täter sich am Seil gerissen oder am Fels, oder er hat sich am eigenen Messer geschnitten. Jedenfalls reicht es für eine DNA-Analyse. Na, ist das was?«

»Das ist allerdings was.«

»Wir gleichen die Probe dann mit unserer nationalen DNA-Analysedatei ab. Vielleicht ist unter den siebenhunderttausend Proben ja eine dabei, die passt«, sagt Weidinger.

Leni fällt auf, dass Weidingers Schnauzbart zerzauster aussieht als am Vortag.

»Haben Sie Ihre Bartbinde daheim vergessen?«, fragt sie geradeheraus.

»Äh, ja, nicht so schlimm.« Sie hat ihn überrumpelt.

»Ob Sie in Berchtesgaden so etwas kriegen? Ich weiß nicht. Vielleicht bei der Haarschneiderei, in der Bahnhofstraße.«

»Nicht so wichtig, dass Sie sich darüber den Kopf zerbrechen müssten.«

»Und Sie meinen, Wladimirs Mörder könnte ein aktenkundiger Krimineller sein, von dem wir auch noch einen genetischen Fingerabdruck haben, mit dem wir ihn identifizieren können? Das wäre ja wirklich zu schön. Dann brauchen wir ihn nur noch zu finden und festzunehmen. Und vielleicht schaffen wir das sogar noch im Laufe der Woche. Dann wäre ich auch mit dabei. Ab Sonntag bin ich nämlich weg.«

»Ich glaube, das haben Sie schon mal gesagt«, kommentiert Weidinger mit Dackelblick. »Dann müssen wir halt ein bisschen schneller machen, oder? Sind die Kollegen schon dabei, die Übernachtungsbetriebe durchzurufen?«

»Na dann, volle Kraft voraus. Wir müssen wissen, wo das Opfer gewohnt hat. Irgendwo muss er ja gewesen sein. Außerdem müsste den Gastgebern ja irgendwann auffallen, dass einer ihrer Gäste abgängig ist. Vielleicht kannst du auch eine Rundmail und ein Fax an die Beherbergungsbetriebe schicken. Ach, Meik?«

»Ja?«

»Du hast doch Russisch gelernt in der Schule, hast du gestern gesagt, stimmt's?«

»Stimmt, aber zum Dolmetschen wird's nicht reichen, wenn du das meinst.«

»Aber für den Erstkontakt schon. Und für das Erkennen eines

russischen Namens auch, denke ich. Also, los, los, damit wir vorankommen.«

Lebow will schon zurück an seinen Schreibtisch gehen.

»Meik?«

»Ja?«

»Wie lange dauert es, bis wir die Ergebnisse der DNA-Analyse haben?«

»Vierundzwanzig Stunden.«

»Was? Sind die immer noch nicht schneller? Wir stehen hier total unter Druck.«

»Du stehst unter Druck, wegen deiner Alm. Und vierundzwanzig Stunden ist schon die Spezial-Schnellversion, hat mir der Ernst erklärt. Schneller geht's einfach nicht.«

»Na, in Gottes Namen.«

Berchtesgaden, 31. Mai 2010

Als Luba erwacht, weiß sie nicht, wo sie ist, ob es Tag oder Nacht ist, welcher Tag, welche Uhrzeit. Sie erinnert sich an Gefühle, an Empfindungen, Berührungen, Hände auf ihrer Haut, Zärtlichkeiten. Hat sie das geträumt? Sie spürt die Wärme eines Körpers neben sich, streckt den Arm aus.

»Guten Morgen, Schätzchen«, murmelt Marjana neben ihr.

Erschrocken zieht Luba ihre Hand zurück. Ein heißer Schauer der Scham steigt von ihrem Unterleib auf, durchflutet ihren ganzen Körper und bringt ihr Gesicht zum Glühen.

Marjana dreht sich im Schlafsack zur Seite, weg von Luba. Sie hört Wiktors leises Schnarchen. Jetzt fällt ihr ein, wo sie sind. Unter der Erde, tief im Fels. In der Rakete mit dem separaten Sitzplatz für diesen Hund, auf dessen Lederbezug Marjana ihre Zigarette ausgedrückt hat.

Luba tastet nach der Stirnlampe und schaltet sie ein. Sie ist nicht mehr müde, aber sie hat auch nicht das Gefühl, richtig wach zu sein. Es ist alles völlig unwirklich. Diese absolute Dunkelheit könnte man auch als Einladung verstehen, nie wieder aufzuwachen.

»Was ist denn?«, murmelt Marjana, die eine Veränderung spürt. »Es ist doch noch ganz dunkel, lass uns noch ein bisschen schlafen.«

»Es wird nicht viel heller«, sagt Luba. »Nur zu deiner Orientierung, hier gibt es keine Vorhänge zum Aufziehen, wir sind in der Tiefe.«

Statt einer Antwort Stille. Auch Marjana muss sich erst neu sortieren.

»Ach, Luba? Dieses Erlebnis in der Nacht, hab ich das nur geträumt, oder war da wirklich was?«, fragt Marjana.

»Da war nichts, aber ich weiß, was du meinst. Ich hab das Gleiche geträumt. Und ich wäre froh, wenn wir es dabei belassen könnten.«

»Warum denn, fandest du es nicht schön? Ich jedenfalls fand es wirklich schön. Wir haben uns eben gegenseitig ein bisschen getröstet in dieser kalten, dunklen Welt. Ist das so verwerflich? Das hat doch keinen Sinn, dass du dich jetzt deswegen schämst. Es ist passiert und fertig.«

»Ja, ja, schon gut, hör auf, es zu zerreden. Wiktor wacht gerade auf«, zischt Luba. »Jetzt halt bitte die Klappe, ja?«

»Ach, Wiktor. Vor dem ist mir doch nichts peinlich. Außerdem habe ich gestern beschlossen, dass mir nie mehr etwas peinlich ist. Ich will so leben, wie ich immer leben wollte. Ohne Verstellen, ohne Verstecken, ohne Angst, dass etwas an mir oder von mir entdeckt wird, das gut erzogene Damen verheimlichen würden.«

»Gut erzogene Damen? Also ehrlich, Marjana. Ich finde, du redest ziemlichen Blödsinn. Muss an der Dunkelheit liegen oder an der hohen Luftfeuchtigkeit. Oder vielleicht bist du auch noch nicht richtig wach, und dein Gehirn muss erst wieder anlaufen. Vielleicht hast du Hunger.«

»Hunger nicht, aber ein schöner heißer Kaffee wäre jetzt prima.«

»Ist der Kaffee schon fertig?«, murmelt Wiktor im Halbschlaf.

»Ja, Kaffee, Cappuccino, Espresso, alles da. Was hättest du denn gern? Jetzt aufstehen, Wiktor. Luba hat gesagt, es wird nicht mehr heller. Los, es geht an die Arbeit. Goldbarren schleppen.«

Wiktor rührt sich nicht. Plötzlich fängt der Felsboden an zu vibrieren. Ein Grummeln, das lauter wird, Blechteile knarzen und kratzen aneinander.

Luba schreit: »Die Rakete, die Rakete. Wir starten!«

»Sie explodiert!« Marjana packt Wiktor am Arm. »Tu was, schnell.«

Draußen fallen Gesteinsbrocken mit dumpfem Knall zu Boden.

Luba drückt sich an Marjana, und das Vibrieren ist vorbei, so plötzlich, wie es gekommen ist.

»Das war nicht die Rakete, das war etwas anderes. Wahrscheinlich ein Erdbeben. Ein Felsbeben. Was sonst, natürlich.« Wiktor kriecht aus seinem Schlafsack.

Nun schalten auch er und Marjana ihre Stirnlampen ein. Sie ziehen sich an, steigen aus der Kapsel. Wiktor leuchtet mit der Lampe in den Stollen. Alles scheint so, wie es gestern Abend gewesen war. Nur ein Felsbrocken liegt auf dem Stollenboden, der am Vortag noch nicht da gelegen hatte.

»Scheißerdbeben, uns so zu erschrecken. Ich dachte schon, wir fliegen jetzt nach Amerika, und das durch das geschlossene Tor.«

»Keine Dusche, kein Kaffee, keine Brötchen. Ich weiß nicht, ob ich hier noch einmal Urlaub machen möchte«, murrt Marjana.

Außer dem Felsbrocken hat das Erdbeben nichts verändert. Die Goldsäcke haben sich keinen Millimeter verschoben, sie stehen da, in Reih und Glied, genauso wie am Tag zuvor. Marjana läuft es kalt den Rücken hinunter. »Dann los. Was packen wir ein?«

»Ich würde sagen, wir suchen einen Sack mit Barren von fünfhundert Gramm und solchen, die ein Kilo wiegen. Die sind unauffälliger und leichter zu verstauen als die schwereren«, sagt Wiktor.

Schon der dritte Sack, den sie ausschütten, hat die gewünschte Stückelung. Jeder von ihnen steckt zwanzig Kilogramm in seinen Rucksack, was vom Volumen kaum zu sehen ist.

»Mann, ist das traurig, nicht einmal die Barren aus einem Sack bringen wir in unseren Rucksäcken raus. Warum sind wir dann überhaupt hier?«, fragt Wiktor.

»Weil das bisschen, das wir jetzt in unseren Rucksäcken haben, mehr ist, als wir normalerweise in unserem kompletten Leben verdienen könnten. Und außerdem kommen wir wieder, das ist doch klar«, sagt Marjana.

»Dann knabbern wir den zweiten Sack an.« Wiktor reibt sich die Hände.

»Ich werde eine Menge Pausen nach oben brauchen. Der Rucksack ist verdammt schwer geworden«, sagt Luba.

»Schätzchen, da bist du nicht die Einzige. Ich hab das Gefühl, meine Wirbelsäule knickt gleich ein.«

»Also los«, treibt Wiktor. »Und tut mir den Gefallen und hört mit dem Jammern auf. Ich werde euch die Rucksäcke jedenfalls nicht abnehmen.«

Nachdem sie den Hauptgang erreicht haben, kommen sie gut voran. Immer wieder überprüfen sie mit Hilfe von Alexejs Karte, ob sie auf dem richtigen Weg sind. Vielleicht würden sie ihn mittlerweile sogar ohne Karte finden.

»Der Wind ist heute viel schwächer als gestern«, sagt Wiktor.

»Das ist mir ganz recht«, meint Luba. »Gestern war es saukalt hier unten.«

»Und was bedeutet das?«, fragt Marjana. »Doch hoffentlich nichts Schlechtes?«

Wiktor zuckt die Achseln. »Ich weiß noch nicht genau, was das zu bedeuten hat.«

Etwa eine halbe Stunde später kommen sie zu der Stelle, an der sie am Tag zuvor an die dreißig Meter durch einen Tunnel kriechen und am Tunnelende aufpassen mussten, um nicht in das tiefe Loch zu rutschen. Aber auch diese Falle hat Alexej eingezeichnet und markiert.

Wiktor bietet sich an, als Erster durch die enge Stelle zu kriechen. »Ihr knotet dann die Rucksäcke an das Seil, das ich abrolle. Wenn ich auf der anderen Seite des Tunnels bin, ziehe ich die Rucksäcke nach.«

Er kriecht in den Tunnel. Nach fünf Metern bereits muss er umkehren. »Unmöglich. Da kommen wir nicht durch.«

»Was?«, kreischt Luba. »Wir müssen aber da durch. Los, jetzt mach schon.«

»Das wird das Erdbeben gewesen sein. Es hat einen Einsturz gegeben. Da hilft dein Geschrei jetzt auch nichts. Hier ist alles blockiert. Es liegen tonnenweise Fels und Gestein im Weg. Da kommen wir nie durch, schon gar nicht ohne Werkzeug und Sprengstoff.«

»Heißt das, wir sind verschüttet? Wir haben das Gold und kommen jetzt nicht mehr raus? Sag, dass das nicht wahr ist! Du willst uns doch nur Angst machen!«, schreit Luba. »Sag, dass das nicht stimmt.«

Sie kriecht in die Höhle und kommt nach ein paar Minuten heulend zurück. »Wir werden verhungern. Wir werden alle sterben«, jammert sie.

»Wir werden nicht verhungern, und wir sterben vielleicht in vierzig Jahren im Altersheim, aber nicht hier, Schätzchen, das verspreche ich dir«, sagt Marjana. »Ich finde nicht den größten Goldschatz aller Zeiten, um dann in ewiger Dunkelheit zu verrecken. Wir kommen hier raus, das schwör ich euch. Alexej hat die Nazis überlebt. Er wurde auch verschüttet, als die Nazis den halben Berg weggesprengt haben, um den Eingang zum Stollen unsichtbar zu machen. Trotzdem ist er hier rausgekommen. Und er war allein. Wir sind zu dritt. Er hat uns nicht die Karte hinterlassen, damit wir ins Verderben stürzen.« Dann ruft sie so laut, dass es von den Wänden der Höhle widerhallt: »Alexej, hörst du mich? Du musst uns helfen! Hilf uns!«

»Sie hat recht, Luba«, sagt Wiktor. »Wir werden hier nicht sterben. Vielleicht finden wir Werkzeug und sogar Sprengstoff im Stollen. Die Nazis haben sicher ein ganzes Depot angelegt. Hier drin musste ja auch gearbeitet werden. Außerdem konnte immer etwas passieren, Felsstürze, Wassereinbrüche, Schmelzwasser. Womöglich gibt es auch noch einen anderen Weg nach oben.«

»Und wie sollen wir den finden?«, fragt Luba verzweifelt.

»Das haben wir doch vorher schon bemerkt. Gestern, bevor der Tunnel verschüttet wurde, gab es hier einen ziemlich starken Wind. Er kam nicht vom Stollen, denn dort war es windstill. Und er zog nach oben. Jetzt ist der Tunnel verstopft, und der Wind bläst nicht mehr. Aber den Zugang nach draußen gibt es, da bin ich mir ganz sicher. Wenn so ein kräftiger Wind von unten nach oben weht, dann muss es irgendwo eine Öffnung nach draußen geben. Vielleicht müssen wir ein paar Steine wegschaffen, aber dann kann es eigentlich nur ein größeres Loch sein, so groß, dass wir hindurchkriechen können. Sogar an Stellen, wo die Höhle ziemlich breit war, habe ich diesen Wind deutlich gespürt.«

»Und was ist, wenn wir entweder mitten in einer Felswand oder hinter einem Wasserfall ans Tageslicht kommen? Oder an einer Stelle, wo wir uns bestenfalls das Genick brechen? Was machen wir dann? Kann mir das einer von euch sagen?«, fragt Luba.

»Weiß ich nicht. Interessiert mich auch nicht«, sagt Wiktor. »Wir gehen da jetzt raus, und basta.«

»Also dann los«, sagt Marjana. »Ich weiß ja nicht, wie es euch geht, aber ich will jetzt wirklich hier raus.«

Ein Schrei. Wiktor rutscht auf dem nassen Fels aus und verschwindet in der Tiefe. Nicht einmal seine Stirnlampe ist mehr zu sehen.

»Wiktor!«, ruft Marjana. »Bist du verletzt?«

»Wir werden alle sterben«, jammert Luba. »Das ist wie in den Pharaonengräbern. Auf diesem Schatz liegt bestimmt ein Fluch!«

»Jetzt reiß dich mal zusammen, Luba. Fährt mit dreihundert Sachen durch die Zone, und jetzt verliert sie die Nerven wegen ein bisschen Glatteis.«

Zwanzig Meter tiefer wackelt ein kleines Licht wie eine beleuchtete Kellerassel.

»Wiktor, bist du das?«, schreit Marjana.

»Wer bitte soll das denn sonst sein? Oder hast du gerade mit dem

Pizza-Service telefoniert? Also los, runter mit euch! Ihr müsst es machen wie ich. Auf den Hosenboden und dann abwärts wie auf einer Rutsche. Ein Riesenspaß, das kann ich euch sagen. An ein paar Stellen müsst ihr den Kopf einziehen, sonst ist er weg. Aber ich glaube, das ist die einzige Möglichkeit, hier runterzukommen.«

»Und wenn das einer von tausend Schächten ist, die im Nichts enden? Tot? Blind? Dann sitzen wir richtig in der Falle. Sind wir erst einmal alle runtergerutscht, kommt doch keiner mehr hoch. Nicht mal mehr zum Sprengstoffsuchen in den Stollen«, jammert Luba.

»Nein, hier geht es weiter, ganz sicher«, ruft Wiktor. »Ich sehe es doch. Außerdem ist der Wind genau aus dieser Richtung gekommen. Also muss es von hier eine Verbindung nach draußen geben.«

»Scheißeeeee«, kreischt Marjana beim Hinunterrutschen.

»Ich kratz dir die Augen aus, wenn wir hier in einer Falle landen«, schreit Luba und stürzt sich ebenfalls nach unten.

»Autsch.« Marjana kann sich nicht mehr aufrappeln, bevor Luba ankommt. Die beiden liegen ineinander verknäuelt auf festem Boden.

Da klopft Wiktor wie wild auf Lubas Schulter. Luba kneift die Augen zusammen und starrt in die Richtung, in die Wiktor zeigt. Sie erkennt einen schwachen Lichtschimmer, der nicht von einer ihrer Stirnlampen kommt.

»Das muss draußen sein!«, schreit sie. »Das ist doch natürliches Licht, nicht? Das muss das Tageslicht sein.«

Marjana strahlt über das ganze Gesicht. »Na also. Bedanken wir uns bei Alexej. Wenn wir hier wirklich rauskommen, dann glaube ich, weil er uns geholfen hat. Ich hab ihn auch ziemlich dringend drum gebeten.«

»Du?«, fragt Luba erstaunt. »Du hast tatsächlich mit einem Toten gesprochen?«

»Na ja, was heißt gesprochen. Ich hab ihm einfach gesagt, er soll uns hier raushelfen, das war alles. Er hat mir nicht geantwortet, wenn du das meinst. Aber irgendwie hatte ich das Gefühl, er kann mich hören. Du musst gar nicht so skeptisch dreinschauen, Wiktor. Ich glaube, Verbindungen ins Jenseits sind reine Frauensache.«

»Einverstanden«, meint Wiktor. »Ich halte mich da raus.«

»Hey, kann mir eigentlich mal einer sagen, weshalb wir uns zuerst stundenlang bergauf und dann noch länger durch die Höhle bergab quälen, wenn es auch einfacher geht, wie wir jetzt sehen?«, fragt Luba.

»Jetzt warte doch mal, wir wissen ja noch gar nicht, wo wir hier rauskommen. Stell dir vor, an der Ausstiegsstelle, falls das hier überhaupt eine ist, geht's Hunderte von Metern eine senkrechte Felswand rauf oder runter. Was machen wir dann? Vielleicht müssen wir dann doch wieder nach oben klettern, um nach draußen zu kommen.«

»Jetzt mal den Teufel mal nicht an die Wand, du Pessimist. Schau dir doch mal den Fels hier an, auf den der Lichtschimmer fällt.« Marjana deutet auf die Felswand. »Hier, diese Wand, das Geröll dort, fällt dir da was auf?«

»Sieht aus wie frisch gebrochen«, meint Wiktor. »Kein Moos, keine Flechten, keine Algen, obwohl hier alles feucht ist. Auch wenn es wenig Licht ist, das hier einfällt, müssten die Steine bewachsen sein, wenn auch nur wenig. Und wenn diese Öffnung schon länger besteht, dann müssten hier auch Spuren von Tieren sein. Fledermäuse, Vogelkot vielleicht.«

»Denkst du, was ich denke?«, fragt Marjana.

»Hallo, klärt ihr mich mal auf, ihr zwei Experten? Ich kapier's nicht«, sagt Luba. »Was denkst du jetzt über die Felsen ohne Vogelkacke, Marjana? Was soll das heißen?«

»Marjana meint, dass dieser Ausgang oder Zugang neu ist«, erklärt Wiktor. »Wahrscheinlich durch den Felssturz heute Nacht entstanden. Und weißt du was, Lubotschka? Ich glaube, unsere kluge Frau Doktor hat recht. Dieser Zugang ist neu. Man könnte auch sagen, wie für uns gemacht.«

»Ihr meint, genau diesen Ausgang, von dem der Lichtschimmer kommt und von dem wir annehmen, dass es ein Ausgang ist, den gibt es erst seit heute?« Luba starrt wie gebannt hinauf, als hätte sie Angst, das Licht könne wieder verschwinden, wenn sie es nicht jede Sekunde im Auge behält. »Worauf wartet ihr dann noch? Jetzt müssen wir nur noch da hoch und dann durch, raus, in die Freiheit, oder?« Sie zeigt auf dieses diffuse Stück Licht über ihnen, das ihnen die Rückkehr in die Außenwelt verspricht.

Sie kämpfen sich die letzten Meter hinauf, steigen über Geröll und Felsbrocken. Das Licht wird nicht heller, es schimmert weißlich, eher kalt als warm. Ängstlich folgen sie dieser Spur. Kann es etwas anderes als das Tageslicht sein? Irgendeine optische Täuschung, ein Höhlenphänomen, eine Reflexion?

Luba ist als Erste oben und stellt fest, es ist eine Öffnung, und sie führt hinaus. Sie hat ein Rauschen im Ohr, und sie spürt ein Herzrasen, das ihr fast die Brust sprengen will. Sie kriecht durch eine schmale Felsnische, schiebt zuerst den Kopf, dann den Oberkörper hindurch und ist überwältigt. Vor ihr liegt eine mäßig steile Felswand, sie erkennt ein Geröllfeld. Und es ist Nacht. Es war also der Mond, der seinen kalten Schein durch die Felsnische in die Halle geworfen hat. Er genügte, um das Ende der Dunkelheit anzuzeigen. Es dämmert Luba, dass sie einfach nur unverschämtes Glück hatten. Ohne den Mond, in stockfinsterer Nacht, hätten sie den Ausgang nie gefunden. Sie schaut zurück. Sieht Wiktor und Marjana ihr nachsteigen, wie zwei Schatten bewegen sie sich durch die Felsenwelt dieser Höhle. Dass es von hier noch weit in den Berg hineingeht und die Öffnung einen Zugang in ein weit verzweigtes Höhlensystem bietet, kann man aus ihrer Position nicht sehen. Man müsste schon ganz gezielt danach suchen.

»Was ist denn nun da oben?«, ruft Marjana. »Kannst du schon irgendwas erkennen?«

»Ich sage euch, was hier ist«, ruft Luba zurück. »Hier ist die Freiheit! Und noch nie habe ich den Mond so gesehen, wie ich ihn jetzt sehe. Er ist unser Retter, und er ist einfach umwerfend schön. Ich könnte heulen, so schön ist er.«

»Oh Gott«, stöhnt Marjana, als sie sich nach Luba aus der Felsöffnung zwängt. »Ich glaube, das ist die schönste Nacht meines Lebens. Nie wieder gehe ich in dieses Loch hinein. Nie wieder!«

Endlich kommt auch Wiktor ins Freie. Erschöpft lässt er sich auf dem Felsboden nieder und stützt den Kopf in die Hände.

»Was ist denn, Wiktor?« Marjana tätschelt ihm die Schulter. »Jetzt brauchst du doch auch nicht mehr verzweifelt zu sein. Du hast es wieder einmal geschafft. Wir alle drei haben es geschafft. Wir sind zäh wie die Wölfe in der Taiga. Was denkst du eigentlich, wo wir sind? Hast du eine Ahnung?«

»Das ist mir jetzt eigentlich total egal«, stöhnt Wiktor. »Hauptsache Luft, Licht. Und soll ich euch was sagen? Ich kann nicht mehr. Ich bin so verdammt kaputt, ich bin so fertig.«

»Jetzt hör schon auf, alter Mann«, sagt Luba. »Schau mal da runter. Sind dort unten nicht Häuser zu erkennen? Da, ist das nicht das Interconti?«

»Dann müssen wir an der Nordseite des Berges herausgekommen sein«, meint Marjana. »Also wissen wir, dass wir von hier aus in ein paar Stunden durch die Höhle in den Stollen hinaufklettern können, und vom Stollen zurück zum Ausgang geht es dann immer nur bergab. Wisst ihr, was das heißt?«

Wiktor nickt, aber Luba versteht nicht sofort.

»Wir müssen nicht mehr zuerst eintausend Höhenmeter auf diesen verfluchten Berg hinaufsteigen, uns dann durch den Trichter wieder siebenhundert Meter in der Höhle nach unten quälen, um dann mit dem Gold im Rucksack wieder nach oben zu klettern und durch den Trichter nach draußen zu gelangen und dann noch stundenlang über die Bergflanke zum Purtschellerhaus abzusteigen. Statt drei Tage wären wir nur noch acht Stunden unterwegs. Ist das nicht fantastisch?« Und erst da zündet Marjana sich die erste Zigarette an.

»Also hat Alexej uns erhört.« Luba schnieft.

»Eigentlich musste er das auch tun. Es wäre doch auch für ihn absolut unbefriedigend gewesen, wenn sein Schatz nie wieder aus diesem Felsloch herausgekommen wäre«, sagt Wiktor.

»Wieso hat eigentlich kein Mensch vor uns die Höhle je entdeckt?«, fragt Marjana.

»Das meinst du jetzt aber nicht ernst, oder? Wir hätten trotz Karte den Einstieg zur Höhle fast nicht gefunden, und du wunderst dich, weshalb die Höhle noch nicht kartografiert ist? Hier in diesem Teil der Alpen gibt es doch Tausende von Höhlen im Karstgestein.«

»Wirklich?«, fragt Luba.

»Schau doch mal rein in unsere Höhlenbücher«, schlägt Wiktor vor. »Dort drüben, im Untersberg, gibt es allein vierhundert Höhleneingänge, und die meisten sind wahrscheinlich kaum bekannt, weil sie hinter Büschen, Bäumen oder Schnee verborgen sind. Und das ist nur ein einziger und relativ kleiner Gebirgsstock. Die Unterwelt ist ein eigener Kontinent, von dem man bisher einen kleinen Ausschnitt kennt, aber noch nicht besonders viel weiß. Und das sind hier die bekannten und relativ viel erforschten Berge in den Alpen, mitten in Europa.« Wiktor steht auf, streckt sich und gähnt. »Ach Kinder, ich glaube, da müssen wir keine Angst haben«, seufzt er. »Das Erforschen einer einzigen, etwas größeren Höhle mit ihren verschiedenen Verzweigungen dauert Jahrzehnte. Da wird es bestimmt noch fünfzig oder hundert Jahre dauern, bis unsere Höhle an der Reihe ist.«

Sie packen ihre Rucksäcke und stolpern voran.

»Und selbst wenn der Höhlenzugang entdeckt wird«, spekuliert Wiktor, »ist die Höhle selbst noch lange nicht erforscht. Sollte jemand den Zugang von oben finden, dann kommt er ohne Plan einfach nicht auf den richtigen Weg, und jetzt ist er außerdem noch verschüttet.«

»Hey, los, da unten ist irgendwo unsere Wohnung«, treibt Luba ihn an. »Unser Basislager. Mein Rucksack drückt mich zwar fast zu Boden, aber ich glaube, bis dorthin schaff ich es noch.«

»Stellt euch vor, zuerst duschen, dann essen gehen, vielleicht noch irgendwo in die Sauna, eine kleine Entspannungsmassage, und dann in richtigen Betten schlafen, ohne Raketenstart und Felsstürze. Sind das Aussichten?«, fragt Marjana.

»Nicht schlecht«, stimmt Wiktor zu. »Aber was ich euch noch sagen wollte: Ich fand es nicht nur schrecklich da drinnen. Ich für meinen Teil konnte die Nacht in unserer Kapsel schon auch genießen.«

»Ach so? Ich glaube, du schuldest uns noch ein bisschen was. Bevor das nicht bezahlt ist, brauchst du an eine Wiederholung oder Fortsetzung nicht zu denken, oder was meinst du, Luba?«

»Ich weiß überhaupt nicht, wovon ihr sprecht. Ich möchte nur duschen, essen und in meinem eigenen Bett schlafen – und zwar alleine.«

Nach einer Stunde Gehzeit treffen sie auf eine schmale, aber geteerte Bergstraße, und nach ein paar hundert Metern und einigen Spitzkehren steil bergab kommen sie schließlich an eine Berghütte.

»Wir mieten uns einen Landrover.« Wiktor sieht abwechselnd Marjana und Luba an.

»Und dann?«, fragt Marjana.

»Dann schaffen wir mit Seilen ein paar hundert Kilo Gold in die Höhle vor dem Ausgang, verstecken es dort und fahren mit dem

Landrover bis hierher. Dann schleppen wir das Gold ins Auto, und schwups, weg damit. Und wenn wir in einem Jahr oder wann auch immer wieder etwas brauchen, dann machen wir es genau so noch mal.«

Berchtesgaden, 31. Mai 2010

»Wladimir López hat im Hotel zum Türken am Obersalzberg gewohnt«, meldet Lebow nach der erfolgreichen Rundfaxaktion. »Habt ihr etwas über die drei Ukrainer rausgefunden?«, fragt Leni.

»Es gibt einen Wiktor Kyrylenko, der wohnt mit einer Nadya und einer Sonya Kyrylenko im Hotel Vier Jahreszeiten«, antwortet Mike Lebow. »Es handelt sich um Vater, Mutter und Tochter und ist damit wohl eher nicht das Höhlenforscher-Trio. Unsere drei Ukrainer haben am 15. Mai im Interconti eingecheckt, ohne vorherige Reservierung.«

»Oh, da haben sie aber Glück gehabt, dass sie noch was gekriegt haben«, sagt Leni.

»Wieso, ist das tatsächlich so ausgebucht? Bei den Preisen?« Leo Weidinger kann das kaum glauben.

»Nein, natürlich nicht. Ich hab nur einen Spaß g'macht.«

»Also, die drei heißen Luba Munin, Wiktor Owtscharow und Marjana Luschenko und definitiv nicht Putin, Shumeyko und Scharapowa. Sie haben zehn Tage im Interconti logiert und sind dann Hals über Kopf ausgezogen, wie der Hotelmanager mir am Telefon sagte. Von einer Stunde auf die nächste. Als wären sie auf der Flucht gewesen.«

»Hat er Angst g'habt, sie könnten bei ihm die Zeche prellen?«, fragt Magdalena.

»Nein, er sagt, sie hätten ausreichend Geld im Hotelsafe gehabt. Aber sie hatten eigentlich vor, länger zu bleiben.«

»Und jetzt sind sie weg? Zurück in die Ukraine?«

»Davon weiß der Manager nichts, und ich habe auch keine Hinweise gefunden, dass sie anderswo Quartier bezogen haben.«

»Mist. Die werden doch nicht abgereist sein? Die drei hätte ich jetzt schon gern kennengelernt. Okay, dann fahren wir jetzt zum Türken.«

Leo Weidinger ist schon draußen im Hof, als Leni aus dem Gebäude der Polizeiinspektion Berchtesgaden kommt. Er steht vor der Hauswand, an der in etwa zweieinhalb Metern Höhe eine lebensgroße Heiligenfigur angebracht ist.

»Auch kein schöner Tod«, sagt Leni mit Blick auf den mit Pfeilen durchbohrten heiligen Sebastian.

»Ist ein Hundertfünfzig-Meter-Sturz in eine dunkle Höhle schöner?«, fragt Weidinger.

»Auf jeden Fall. Da kommt der Tod schneller als durch ein paar heidnische Pfeile, wie beim Sebastian. Erst fliegst du, und zwar mit ziemlicher Beschleunigung. Die Felswände zischen an dir vorbei, du denkst vielleicht kurz, du träumst das bloß. Du willst den Traum abschütteln, der dich so gepackt hat, du willst die Augen aufmachen, aber dann merkst du, dass sie die ganze Zeit schon offen sind, und …«

»Ja?«, fragt Weidinger gespannt.

»Und dann macht's wumm und gleich darauf platsch. Aber bei platsch bist du schon tot.«

»Hm, richtig mitreißend, wie Sie das beschreiben. Sind Sie schon mal irgendwo … ich meine, wumm?«

»Nein, aber ich hab schon Situationen beim Bergsteigen erlebt, wo du nicht weißt, wie's weitergeht, ob rauf oder runter, vorwärts oder zurück. Situationen, in denen ich mir genau dieses Fallen ausgemalt hab. Es sind nur Sekunden, aber du siehst das alles haargenau vor dir. Im Geist natürlich. Können wir jetzt aufbrechen? Oder müssen Sie sich erst noch von unserem Schutzpatron verabschieden?«

Weidinger schüttelt den Kopf. »Schon passiert«, sagt er.

»Dann fahren wir jetzt rauf zum Türken.«

»Es geht schon wieder bergauf?«

»Das hab ich Ihnen doch gesagt, dass es bei uns fast überall bergauf geht. Und der Obersalzberg ist halt, wie der Name schon sagt, ein Berg.«

»Ein Berg mit einer unrühmlichen Geschichte«, meint Weidinger.

»Genau. Aber das Hotel zum Türken stand schon an dieser Stelle, als Hitler und Bormann noch gar nicht wussten, wo Berchtesgaden überhaupt liegt. Die von den Nazis enteigneten Besitzer haben es nach dem Krieg als Ruine zurückgekauft und wieder aufgebaut.«

Bei der Fahrt auf den Obersalzberg überwinden sie vierhundert Höhenmeter, einige Steigungen bis fünfundzwanzig Prozent und viele Kehren, bis sie auf dem Parkplatz vor dem Hotel zum Türken ankommen.

»Ui, das sieht jetzt aber schon ein bisschen gruselig aus«, sagt Weidinger.

»Was meinen Sie? Den Türken mit seinem Krummsäbel, der da im Wappen abgebildet ist?«

»Gruseliger als den Türken an der Fassade finde ich dieses dunkle, trutzige Gebäude selbst. Bergidylle schaut für mich anders aus. Wie finden Sie es denn?«

»Ich kann mit diesem Fünfziger-Jahre-Charme auch nichts anfangen. Aber ich glaube, die Gäste, oder manche Gäste, kommen genau deshalb hierher.«

»Wer hat denn hier gewohnt nach 1933?«

»Hier war der Reichssicherheitsdienst untergebracht.«

»Sind die Bunkeranlagen noch intakt, für die hier geworben wird?«

»Die schauen Sie sich am besten drüben in der Dokumentation an. Dort gibt es auch die entsprechenden Informationen dazu. Hier geht's eher ums Gruseln.«

Die Hotelbesitzerin ist bestürzt, als sie vom Tod ihres Gastes erfährt.

»Abgestürzt? Das ist ja furchtbar! Und wer zahlt mir jetzt die Übernachtungskosten von dem Herrn?«

Sie führt sie zu Wladimirs Zimmer im ersten Stock.

»Er hat ein einfaches Zimmer gehabt, ist früh aufgestanden. Um sieben hat er meist gefrühstückt, und dann ist er los, auf den Berg rauf.«

»Haben Sie sonst noch etwas über den ukrainischen Gast erfahren?«

»Meinen Sie, wir fragen unsere Gäste aus? Nein, so neugierig sind wir nicht. Wir haben Gäste aus aller Welt, viele Engländer und Amerikaner. Die fragen wir auch nicht, warum sie grad zu uns kommen. Im Türken bekommen sie keinen Cocktail am Swimmingpool, aber sie kommen trotzdem.«

»Dann sind das keine alten Nazis, die in Ihr Hotel kommen?«, will Weidinger wissen.

»So ein Schmarrn!«, fährt ihn die Hotelbesitzerin an. »Unsere Gäste sind Menschen, die sich für Geschichte interessieren. Das sind doch keine Nazis. Im Jahr 2000 ist das letzte große Gebäude aus der Hitlerzeit hier am Obersalzberg gesprengt und abgetragen worden. Das war das Hotel Platterhof, das die Amerikaner nach dem Krieg wieder aufgebaut und restauriert haben. Aber die Leut suchen trotzdem nach dem alten Zeug, auch wenn nichts mehr da ist. Und die wissen sogar ganz genau, wo was gestanden hat damals, auch wenn keine Hinweistafeln aufgestellt sind.«

»Was hat denn der ukrainische Gast hier gemacht? Hat der auch nach dem Berghof gesucht?«, fragt Leni.

»Urlaub in den Bergen. Das hat er gesagt, und mehr weiß ich nicht.«

»Hatte er Kontakt mit anderen Urlaubern?«

»Nein. Er war, wenn er hier war, immer für sich. Und so, wie er als Person … Na ja, wie soll ich sagen? Meine Mädchen haben sich ein bisschen vor ihm gefürchtet und sind ihm aus dem Weg gegangen. Wenn eine sagt, ihr gruselt's vor einem Gast, dann bekommen alle Angst. Da können Sie nichts machen.«

»Was war denn das Unheimliche an ihm?«

»Er … er hat so was Handgreifliches g'habt.«

»Sie meinen, etwas Brutales, Gewalttätiges?«

Die Hotelchefin nickt vage.

Das Hotel zum Türken ist ein echter Anachronismus, denkt Weidinger. Die Einrichtung stammt zum großen Teil noch aus der Nachkriegszeit. Hier Urlaub zu machen ist so etwas wie eine Zeitreise. Aber wer will schon in jene Zeit zurück?

»Ja, und wer zahlt denn jetzt für …«, fragt die Hotelbesitzerin noch einmal.

»Müssen S' halt eine Rechnung an die Angehörigen stellen«, fertigt Leni sie ab.

»In Russland?«

»In der Ukraine.« Leni will die Zimmertür schließen, aber die Hotelbesitzerin bleibt auf der Schwelle stehen.

»Danke, Sie können uns jetzt hier allein lassen. Und zeigen Sie bitte den Herren von der Spurensicherung, wo wir sind. Ach, und noch etwas.«

»Ja?«

»Hatte der Herr López hier Besuch? Hat er öfters telefoniert?«

»Besuch hat er, soweit ich weiß, keinen g'habt. Vom Telefonieren weiß ich nichts, die telefonieren ja heute alle mit ihren Handys, da kriegen wir nichts mehr mit. Wir haben ja nicht nur einen Gast, nicht wahr?«

»Das war's schon, danke.«

Leni und Weidinger sehen sich im Zimmer um, während sie auf die Spurensicherung warten. Ein leerer Koffer auf der Ablage neben der Tür. Wäsche, ordentlich im Schrank gestapelt, eine Tüte mit Schmutzwäsche. Ein Vorrat an Lebensmitteln für Bergtouren: Schwarzbrot, Salami, Nüsse, Müsliriegel, fetter Speck, in Folie eingeschweißt, drei Flaschen Wodka. Topografische Karten der Gebirgsstöcke des Nationalparks. Die ganz normale Ausstattung eines Hotelgastes, eines Bergwanderers, eines Urlaubers. Leni zieht eine Schrankschublade auf und findet ein Notebook. Sie öffnet es und schaltet es ein. Der Windows-Rechner fährt hoch und verlangt eine Passworteingabe. Weidinger steht hinter ihr. »Da müssen wohl unsere Techniker ran.«

»Ihre oder unsere?«

»Meine, wenn Sie nichts dagegen haben. Wir haben sehr gute Leute im LKA.«

Wir in Traunstein auch, denkt Leni.

In der Nachttischschublade entdeckt Weidinger ein iPhone.

»Wieso hat er das denn nicht am Berg dabeigehabt? Gibt es dort keinen Empfang?«

»Doch, am Göll oben schon, meine ich.«

»Dann hat er es entweder vergessen, oder er wollte Störungen auf seiner Tour vermeiden.«

»Oder er wollte ganz sichergehen, dass ihn kein Klingel- oder Alarmgeräusch verrät. So viel Umsicht spricht dafür, dass wir es mit einem Profi zu tun haben, der jede mögliche Fehlerquelle ausschaltet«, sagt Leni.

»Er hätte doch das Handy ganz einfach stumm schalten können, oder?«

»Dann hätte er schon den Akku rausnehmen müssen.«

»Wieso denn?«, fragt Weidinger.

»Selbst ein hochtechnisches Gerät wie das iPhone macht nicht immer nur das, was wir von ihm erwarten. Haben Sie nicht von diesem Vorfall bei einem Konzert in New York, ich glaube, es waren die Philharmoniker, gehört? Warten Sie, das hab ich doch erst vor Kurzem gelesen. Das hab ich mir doch abgespeichert. Wo war das gleich noch mal?«

Leni zieht ihr eigenes Smartphone heraus und sucht nach dem Artikel.

»Hier. Schauen Sie sich das an. Der Mann sitzt in der ersten Reihe, das iPhone ist stumm geschaltet, und trotzdem klingelt es mitten in der Ouvertüre. So lange, bis der Dirigent abbricht und den Zuhörer bittet, endlich das verdammte Handy auszuschalten. Das gelingt ihm aber nicht, denn es ist ja auch nicht eingeschaltet beziehungsweise auf Stummschaltung.«

»Und was macht er?«, fragt Weidinger.

»Er verlässt mit hochrotem Gesicht und immer noch klingelndem iPhone den Saal. Und bekommt wahrscheinlich Hausverbot in der Philharmonie.«

»Ja, und was war das nun für ein Klingeln?«

»Irgendein Alarm, der da in seinem Firmenhandy angegangen ist und von dem er nicht wusste, wie man ihn ausschaltet.«

»Sachen gibt's! Aber zurück zu unserem Fall. Sie meinen also, Wladimir hat vielleicht gewusst oder geahnt, dass ihn jemand verfolgt?«

»Oder er ist selbst jemandem gefolgt.« Leni zuckt die Achseln. »Ich kann auch nur raten. Oder wissen Sie vielleicht etwas, was ich nicht weiß?«

»Wie käme ich dazu?«

»Ihnen stehen im LKA doch noch ein paar andere Informationsquellen zur Verfügung als mir und lauter gute Leute.«

Weidinger geht nicht auf die Sticheleien ein. »Hinter wem könnte er denn da oben her gewesen sein?«

»Keine Ahnung, aber eine Gämse wird's nicht gewesen sein.«

»Wahrscheinlich nicht. Wir sind hier ja nicht im Bauerntheater«, grinst Weidinger.

»Vorsicht, auf unser Theater lass ich jetzt aber nix kommen«, sagt Leni.

»Habt ihr schon geguckt, was auf dem iPhone drauf ist?« Meik Lebow ist mit zwei Männern von der Spurensicherung eingetroffen. Er zieht sich Einweghandschuhe an.

»Kann man damit überhaupt ein Smartphone bedienen?«, fragt Weidinger.

»Ja, das geht prima.«

Lebows Finger wischen über den Touchscreen. Er öffnet eine Anwendung, die für Magdalena wie ein Routenplaner aussieht. Wie auf einem Navigationsgerät werden Strecken angezeigt, die Lebow mit Zeigefinger und Daumen zum Verkleinern zusammenschiebt. Er arbeitet sich durch verschiedene Ansichtsmodi in einer Geschwindigkeit, die Leni an Szenen im Kinderzimmer ihres Sohnes erinnert, wenn er am Computer saß, über irgendeinem Geschicklichkeitsspiel, und in einem affenartigen Tempo Spielzüge ausführte, denen sie mit den Augen nicht folgen konnte, geschweige denn mit den Fingern. Die Fingerfertigkeit der jungen Leute hat sich bestimmt enorm erhöht durch die Spielereien an Tastatur und Touchpad. Aber war es eine Fertigkeit, die ihnen auch sonst im Leben nützlich sein würde? Erhöhte das womöglich die Kraft in den Fingermuskeln und die Beweglichkeit in den Gelenken, die man zum Klettern braucht?

»Auf einem größeren Bildschirm könnte man das jetzt sehr übersichtlich nebeneinander darstellen«, bringt Lebow sie in die Gegenwart zurück. Sie erkennt verschiedene Streckenabschnitte, die Lebow nun nacheinander anklickt und vergrößert: Kiew–Frankfurt. Frankfurt–München. München–Rosenheim.

»Was zum Geier hat das zu bedeuten?«, fragt Leni. »Ist es tatsächlich das, was ich vermute?«

»Ganz genau.« Lebow nickt. »Das ist der Weg dieses iPhones. In der App werden alle GPS-Punkte gespeichert.«

»Gib mal her.« Leni hat sich einen Handschuh angezogen und bewegt sich staunend durch die Kartenausschnitte. »Schade, dass Wladimir dieses Ding nicht an seinem letzten Tag dabeihatte. Das wäre doch mal was, wenn uns das iPhone jetzt zusammen mit seiner letzten Route auf den Göll und dem Einstieg in die Höhle auch noch ein Bild des Mörders anzeigen würde. Ich sehe schon die Schlagzeile in der Bildzeitung vor mir: ›Kripo ahnungslos – iPhone findet den Mörder‹.«

Sie überlassen der Spurensicherung das Zimmer und versuchen, beim Hotelpersonal Kaffee zu organisieren. Die Chefin selbst kümmert sich darum. Als sie mit einem verkratzten Silbertablett mit drei putzigen Kännchen Kaffee darauf zurückkommt, fragt Lebow ganz unschuldig, ob er auch Cappuccino haben könne, aus der Espressomaschine.

»Nein«, heißt die Antwort der Hotelchefin, »so ein Ding werd ich mir nicht mehr anschaffen. Wird von meinen Gästen auch nicht verlangt.«

Lebow lässt sich nicht so leicht abschrecken und fragt, ob es vielleicht einen Apfelstrudel gäbe oder einen Topfenstrudel. Er könnte etwas Süßes zum Kaffee vertragen.

Er bekommt einen Zwetschgenstreuselkuchen mit der Begründung, dass heute kein Strudeltag sei. Leni und Weidinger sehen voller Neid zu, wie Lebow mit seinem röllchenlosen Waschbrettbauch den Kuchen verspeist, auf dessen Butterstreusel er vorher einen Berg Sahne aufgetürmt hat.

Als sie in Wladimirs Zimmer zurückkommen, sind die Männer von der Spurensicherung schon im Aufbruch.

»Wir haben noch ein technisches Gerät gefunden, das euch interessieren könnte«, sagt einer der beiden.

»Was, dieses olle Kofferradio? Wird so was überhaupt noch gebaut?«, wundert sich Lebow.

»Ja, stell dir vor, und es ist gar kein Kofferradio.«

»Ein Empfänger!« Lebow schlägt sich mit der Hand gegen die Stirn. »Eine richtige Abhöranlage, wahrscheinlich noch vom KGB oder von der Stasi. Kann da jemand mit umgehen? Vielleicht gibt's ja auch den Sender dazu. Kennt sich jemand mit solchen Dingern aus?«

»Ich kann's versuchen«, sagt Weidinger.

»Ich hab den Sender«, ruft er, nachdem er einige Minuten an den Knöpfen des Empfängers herumgedreht hat. »Die Signale sind allerdings sehr schwach.«

»Was bedeutet das?«, fragt Leni. »Dass der Sender weit weg ist oder der Empfang gestört?«

»Oder dass die Batterie des Senders schon schwach ist.«

»Das wäre aber jetzt wirklich Pech. Lassen Sie doch mal hören. Ist das die maximale Lautstärke?«

Weidinger nickt.

Man hört Frauenstimmen. Dazwischen Geräusche, Geklopfe, Wasserrauschen, den Motor eines Elektrogeräts.

»Was ist das?«, fragt Lebow.

»Das hört sich an wie in einer Küche, oder nein, warte, eher wie in einem Hotel«, sagt Leni.

»Genau. Wie Zimmermädchen beim Bettenmachen und Putzen.«

Sie werden zu dritt Zeugen, wie der Sender seinen letzten Seufzer tut und die Batterie ihr Leben aushaucht.

»Wladimir hat also jemanden abgehört. Vielleicht hier im Hotel zum Türken.« Weidinger zwirbelt an einem Ende seines Schnauzbarts. Diese Geste hat Leni bis jetzt noch nicht bei ihm gesehen.

»Das Interconti ist nicht weit weg von hier«, überlegt sie laut.

»Wie weit?«, fragt Weidinger.

»Luftlinie etwa hundert Meter, also praktisch nebenan.«

»Also vielleicht doch das Trio?« Weidinger zwirbelt die andere Bartseite.

»Das abgereiste Trio«, sagt Lebow.

***

»Die ersten Ergebnisse der Spurensicherung sind da.« Meik Lebow stürmt in Lenis Büro.

»Und? Haben sie noch etwas gefunden?«

»Ja, einen Hemdknopf.«

»Von Wladimir?«

»Nein, dem fehlt keiner.«

»Auch nicht an der Kleidung, die er getragen hat, als wir ihn gefunden haben?«

Lebow schüttelt den Kopf.

»Also ein Knopf vom Hemd einer fremden Person. Kann das auch ein Blusenknopf sein?«

»Warum nicht? Allerdings gibt's noch etwas, was eher für Kampf als für Leidenschaft spricht: An der Wand, an der Garderobe und über dem Bett waren winzige Blutspritzer. Mit bloßem Auge fast nicht zu erkennen. Offenbar hat jemand versucht, die Spuren mit einem scharfen Reinigungsmittel zu beseitigen. Aber die Blutreste könnten für eine DNA-Analyse reichen.«

»Und wann wissen wir, ob sie ausreichen?«

»Im Laufe des Tages wird das wohl nichts mehr. Eher morgen.«

»Morgen, morgen. Wieso dauert das denn alles so lange?« Leni wippt auf ihrem Stuhl vor und zurück.

»Es dauert genauso lange, wie's immer dauert«, sagt Lebow. »Dass du auf einmal so ungeduldig bist! Das ist nur wegen dieser Almgeschichte. So kenn ich dich sonst gar nicht.«

»Sei froh!«, sagt Leni.

Als Leni abends nach Hause kommt, ist eine Nachricht von Guntram auf ihrem Anrufbeantworter. Wann sie denn nun käme. Die Tiere seien schon auf der Maiensäss, auf zwölfhundert Metern Höhe, und nächste Woche wolle er mit ihnen hinauf auf die Alm. Mit dreißig Milchkühen und noch einmal so vielen Jungtieren und den zwanzig Ziegen könne er da aber nicht allein hinauf. Er verlasse sich auf sie. Anstelle eines Grußes sagt er am Ende nur: »Wann kimmscht endlich?« und legt auf.

Morgen früh muss ich dringend Manfred Hofer anrufen, denkt Leni. Der Angermayer muss spätestens ab Sonntag übernehmen. Es geht einfach nicht anders. Ich steh bei Guntram im Wort.

Vom Küchenfenster aus sieht sie Rudi über den Hof zum Stall gehen. Sie zieht sich um, schlüpft draußen vor der Haustür in ihre Gummistiefel und geht in den Stall.

»Ich mach's schon selbst, Rudi.« Sie legt ihm den Arm um die Schulter.

»Werd's was?«, fragt er.

»Was meinst denn?«

»Des mit dera Alm.«

»Wird schon werden«, sagt Leni.

»War schee, wenn ma überall gleichzeitig sei könnt, gell?«, orakelt Rudi. Er sammelt einen Haufen Mist mit der Schaufel auf und kippt ihn in die Schubkarre.

»Und wie meinst des jetzt?«, fragt Leni und streichelt Ludwig den Hals. Mit den dunklen Rändern um die Augen ist er einfach ein bildschöner Esel. So einer wie er muss Kleopatra zur Erfindung des Kajalstifts inspiriert haben.

»Allein oben auf der Alm, aber dann a mit den andern im Tal, allein daheim und mit dem Simon unter einem Dach …«, sagt Rudi.

»Rudi, du bist ein alter Narr. Als wenn alles irgendwie mit dem Simon zu tun hätt!«

»Hat's vielleicht nix mit dem Simon zu tun, dass du jetzt auch wegwillst, nauf auf die Berg? Erst is er gangen, und jetzt willst du gehn.«

»Ich komm ja wieder, Rudi. Wenn wir die Kühe runtertreiben, im Herbst, dann bin ich auch wieder daheim. Du tust ja so, als wollt ich gar nicht mehr zurückkommen. Ich hab doch meinen Beruf.«

»Vielleicht triffst ja da oben auf der Alm einmal ein g'scheites Mannsbild, wenn du hier unten schon keins findst«, grummelt Rudi. »In deinem Beruf bist du ja eigentlich den ganzen Tag von Mannsbildern umgeben. Ist da nie einer dabei, der dir g'fallt?«

»Da hab ich was anderes zu tun, als mir Männer anzuschaun, Rudi. Außerdem, für was brauch ich denn einen Mann? Ich hab doch dich, meine zwei Esel, meine Nachbarn, Freunde, Kollegen und meinen Buben, auch wenn der mich grad überhaupt nicht braucht.«

»Des wird a wieder anders werden, glaub's mir. Vielleicht kommt er grad dann wieder heim, wenn du auf deiner Alm oben hockst.«

»Ja, dann schickst ihn mir halt rauf. Du weißt ja, wo ich zu finden bin. Und der Simon ist der Einzige außer dir, der das auch wissen darf. Eisernes Ehrenwort, Rudi, gell?«

Zusammen misten sie den Stall aus und schütten neues Stroh auf. Dann geht Leni Romy, Ludwigs Gefährtin, streicheln und steckt beiden Eseln noch ein Apfelstück als Betthupferl zu.

»Der Rudi wird sich gut um euch zwei kümmern«, flüstert sie Ludwig ins Ohr.

Berchtesgaden, 1. Juni 2010

»Und wenn die ganze Sache doch nicht gut ausgeht?«

Luba sitzt in Slip und BH auf ihrem Bett, ein Handtuch um die nassen Haare gewickelt.

»Was meinst du damit?«, fragt Marjana.

»Wenn sie uns doch noch erwischen? Sie könnten ja schon hinter uns her sein.«

»Wer denn?«, fragt Marjana, die sich genau erinnert, wie es sich anfühlte, als ihr im Interconti Jurijs Handlanger an den Kragen wollte.

»Die Polizei, Jurijs Leute oder der Frankfurter Dealer, vielleicht ja sogar Jurij höchstpersönlich. Die ganze Aktion mit dem Falschgeld. Weißt du noch, wie blöd wir uns in Frankfurt angestellt haben? Es ist wirklich ein Wunder, dass wir nicht gleich im Kaufhaus aufgeflogen sind. Aber du wolltest ja unbedingt diese Prada-Sandalen haben.«

»Die haben wir übrigens noch gar nicht richtig ausgeführt«, sagt Marjana.

»Wo auch? In den Bergen?«

»Nein, nicht in den Bergen. Zum schicken Essen im Interconti oder im Edelweiß.«

»Lenk nicht ab, Marjana. Denk doch mal ernsthaft nach. Was ist, wenn wir auffliegen?«

»Dann gehen wir ins Gefängnis. Ist doch klar, Kindchen.«

»Und was passiert mit dem Schatz?«

»Wenn die Behörden davon erfahren, also Polizei, Staatsanwaltschaft und so weiter, dann weiß es alle Welt.«

»Und dann? Ich meine, wer hat dann etwas davon? Wer bekommt den ganzen Zaster?«

»Oh, da werden ganz viele Juristen damit beschäftigt sein, das zu ermitteln. Da muss zuerst geklärt werden, wer jeweils der Eigentümer war. War das Vermögen Staatsbesitz? Dann bekäme es die Bundesrepublik Deutschland, denn sie ist ja der Nachfolgestaat des Deutschen Reichs. War es Parteibesitz oder gar Privatvermögen?«

»Wie sollten so große Schätze denn Privatbesitz sein?«, fragt Luba.

»Na, du bist gut. Leute wie Hitler oder Göring waren superreich. Die haben nicht nur für die Parteikasse Schätze aus den besetzten Gebieten zusammengerafft, sondern auch für das private Vermögen gewirtschaftet. Dagegen sind die russischen Oligarchen aus unserer Zeit und die Gazprom-Typen die reinsten Waisenknaben.«

»Und wer bekäme dann das Geld? Deren Kinder und Enkel?«

»Soweit ich weiß, hatte Hitler keine Nachkommen. Aber ich denke, es fiele wahrscheinlich an das Bundesland Bayern. Israel erfährt auf jeden Fall davon, die ehemaligen Alliierten, die Kriegsgegner der Faschisten. Jüdische Familien in aller Welt werden das zurückverlangen, was ihren Vorfahren von den Nazis gestohlen wurde. Ebenso die Zwangsarbeiter, die KZ-Überlebenden, alle Verfolgten des Regimes, das diesen Schatz zusammengeraubt hat.«

Luba bohrt mit der großen Zehe in einer verschlissenen Stelle des Bettvorlegers herum. Wiktor nimmt anscheinend Wechselduschen. Aus dem Badezimmer dringt wohliges Stöhnen und gleich darauf grimmiges Schreien im Wechsel.

»Worauf willst du eigentlich hinaus, Luba?«

Marjana weiß genau, worauf Luba hinauswill. Auf die Frage nämlich, wem dieser Schatz in Wahrheit gehört. Wer die rechtmäßigen Eigentümer sind. Das will Luba wissen, weil sie der Gedanke quält, dass dieser Schatz ihnen gar nicht zusteht.

»Was würde der deutsche Staat denn mit diesem unermesslichen Reichtum anfangen? Ich meine, das würde doch vieles ändern. Aber ich frage mich, was genau? Was hätte das für Auswirkungen?« Luba runzelt die Stirn.

»Deutschland wäre auf einen Schlag ein ungeheuer reiches Land. Selbst wenn es nach jahrelangen Gerichtsverhandlungen einen Teil an die Erben der rechtmäßigen Eigentümer zurückgeben würde, bliebe immer noch ein enormes Vermögen übrig, da viele gar nicht wüssten, dass sie Rechte anmelden können. Es könnte damit seine Armen, die Obdachlosen, die Arbeitslosen, die Alleinerziehenden und alle Familien unterstützen. Es könnte seine gesamten Staatsschulden begleichen.«

»Aber würde es das tun?«, fragt Luba.

»Ich weiß es nicht. Das kommt auf die politischen Entscheidungen an. Auf jeden Fall würde eine große Gier die Menschen erfassen, alle Menschen. Aber wie du weißt, scheißt der Teufel immer auf den größten Haufen, und richtig etwas bekommen würden wohl doch wieder nur die, die sowieso schon reichlich haben.«

»Müsste dann die ganze Welt wieder Angst vor Deutschland haben?«, fragt Luba.

»Wer kann das wissen?«

»Man könnte mit dem Geld auch den Hunger auf der Welt bekämpfen.«

»Das könnte man«, sagt Marjana, »dazu bräuchte man allerdings den Schatz gar nicht. Es gibt genügend Getreide, Früchte, Wasser auf der Welt. Niemand müsste hungern. Bei der Verteilung dieser Güter geht es bisher nur leider alles andere als gerecht zu.«

»Aber dürfen wir den Reichtum jetzt, wo wir ihn gesehen haben, dort schlummern lassen? Verstehst du, was ich meine?«

»Ich verstehe genau, was du meinst, Luba. Und du hast recht. Dieser Schatz könnte die Welt retten. Er könnte sie aber auch vernichten.«

Marjana wirft Luba ihr T-Shirt und ihre Jeans zu. »Zieh dir was an, sonst wirst du mir noch krank.«

Luba schlüpft in ihre Kleider.

»Auch wenn wir jetzt nicht auffliegen. Irgendwann wird jemand auf die Spur des Schatzes kommen«, fährt Marjana fort. »Vielleicht sind die Menschen bis dahin reifer, klüger, verantwortungsvoller.«

»Glaubst du das wirklich?«

»Keine Ahnung.« Marjana zuckt die Achseln.

»Wie können wir mit dem Geld Gutes tun, nicht nur für uns, für unsere Familien, für unsere Freunde?«

Aha, denkt Marjana. Daher weht also der Wind.

»Wir könnten damit Projekte in der Zone finanzieren«, beantwortet Luba ihre Frage selbst. »Wir könnten anfangen, die ganze Gegend zu dekontaminieren und den radioaktiven Dreck anderswo zu lagern. Wir könnten dafür sorgen, dass die Menschen in die verlassenen Städte zurückkommen können. Wir könnten versuchen, die Wirtschaft wiederzubeleben.«

»Das könnten wir vielleicht tun, Luba. Aber wir können es nicht gleich tun. Erst muss ein bisschen Gras über die Sache gewachsen sein.«

»Wir könnten einen Spender erfinden, der dahintersteckt.«

»Ja, aber jetzt müssen wir erst mal unsere Haut retten.« Wann kommt endlich dieser Warmduscher Wiktor aus dem Badezimmer, denkt Marjana, und erlöst mich von Lubas Wohltäter-Phantasien?

Berchtesgaden, 1. Juni 2010

»Was hat denn jetzt Ihre famose KT in der Maillingerstraße herausgefunden? Die sitzen doch bestimmt schon dran an dem Notebook, das Sie ihnen gestern nach München geschickt haben?«, fragt Leni ihren LKA-Kollegen am nächsten Morgen in ihrer Einsatzzentrale, der Polizeidienststelle Berchtesgaden.

»Bis jetzt gar nichts«, antwortet er.

»Das ist noch weniger als nicht viel«, zieht sie ihn auf.

»Das Ding hat eine Blowfish-Verschlüsselung, Kollegin. Das dauert ewig, sie zu knacken.«

»Und meistens klappt es gar nicht«, ergänzt Lebow, der im Türrahmen aufgetaucht ist.

»Was heißt ewig?«, fragt Leni. »Drei Tage, drei Wochen?«

»Eher Monate. Oder Jahre.« Weidinger klingt zerknirscht.

»Das meinen Sie jetzt nicht im Ernst.«

»Doch, absolut.«

»Es gibt kein Programm zur Entschlüsselung. Zumindest ist mir keines bekannt«, schaltet Lebow sich wieder ein.

»Und wo hat Wladimir so was her? Aus der Ukraine? Vom Geheimdienst?«, fragt Leni.

»Das ist eine Public Domain. Die können Sie sich auch herunterladen und auf Ihrem privaten PC verwenden.«

»Aber wie komme ich denn an den Verschlüsselungscode?«

»Du nimmst dir zum Beispiel den Roman, der bei dir nutzlos auf dem Nachttisch liegt, weil du eh immer nur einschläfst, sobald du ein Buch aufschlägst. Sagen wir, ›Feuchtgebiete‹ von Charlotte Roche …«

»Hab ich gelesen«, unterbricht Leni ihn.

»Und?«, fragt Weidinger.

»Hat sich fatal auf meinen Schlaf ausgewirkt. Ich hab lauter ekelhaftes Zeug geträumt.«

»Ja, pass auf, Leni. Du schlägst den Roman auf, sagen wir Seite 53 auf, wählst drei Zeilen aus, und Blowfish macht dir daraus eine Verschlüsselung deiner gesamten Festplatte. Zum Entschlüsseln musst du wieder genau diese drei Zeilen eingeben, damit deine Dateien wieder für dich lesbar werden. Verstehst du?«

»So ungefähr. Haben denn die Techniker im LKA da keine besseren Möglichkeiten?«

Weidinger schüttelt den Kopf. »Da würde ich mir nicht zu viele Hoffnungen machen.«

Sein Handy klingelt, und Leni bemerkt, dass er nach dem Blick aufs Display nur widerwillig rangeht.

Der so selbstsicher und oft ein bisschen überheblich wirkende Weidinger kommt ihr jetzt fast ein bisschen devot vor. Immer wieder hört sie ihn »Ja natürlich« sagen und sieht ihn mit dem Kopf nicken, fast schon eine Marotte. Von der Seite beobachtet sie, wie er wieder mit Daumen und Zeigefinger den Schwung seines grauen Schnauzbarts nachfährt. Das macht er also in Stresssituationen oder wenn er abgelenkt ist und vergisst, seinen Tick zu kontrollieren. Sie fragt sich, ob sich dieser Schnauzer so borstig anfühlt wie die Stehmähne von Ludwig, ihrem Esel.

»Das war mein Chef«, sagt Weidinger, nachdem er aufgelegt hat.

Leni überlegt kurz, ob sie sagen soll: Das hab ich auch schon gemerkt, hütet aber ihre Zunge.

»Und gibt es was Wichtiges aus München?«, fragt sie.

»Nein, eigentlich nicht, ich muss nur gleich zurückfahren, bloß vorübergehend natürlich. Wir haben dort wegen eines anderen Falles eine große Pressekonferenz, und der Chef will unbedingt, dass ich dort antrete. Ich hätte mich ja gern davor gedrückt, aber …«

»Tja.« Leni zuckt die Achseln. »Wenn's der Chef anordnet.«

Weidinger überhört die Spitze.

»Morgen spätestens bin ich wieder da. Mein Zimmer im Edelweiß behalte ich natürlich. Und für Sie bin ich jederzeit erreichbar.«

»Ja mei, da kann man nix machen. Jetzt müssen wir den Fall eben ohne Sie lösen«, meint Leni.

»Unterstehen Sie sich! Sie sind jetzt zweihundert Jahre bei Bayern mit Ihrer Dingsbums, Ihrer Fürstpropstei, oder wie auch immer das geheißen hat.«

»Ja, aber so ganz echte und unkomplizierte Bayern sind wir in dieser Zeit immer noch nicht geworden. Wir sind halt Eigenbrötler«, sagt Leni.

»Aber Sie werden ja, seit Sie zu Bayern gehören, einmal mitgekriegt haben, wie Ihre Landeshauptstadt jetzt heißt. In München laufen alle Fäden zusammen, und dort werden auch alle wichtigen Fälle gelöst. Können wir uns darauf einigen?«

»Wir Bewohner des Inneren Landkreises im Berchtesgadener Land haben immer noch unsere Jahrhunderte andauernde Unabhängigkeit im Blut. Gesetz des Urwalds. Das werden wir so schnell nicht los. Für uns ist es eine sportliche Herausforderung, schneller als die Münchner zu sein.« Leni sieht Weidinger beim Räumen seines Interimsschreibtischs zu.

»Das iPhone des Opfers möchte ich mitnehmen, falls wir über die Daten auf der SIM-Karte nicht weiterkommen. Haben Sie sich die schon alle runtergezogen? Nicht dass ich Ihnen da noch wertvolles Ermittlungsmaterial entwende.«

»Keine Angst, wir lassen uns schon nichts entwenden, was wir für unsere Arbeit brauchen, oder, Meik?«

»Ich habe die SIM-Karte ausgelesen und bei uns gespeichert, wenn du das meinst. IMSI- und IMEI-Nummer hab ich abgelegt. Wir haben also alles, denke ich.«

Weidingers Abschied ist kurz und schmerzlos. Sein Handy klingelt schon wieder, und er zieht ab, mit einer Hand winkend, das Telefon zwischen Ohr und Schulter eingeklemmt, mit der anderen Hand in der Sakkotasche nach dem Autoschlüssel suchend. Meik Lebow springt auf, ihm die Tür zu öffnen.

»Was für Nummern hast du da von dem Handy abgespeichert?«, fragt Magdalena, als Weidinger weg ist.

»IMSI und IMEI meinst du? Die IMEI kennst du. Das ist eine eindeutige Seriennummer mit fünfzehn Ziffern, mit der du jedes Endgerät eindeutig identifizieren kannst. Diese Nummer brauchst du, wenn du dein Handy sperren lassen möchtest.«

»Stimmt, jetzt erinnere ich mich wieder. Und die andere Nummer?«

»Mit der IMSI kannst du den Mobilfunkteilnehmer eindeutig ermitteln.«

»Stark! Und, hast du schon rausgefunden, auf wen das Ding registriert ist?«, fragt Leni.

»Wir haben gestern noch Kontakt mit den ukrainischen Kollegen aufgenommen. Mobilfunkteilnehmerin ist eine Olga Semenowa aus Kiew, geboren 1928.«

»Was? Die ist ja über achtzig.«

»Die Kollegen vor Ort sind schon unterwegs zu ihr. Aber möglicherweise stellt sich die Adresse als Alters- oder Pflegeheim heraus. Würde mich jedenfalls nicht wundern.«

Sie gehen noch einmal zusammen die Stationen durch, die das iPhone aufgezeichnet hat. Kiew–Frankfurt. Frankfurt–München. München–Rosenheim. Rosenheim–Verona. Verona–Rosenheim–Berchtesgaden.

»Verona, Verona. Kannst du dir erklären, was das zu bedeuten hat?«

»Keine Ahnung. Soll ich mal bei den italienischen Kollegen nachhören, ob die irgendwas über den ukrainischen Touristen Wladimir und sein Handy wissen?«

»Ach, lass mal. Ich hab bei einer Fortbildung auf der Polizeischule in Ainring einen italienischen Kollegen kennengelernt. Alessandro. Der war aus Verona.«

»Alessandro, ach so. Das ist ja jetzt praktisch. Hast du seine Kontaktdaten noch?«

Leni zieht ihr Smartphone aus der Tasche und fängt an, ihr Telefonbuch zu durchforsten.

»Alessandro, ecco!«

»War er denn attraktiv?«, fragt Lebow.

»Wer? Alessandro?« Leni lächelt. »Italiener halt. Nicht sehr groß, volles dunkles Haar, Bügelfalte und knackiger Po.«

»Dacht ich mir's doch.«

Leni verzichtet darauf, es abzustreiten. Abstreiten könnte glatt ihrem Ruf schaden. Alessandro Cassati ist glücklich verheiratet und hat eine fröhliche laute Kinderschar zu versorgen. Er ist nett, und Leni hat ihn einmal, während eines Urlaubs am Gardasee, in Verona besucht. Von einer Affäre haben allenfalls die Kollegen gemunkelt. Aber das muss Meik Lebow ja nicht alles wissen.

»Leni, come stai?«

Nach einer Minute launigen Geplänkels schildert Leni ihrem italienischen Kollegen den Fall. Und tatsächlich macht es bei ihm sofort klick. Ein Student habe sich vor zwei Wochen bei ihnen mit einer ziemlich abenteuerlichen Geschichte gemeldet.

»Er hat gesagt, dass er das iPhone in Deutschland gekauft hat. In Rosenheim, auf dem Bahnsteig. Für hundert Euro. Er hat schon daran gedacht, dass es gestohlen sein könnte, aber die Versuchung war einfach zu groß«, erzählt Alessandro.

»Und wieso ist er dann zur Polizei gegangen?«

»Zur Polizei ist er erst, als er das Handy wieder verloren hat. Also, als einer gekommen ist und es ihm wieder weggenommen hat.«

»Wann genau war das?«

»Da muss ich nachsehen. Eine Sekunde, ja?«

Leni wartet und sieht zum Fenster hinaus. Der Himmel ist strahlend blau, ein feiner Frühsommertag. Nur über dem Watzmann ist eine dünne, ovale Wolke aufgezogen. Nun trägt er einen schmalen Heiligenschein.

»Leni?« Alessandro ist zurück. »Hörst du? Gekauft hat er es am 15. Mai, bei der Polizei war er am 20. Mai. Er wollte mit seiner Mutter in einem Restaurant zu Mittag essen. In der Innenstadt hat ihn ein Mann überfallen, hat ihm einen Schlag in den Magen verpasst und ihn dann ausgequetscht. Er wollte wissen, von wem er das Handy hat.«

»Das würde mich auch interessieren«, sagt Leni.

»Luigi Balena, der Student, hat gesagt, dass er es in Rosenheim einer Frau abgekauft hat, die nach Berchtesgaden reiste.«

»Ja und dann? Was wollte der Mann noch von diesem Luigi?«

»Nichts. Er hat ihm das iPhone abgenommen und ist verschwunden.«

»Das ist ja eine richtige Räuberpistole. Wie zuverlässig ist denn der Zeuge?«

»Ich würde sagen, sehr. Er stammt aus einer angesehenen Veroneser Familie. Und warum sollte er sich so eine Geschichte ausdenken?«

»Woher wusste er, dass diese Frau, die ihm das Ding verkauft hat, nach Berchtesgaden wollte?«

»Wegen der Zuganzeige über dem Nachbarbahnsteig. Da stand ›IC Königssee‹. Daran hat er sich erinnert. Von Berchtesgaden hat er nichts gesagt, das habe ich jetzt selbst weitergedacht. Ist doch die Endstation des ›IC Königssee‹.«

»Richtig. Wie hat dein Zeuge denn seinen Angreifer beschrieben?«

»Warte … ah, hier steht es: Groß, kräftig, so ein Schrank, weißt du? Sportlich und trainiert. Und er sprach mit russischem Akzent.«

»Das passt. Ich schick dir gleich ein Foto rüber, Alessandro. Kannst du den Studenten zu euch bitten, damit er sich das ansieht und bestätigt, dass unser toter Ukrainer und sein Peiniger ein und dieselbe Person sind? Oder auch nicht, aber das würde mich jetzt wundern.«

»*Va bene, va bene*«, antwortet Alessandro. »Und wann kommst du wieder nach Verona? Mein Ältester macht dieses Jahr Abitur. Und was macht dein Sohn?«

»Simon ist beim Highlinen in Neuseeland.«

»Oh, das ist aber weit weg. Bei uns in Italien bleiben die Kinder so lange zu Hause, bis wir sie rauswerfen. Ist auch nicht so schön. Also, komm uns besuchen, hörst du? *A presto!*«

Als Magdalena das Foto von Wladimir nach Verona schickt, kommt eine Stunde später die Antwort: »*Si, è lui!* Er ist es.«

Berchtesgaden, 1. Juni 2010

Als Meik Lebow am Nachmittag auf die Zufahrtsstraße zur Polizeidienststelle hinausschaut, sieht er Leni, die in der Mittagspause kurz nach Hause nach Schönau am Königssee gefahren ist, ihr Fahrrad auf den Parkplatz schieben.

»Ist dir die Kette rausgesprungen, oder probierst du eine neue Trainingsform, bei der man das Rad schiebt, statt es zu fahren?«, ruft er ihr zu, als sie an seinem Zimmer vorbeigeht.

Sie streckt wortlos den Kopf herein.

»Ui«, sagt Lebow, »was ist dir denn passiert?«

»Der Lindner Korbi hätt mich mit seinem Milchwagen beinah über den Haufen g'fahren. In der Oberschönau. Fährt beim Steigerlehen rückwärts aus der Ausfahrt und übersieht mich einfach, der Depp.«

»Ist dir was passiert?«

»Mein Radl ist hin, aber mir ist nicht viel passiert. Dem Korbi sein Bruder wird mir das Ding wieder herrichten. Der kennt sich aus mit Bergrädern. Gibt's was Neues? Hast du schon Ergebnisse vom Vormittag?«

»Ja. Wir haben DNA-Spuren, das ist schon mal gut. Aber wir können sie bisher noch niemandem zuordnen.«

»Das ist blöd.«

Lebow nickt.

»Sind die Blutspuren in Wladimirs Zimmer mit den DNA-Spuren an Wladimirs Seil abgeglichen worden?«

»Da sitzen die Kollegen grade noch dran. Das Ergebnis müsste aber bald da sein.«

»Na, das sind doch erfreuliche Nachrichten. Erfreulicher jedenfalls als mein Zusammenstoß mit dem silberfarbenen Vehikel mit grünem Bergbauernmilch-Logo. Herrschaftszeiten, hab ich mich erschrocken, als der auf mich zurollt. Ich geh mich dann mal ein bisschen frisch machen. Ach, Meik?«

»Ja?«

»Wie lange kennen wir uns jetzt schon?«

»Warte mal. Seit ich mit der Ausbildung fertig und in den Westen gekommen bin. 2002 habe ich in Traunstein angefangen.«

»Acht Jahre!«, brummt Magdalena. »Und warum bist du noch nicht verheiratet? Hast du noch keine Frau g'funden?«

»Doch«, sagt Lebow. »Aber die mag nicht heiraten.«

»Grundsätzlich nicht oder speziell dich nicht?«

»Haha. Das ist bei Caro eher grundsätzlich, glaube ich. Sie sagt, sie will sich auf keinen Fall einengen lassen. Warum fragst du überhaupt?«

»Ach, nur so. Wahrscheinlich hab ich eine Gehirnerschütterung.«

»Soll ich dich ins Krankenhaus fahren?«

»Schmarrn«, brummt Leni. »Ich geh jetzt ins Bad, und wenn ich rauskomme, bin ich wieder normal.«

»Na, wieder fit?« Lebow legt Leni den Obduktionsbericht aus der Rechtsmedizin auf den Schreibtisch.

»Ich war schon mal fitter«, antwortet Leni.

Sie schaut sich die Bilder des Toten an. Der Abstieg in die Höhle, das Auffinden der Leiche, die Bergung, das alles ist ihr noch frisch im Gedächtnis. Trotzdem ist es ein kleiner Schock, wie jedes Mal, die Bilder anzuschauen. Nur der tote Mensch, das Individuum, aus seiner natürlichen Umgebung herausgenommen. Nur der Tod ist es, der sie aus diesen Bildern ansieht. Der Mensch hat aufgehört zu existieren.

Lebow hat sich auf eine Ecke ihres Schreibtischs gesetzt und schaut sich stumm die Bilder mit an.

»Der Mensch ist einfach nicht geeignet für so etwas. Nicht für einen Zusammenprall mit einem Milchlaster und nicht für einen Sturz aus so einer Höhe. Im Grunde sind wir doch recht zerbrechliche Wesen.«

»Hast du das gesehen?«, fragt Lebow. »Unser Opfer hat zwei gebrochene Finger an der rechten Hand.«

»Das wird halt beim Sturz passiert sein.«

»Nein, hier steht, dass es nicht vom Sturz kommt.«

»Du meinst, es könnte bei dem Kampf in seinem Hotelzimmer passiert sein?«

»Im Bericht steht, dass die ganze Hand gequetscht wurde, wie wenn man sie sich in einer Tür einklemmt.«

»Aua«, sagt Leni, und Lebow betrachtet nachdenklich seine Finger mit den gepflegten Nägeln.

»Wie es passiert ist, erfahren wir nur, wenn wir den finden, der es getan hat. Und den müssen wir dann nur noch dazu bringen, es uns auch zu erzählen.«

»Ja, von Wladimir erfahren wir nichts mehr.«

Lebow verlässt Lenis Büro, kommt aber schon nach kurzer Zeit zurück und legt ihr ein Fax auf den Schreibtisch. Das darauf abgebildete Gesicht gehört auf keinen Fall zu einer Bewerbung für den Polizeidienst oder für die Teilnahme an einem Schönheitswettbewerb. Die rechte Wange des etwa vierzig- bis fünfundvierzigjährigen Mannes sieht aus wie aufgerissen und anschließend mit grobem Zwirn vernäht.

»Wer soll denn jetzt dieser Herzensbrecher sein?«, fragt Leni.

»Das ist der Mann, zu dem unsere DNA-Spuren passen.« Lebows Stimme klingt aufgeregt, als würde er der Zuverlässigkeit des Ergebnisses nicht recht trauen. »Und zwar sowohl die auf dem abgeschnittenen Seilende als auch die von den Blutspritzern an der Wand im Hotel zum Türken.«

»Und um wen handelt es sich bei dieser eleganten Erscheinung?«

»Reichenberg. Karl Friedrich von Reichenberg.«

»Das glaub ich jetzt nicht. Der heißt nicht wirklich so, oder?«

»Doch, der heißt von Reichenberg, Karl Friedrich. Geschäftsmann aus Frankfurt.«

»Wieso ist er in unserer Datenbank?«

»Vor drei Jahren ist in einem Nachtclub in Frankfurt eine Bardame, die auch als Prostituierte dort gearbeitet hat, schwer misshandelt worden und an den Verletzungen später gestorben. Es wurden Speichelproben von allen männlichen Gästen des Clubs genommen, unter anderem die von Reichenberg. Er war unschuldig, hatte offenbar nichts mit der Sache zu tun.«

»Dann hätten seine Daten doch gelöscht werden müssen.«

»Stimmt.«

»Ja und?«

»Sie wurden aber nicht gelöscht. Anscheinend eine Panne. Aber zu unserem Vorteil.«

»Und was macht dieser Frankfurter Adelige hier bei uns?« Leni starrt auf das Narbengesicht auf dem Foto und sieht einen Film ablaufen.

»Er reist dem ukrainischen Killer Wladimir von Frankfurt aus hierher nach, trifft ihn in seinem Hotelzimmer oder lauert ihm hier auf. Vielleicht sucht er etwas in dessen Zimmer und wird von ihm überrascht. Es kommt zu einem Kampf, von Reichenberg wird von Wladimir verprügelt, verliert im Kampf mindestens einen Hemdknopf, vielleicht mehr. Er blutet aus einer Wunde oder aus mehreren. Vielleicht hat Wladimir diesmal nicht den Magen seines Opfers bearbeitet, wie in Verona, sondern sein Gesicht. Vielleicht hat er ihm die Nase zertrümmert, von Reichenberg hat aus einer Platzwunde an der Stirn geblutet, oder seine Lippe ist unter einem Faustschlag aufgerissen. Von Reichenberg setzt sich zur Wehr und bricht Wladimir im Kampf zwei Finger.«

Lebow hat seinen Daumen im Mund und presst die Daumenkuppe von innen gegen die oberen Schneidezähne. Leni sieht ihm die Anspannung an.

»Der Kampf endet mit einer Niederlage für von Reichenberg. Er sinnt auf Rache oder darauf, das, was er von Wladimir wollte, aber nicht bekommen hat, doch noch zu kriegen. Tage später folgt er ihm wieder und steigt hinter ihm in der Vollmondnacht auf den Göll. Er verfolgt ihn bis zu der Trichterhöhle und wartet, bis Wladimir eingestiegen ist. Dann zieht er sein Fahrtenmesser und schneidet das Seil durch, an dem sein Feind hängt, sodass der hundertfünfzig Meter hinunterstürzt und unten zermatscht liegen bleibt.«

Lebow saugt an seinem Daumen.

»Kann es so gewesen sein? Glaubst du das, Meik?«

Lebow nimmt den Finger aus dem Mund. »Ich weiß es nicht.«

Leni achtet gar nicht auf ihn. »Wo ist das Motiv? Siehst du ein Motiv, Meik? Wo ist der Zusammenhang? Was haben die beiden miteinander zu tun? Und was führt sie beide hierher? Die machen doch bestimmt keinen Urlaub bei uns in Berchtesgaden?«

Lebow lauscht gespannt. Er ist jetzt auf Zuhören programmiert, nicht auf Reden und Selberdenken.

»Der eine sitzt in der Ukraine«, fährt Leni fort, »und ist der treue Diener dieses Paten von Kiew. Der andere macht in Frankfurt Geschäfte und verbringt seine Freizeit in halbseidenen Etablissements. Denkst du, was ich denke?«

Lebow nickt. »Sie machen zusammen Geschäfte.«

»Der Pate macht Geschäfte mit von Reichenberg. Er ist der Verbindungsmann für das Falschgeld, das aus der Ukraine nach Deutschland kommt. Aber dann läuft irgendwas schief. Der Pate schickt seinen Killer, der macht sich auf den Weg nach Süden, hierher zu uns, und von Reichenberg folgt ihm.«

»Oder von Reichenberg flieht hierher, weil er vielleicht den Paten betrogen hat, aber Wladimir entdeckt ihn, und von Reichenberg schaltet ihn aus, bevor der ihn umbringt«, sagt Lebow.

Ein Telefon klingelt, es kommt Leni besonders laut und aufdringlich vor. Jemand nimmt den Anruf an, auch er schreit fast ins Telefon. Sie schließt die Tür.

»Ein Teil fehlt. Das Zwischenstück, verstehst du, Meik?« Leni geht im Zimmer auf und ab, den Blick auf den Boden geheftet, als betrachte sie inbrünstig ihre Salewa-Zustiegsschuhe mit den hellblauen Schuhbändern, die sie heute wie fast jeden Tag trägt.

»Wer bringt das Geld von Kiew nach Frankfurt? Kuriere. Einer? Zwei? Drei? Unser Trio! Die drei Helden am Berg. Die Höhlenforscher aus der Ukraine mit den lustigen Nachnamen.«

»Du meinst«, Meik Lebow wacht aus seiner Zuhörerrolle auf, »die beiden Profis waren eigentlich hinter den dreien her? Deshalb sind sie hierhergekommen?« Jetzt springt auch er vom Schreibtisch auf und läuft wie ein Tiger an der Fensterwand entlang.

»Vielleicht sind die drei mit dem Erlös aus dem Tausch der Blüten gegen echte Währung abgehauen.«

»Können die so dreist sein und sich mit dem Paten und mit von Reichenberg anlegen?« Leni hakt beide Daumen in ihre Jeanstaschen und starrt Lebow an. »Wir müssen von Reichenberg aufspüren, falls er noch hier in der Gegend ist. Und dann knöpfen wir uns diese anderen drei vor.«

Sie lässt sich auf ihren Stuhl fallen. »Gib die Fahndung nach von Reichenberg raus. Und ich ruf den Weidinger in München an. Der wird sich ärgern, dass er jetzt in der Landeshauptstadt auf seiner langweiligen Pressekonferenz herumhängt, statt hier, am Puls des Geschehens, quasi im Auge des Taifuns, auf Verbrecherjagd zu gehen.«

Als Lebow schon draußen auf dem Gang ist, ruft Leni ihn zurück. »Meik, pass auf. Wir fordern Verstärkung an, bei der Fahndungsgruppe Piding. Wozu haben wir die in zwanzig Kilometern Entfernung stationiert? Die sind doch sowieso den ganzen Tag auf der A 8 unterwegs und observieren den fließenden Verkehr im

Grenzbereich Bad Reichenhall-Salzburg. Dann dürfen sie heute hier im inneren Landkreis observieren. Das ist die beste Verstärkung, die wir kriegen können.«

Dann ruft sie Weidinger an, holt ihn aus seiner Pressekonferenz und setzt ihn über den Stand der Ermittlungen in Kenntnis. Er hört sich alles an und gratuliert ihr zu ihren kriminalistischen Schlussfolgerungen. Etwas Neues, weitere Details oder auch nur eigene Vermutungen und Einschätzungen hat er entweder nicht, oder er ist nicht bereit, sie mitzuteilen.

»Vielleicht können wir den Fall ja nun doch vor Ort, unter ausschließlichem Einsatz der einheimischen Fahndungs- und Polizeikräfte, lösen«, schließt Leni nicht ohne leisen Spott.

»Frau Morgenroth, meine Pressekonferenz ist fast vorbei. Für mich ist sie jetzt vorbei. Wenn's gut läuft, bin ich in eineinhalb Stunden bei Ihnen. Sollten Sie von Reichenberg vorher finden, dann warten Sie bitte mit allen Aktionen gegen den mutmaßlichen Mörder, bis ich vor Ort bin, ja?«

»Aber natürlich, Herr Kollege. Wir observieren hier unauffällig und warten ab, bis Sie bei uns sind. Und wenn Sie am Irschenberg im Stau stehen, dann warten wir halt noch ein bisschen länger und halten uns ganz diskret zurück.«

Lebow, der wieder bei ihr im Zimmer ist, zieht ein langes Gesicht und mimt ein heftiges Gähnen.

»Ja dann, Herr Weidinger, fahren S' los. Sie wissen ja, der frühe Vogel fängt den Wurm.«

Kaum hat Leni aufgelegt, steht sie schon halb auf dem Flur. Sie streckt den Kopf zurück ins Büro.

»Meik, wo bleibst du denn?«

»Ich dachte, wir warten, bis der Weidinger hier ist?«

»Glaubst du wirklich, ich lass mir vom Mister LKA mit seiner historischen Barttracht die Butter vom Brot nehmen? Wir machen jetzt genau das, wofür uns der Steuerzahler bezahlt, nämlich Kriminelle aufspüren und zur Strecke zu bringen. Und wir machen das nicht so irgendwie nebenbei, sondern wir setzen alle Kräfte in Bewegung, die wir zur Verfügung haben. Alles klar?«

Eine halbe Stunde später wissen sie, dass Herr von Reichenberg mit Gattin im Hotel Edelweiß logiert, sich aber derzeit nicht dort aufhält. Nur seine Frau befinde sich laut Auskunft des Portiers im Haus, genauer gesagt in der Wellness-Etage im obersten Stock des Gebäudes. Ihr Mann habe das Hotel vor etwa zwei Stunden verlassen. Als sie sich trotzdem auf den Weg ins Hotel machen wollen, um mit Frau von Reichenberg zu sprechen, kommt um siebzehn Uhr fünfundvierzig die Meldung, dass ein Mann von Zivilfahndern aus Piding, unterwegs in einem dunkelblauen BMW-Einsatzfahrzeug, gesichtet wurde, auf den die Beschreibung von Reichenbergs passt. Er ist in einer Gruppe von Segway-Fahrern unterwegs und trägt einen schwarzen Helm und Schutzkleidung. Der Helm lässt aber das Gesicht so weit frei, dass Horst Reimer von der Fahndungsgruppe Piding eindeutig die lange Narbe auf der Wange erkennen kann. Er macht sofort Meldung an die Einsatzleitung, dass er die gesuchte Person entdeckt hat. Position: Berchtesgaden, Bergwerkstraße, in Höhe des Roten Kreuzes, unterwegs in Richtung Salzbergwerk.

»Weiter observieren«, lautet Lenis Anweisung. Sie schnallt das Pistolenhalfter enger, in dem ihre Dienstwaffe steckt, und macht sich bereit für den Einsatz.

»Was ist jetzt mit Weidinger?«, fragt Lebow.

»Du hast doch den Kollegen Reimer gehört, dass der mutmaßliche Täter in einem Fluchtfahrzeug unterwegs ist. Es besteht also Fluchtgefahr«, erwidert Leni.

»Ist ein Einpersonen-Transportmittel mit maximal zwanzig Stundenkilometern Geschwindigkeit, dem in ungefähr einer Stunde der Strom ausgeht, jetzt auch schon ein Fluchtfahrzeug?«, fragt Lebow.

»Schwing jetzt keine Reden, Meik. Auf geht's, sonst ist der Herr von Reichenberg noch über alle Berge mit seinem windschnittigen Personal Transporter.«

Als Leni zusammen mit ihren Kollegen im Konvoi, mit Sirene und Blaulicht angerauscht kommt, erkennt sie schon aus fünfhundert Metern Entfernung, dass das Bergwerksgelände abgesperrt ist.

Sehr gut, denkt sie. Wenigstens klappt das schon mal prima. Das Bergwerkspersonal hat jahrzehntelange Erfahrung mit anstürmenden Besuchermassen und deren Kanalisierung. Hier herrscht in den Sommermonaten so etwas wie eine Blockabfertigung mit Voranmeldung und genau fixierten Warte- und Eintrittszeiten. Und eigentlich klappt dabei immer alles wie am Schnürchen.

Vor den Absperrungen stehen die Schaulustigen so dicht gedrängt, als gelte es, Konzertkarten für die Kastelruther Spatzen oder das gepflegte Krimidinner zum Mitraten zu ergattern. Nur unwillig machen sie der Polizei Platz, und Leni spielt kurz mit dem Gedanken, aus dem Wagen zu springen und zu Fuß weiterzugehen. Zwei Einsatzkräfte drängen die Menschen zur Seite, Sirene und Blaulicht sind für die Neugierigen kein ausreichendes Motiv, eine Gasse zu bilden. Ein dritter Beamter öffnet die Absperrung, um sie gleich wieder zu schließen, nachdem die Polizeifahrzeuge sie passiert haben. Trotzdem ist einer der Gaffer mit durchgerutscht und knipst mit seinem Handy ein paar Bilder, bevor ihn eine junge Polizistin wieder verscheucht. Fotos für Facebook oder Youtube, denkt Leni, als sie die Szene im Rückspiegel beobachtet.

Horst Reimer von der Fahndungsgruppe wartet am Eingang auf sie und berichtet, dass der Gesuchte mit seinem Segway in den Stollen geflüchtet sei.

»Der Segway-Guide wollte zwar sofort die Verfolgung aufnehmen, ich hab ihn aber zurückgepfiffen. Ich mein', Verfolgungen sind ja immer noch unsere Sache, oder?«

Hinter ihnen gibt es jetzt in der Zufahrt zum Bergwerk Aufregung. Ein Raunen und Murren geht durch die Menge, als die Durchfahrt für ein weiteres Fahrzeug freigegeben wird. Es ist ein dunkler BMW mit Münchner Kennzeichen.

Weidinger springt aus dem Wagen, ebenso sein Kollege, der am Steuer saß.

»Wir sind ohne Stau durchgekommen«, freut er sich, als er feststellt, dass der Täter noch nicht gefasst, er also nicht zu spät gekommen ist.

»Ich glaub, mit den Dingern sind wir schneller als zu Fuß. Also, ich nehm mir dann mal einen«, ruft Leni dem verblüfften Segway-Guide zu. Er reicht ihr einen Helm.

»Ist auf jeden Fall besser«, meint er. »Ich weiß ja nicht, wie gut Sie fahren. Sie auch?«, wendet er sich an Weidinger.

Während Leni schon mit Helm auf dem Scooter steht und anfährt, muss Weidinger erst noch einen Schnellkurs im Segway-Fahren absolvieren. Leni rauscht ab Richtung Bergwerkseinfahrt und sieht, als sie sich umdreht, wie Weidinger im Stand vor- und zurückzuckelt, kein rechtes Gefühl für den Neigungswinkel des Körpers beim Beschleunigen und Lenken bekommt. Er lehnt sich nach vorn, aber so heftig, dass der Roller abgeht wie ein Araberhengst. Erschrocken lehnt Weidinger sich zurück und bleibt abrupt stehen.

Das kann noch dauern, denkt Leni und beschließt, allein weiterzufahren, bevor von Reichenberg zu viel Vorsprung bekommt.

»Ausgänge sichern!«, schreit sie über die Schulter zurück. »Und lasst euch halt das mit den Rollern erklären und kommt mir nach, wenn ihr so weit seid.« Und schon verschwindet sie im Berg, und das Brummen des Elektromotors verschwindet mit ihr.

Grob behauen und rau sind die Wände des langen Stollens, der vom Tageslicht weg in den Salzberg hineinführt. Leitungstrassen sind links und rechts knapp unter der Decke angebracht. Ein Gewirr aus lose verlegten Kabeln liegt neben Rohren und Schläuchen auf den Trassen oder hängt locker von der Decke. Bläulich schimmert weißes Neonlicht, eine defekte Leuchtstoffröhre flackert. Der Fahrtwind streift über Lenis Gesicht. Ein leichter Salzgeruch steigt ihr in die Nase.

Am Ende des Stollens sind Blinklichter zu sehen, abwechselnd rot und blau. Ein hohes Summen wie von einer sich entfernenden U-Bahn verschwindet im Berg. Vom Ausgang sind Stimmen zu hören und das Krächzen eines Funkgeräts. Leni war vor über einem Jahr das letzte Mal im Sinkwerk XXI. Damals ging es um einen Verdacht auf Wirtschaftskriminalität. Die Räume der Bayerischen Landesbank waren durchsucht worden. Vorstände, Manager und Banker befanden sich zu einem Business-Incentive hier im Sinkwerk. Das ist die Klientel, die sich diese exklusive Location für Firmen-Events mietet. Damals war es jedenfalls so, und Kommissarin Morgenroth sollte mit ihren Kollegen in Bereitschaft stehen, um auf Kommando zuzugreifen. Auf Weisung von oben wurde die ganze Aktion schließlich wieder abgeblasen.

Leni hat das Sinkwerk XXI, auf das sie jetzt zusteuert, kleiner in Erinnerung als das Kaiser-Franz-Sinkwerk, das zum Schaubergwerk gehört und komplett ausgebeutet ist. Das Sinkwerk XXI ist eine etwa zweitausend Quadratmeter große Kaverne, ein Hohlraum im Fels, mit sechs bis sieben Metern Deckenhöhe, in das früher

Süßwasser eingeleitet wurde. Das Wasser löste das Salz aus dem Gestein, und die entstandene Sole wurde dann abgepumpt und in der Soleleitung, einer Art Pipeline, in die Saline nach Bad Reichenhall transportiert.

Nichts ist hier, sechshundert Meter im Berg, geschönt, verputzt oder schick gemacht worden. Alles ist so erhalten, wie es nach dem letzten Ablassen der Sole aussah. Nur die Einrichtung ist neu. Eine Bar, bunte Sitzsäcke, Tische, eine Licht- und Tonanlage sowie eine Bühne für den DJ. Die Felswände sind sichtbar, die Decke – bei den Bergleuten heißt sie »Himmel« – ist aus Steinsalz, das große Mengen von Gips enthält. Daher lohnt der Abbau an dieser Stelle nicht mehr.

Leni hofft, dass im Sinkwerk nicht gerade ein Incentive-Seminar oder eine Party mit Topmanagern im Gang ist, die gerade unter massiver Testosteronüberversorgung leiden. Sicher haben die Kollegen schon über das Bergwerkstelefon die Veranstalter im Sinkwerk informiert, dass ein Mordverdächtiger mit dem Segway in ihre Richtung unterwegs ist.

Von Reichenberg hat zwar einen Vorsprung, doch wie er aus diesem Scheißbergwerk je wieder rauskommen soll, das weiß er nicht. Als der Polizeiwagen sich vor ihm querstellte, war ihm klar, dass sie ihn gesucht und gefunden hatten. Und da sich alle möglichen Auswege als Sackgassen erwiesen, war der Stollen plötzlich als einziger Fluchtweg übrig geblieben. Irgendeine Möglichkeit gibt es immer, denkt er.

Der Fahrtwind zerrt an seinem Haar. Er sieht einen Balken, der in Kopfhöhe quer über die Stollenbreite eingespreizt ist. »Sinkwerk XXI« zeichnet ein Laser in blauer Schrift an die Wand.

Von Reichenberg duckt sich, weicht dem Balken aus. Erst als er den Kopf wieder hebt, erkennt er die Barrikade aus Sitzkissen, auf die er zufährt. Er zieht die Lenkstange zu sich heran, kann aber nicht mehr schnell genug bremsen und rast in den Wall hinein. Die Räder rollen die Säcke hinauf und deformieren sie. Das Fahrzeug stellt sich auf, das Summen wird lauter, ganz so, als versuchte die Elektronik verzweifelt, die Elektromotoren dazu zu bringen, das Gefährt nicht umkippen zu lassen. Von Reichenberg springt herunter, im gleichen Augenblick beschleunigt der nun führungslose Segway, hüpft über den nächsten Sitzsack und donnert ungebremst gegen eine Felswand.

»Ein von Reichenberg gibt niemals auf«, hört er eine Stimme in seinem Hinterkopf und läuft nun zu Fuß weiter in den Stollen, der zum immer noch produktiven Teil des Bergwerks führt. Einige Partybesucher stürzen hinter ihm her, als gelte es, einen Säbelzahntiger oder ein Mammut an den Rand einer Klippe zu jagen. Nach hundert Metern geben die ersten Jäger bereits auf. Außer Puste kauern sie an der Wand, während drei der Verfolger nicht nachlassen, sondern sich gegenseitig anstacheln und ihm Schritt für Schritt näher kommen.

Ein Schwarm summender Segways nähert sich vom Bergwerkseingang her dem Sinkwerk. Von Reichenberg sieht hektisch über die Schulter zurück. Auf dem ersten erkennt er eine blonde Frau, in einigem Abstand gefolgt von zwei uniformierten Polizisten. Die Frau kommt, ohne sich wegducken zu müssen, unter dem Balken durch und bremst ihren Segway sicher.

»Weg mit dem Zeug!«, schreit sie der Partygesellschaft zu und gibt Gas, um die Verfolgung wieder aufzunehmen.

Leni verliert fast die Kontrolle, als der Segway über einen kleineren Felsbrocken rollt. Ein paar Meter fährt das Gerät nur auf einem Rad, kippt nicht, kreischt aber wie eine Katze, der gerade ein Rollstuhl über den Schwanz fährt. Sie bremst, gibt wieder Gas, und das linke Rad des Segways knallt gegen das DJ-Pult. Es kracht, das Pult wackelt und fällt langsam um. Mit der Musik ist es jetzt erst mal vorbei.

Leni nimmt Kurs auf den Verbindungsstollen, der hinüber ins Schaubergwerk führt. Dort hockt einer der Partygäste, die von Reichenbergs Verfolgung aufgenommen haben, auf dem Boden, mit dem Rücken an die Wand gelehnt, den Kopf puterrot. Ein weiterer Mann kommt ihr entgegen. Weiter hinten im Stollen ist es heller. Im Gegenlicht erkennt sie die Silhouette von Reichenbergs. Er dreht sich zu ihr um. Er ist zu Fuß, aber etwas schneller als der einzige verbliebene Verfolger, der ihm noch auf den Fersen ist.

»Kripo Traunstein, geben Sie die Verfolgung auf und machen Sie den Weg frei!«, schreit Leni. Was denkt denn dieser Idiot? Dass er hier auf Großwildjagd im Busch ist?

Aber sie hat es mit einem Siegertypen zu tun, einem Alphamännchen, das seiner Horde zeigen will, wer der Chef ist. Und er hat endlich die Gelegenheit zu beweisen, dass sein tägliches Joggingprogramm auch einen praktischen Nutzen besitzt.

Hau endlich ab und lass mich meinen Job machen, du Depp, denkt Leni. Und auf einmal hat sie von Reichenberg aus den Augen verloren und den anderen auch. Wo sind die beiden hin? Sie war doch nur noch fünfzig Meter von ihnen weg.

»Warum musstest du mich verfolgen, du Arschloch?«, flüstert von Reichenberg seinem Verfolger ins Ohr und dreht ihm den Arm auf den Rücken. »Wie heißt du?«

»Carl Markstrom.«

»Hey, Charly, warum bist du hinter mir her? Was habe ich dir getan?«

Markstrom stehen Schweißperlen auf der Stirn. Er atmet flach und schnell.

Von Reichenberg zieht eine Pistole und hält sie dem Mann an die Schläfe. »Wünschst du dir gerade, du hättest mich lieber nicht verfolgt?«

Markstrom nickt.

»Du wirst es dir noch viel mehr wünschen, Charly, glaub mir.«

Leni bremst den Segway und steigt ab. Sie zieht ihre Pistole und bewegt sich vorsichtig durch den Stollen vorwärts. Keine Spur von Reichenberg und seinem Verfolger. Sie meint etwas zu hören, bleibt stehen. Es könnte ein Stöhnen gewesen sein. Volltrottel, denkt sie. Was muss er auch Polizei spielen?

»Bleiben Sie, wo Sie sind!«

Die Stimme kommt aus einem Seitengang, der rechts abzweigt.

»Und Waffe weg, sonst ist der Mann tot.«

In einer Nische des schwach beleuchteten Seitengangs erkennt Leni von Reichenberg, der seinen Verfolger mit einer Pistole bedroht.

»Okay, okay, ganz ruhig. Ich werde die Waffe weglegen, und Sie lassen den Mann frei.«

»Für wie blöd halten Sie mich?«, schreit von Reichenberg. »Sie sollten Kühe hüten, aber nicht Kommissarin spielen.«

»Vielleicht haben Sie recht. Das sollte ich wirklich. Aber zuvor will ich Sie noch hinter Schloss und Riegel bringen.«

»Vergessen Sie's. Ich habe eine Geisel, und Sie machen schön, was ich Ihnen sage. Denn nur wenn Sie das tun, hat unser Charly hier eine kleine Chance, lebend wieder ans Tageslicht zu kommen.«

»Glauben Sie wirklich, mit dieser Nummer kommen Sie durch? Draußen landet gerade ein Hubschrauber mit einer Spezialeinheit. Geben Sie auf, von Reichenberg, Sie haben keine Chance.«

»Sagen Sie Ihrem Spezialteam, es soll einpacken. Denn wenn es das nicht macht, fliegt der Geisel die Kalotte vom Schädel.«

Schritt für Schritt bewegt von Reichenberg sich rückwärts, die Pistole am Kopf der Geisel. Leni steht da und kann nichts tun. Wo bleiben verdammt noch mal die anderen? Wo bleibt Meik? Sie tastet ihren Gürtel ab. Das Funkgerät ist weg. Sie muss es irgendwo unterwegs verloren haben.

»Ich werde mich darum kümmern, dass das Team im Hubschrauber bleibt«, sagt sie schließlich. »Sie nehmen die Waffe weg, und ich sorge dafür, dass niemand in den Stollen kommt.«

»So einen Bullshit kann sich auch nur eine Frau ausdenken. Ich werde so blöd sein und die Knarre wegpacken. Die Wumme bleibt, wo sie ist, und wenn ihr nicht spurt, dann fliegt Charlys Toupet an die Stollendecke.«

Es heißt Himmel, denkt Leni. Im Bergwerk gibt es keine Decke.

»Okay, dann behalten Sie die Waffe, aber lassen Sie den Mann frei. Nehmen Sie mich als Geisel.«

»Verarschen kann ich mich selbst. Also verzieh dich.«

Von Reichenberg geht mit seiner Geisel rückwärts weiter in den Berg hinein. An einer ungesicherten Galerie, an der es etwa zehn Meter nach unten in ein anderes Stollensystem geht, stolpert er. Fast wäre er ausgerutscht und abgestürzt, aber er fängt sich.

Doch die Situation hat sich verändert. Markstrom spürt, dass das seine Chance ist zu entkommen. Er windet sich aus der Umklammerung des strauchelnden von Reichenberg. Auf dem losen Gestein rutscht er jedoch aus und gerät ins Schlittern. Er fällt hin, gleitet über die Galerie, seine Hand klammert sich an ein paar Steine, findet aber keinen Halt.

Kurz bevor er in die Tiefe stürzt, packt von Reichenberg seine Hand mit festem Griff, dann auch die zweite Hand, die Markstrom ihm flehend entgegenstreckt, und zieht ihn hoch.

Als Markstrom festen Boden unter den Füßen spürt, gewinnt er auch seinen Mut zurück. Nicht zu früh Mitleid zeigen. Niemals denken, der Gegner wäre besiegt, bevor der letzte Punkt gespielt ist. Markstrom stürzt sich auf seinen Retter und rammt ihm den Kopf in den Bauch. Er schiebt von Reichenberg Richtung Abgrund, gibt ihm einen Stoß, von Reichenberg verliert den Halt und fällt.

Er dreht sich um, für einen Augenblick verdrängt das Licht den Schatten auf seinem Gesicht, und Leni, die die Szene gebannt und ohne Möglichkeit, noch einzugreifen, verfolgt, sieht ein Grinsen auf dem Gesicht der befreiten Geisel, wie sie es von alten Schwarzweißfotos kennt. Es ist das Grinsen des Großwildjägers, der einem erlegten Löwen das Maul öffnet, um dessen Raubtiergebiss als Trophäe vorzuführen. Wie schön wäre es, denkt Leni beim Ansehen solcher Bilder immer, wenn der Löwe noch einmal zubeißen könnte. Die Geisel ist gerettet, und ihre Mordlust wird am Ende schwer zu beweisen sein.

Von Reichenberg fällt. Und wundert sich, dass er tatsächlich sein Leben an sich vorüberziehen sieht. Dass es ihm haargenau so geht wie den Todgeweihten in den Hollywoodfilmen.

Im Schnelldurchlauf sieht er sich als kleinen Jungen beim Spielen im Schlosspark. Das Kindermädchen, das der Vater vom Schloss jagte, weil es mit ihm Mitleid hatte und deshalb dem Vater widersprach. Er erinnert sich an ihren Duft, wenn sie ihn an sich drückte. Dann war sie weg. Die Nächste, die kam, machte alles genau so, wie der Vater es wollte. Alles.

Er sieht die Schneide des Degens blitzen, die bei der Mensur eine Hälfte seines Gesichts in zwei Teile schnitt. Wie ein Peitschenhieb fühlte es sich an, als die Klinge ihn traf. Er sieht sich fallen und erst in der Klinik erwachen, mit dem verbundenen Gesicht. Bahn um Bahn wickelt er die weiße Binde ab und rollt sie in der Hand wieder auf. Dann sieht er sie, die Narbe, die ihn von nun an für immer begleiten wird.

Zu kurz ist die Zeit, zu schnell rast der Film vor seinen Augen, und schon spürt er, wie es ihn schmerzte, als er Mandy zum ersten Mal traf. Sie war schön, so weiß ihre Haut. Doch er wollte nichts Schönes mehr, und es gelang ihm, sie ihrer Schönheit zu berauben.

Er sieht noch einmal, wie es war, als er sich durch die klare Luft, die durchsichtiger war als Glas, auf die Berge zubewegte. Durch die große Windschutzscheibe seines Wagens, auf der Autobahn. Immer näher kamen die Berge, und trotz der gleißenden Sonne waren die Berggipfel weiß und schön. Seit vielen Jahren war ihm zum ersten Mal wieder bewusst, welches Gefühl Schönheit in seiner Brust auslösen konnte. Mandy lackierte sich gerade die Fingernägel, während er sich auf die weißen Gipfel der Berge träumte, nur weil sie so schön waren. Er kann ihn riechen, den Nagellack.

Er hört, wie das Seil reißt, als er mit dem Messer darüberstreicht. Erst das eine, dann das zweite. Er spürt Wladimirs Bewegung, als er sich, nachdem das eine Seil gerissen ist, an das andere hängt, in der Hoffnung, es könnte halten. Doch es hielt nicht. Und er hört den langen Schrei aus dem Trichterrand.

Von Reichenberg fliegt und fliegt. Trotz der zehn Meter, die er stürzt, hat er vielleicht eine Chance zu überleben. Vielleicht ist der Boden, auf den er fällt, steil genug, um einen Teil der Wucht aufzunehmen, ohne ihn sofort zu stoppen und Organe und Knochen bersten zu lassen. So haben Menschen schon Flugzeugabstürze überlebt. Er versucht sich zu drehen, doch er beherrscht seinen Körper nicht wie ein Athlet. Die Zeit in der Luft ist zu kurz, um eine bessere Position für den Aufprall zu erreichen. Er schafft es zwar, in Schräglage ein Bein als Erstes auf den felsigen Boden zu setzen, doch es knickt weg, als wäre es aus Pappmaschee. Er hört das Knallen einer gerissenen Sehne. Wie Gummi verformt sich sein Becken, um nie wieder in seine ursprüngliche Form zurückzukehren.

Der Aufprall. Er bleibt reglos liegen. Von Reichenberg spürt keine Schmerzen. Als passiere das alles einem anderen, nicht ihm. Mark und Fett tritt aus den großen Knochen in die Blutbahn und wird in wenigen Minuten, falls er sie überlebt, der Grund für eine tödliche Thrombose sein. Er denkt noch, welch eine Ironie. Ein Sturz wird es also sein, an dem er sterben wird. Ein gerechtes Schicksal, das muss man zugeben.

Leni läuft ein Stück den Weg entlang zu einer Stelle, an der sie leicht nach unten klettern kann. Die befreite Geisel, der Held der Stunde, sitzt immer noch unbewegt da und reckt den Kopf über den Abgrund, um von Reichenberg beim Sterben zuzusehen.

Im Hintergrund hört sie Stimmen, Rufe. Endlich kommen auch die Kollegen. Erleichtert stellt sie fest, dass von Reichenberg noch lebt, als sie ihn erreicht.

»Können Sie mich hören?«

Von Reichenberg schlägt die Augen auf.

Leni weiß, sie sollte ihm Mut zusprechen, aber sie bringt es nicht übers Herz. Sie sieht, er wird gleich das Bewusstsein verlieren, und die Chance, dass er noch einmal aus seiner Ohnmacht erwacht, ist gleich null.

»Sie haben nichts mehr zu verlieren«, sagt sie eindringlich. »Wen haben Sie verfolgt? Und warum? Warum haben Sie Wladimir López getötet?«

Er lacht, nein, nicht er, nur sein Mund. Dann flüstert er, sodass Leni ihr Ohr fast auf seine Lippen legen muss.

»Sie … werden nicht dahinterkommen …«

Das Lächeln verschwindet nicht aus seinem Gesicht. Es wird noch tiefer, als das Leben aus seinen Augen weicht.

Berchtesgaden, 1. Juni 2010

Von Reichenbergs Leiche ist abtransportiert. Seine ehemalige Geisel zur Untersuchung ins Krankenhaus gebracht. Die Menge der Schaulustigen vor dem Bergwerk hat sich fast aufgelöst. Nur ein paar Eiserne harren immer noch aus und versuchen von den Einsatzkräften und den Sanka-Fahrern ein paar Detailinformationen zu erhaschen.

»Ich weiß, dass Sie jetzt enttäuscht sind«, sagt Leni zu Weidinger. »Mir würd's ganz genauso gehen.«

»Ich ärger mich einfach. Können Sie das verstehen? Wahrscheinlich passiert es in dreihundert Jahren genau ein Mal, dass die Polizei einen Verbrecher durch ein Salzbergwerk jagt.«

»Und dann sind Sie nicht dabei.«

»Dabei war ich ja schon fast da, aber mir wurde ein Fahrzeug vorgesetzt, mit dem ich nicht umgehen konnte. Sie hätten mir genauso gut ein Pferd hinstellen können oder ein Kamel. Damit wäre ich ungefähr so schnell gewesen wie mit diesem verteufelten Segway, das so bockig war wie ein Esel.«

»Sagen Sie nix gegen Esel. Ich hab zwei zu Hause im Stall stehen. Ludwig und Romy. Zwei ganz sanfte, brave Wesen.«

»Sie hören nicht auf, mich zu überraschen, Kollegin. Kühe, Esel. Und das Segway-Fahren war offenbar auch kein Problem für Sie. Gibt's eigentlich auch etwas, was Sie nicht können?«

»Ja, jetzt warten S' mal, lassen S' mich mal überlegen … Ja, den von Reichenberg vor diesem wild gewordenen Kerl aus dem Sinkwerk zu schützen, der ihn unbedingt stellen wollte, das ist mir nicht gelungen.«

»Sie machen sich doch hoffentlich keine Vorwürfe.«

»Mit den Vorwürfen ist es wie mit dem schlechten Gewissen, fürchte ich.«

»Wieso, was ist denn mit dem Gewissen?«, fragt Weidinger.

»Aufs schlechte Gewissen ist doch bekanntlich geschissen. Und mit den Selbstvorwürfen ist es wahrscheinlich genauso.«

»Ich glaub, da ist was dran.«

»Jetzt müssen wir hinauf ins Hotel Edelweiß, die Witwe von Reichenberg über den Tod ihres Mannes informieren. Dort sind die Herrschaften nämlich abgestiegen. Kommen Sie mit?«

»Ist sowieso mein Weg«, antwortet Weidinger. »Können wir da auch zu Fuß raufgehen? Ich würde mir gern ein wenig die Beine vertreten.«

Sie folgen der Bergwerkstraße, vorbei an der hell beleuchteten Watzmanntherme, überqueren die Berchtesgadener Ache auf einem Brückchen, dessen Eisenkonstruktion an Eiffel denken lässt, wenn auch in Miniatur. Grün und kalt ist das Wasser der Ache, die aus dem Königssee kommt. Sie queren die Hauptstraße, links ein Sportgeschäft, rechts ein Sportgeschäft, gehen an der Mauer des Berchtesgadener Hofbrauhauses vorbei, auf dem Parkplatz davor stehen zwei royalblaue Bierwägen.

»Kann man hier auch was essen?«, fragt Weidinger.

»Ja, freilich. Im Sommer sitzt man ganz angenehm im Innenhof, auf einer Galerie. Da kommt man sich grad vor wie in Italien.«

»Bacheifeldschule«, liest Weidinger am gegenüberliegenden mehrstöckigen Gebäude, dann geht die Straße in Kopfsteinpflaster über und überwindet auf kurzer Strecke eine ziemliche Steigung. Als sie oben auf die Maximilianstraße einbiegen, stehen sie schon fast vor dem Hotel Edelweiß.

Sie betreten das Hotel durch den Haupteingang. Zwei breite Glastüren öffnen selbsttätig. Geradeaus, aber nicht prominent, die Rezeption. Rechts die große Lobby mit Tischen und Sesseln, links eine Bar mit auf vier Seiten umlaufender Theke. Hohe Barhocker, dezente Soulmusik. Die junge Dame hinterm Tresen trägt ein Dirndlkleid mit weißer Bluse. Ein Kellner huscht vorbei, weißes Hemd, ärmellose Trachtenweste. Das Personal strahlt geradezu vor Freundlichkeit.

Zwei Männer und eine Frau sitzen an der Bar: Die Dame im dunkelblauen, mit Pailletten bestickten Cocktailkleid, das glatte Haar sehr blond, die langen Beine übereinandergeschlagen, ein Paar silbern glänzender High Heels als krönender Abschluss und Blickfang. Links von ihr ein sportlich wirkender Mann über sechzig mit vollem graubraunem Haar, rechts ein Herr Ende fünfzig, in einer Art gemäßigtem elegantem Trachtenanzug, sonnenstudiogebräunt, mit dem Auftreten des Erfolgreichen, der alles geschafft hat, was er sich vorgenommen hat. Im Profil hat er sogar etwas von George Clooney, denkt Leni.

»Der Herr rechts ist der Hotelier«, sagt Leni zu Weidinger und grüßt locker in seine Richtung.

»Wir möchten zu Frau von Reichenberg.« Sie zeigt dem Angestellten an der Rezeption ihren Dienstausweis.

»Die Dame sitzt dort an der Bar«, antwortet er.

»Frau von Reichenberg? Magdalena Morgenroth, Kripo Traunstein, und das ist mein Kollege Leo Weidinger. Dürften wir Sie kurz sprechen? Allein?«

»Worum geht's denn?«, lautet die Gegenfrage, und Leni denkt, der Dialekt, den Frau von Reichenberg abzulegen versucht hat, könnte aus den östlichen Bundesländern stammen.

»Es geht um Ihren Mann«, antwortet Leni.

»Also dann, servus, Mandy«, verabschiedet sich der ältere der beiden Herren. »Sehn wir uns später noch auf ein Tänzchen?« Auch der Hotelier zieht sich diskret zurück.

»Was ist denn mit meinem Mann? Wo steckt er denn überhaupt?«

»Es tut mir leid, Frau von Reichenberg. Ihr Mann ist tot.« Leni lässt ihr Gegenüber nicht aus den Augen.

»Wieso denn tot? Was ist denn passiert? Fritz wollte doch heute so einen Kurs im, na, wie heißt das ...«

»Segway«, hilft Weidinger aus.

»Genau, einen Segway-Kurs wollte er machen. Hat er einen Unfall gehabt?«

»Ja, er hatte einen Unfall«, bestätigt Leni.

»Wo denn?«

»Im Sinkwerk XXI. Ein Salzbergwerk, unter Tage.«

Mandy von Reichenberg starrt auf einen Punkt an der Bierzapfanlage. Sie scheint abwesend, unfähig, irgendeine Regung zu zeigen.

»Ich brauche eine Zigarette«, sagt sie schließlich.

Leni und Weidinger folgen ihr nach draußen. Auf dem Platz vor dem Haupteingang ist ein Aschenbecher aufgestellt.

»Frau von Reichenberg, was genau haben Sie und Ihr Mann hier in Berchtesgaden gemacht?«, fragt Weidinger.

»Wie, gemacht? Urlaub natürlich. Fritz ist hier in den Bergen herumgestiegen, hat gelernt, diese blödsinnigen Dinger zu fahren …« Sie verstummt, wendet sich kurz ab. »Entschuldigung«, sagt sie und fasst sich mit der Hand an die Stirn, um sich zu sammeln.

»Und Sie? Sind Sie auch mit in die Berge gegangen?«

»Ich doch nicht. Seh ich etwa so aus? Ich bin eher so der Meer-Typ. Nizza, St. Tropez, Biarritz, das sind meine Traumziele.«

»Und warum sind Sie dann mit hierhergefahren? Weil Ihr Mann das wollte?«

»Nationalpark, hat er gesagt, frische Luft und so. Und dann war er hier jeden Tag unterwegs, und ich hab mir eben im Hotel so meine Bekanntschaften gesucht. Ist ja sonst nicht viel los hier. Hab ich eben Beauty-Urlaub gemacht. Vom Pool aus, oben in der Wellness-Etage, sehen die Berge auch gleich viel besser aus.«

Leni zieht das vergrößerte Passfoto von Wladimir aus der Tasche. »Kennen Sie diesen Mann?«

Frau von Reichenberg hält das Foto auf Armeslänge von sich weg. Lesebrille vergessen, denkt Leni.

»Nein, wer soll das denn sein?«

»Wladimir López, Ukrainer. Er hat sich auch in Berchtesgaden aufgehalten.«

»Hier im Hotel?«, fragt von Reichenbergs Witwe. »Ist mir nicht aufgefallen.«

»Nein, er hat im Hotel zum Türken gewohnt.«

Von ihrer Zigarette fällt ein Zentimeter Asche in Brusthöhe auf ihr Kleid und bleibt zwischen den Pailletten hängen.

»Ja und, woher soll ich den kennen?«

»Sie kennen ihn also nicht.«

Sie schüttelt den Kopf.

»Frau von Reichenberg, was hat Ihr Mann für Geschäfte gemacht in Frankfurt?«, fragt Weidinger.

»Import-Export«, antwortet sie.

»Was hat er importiert und exportiert?«, fragt Weidinger.

»Das dürfen Sie mich nicht fragen. Er hat seinen Kram gemacht, und ich mache meinen. Mein Fritz war in der Beziehung ganz konservativ. Berufliches hat er mit seinen Partnern besprochen, nicht mit mir. Dafür hat er sich bei mir auch nicht eingemischt.«

»Was machen Sie beruflich?«, möchte Leni wissen.

»Ich bin Geschäftsführerin in einer Bar. Florida-Bar, Frankfurt, Weserstraße.«

»Aha«, sagt Weidinger. »In Frankfurt kenn ich mich gar nicht aus.«

»Was ist denn jetzt mit dem Mann auf dem Foto? Was hat der mit meinem Fritz zu tun? War er ein Geschäftspartner?«

»Wir haben Grund zu der Annahme, dass Ihr Mann Wladimir López getötet hat«, sagt Leni.

»Was? Wo denn? In diesem Bergwerk?«

»Nein, auf dem Berg, genauer gesagt am Einstieg zu einer Höhle im Berg«, sagt Weidinger.

»Also ich versteh überhaupt nichts mehr. Haben Sie dafür Beweise? Mein Mann soll ein Mörder sein?«

»Es gibt Indizien, die vor Gericht ziemlich sicher zu einer Verurteilung führen würden …«, sagt Weidinger, und Leni ergänzt: »… wenn Ihr Mann noch am Leben wäre. Dürfen wir Sie auf Ihr Zimmer begleiten und die Sachen Ihres Mannes durchsehen?«

Sie folgen Mandy von Reichenberg zum Aufzug, fahren mit ihr in den zweiten Stock und finden in von Reichenbergs Wanderrucksack ein Fahrtenmesser, von dem sie annehmen, dass es sich um die Tatwaffe handelt. Sie finden außerdem Wanderkarten und Prospektmaterial, einen Bildband über das Kehlsteinhaus mit den üblichen Propagandafotos vom Obersalzberg: Hitler mit Eva Braun und dem Schäferhund auf der Terrasse des Berghofs, das Kaminzimmer des Kehlsteinhauses mit Mussolinis Carrara-Marmor. Der ganze Schund, der in den Andenkenläden immer noch verkauft wird.

Die Frankfurter Kollegen durchsuchen gleichzeitig von Reichenbergs Frankfurter Wohnung, finden aber nirgendwo eine Spur, die nach Kiew führt, und nirgendwo auch nur einen einzigen gefälschten Euro-Schein.

Berchtesgaden, 2. Juni 2010

»Jetzt haben wir ein Mordopfer und einen toten Mörder. Wollen wir zur Abwechslung mal ein paar lebende Verdächtige finden?«, schlägt Weidinger am nächsten Tag in der Polizeidienststelle Berchtesgaden vor. »Auf die passen wir aber jetzt gut auf, dass ihnen nichts passiert, gell?«

»Unser ukrainisches Trio haben wir trotz unserer groß angelegten Fax- und E-Mailaktion nicht entdeckt. Von keinem der Beherbergungsbetriebe im Landkreis kam eine Meldung über das Trio an uns zurück. Seit sie aus dem Interconti ausgezogen sind, wissen wir nicht, wo sie sich aufhalten«, sagt Leni.

»Vielleicht sind sie ja schon über alle Berge. Wenn sie irgendetwas mit von Reichenberg und Wladimir López zu tun haben, wäre ich an ihrer Stelle jedenfalls längst abgehauen«, sagt Lebow. »Kannst du's nicht mal bei deinen einheimischen Informationsquellen versuchen? Vielleicht wissen die ja was.«

»Der Kollege meint meine Schulfreundin im Rathaus. Sie weiß praktisch immer, was grade los ist in Berchtesgaden, und wer was wo gemacht hat oder nicht gemacht hat«, erklärt Leni und greift zum Telefon.

»Ja, servus, Leni. Du, was war denn da gestern Abend im Bergwerk los? Die Leut ham erzählt, ihr habt's da einen echten Verbrecher g'jagt. Bei uns? Ja, stimmt des?«

»Des stimmt, Kathi, aber da darf ich dir noch nix drüber erzählen. Weißt, die Ermittlungen laufen halt noch, aber du kannst es bestimmt bald in der Zeitung lesen. Du, hast du da noch mal was erfahren wegen den drei Ukrainern, nach denen ich dich vor a paar Tagen schon g'fragt hab?«

»Mei, Leni, gut, dass d' anrufst. Also die drei sind bei der Ilsanker Vroni in der Unterau. In der Ferienwohnung.«

»Was? Und wieso erfahr ich das erst jetzt?«

»Weil die Ilsankerin mir das heute erst g'sagt hat. Sie hat zwar euer Fax gekriegt, aber hat nicht zurückfaxen können. Da hat irgendwas nicht funktioniert.«

»Und wie lang sind die schon dort?«

»Sie sind praktisch aus dem Interconti aus- und bei der Vroni eingezogen.«

»Und warum hat dir die Vroni das nicht früher gesagt? Hätt sie denn nicht bei uns anrufen können?«

»Na, die Vroni telefoniert nicht so gern, und in den Markt ist sie länger nicht gekommen, weil ihr Auto kaputtgangen is. Des steht jetzt seit drei Tagen beim Höfele in der Werkstatt, du weißt doch, die Vroni hat doch den Allrad-Panda ...«

»Nein, Kathi, ich weiß nicht, welches Auto die Vroni fährt, und es interessiert mich ehrlich gesagt im Moment auch überhaupt nicht.«

»Mit dem Radl war ihr die Fahrt hinauf in den Markt halt zu beschwerlich. Einkaufen tut sie ja jetzt immer beim Aldi, und deshalb kommt sie auch nicht mehr so oft nach Berchtesgaden rein. Sie hat halt die Kinder und die Ferienwohnungen zum Herrichten. Du weißt ja, wie des is.«

»Nein, eigentlich nicht, Kathi, ich hab selber noch nie eine Ferienwohnung g'habt und nicht mehr als ein einziges Kind. Deshalb hab ich trotzdem immer meine Arbeit g'macht.«

So eine Tratscherei, denkt Leni, was lass ich mich überhaupt auf so was ein?

»Du hast der Vroni hoffentlich nicht g'sagt, dass wir ihre Gäste suchen. Nicht dass sie sich verplappert und die uns wieder entwischen.«

»Leni, du kennst mich doch.«

»Ja, eben.«

»Also, das finde ich aber jetzt schon allerhand. Da ruf ich dich an und geb dir gleich Bescheid ...«

»Ich hab *dich* angerufen, Kathi.«

Bevor ihre Schulfreundin protestieren kann, legt Leni auf.

Es regnet, als sie auf der B 305 Richtung Salzburg fahren. Die Berge sind hinter einem grauen Wolkenvorhang verschwunden, der wie ein blinder Spiegel über dem Talkessel hängt.

»Ungemütlich heute«, sagt Weidinger.

»Ein Sauwetter halt«, antwortet Leni.

Weidinger erkennt auf der rechten Seite der Landstraße das Bergwerk, das Rote Kreuz, den Tennisclub. Der Straßenverlauf folgt dem Fluss.

»Salzburg achtzehn Kilometer«, liest er. »Ist es noch weit?«

»Wir sind gleich da.«

Die Straße wechselt auf die andere Flussseite. Rechts stürzt ein Bach heran. Der Konvoi stoppt. Sie lassen die Einsatzfahrzeuge vorne an der Straße stehen und gehen zu Fuß weiter.

»Sattlerlehen, FeWo frei«. Ein weiß getünchtes Steinhaus mit einem rundherum laufenden grünen Holzbalkon, tropfnasse Kübelpflanzen vor dem Eingang. Weidinger rutscht auf den glitschigen Eingangsstufen fast aus. Eine Gießkanne scheppert.

***

»Hier, halt mal.« Wiktor reicht Marjana, die gerade vor dem Spiegel mit dem Lippenstift hantiert, einen der mit Goldbarren gefüllten Rucksäcke. Geistesabwesend greift sie mit der freien Hand danach.

»Schaffst du das mit einer Hand?«, fragt Wiktor und lässt los. Ohne dass Marjanas Arm die Fallgeschwindigkeit auch nur im Geringsten bremsen könnte, saust der Rucksack auf den Boden und der Lippenstift quer über ihr Gesicht.

»Hast du sie noch alle?«, schreit sie. »Wenn mir das Ding auf die Zehen gekracht wäre, wären sie jetzt platt.«

»Vielleicht hättest du dann auf einer deiner Zehen die Prägung 999 wiedergefunden«, sagt Wiktor und ist vor Lachen über seinen eigenen Witz kaum mehr zu verstehen.

»Hahaha! Selten so gelacht. Und was soll das Ganze?«, fragt Marjana.

»Los, wisch dir den Lippenstift aus dem Gesicht, schnall dir deinen Rucksack um, und ab geht's nach Salzburg, Gold zu Geld machen.« Wiktor grinst voller Vorfreude.

»Du hast ja noch nicht mal das Taxi gerufen, was soll ich mich denn da so beeilen?«, will Marjana wissen.

»Hast du nicht aufgepasst? Wir brauchen kein Taxi. Wir fahren mit dem Bus«, sagt Wiktor.

»Hey, psst. Was war das?«, fragt Luba.

»Was?« Wiktor und Marjana sehen sich an.

»Na, das Scheppern draußen, seid ihr taub?«

Es klopft.

Luba zieht die Schultern hoch. »Was tun wir jetzt?«

»Aufmachen«, sagt Wiktor.

»Los, schnell die Rucksäcke in den Schrank«, zischt Marjana und öffnet die Tür, nachdem die Rucksäcke verstaut sind. Eine blonde Frau und zwei Männer stehen vor ihr.

Leni stellt sich und ihre Begleiter vor: Kommissarin Morgenroth, Kollege Weidinger, Kollege Lebow.

»Was wollen Sie?«, fährt die ältere der beiden Frauen sie in perfektem Deutsch an.

»Ihre Personalien bitte. Ausweise, Reisepass.«

Die Frau zieht unwillig eine Schrankschublade auf und nimmt ihren Pass heraus. »Україна«. Den goldenen Schriftzug kennt Leni mittlerweile schon.

Die Frau heißt Marjana Luschenko. Sie sagt, sie sei Historikerin und habe einen Vortrag in der Dokumentation am Obersalzberg gehalten. Jetzt mache sie mit ihren Freunden noch ein paar Tage Urlaub in den Alpen.

Leni schlägt den nächsten Pass auf: Wiktor Owtscharow. Sie blickt vom Foto zu dem kräftigen Mann mit dem streichholzkurzen grauen Haar, und eine Hitzewallung rast wie eine brennende Zündschnur durch ihren Körper. Ein eng getanzter Discofox in der Tenne, seine Hände auf ihrer Hüfte, sein Drängen. Und wie schnell sie vor ihm Reißaus genommen hat, vor diesen Händen, die sie an sich gezogen haben.

Mit heißem Gesicht wendet sie sich von Wiktor ab. Ob er sie auch wiedererkannt hat? Leni schlägt den Pass der jüngeren Frau auf. Sie heißt Luba Munin und stammt ebenfalls aus Kiew. Sie drückt Lebow die drei Pässe zur Überprüfung in die Hand.

»Ich möchte Sie bitten, mit uns ins Präsidium zu kommen.«

»Wozu?«, fragt Marjana.

»Wir möchten Sie zu einigen Vorgängen und Personen befragen und Sie möglicherweise als Zeugen vernehmen.«

»Wieso denn? Was haben wir verbrochen?«

»Nichts. Sie stehen nicht unter Anklage.«

»Weshalb auch!«, schnaubt Marjana.

»Kommen Sie doch bitte mit, ja? Ich habe schon einiges von Ihnen gehört und freue mich wirklich darauf, Sie endlich näher kennenzulernen. Wir bringen Sie hinterher auch wieder in Ihre Ferienwohnung zurück.«

»Das ist aber nett von Ihnen.«

»Sprechen Ihre Freunde nur Russisch?«, fragt Leni, obwohl sie es besser weiß.

»Nein, auch Ukrainisch und Englisch.«

In der Tenne hat sie nur den Mann, Wiktor, gesehen. Waren die beiden Frauen auch dabei gewesen und haben sie mitbekommen, wie sie mit Wiktor getanzt hat? Scheiß drauf, denkt Leni, es hilft jetzt eh nichts mehr. Ich muss meine Arbeit machen, eine ganz normale Vernehmung.

Marjana spuckt einen Satz auf Russisch oder Ukrainisch durch den Raum. Er klingt wie eine Verwünschung.

Die Fahrt zur Polizeiinspektion verläuft schweigend. Sie fahren in zwei Autos. Wiktor sitzt bei Lebow im Wagen. Die beiden Frauen bei Leni und Leo Weidinger. Spricht das nun für die drei, dass sie freiwillig mitgekommen sind? Lenis Gefühl sagt ihr, dass das keine skrupellosen Kriminellen sind. Aber irgendetwas stimmt mit ihnen trotzdem nicht.

***

Als die Kommissarin ihnen im Präsidium das Bild eines Mannes unter die Nase hält, weiß Marjana sofort, dass er der Mann am Pool war und der, der sie auf dem Gang zu ihrem Zimmer verfolgt hat. Sie hört das Knirschen seiner in der Tür eingeklemmten Finger, und sie spürt wieder, wie die Panik ihr das Herz eng werden ließ. Um ein Haar hätte er es geschafft, sie zusammen mit der Tür wegzuschieben.

»Kennen Sie diesen Mann?«

Kopfschütteln.

»Dann wissen Sie auch nicht, was er hier gemacht hat?«

Achselzucken.

»Könnte es sein, dass er Sie hier treffen wollte? Dass er Sie gesucht hat?«

»Wieso denn?«, fragt Marjana.

»Das möchte ich gern von Ihnen wissen.«

»Tut mir leid, aber da kann ich Ihnen nicht weiterhelfen. Ich kenne den Mann nicht.«

»Und Ihre Begleiter?«

Wiktor und Luba schütteln ebenfalls den Kopf.

»Laut Eintrag im Pass sind Sie am 14. Mai nach Frankfurt eingereist. Was war der Grund für Ihre Einreise?«

»Urlaub, so wie es auch in unseren Visa-Anträgen steht. Und ein bisschen Arbeit für mich.«

»Können Sie mir das etwas näher erläutern«, fragt die Kommissarin. »Was haben Sie hier gearbeitet?«

»Ich bin Historikerin, wie ich schon sagte. Die Dokumentation am Obersalzberg hat mich zu einem Vortrag eingeladen.«

»Und den haben Sie auch gehalten?«

»Natürlich. Ich glaube, es gab auch einen Bericht in der Zeitung. Haben Sie den nicht gesehen?«

»Nein, leider. Wann war denn der Vortrag?«

»Ja also, ich glaube, das war, Moment, ja, am 24. Mai.«

Die Kommissarin gibt ihrem jüngeren Kollegen ein Zeichen, wahrscheinlich dass er diese Fakten überprüfen soll.

»Sie sind also in Frankfurt angekommen. Und wie ging's dann weiter?«

»Dann sind wir mit dem Zug nach München gefahren.«

»Wieso sind Sie nicht nach Salzburg geflogen?«

»Wir wollten etwas sehen von Deutschland. Das Olympiastadion in München zum Beispiel. Meine Mutter war Olympiateilnehmerin«, sagt Marjana.

»Ach, tatsächlich?« Das Lächeln der Kommissarin wirkt künstlich, ihr Interesse geheuchelt.

»Und was haben Sie dann gemacht?«

»Dann sind wir mit dem Zug nach Berchtesgaden gefahren.«

»Und dabei sind Sie über Rosenheim gefahren, stimmt's?«

»Rosenheim? Nein, ich kann mich nicht erinnern«, sagt Marjana.

»Da sind wir durchgefahren«, antwortet Wiktor auf Englisch.

»Sie sind durchgefahren, aber nicht ausgestiegen?« Auch die Kommissarin packt ihr etwas eingerostetes Englisch aus.

»Genau«, sagt Wiktor.

»Und dann sind Sie nach Berchtesgaden gekommen und haben

sich im Interconti eingemietet. Was haben Sie seitdem hier gemacht?«

»Wir sind gewandert, in den Bergen, geklettert. Urlaub eben.«

»Wo sind Sie denn überall geklettert?«

»Ach«, sagt Marjana. »Mich dürfen Sie nicht nach den Namen dieser Berge fragen. Die sehen für mich alle gleich aus.«

Die Kommissarin fragt, ob sie auch oben am Hohen Göll unterwegs gewesen seien.

Marjana sieht Wiktor an, der nickt. »Ja, wir sind auch da oben gewesen. Und nicht nur einmal.«

Ob sie vielleicht auch in der Nacht zum 29. Mai, einer Vollmondnacht, dort oben gewesen seien, will die Kommissarin wissen.

»Der 29. Was war das für ein Tag?«, fragt Wiktor.

»Ein Samstag.«

Der Tag also, an dem sie über den Schneetrichter in die Höhle eingestiegen sind und den Stollen mit dem Schatz gefunden haben. Die Nacht im Stollen, in der Raketenkapsel. Und der nächste Tag, als sie nach dem Mini-Erdbeben einen anderen Rückweg nehmen mussten und schließlich an seiner nördlichen Flanke wieder aus dem Berg herausgekommen waren. Wieso fragt die Kommissarin sie nach genau dieser Nacht? War er auch da oben, Jurijs Geheimwaffe? Hat er sie beobachtet? So wie er es in seinem Wachtraum gesehen hat?

»Das kann schon sein«, antwortet Wiktor vorsichtig.

»Kann schon sein? Daran müssen Sie sich doch erinnern. Und wenn nicht alle drei, dann vielleicht einer von Ihnen.« Die Kommissarin mustert sie der Reihe nach, bekommt aber keine Antwort. Die Tür öffnet sich, der jüngere Kommissar kommt zurück und reicht dem älteren ein Blatt Papier.

»Sind Sie auch in Höhlen eingestiegen?«, fragt die Kommissarin schließlich.

»Ja, manchmal.«

»Wir sind Mitglieder der ukrainischen speleologischen Gesellschaft«, behauptet Marjana.

»In Kiew?«

»Ja, das ist unsere Ortsgruppe.«

»Es gibt also auch Höhlen in der Ukraine, oder sind Sie dort als ›Trocken-Speleologen‹ unterwegs?«

»Ach, das Unwissen in der Welt ist groß«, sagt Wiktor, »und Ihr Tal ist ja auch besonders klein. In den Karpaten, im Westen unseres Landes, gibt es eine Höhle, die zweihundertfünfzehn Kilometer lang ist. Es ist eine Gipshöhle und eine der längsten Höhlen der Welt. Sie heißt übrigens Optymistytschna. Das bedeutet ›die Optimistische‹.«

»Ach was«, sagt die Kommissarin. »Ja und, waren Sie jetzt in der Nacht dort oben am Göll?«

»War das diese herrlich klare Vollmondnacht? Da haben wir bei Heinz im Purtschellerhaus übernachtet, sind ganz früh aufgestanden und dann aufgestiegen. Ja, das muss diese Nacht gewesen sein. Aber warum fragen Sie?«

»Den Mann, dessen Foto ich Ihnen eben gezeigt habe, den haben Sie aber in der Hütte oder unterwegs nicht gesehen?«

»Das haben wir Ihnen doch schon gesagt, nein«, antwortet Marjana.

»Und diesen Mann?« Der Polizist mit dem silbrig glänzenden Schnauzbart, der bisher noch gar nichts gesagt hat, steht auf und legt ein weiteres Foto vor Wiktor auf den Tisch.

Wiktor zuckt zusammen. Das ist er. Der Narbige aus Frankfurt. Ist er also tatsächlich auch hier? Er hat es gewusst! Marjana legt ihm eine Hand auf den Arm.

»Ist der aber hässlich«, sagt sie. »Wer soll denn das sein?«

Wiktor denkt, Marjana wäre vom Felsen gesprungen, wenn sie diesen Mann dort oben tatsächlich gesehen hätte.

»Karl Friedrich von Reichenberg, Geschäftsmann aus Frankfurt«, antwortet der Kommissar.

»Von Reichenberg?«, fragt Marjana. »Ist das so was wie ein Pseudonym oder heißt der wirklich so?«

»Was macht dieser Herr denn für Geschäfte, wenn man fragen darf?«, fragt Wiktor.

Die beiden Kommissare sehen sich an.

»Wir glauben«, antwortet die Frau, »er nimmt in Frankfurt Falschgeld in Empfang, das aus anderen Ländern, zum Beispiel aus der Ukraine, eingeschmuggelt wird. Mit Hilfe von Kurieren.«

»Und was macht er dann hier, das Falschgeld verteilen?« Marjana plappert einfach. Hoffentlich verplappert sie sich nicht, denkt Wiktor.

»Das wissen wir nicht«, antwortet die Kommissarin.

»Warum fragen Sie ihn dann nicht?« Wiktor sieht die blonde Frau an, die ihm in der Bar einen Korb gegeben hat.

»Weil er tot ist.«

Wiktor versteht überhaupt nichts mehr. Soll das heißen, dass Jurijs Mann diesen Reichenberg erledigt hat? War das der schreckliche Schrei, den sie nach dem Einsteigen in den Eistrichter gehört haben?

»Und der andere Mann, der, den Sie uns am Anfang auf dem Foto gezeigt haben«, sagt Wiktor. »Hat der auch etwas mit diesen Geschäften zu tun?«

»Er war auch hier in den Bergen zum Klettern.« Die Kommissarin sieht ihn herausfordernd an.

»Wo, auch da oben am Göll?«, fragt Wiktor.

»Ja, er ist in der Vollmondnacht dort oben in eine Höhle eingestiegen.«

»Wirklich? Dann hätten wir ihm ja begegnen können.«

»Ja, Sie haben aber gesagt, Sie kennen ihn nicht. Er ist in eine Höhle eingestiegen, in die man nur durch einen Eistrichter gelangt. Sehr riskante Sache.«

Schweigen.

»Waren Sie auch dort drin?«, fragt die Kommissarin.

»Eistrichter? Ja, kann sein.«

Wiktor hat das Gefühl, keine Luft mehr zu bekommen. Also war er es doch! Der Killer hätte sie jederzeit erledigen können da oben, in der Vollmondnacht.

»Das ist aber komisch«, sagt die Kommissarin.

»Was?«, fragt Wiktor.

Sie sieht ihn misstrauisch an.

»Geht es Ihnen nicht gut?«

»Doch, doch, nur die Luft ist so schlecht hier drinnen.«

»Soll ich das Fenster aufmachen?«

»Danke«, sagt Wiktor. Herrgott, jetzt beruhig dich, alter Narr. Im Hubschrauber über einen brennenden Reaktor zu fliegen, das ist ein anderes Kaliber als diese Nummer hier. Jetzt bist du reich, reich, reich! Und du lässt dir den Schatz nicht von einer Berchtesgadener Polizistin abjagen, da kann sie so schöne blonde Zöpfe haben, wie sie will. Also reiß dich jetzt zusammen!

»Die Höhle ist ziemlich tief, oder?«, fragt die Kommissarin.

»Ja, stimmt.«

»Wie sind Sie denn da runtergekommen? Hatten Sie so viel Seil mit?«

»Nein. Ich hab nur gesehen, dass es ziemlich weit runterging, als ich hineinklettern wollte. Und dass mein Seil nicht reichen würde.« Wiktors Hirn arbeitet wieder. »Dann bin ich nach zwanzig, fünfundzwanzig Metern wieder aufgestiegen. Meine zwei Begleiterinnen wären in eine so tiefe Höhle sowieso nicht eingestiegen.«

»Also haben Sie den Höhleneinstieg abgebrochen?«

»Ja.«

»Und dann?«

»Dann sind wir weiter zu einer anderen Höhle.«

»Und sind Sie später nicht noch einmal mit einem längeren Seil wiedergekommen?«

»Nein.«

»Die Höhle mit dem Eistrichter ist noch nicht kartiert. Wie haben Sie die überhaupt gefunden?«

Wiktor spürt, wie er blass wird. »Wir wussten nicht, dass der Eistrichter in eine Höhle mündet. Ich bin auf gut Glück hineingeklettert und habe dann schnell wieder aufgeben müssen. Wie gesagt, wir sind dann zu einer anderen Höhle.«

»Und dort, in der anderen Höhle, hat Sie da jemand gesehen, ich meine, sind Sie dort jemandem begegnet?«

»Sind wir dort …?«, fragt Wiktor die beiden Frauen.

»Da war doch diese Gruppe Schweizer«, sagt Marjana. »Die zwei, die uns mit Grüezi begrüßt haben, wisst ihr noch?«

Sie fingert in ihrer Hosentasche herum, was die Polizisten sichtlich nervös macht. Der jüngere Polizist, der an der Tür steht, hat die Hand am Pistolenhalfter.

Marjana zieht eine Schachtel Gauloises aus der Hose und zündet sich eine Zigarette an.

»Was ist los?«, zischt sie Wiktor auf Russisch zu. »Was starrt ihr mich alle so an?«

Die Kommissarin steht auf. »Das Rauchen ist hier leider verboten«, sagt sie und nimmt Marjana die Zigarette aus der Hand, geht zum Waschbecken und löscht sie unter dem Wasserhahn.

»Wladimir López, der Mann auf dem Foto, ist auch mit einem

viel zu kurzen Seil in die Höhle eingestiegen«, sagt sie, während sie sich die Hände wäscht. »Und dann ist er abgestürzt. Weil jemand oben das Seil durchgeschnitten hat, an dem er hing.«

Wiktor sieht Marjana und Luba an. Wie kann er ihnen ohne Worte mitteilen, dass sie jetzt ruhig bleiben sollen, dass sie nicht schreien, nicht weinen und nicht lachen sollen. Dass sie so tun sollen, als hätte das alles nicht das Geringste mit ihnen zu tun, und so, als verstünden sie nicht, worum es hier überhaupt geht.

Abgestürzt! Wiktor kann es nicht glauben. Etwas Besseres kann ihnen überhaupt nicht passieren. Können drei Menschen so viel Glück haben? Womit haben sie das verdient? Haben sie es überhaupt verdient?

Er könnte seine beiden Gefährtinnen umarmen. Und die Kommissarin könnte er küssen für diese gute Nachricht. Alle Verfolger kampfunfähig. Das ist eine wunderbare Nachricht. Oder freut er sich jetzt zu früh?

»Das Seil abgeschnitten?«, heuchelt Wiktor. »Wer macht denn so was?«

»Wissen Sie's?«, fragt die Kommissarin.

Die drei sehen sich an.

»Woher sollen wir das wissen?«

»Weil Sie auch in der Nacht dort oben herumspaziert sind.«

»Wie tief ist er denn …?«, will Wiktor wissen.

»Sie waren doch selbst drinnen in der Höhle. Sie müssen also gesehen haben, wie tief es war.«

»Ich habe keinen Boden gesehen, nur dass es wirklich tief runterging, vielleicht vierzig oder fünfzig Meter.«

»Zu Ihrer Information: Die Fallhöhe betrug etwa hundertfünfzig Meter.«

Luba schüttelt sich. Er ist also todsicher tot, denkt Wiktor. Erledigt. Jurijs Geheimwaffe.

»Denken Sie, einer von uns hat dieses Seil durchgeschnitten?«, schaltet Marjana sich wieder ein.

»War es denn einer von Ihnen?«

»Das ist doch absurd!«, brüllt Marjana. »Warum sollten wir so etwas tun? Hören Sie, ich glaube, Sie begreifen nicht, mit wem Sie es hier zu tun haben. Ich bin eine anerkannte Wissenschaftlerin. Ich habe einen Ruf zu verlieren! Warum sollte ich in diesen Bergen, in denen ich gerade Urlaub mache, einen Menschen töten? Wo sind denn hier die Zusammenhänge? Können Sie mich da mal aufklären?«

»Sie haben seit Ihrer Ankunft in Berchtesgaden am 15. Mai im noblen Hotel Interconti auf dem Obersalzberg residiert. Zehn Tage später haben Sie fluchtartig das Hotel verlassen und sind in eine Ferienwohnung in der Unterau umgezogen. Warum?«

»Haben Sie eine Ahnung, was dieser Luxusbunker dort oben pro Nacht kostet?«, fragt Wiktor. »Außerdem wollte ich nicht die ganze Zeit wie ein feiner Pinkel residieren.«

»Ja, da hat sich Wiktors proletarisches Gewissen geregt«, sagt Marjana. »Deshalb hat er uns in diese Wohnung gebracht. Lang hätte ich das nicht mehr mitgemacht, das dürfen Sie mir glauben.«

Leni springt auf. Sie hat das Gefühl, wenn sie nur noch fünf Minuten länger in diesem Raum sitzen und diesen Geschichten zuhören muss, dann platzt sie. Sie gibt Weidinger ein Zeichen und verlässt mit ihm den Raum. Lebow bleibt bei den drei Ukrainern.

»Ja Herrschaftzeiten, die lügen doch wie gedruckt. Oder kaufen Sie denen diese Urlaubergeschichten ab?«

»Mein Instinkt sagt mir, dass hier etwas im Busch ist, etwas, von dem wir keine Ahnung haben«, antwortet Weidinger. »Aber wir haben nichts in der Hand gegen die drei. Nicht mal Anhaltspunkte. Wir haben sie im vagen Verdacht, als Falschgeldkuriere nach Deutschland gekommen zu sein. Dagegen sprechen mehrere ganz gewichtige Argumente.«

»Aha? Lassen Sie hören. Hat das LKA schon was anfangen können mit den Personaldaten der drei?«

»Soweit wir es bisher überprüfen konnten, ist keiner von ihnen in einer einschlägigen Kartei erfasst. Es handelt sich tatsächlich um bisher unbescholtene Bürger. Und es gibt anscheinend auch keine Verbindung zur Mafia. Dieser Wiktor ist so was wie ein Volksheld, weil er als Hubschrauberpilot während der Tschernobyl-Katastrophe im Einsatz war.«

»Wirklich?« Leni schüttelt ungläubig den Kopf.

»Die Historikerin ist bei einer Stiftung als wissenschaftliche Mitarbeiterin angestellt, und die Jüngere, Luba Munin, arbeitet in einer Fabrik und ist Motorradfahrerin. Sie hat im Internet so ein

Blog, schreibt über ihre Fahrten in die radioaktiv verseuchte Gegend um Tschernobyl.«

»Das gibt's doch alles gar nicht. Hat Kollege Lebow das mit dem Vortrag am Obersalzberg nachgeprüft?«

»Ja, hat er. Es stimmt. Der Berchtesgadener Anzeiger hat tatsächlich darüber berichtet. Mit Foto.«

»Wir haben also überhaupt nichts gegen die drei in der Hand. Nichts. Sie sind am Flughafen bei der Einreise sogar kontrolliert worden, und es wurde nichts gefunden. Es ist auch kein Falschgeld aufgetaucht seit Anfang Mai. Entweder sind die Blüten so wahnsinnig gut, dass sie noch keinem als Falschgeld aufgefallen sind, oder der Verbindungsmann – dieser Reichenberg oder wer auch immer – hat sie gebunkert, bis Gras über die Sache gewachsen ist. Es gibt für uns also keinen Anlass, einen der drei festzunehmen oder auch nur festzuhalten.«

»Das ist es ja, was mich so verrückt macht. Wir ahnen, da könnte irgendwas sein, irgendwas Großes womöglich, warum sonst taucht einer wie dieser Wladimir López hier auf? Trotzdem können wir überhaupt nichts tun.«

Weidinger tätschelt gerade wieder seinen Bart, und Leni denkt, dass sie das auf die Dauer verrückt machen würde.

»Es gibt solche Fälle«, sagt Weidinger. »Es sind die Grenzfälle von Wahrheit und Dichtung, Ahnung und Einbildung, Euphorie und Frustration. Wie im richtigen Leben halt. Da haben wir auch nicht immer alles unter Kontrolle.«

»Bin ich froh, dass ich ab morgen weg und ganz woanders bin.«

»Hoffentlich nehmen S' nicht zu viel mit aus diesem Jammertal. Ihren Fall haben Sie ja bravourös gelöst. Ich werde jetzt trainieren und Sie dann im Herbst, wenn Sie wieder runterkommen von der Alm, zu einem Segway-Wettrennen herausfordern. Wie ist es, gilt's?«

Weidinger streckt seine Hand aus, und Leni schlägt ein. »Freilich gilt's.«

Berchtesgaden, 2. Juni 2010

»Weg, weg, weg!«, schreit Marjana, als sie in die Wohnung zurückkommen, und schubst Luba und Wiktor zur Seite. Auf dem Weg zum Kleiderschrank sieht sie durchs Fenster, wie der Streifenwagen, der sie eben von der Befragung in Berchtesgaden zurückbrachte, links in die Hauptstraße einbiegt.

Sie reißt die Schranktür auf, kramt im obersten Fach herum und ertastet endlich den gesuchten Flachmann, aus dem sie einen kräftigen Schluck nimmt.

»Sind die denn noch bei Trost? Uns auf nüchternen Magen mitzuteilen, dass wir nach den Gesetzen der Wahrscheinlichkeit längst unter einer eineinhalb Meter hohen Humusschicht begraben sein müssten?« Marjana nimmt noch einen Schluck, dann lässt sie sich aufs Bett fallen.

»Jetzt sieh das Ganze doch mal positiv«, meint Luba. »Wir haben es geschafft. Jurij kann uns über Nacht keinen neuen Killer auf den Hals hetzen. Wahrscheinlich wundert er sich immer noch, warum sich sein treuer Diener Wladimir nicht mehr bei ihm meldet. Und was auch immer da am Eistrichter passiert ist: Auch dieser Reichenberg kann uns nicht mehr auflauern. Selbst die Polizei kann uns nichts am Zeug flicken. Hey, Marjana, wir sind frei!«

»Aber wir müssen trotzdem weg, und zwar so schnell wie möglich, da hat Marjana recht«, sagt Wiktor. »Wer weiß, vielleicht fällt der Polizistin schon in einer Stunde ein, dass sie gern unsere Bude durchsuchen will. Was machen wir, wenn sie unsere Goldvorräte entdeckt? Außerdem ist ja dank Marjanas verantwortungsvollem Umgang mit dem Falschgeld immer noch nicht ausgeschlossen, dass plötzlich irgendwo Blüten auftauchen, von denen eine Verbindung zu uns hergestellt werden könnte.«

Er sieht Marjana grimmig an. »Also los, weg! Wir packen zusammen, mieten uns in Salzburger Banken Schließfächer und verkaufen ein paar der Goldbarren, damit wir Bargeld haben und auf einigen Konten Einzahlungen vornehmen können.«

»Wie viel bekommen wir denn für unser Gold?«, fragt Luba.

»Letzte Woche lag der Goldpreis bei knapp zweiunddreißigtausend Euro pro Kilo. Wir müssten also knapp zwei Millionen bekommen, wenn wir die ganzen sechzig Kilo tauschen würden. Aber das tun wir nicht, oder?«, fragt Marjana.

»Wenn man die ganze Aufregung bedenkt und dass wir fast Opfer von gleich zwei Verbrechern geworden wären, ist das eigentlich gar nicht so viel Geld«, meint Luba.

»Das ist doch nur das, was wir jetzt in unseren Rucksäcken haben. Wenn du wieder etwas brauchst, fliegst du nach Salzburg, von dort bist du in einer halben Stunde in Berchtesgaden und kannst an einem Tag wieder einen Rucksack voll aus der Höhle holen, sooft du willst. Es wird nie ausgehen.« Marjanas Stimme schnappt fast über. »Du hast doch gesehen, was noch in unserer Höhle liegt. Also beschwer dich nicht, dass das, was wir haben, zu wenig ist. Aber tot oder eingesperrt, da geb ich dir recht, nützt dir der größte Schatz auch nichts. Also Kinder, einpacken, Taxi rufen und auschecken. Kiew, ›Mutter aller russischen Städte‹, wir kommen wieder zurück zu dir!«

Es ist gar nicht schwer, das Gold loszuwerden. Leichter, als sie gedacht haben. Die gegossenen Barren haben abgerundete Ecken und die typische ungleichmäßige und matte Oberfläche des Edelmetalls. Auf einigen sind Name und Symbol der DEGUSSA eingeprägt, dazu die Angabe 999,9 Feingold und das Gewicht, allerdings keine Seriennummer. Die Fünfhundert-Gramm-Barren stammen vom Bankhaus Rothschild & Sons. Auch bei ihnen fehlen die Seriennummern.

Sie dachten zuerst, das könne ein Problem beim Verkauf werden. Keine Seriennummern, keine Zurückverfolgung der Herkunft. Aber es ist kein Problem. Weder in der Oberbank noch in der Raiffeisenkasse, nicht in der Salzburger Sparkasse und nicht im Bankhaus Vontobel, nicht bei der Hypo Salzburg und auch nicht bei der Schoellerbank. Sie spazieren in die Banken, bieten das Gold an, und nach einer routinemäßigen Echtheitsprüfung mittels einer Waage und einer Größenschablone, was nicht einmal eine Minute dauert, zahlt man ihnen den Gegenwert in Euro aus. Für ein Kilo bekommen sie zweiunddreißigtausendfünfhundert Euro, dem aktuellen Tageskurs entsprechend. Beim Bankhaus Carl Spängler & Co., einer Salzburger Privatbank, die in einem rosafarbenen Zuckerbäckerhaus an der Salzach residiert, eröffnen sie ein Konto und überweisen die Hälfte des Erlöses darauf, die andere auf ein Konto bei der UniCredit Bank Austria.

Auf der Taxispur vor der Abflughalle am Flughafen Salzburg bleibt hinter ihnen ein weiteres Taxi stehen. Die Fensterscheibe auf der Beifahrerseite fährt nach unten, und eine dünne Rauchfahne aus dem Wageninneren steigt in die Luft. Eine Frau mit hellblondem Pagenkopf, die Haarspitzen exakt auf Kinnlänge geschnitten, auf dem Kopf eine riesige strassbesetzte Sonnenbrille. Sie streckt ihre Hand aus dem Autofenster und streift Asche vom brennenden Zigarillo. Sie sieht Wiktor direkt an, und tatsächlich, er täuscht sich nicht, sie zwinkert ihm mit dem rechten Auge zu. Doch der Blick aus ihren dunklen Mandelaugen ist kalt wie ein Grab. Die Tür öffnet sich, und ein Paar lange Beine in eleganten schwarz-weiß karierten Pumps sucht Halt auf dem Gehsteig. Schwarze Strümpfe, schwarzes kurzes Kleid, schwarzer Blazer, fast ein bisschen unheimlich, denkt Wiktor.

»Kommst du, Wiktorchen?«, ruft Marjana aus der Tür zur Eingangshalle. »Wo hast du denn schon wieder deine Augen? Das ist doch gar nichts für dich.«

»Ich habe einen Bärenhunger«, sagt Wiktor und nimmt die Koffer vom Taxifahrer in Empfang. »Hallo, soll ich jetzt die Koffer alleine schleppen?«, ruft er Luba und Marjana nach, die weitergehen und so tun, als hätten sie nichts gehört. Er wuchtet das Gepäck auf einen Transportwagen und versucht, die beiden einzuholen.

»Du buchst für uns drei jetzt den nächstmöglichen Flug nach Kiew«, sagt er zu Marjana, als er zu ihr aufgeschlossen hat. »Koste es, was es wolle.«

»Genau, und daher gehen wir jetzt zu diesem Schalter. Gebt mir schon mal eure Ausweise.«

Marjana läuft, Luba und Wiktor im Schlepptau, quer durch die Abflughalle zu einem Ticketschalter.

»Dreimal Kiew, one way bitte.«

Die Frau im roten Kostüm mit dem neckischen blauen Halstuch von Austrian Airlines ist konsterniert. »Gnädige Frau, wir sind hier doch nicht am Hauptbahnhof, sondern am Salzburg Airport Wolfgang Amadeus Mozart. Das ist hier nicht wie Fahrkarten kaufen. Also, wo wollen Sie bitte hinfliegen?«

»Nach Kiew, hab ich doch eben gesagt.«

»In Kiew gibt es zwei Flughäfen, nämlich Boryspil oder Schuljany.«

»Geht das nicht schneller?«, fragt Wiktor.

»Boryspil natürlich. Ich würde mich sehr wundern, wenn es von hier aus einen Flug nach Schuljany gäbe.«

»Von hier aus gibt es überhaupt keinen Direktflug nach Kiew, womit wir auch schon bei der nächsten Frage wären: Wollen Sie über Frankfurt, Zürich, Amsterdam oder Wien nach Kiew Boryspil fliegen?«

»Das dauert mir viel zu lang. Hier sind unsere Ausweise, da ist meine Kreditkarte.« Marjana nimmt sich einen Notizzettel vom Tresen und schreibt ihre Handynummer und die Geheimzahl der Kreditkarte auf den Zettel.

»Und jetzt suchen und buchen Sie uns den nächsten Flug nach Kiew, egal ob über Zürich, Hamburg, Amsterdam, Frankfurt oder Wien. Wenn sie das schaffen, dann rufen sie mich auf dem Handy an. Wir gehen jetzt eine Kleinigkeit essen. Spätestens in einer Stunde komme ich sowieso wieder zu Ihnen. Und wir wollen wirklich den allernächsten Flug, ist das klar?« Damit dreht Marjana sich um und will gehen.

»Ich werd's versuchen«, ruft ihr die Frau vom Tresen aus nach. »Aber korrekt ist das eigentlich nicht. Und wieso haben Sie S' denn so eilig?«

»Weil es mir wie Ihrem Dichter Thomas Bernhard geht. Ich halte es hier einfach nicht mehr aus. Irgendwie zu viel Mozart für so wenige Menschen. Und ich verlasse mich auf Ihre Diskretion.«

»So, jetzt gibt's was zu essen. Ich hab schon ein Lokal ausgesucht. Hier entlang, meine Damen«, sagt Wiktor. Er erwartet sie am Fuß einer geschwungenen Freitreppe und zeigt hinauf zum ersten Stock des Abfluggebäudes.

»Hier ist das Restaurant.« Er macht eine große Geste. »Es sieht doch ganz nett aus, oder?«

Das Lokal ist fast leer, und die drei wählen einen Tisch direkt an der breiten Panoramafensterfront. Von hier aus kann man beobachten, wie am Rollfeld eine Lufthansamaschine gerade an eines der Gates andockt. Wiktor springt auf und läuft zum Ober, der gerade an den Tisch kommen wollte, um die Bestellungen aufzunehmen. Nachdem er einige Minuten mit ihm getuschelt hat, setzt er sich wieder zu Luba und Marjana.

»Ihr könnt die Karten weglegen, ich hab schon alles erledigt.«

»Ach, und woher willst du wissen, was ich essen möchte?«, fragt Luba.

»Überraschung! Ich lade euch zum Abschiedsessen ein«, sagt Wiktor. »Ciao Alpen, ciao Berchtesgaden, ciao Salzburg.«

Der Kellner bringt eine Flasche Champagner, ein zweiter die Gläser dazu. Als Wiktor mit Luba und Marjana auf das vorläufige Ende ihres Abenteuers anstößt, geht die Frau in Schwarz am Tisch vorbei, die ihm vorher, beim Aussteigen aus dem Taxi, zuzwinkerte. Wiktor starrt ihr hinterher wie verhext, er kann seinen Blick nicht von ihr abwenden. Wer ist diese Frau? Was will sie? Sie dreht sich um, kommt zu ihm zurück und fragt: »Warum starren Sie mich so an?«

»Ich … ich möchte Sie fragen, ob Sie vielleicht auch ein Gläschen Champagner mittrinken und mit uns anstoßen wollen«, stammelt Wiktor verlegen.

»Worauf?«, fragt sie in ziemlich schlechtem Englisch. »Auf die Zukunft?«

»Auf … das Leben«, stottert Wiktor.

»Sie sehen doch, ich trage Trauer. Mein Mann ist vor Kurzem gestorben.« Ohne ein weiteres Wort dreht sie sich um und geht weiter, kreuzt den Weg der Kellner, die nun das Essen servieren.

»Dreimal Hirschgulasch, die Herrschaften, mit frischen Eierschwammerln und süßsaurem Birnenkompott mit Preiselbeeren«, sagt der Ober. »Ich wünsche einen guten Appetit.«

Berchtesgaden, Herbst 2010

Leni schleicht sich als Letzte in den Vortragssaal des Berchtesgadener Kurhauses. Das Licht ist schon ausgeschaltet, der Saal brechend voll. Sie findet noch einen Sitzplatz in einer der letzten Reihen.

Die Bühne ist ausgeleuchtet. Im Hintergrund ein an die Wand geworfenes Dia. Eine Felsnase ragt aus dem Meer, wie ein Finger Gottes, nicht weit von der Küste entfernt, nur über eine Seilbrücke vom Festland aus zu erreichen. Laute Musik. Ein näselndes Blasinstrument, Trommeln, Schwirrhölzer. Auf der Bühne steht Simon, ihr Sohn Simon, mit einem Mikrofon in der Hand. Wie dünn er geworden ist, ihr Bub. Ein Mann ist er geworden, draußen in der Welt, so weit weg von ihr, wie es nur ging.

Eigentlich wollte sie nicht hingehen, wollte gar nichts wissen von seinen Abenteuern, den gefährlichen Klippen-Klettereien, den riskanten Free-Solo-Routen, die er drüben in Australien geklettert ist. Aber Rudi hat ihr keine Ruhe gelassen und sie zu seinem Vortrag geschickt. Simon weiß nicht, dass sie da ist, und eigentlich hat sie vor, noch vor dem Ende des Vortrags wieder zu verschwinden. Ihm aus dem Weg zu gehen. Die Verletzungen sitzen noch tief. Er ist einfach abgehauen. Von einem Tag auf den nächsten war er weg, das hat sie ihm bis heute nicht verziehen. Er muss sein eigenes Leben leben, sagt Rudi, der immer alles versteht bei dem Buben. Muss er sich deshalb davonstehlen wie ein Dieb? »Abenteuer Leben« hat er seinen Vortrag genannt. Und ist noch keine zwanzig Jahre alt. Humor hat er offenbar.

Als Leni sich in der Pause ein Bier holt, läuft ihr Simon über den Weg, der Spenden für die Aborigines sammelt. Während sie noch unsicher von einem Bein auf das andere tritt, kommt er strahlend auf sie zu und legt die Arme um sie.

»Hi, Mom«, sagt er, und es klingt wie immer. »Hab gehört, du hast es im Sommer doch noch auf deine Alm geschafft. Gut schaust aus!«

Leni bringt keinen Ton heraus, so gerührt ist sie, als sie ihrem Sohn so nah gegenübersteht. Und der ganze Groll, den sie gepflegt hat, einen ganzen Sommer lang, er ist einfach weg. Sie will gar nicht fragen, ob er bleibt, wie lange er bleibt. Sie spürt, dass jetzt nur eines zählt: dass er wieder da ist.

»Ich hab auch von dem Toten oben am Göll gehört, in der Höhle, und von deiner Verbrecherjagd durchs Sinkwerk. Also weißt du, kaum bin ich weg aus dem Kuhkaff, passieren hier die wirklich krassen Sachen. Und meine Mom ist mittendrin und hat alles im Griff.«

Die Menschen drängen an sie beide heran, um sie herum. Aber keiner will etwas von ihr, alle wollen zu Simon. Er ist der Star des Abends.

»Kommst heim heut Abend?«, ruft Leni ihm nach, als die Wartenden ihn endgültig umzingelt haben und von ihr abdrängen.

»Logo«, sagt Simon. »Was gibt's denn zum Essen?«

»Was magst denn?«

»Vielleicht ein Hirschgulasch?«

Dank

Wir danken Elena Filatova. Ihr Blog über die Reaktorkatastrophe und ihre Reisen in die verstrahlte Zone um Tschernobyl waren eine wertvolle Informations- und Inspirationsquelle für unseren Roman. www.elenafilatova.com

Lisa Graf-Riemann
DONAUGRAB
Broschur, 224 Seiten
ISBN 978-3-89705-820-0

»Graf-Riemann gelingt es auf spielerische wie akribische Art, den Fall und die Ermittlungen in die Gegebenheiten einzubinden, Lokalkolorit inklusive. Trotz des ernsten Themas ein unterhaltsames Lesevergnügen. Die Stärken liegen in ihrer unmittelbaren wie treffenden Beschreibung und Charakterisierung der Figuren sowie den atmosphärischen wie humorvollen Situationsbeschreibungen.« Donaukurier

»Es sind die kleinen Szenen und Situationen, mit denen Graf-Riemann die handelnden Personen sehr treffend zu charakterisieren weiß. Bis hinein in die Nebenfiguren schafft sie es, ihr Personal sehr realistisch und glaubwürdig darzustellen.«
Berchtesgadener Anzeiger

www.emons-verlag.de